NEVER SKY

L'édition originale de ce livre a été publiée pour la première fois en 2012, en anglais, par HarperCollins Children's Books, New York, sous le titre *Under the never sky*.

Loi n° 49-956 du 16 juillet sur les publications destinées à la jeunesse
ISBN 978-2-09-253717-6

VÉRONICA ROSSI

NEVER SKY

Traduit de l'anglais (États-Unis)
par Jean-Noël Chatain

Nathan

Pour Luca et Rocky

1
ARIA

Ils appelaient le monde qui se trouvait au-delà de l'enceinte de la Capsule l'« Usine de la Mort ». On pouvait y mourir de mille et une façons. Aria n'aurait jamais cru s'en approcher un jour d'aussi près.

Elle se mordit les lèvres en contemplant la lourde porte métallique qui se dressait devant elle. Un écran numérique affichait en lettres rouge fluo : AGRICULTURE 6 – DÉFENSE D'ENTRER.

« AG 6 n'est qu'un dôme de maintenance, rien de plus », se dit Aria. Des dizaines d'autres dômes alimentaient Rêverie en nourriture, en eau, en oxygène… tout ce dont une cité sous cloche avait besoin. Une récente tempête avait endommagé AG 6 mais, apparemment, les dégâts n'étaient pas importants. Apparemment.

– On devrait peut-être faire demi-tour, dit Paisley.

Debout près d'Aria dans le sas de décompression, elle tripotait nerveusement une mèche de ses longs cheveux roux.

Accroupis près de la porte, devant le panneau de contrôle, les trois garçons brouillaient le signal, afin de pouvoir sortir sans déclencher l'alarme. Ils n'arrêtaient pas de se chamailler.

– Calme-toi, Paisley, répondit Aria. Qu'est-ce qu'on risque de si terrible ?

Elle voulait avoir l'air détachée, mais sa voix était un peu trop haut perchée, aussi conclut-elle sa phrase par un petit rire.

– Qu'est-ce qu'on risque sous un dôme abîmé ? répliqua Paisley en comptant sur ses doigts. D'avoir la peau qui pourrit. De se retrouver enfermés à l'extérieur. D'être transformés en viande grillée par une tempête d'Éther. Et d'être mangés par les cannibales en guise de petit déjeuner.

– C'est juste un autre secteur de Rêverie, insista Aria.

– Un secteur interdit.

– Tu n'es pas obligée d'y aller.

– Toi non plus, rétorqua Paisley.

Elle avait tort. Depuis cinq jours, Aria s'inquiétait beaucoup au sujet de sa mère. Pourquoi Lumina avait-elle rompu le contact ? Elle ne manquait jamais leur rencontre quotidienne d'habitude, même quand ses recherches médicales occupaient tout son temps. Si Aria voulait des informations, il lui fallait pénétrer sous ce dôme.

– Pour la centième... attends, la millième fois, je vous répète qu'AG 6 ne présente aucun danger, déclara Soren sans se détourner du panneau de contrôle. Vous croyez que j'ai envie de mourir ce soir ?

Il marquait un point. Soren s'aimait trop pour risquer sa vie. Le regard d'Aria s'attarda sur le dos musclé du garçon. Soren était le fils du Directeur de la Sécurité de Rêverie. Il avait une peau dont seuls pouvaient se vanter les privilégiés. Il était même bronzé, un avantage ridicule dans la mesure où aucun d'entre eux n'avait jamais vu le soleil. En outre, c'était un génie du décryptage.

À ses côtés, Bane et Echo le regardaient faire. Les deux frères le suivaient partout. Dans les Domaines, Soren avait des centaines d'admirateurs, mais ce soir, ils n'étaient que cinq à partager l'espace confiné du sas de décompression avec lui. Cinq à transgresser la loi.

Soren se redressa et afficha un petit sourire insolent.

– Il va falloir que je parle à mon père de ses protocoles de sécurité.

– Tu as réussi ? demanda Aria.

Soren haussa les épaules.

– Tu doutais de mes capacités ? Et maintenant, le meilleur ! C'est le moment de se déconnecter…

– Attends, intervint Paisley. Je croyais que tu voulais juste bloquer nos SmartEyes ?

– C'est ce que j'ai fait, mais ça ne nous laissera pas suffisamment de temps. On doit se déconnecter.

Aria effleura son SmartEye. Elle le portait toujours sur l'œil gauche, et il était allumé en permanence. Il lui donnait accès aux Domaines, les espaces virtuels où elle passait le plus clair de son temps.

– Caleb va nous massacrer si on rentre trop tard, insista Paisley.

Aria leva les yeux au ciel.

– Ton frère et ses soirées à thème !

Elle avait l'habitude de surfer dans les Domaines en compagnie de Paisley et de son frère aîné, Caleb, depuis leur coin préféré du Salon des 2e Génération. Cela faisait un mois que Caleb programmait leurs soirées autour de différents thèmes. Celui de ce soir, « Banquets délirants », avait débuté dans un Domaine romain, où ils avaient participé à un festin de sanglier rôti et de ragoût de homard. Puis ils étaient passés aux agapes du Minotaure dans un Domaine mythologique.

« Heureusement qu'on est parties avant les piranhas ! » pensa Aria.

Grâce à son SmartEye, Aria gardait un contact journalier avec sa mère, qui avait dû poursuivre ses recherches à Euphorie, une autre Capsule située à des centaines de kilomètres de Rêverie. La distance n'avait jamais posé de problème, jusqu'à ce que la liaison avec Euphorie s'interrompe, cinq jours plus tôt.

– Combien de temps on a prévu de rester là-dedans ? s'enquit Aria.

Elle avait seulement besoin de passer quelques minutes en tête-à-tête avec Soren, le temps de l'interroger au sujet d'Euphorie.

Bane sourit jusqu'aux oreilles.

– Assez longtemps pour faire la fête en réel !

Echo écarta la mèche qui lui barrait les yeux.

– Assez longtemps pour faire la fête en chair et en os ! renchérit-il.

Son vrai prénom était Théo, mais peu de gens s'en souvenaient. Son surnom lui collait trop à la peau.

– On peut se déconnecter pendant une heure, dit Soren en faisant un clin d'œil à Aria. Mais ne t'inquiète pas, je te rebrancherai plus tard.

Aria s'efforça de rire, ambiguë et charmeuse.

– T'as intérêt.

Paisley lui décocha un regard méfiant. Elle ignorait le plan de son amie. Elle ignorait qu'Aria était là pour convaincre Soren d'obtenir des informations auprès de son père sur l'incident qui s'était produit à Euphorie.

Soren fit rouler ses épaules, tel un boxeur montant sur le ring.

– C'est parti ! On se débranche dans trois… deux…

Aria sursauta. Un sifflement strident avait envahi ses oreilles. Un écran rouge satura son champ visuel. Des picotements atroces lui brûlèrent l'œil gauche, puis se propagèrent sur son cuir chevelu. Ils se rassemblèrent à la base de son crâne, avant de descendre le long de sa colonne vertébrale pour exploser dans tous ses membres. Elle entendit l'un des garçons lâcher un juron. L'écran rouge se volatilisa aussi rapidement qu'il était apparu.

Aria battit des paupières, désorientée. Les icônes de ses Domaines favoris avaient disparu, ainsi que les messages en attente et les infos du bandeau déroulant en bas de son SmartScreen. Elle ne voyait plus que la porte du sas de décompression, qui lui paraissait floue, comme voilée par un léger filtre. Elle contempla ses bottes grisâtres. Gris moyen. Une nuance qui recouvrait la quasi-totalité de Rêverie. Comment du *gris* pouvait-il lui sembler encore plus terne ?

Un sentiment de solitude la gagna soudain, alors qu'ils étaient entassés dans cette salle exiguë. Elle ne pouvait croire qu'autrefois les gens vivaient de cette manière, avec le réel pour seule référence. Et que de l'autre côté, les Sauvages vivaient *toujours* ainsi.

– Ça marche ! s'écria Soren. On est débranchés ! On n'est plus que de la viande !

Bane bondissait sur place.

– On est comme les Sauvages !

– On est des Sauvages ! brailla Echo. On est des Étrangers !

Paisley n'arrêtait pas de cligner des yeux. Aria aurait voulu la rassurer, mais elle n'arrivait pas à se concentrer à cause des cris de Bane et Echo.

Soren fit tourner le volant mécanique qui commandait l'ouverture de la porte. La pièce se dépressurisa dans un bref sifflement et une bouffée d'air frais s'engouffra à l'intérieur. Aria baissa les yeux, stupéfaite de voir les mains de Paisley agripper les siennes. Elle se rendit compte qu'elle n'avait touché personne depuis des mois, depuis le départ de sa mère… Puis Soren fit coulisser la porte.

– Enfin la liberté, déclara-t-il en s'avançant dans le noir.

Grâce au rai de lumière qui s'échappait de la chambre de décompression, Aria vit les mêmes sols lisses qu'il y avait partout à Rêverie. Sauf que ceux-ci étaient recouverts d'une épaisse couche de poussière. Les pas de Soren laissaient une trace dans la pénombre.

Et si le dôme n'était pas sûr ? Et si les dangers de l'extérieur grouillaient dans AG 6 ? L'Usine de la Mort avait causé des milliers de morts. Et elle devait contenir autant de maladies susceptibles de contaminer l'air. Respirer lui semblait soudain suicidaire.

Aria entendit les bips d'un clavier virtuel qui venaient de là où se trouvait Soren. Des faisceaux de lumière jaillirent en crépitant. Une sorte d'immense caverne apparut. Des rangées de plantes s'alignaient en sillons réguliers. Au-dessus de leurs têtes, tuyaux et poutres s'entrecroisaient au plafond. Aria ne vit aucun trou béant ou autre signe de dégradation. Avec ses sols poussiéreux et son imposante quiétude, le dôme semblait simplement mal entretenu.

Soren sauta hors du sas.

– Ce sera de ma faute si vous passez la soirée la plus géniale de votre vie !

Les plantes poussaient sur des monticules de plastique arrivant à hauteur de taille. Rangée après rangée, des fruits et des légumes s'étendaient à l'infini. Comme toutes les cultures de la Capsule, les plantes étaient génétiquement programmées en vue d'un rendement maximum. Dépourvues de feuilles, elles se développaient sans terreau et presque sans eau.

Aria cueillit une pêche fripée et tressaillit en voyant avec quelle facilité elle avait abîmé sa peau douce. Dans les Domaines, les aliments poussaient, virtuellement du moins, dans des fermes, avec des granges rouges et des champs à perte de vue, sous un ciel ensoleillé. Elle se souvint du dernier slogan pour le SmartEye : « Mieux que la réalité ». En l'occurrence, c'était vrai. Dans AG 6, les vrais aliments ressemblaient à des vieillards avant leurs traitements de rajeunissement.

Les garçons passèrent les dix premières minutes à se pourchasser dans les allées et à bondir par-dessus les rangées de plantes. Bientôt, la course-poursuite se transforma en un jeu que Soren nomma « Fruit-Ball », qui consistait à se viser les uns les autres avec des fruits ou des légumes. Aria y participa un peu, mais Soren n'arrêtait pas de lui tirer dessus et il tirait trop fort.

Elle alla se cacher avec Paisley derrière une rangée de citronniers, alors que Soren changeait déjà de jeu. Il aligna Bane et Echo contre un mur, comme pour une exécution, puis il se mit à lancer des pamplemousses sur les deux frères, qui rigolaient comme des fous.

– Pitié ! implora Bane. On va tout avouer !

Echo leva les mains à son tour.

– On se rend ! On passe aux aveux !

En général, les gens se pliaient toujours aux désirs de Soren. Celui-ci passait avant tout le monde dans les meilleurs Domaines. Il en possédait même un à son nom : Soren 18. Son père le lui avait créé pour son dix-huitième anniversaire, un mois plus tôt. Les Tilted Green Bottles y avaient donné un concert spécialement pour lui. Pendant le dernier morceau, la mer avait envahi le stade et le public s'était transformé en sirènes ou en tritons. Même si dans les Domaines tout était possible, cette soirée-là resterait gravée dans les mémoires. Elle avait lancé la mode des concerts sous-marins. Sous l'influence de Soren, les nageoires caudales étaient devenues sexy.

Aria traînait rarement avec lui après les cours. Soren fréquentait les Domaines spécialisés dans les sports et le combat. Autant d'endroits où les gens pouvaient concourir et être classés. Aria, elle, s'en tenait d'ordinaire aux Domaines réservés aux arts et à la musique, avec Paisley et Caleb.

– Regarde comme c'est *moche*, dit Paisley en frottant son pantalon maculé d'orange. Ça ne partira jamais.

– Ça s'appelle une tache, précisa Aria.

– À quoi ça sert ?

– À rien. C'est pour ça qu'on n'en a pas dans les Domaines.

Aria dévisagea sa meilleure amie. Paisley plissait le nez d'un air dégoûté ; son sourcil recouvrait le bord de son SmartEye. « Ça va ? » lui demanda-t-elle finalement.

Paisley agita les doigts devant son SmartEye.

– Je déteste ça. Il nous manque *tout*, tu vois ? Où sont les gens ? Et pourquoi j'ai cette voix bizarre ?

– On a tous une voix bizarre. Comme si on avait avalé un mégaphone.

Paisley arqua un sourcil.

– Un quoi ?

– Un mégaphone, le cône que les gens utilisaient dans le temps pour amplifier leur voix. Avant les micros.

– Ça m'a l'air méga-rétro, observa Paisley. Et tu vas me dire ce qui se passe, à la fin ? Pourquoi est-ce qu'on est là avec Soren ?

Maintenant qu'ils étaient déconnectés, Aria pouvait confier à son amie ce qui la poussait à flirter avec Soren.

– Il faut que j'en sache plus au sujet de Lumina. Soren peut avoir des infos par son père. Si ça se trouve, il sait déjà quelque chose.

L'expression de Paisley se radoucit.

– La liaison est sans doute en panne. Tu auras bientôt de ses nouvelles.

– Avant, les pannes duraient seulement quelques heures. Jamais aussi longtemps.

Paisley soupira et s'adossa à un monticule de plastique.

– Je n'en revenais pas que tu chantes pour lui, l'autre soir. Et tu aurais dû voir Caleb... Il a cru que tu avais piqué des médicaments à ta mère !

Aria sourit. D'ordinaire, elle ne chantait qu'en privé, uniquement pour sa mère. Mais, quelques soirs plus tôt, elle s'était forcée à chanter une ballade sensuelle pour Soren, dans un Domaine Cabaret. En quelques minutes, celui-ci avait atteint sa capacité maximum, des centaines de gens l'ayant rejoint dans l'espoir d'entendre Aria chanter un autre morceau. Mais elle était partie. Et, comme prévu, Soren lui courait après depuis. Quand il lui avait proposé de l'accompagner ce soir, elle avait sauté sur l'occasion.

– Il fallait que j'attire son attention, expliqua-t-elle en chassant d'une pichenette une graine sur son genou. Je lui parlerai dès qu'il se sera lassé des combats de fruits pourris. Ensuite, on pourra s'en aller.

– On n'a qu'à lui demander d'arrêter maintenant. Il suffit de lui dire que ça nous saoule… ce qui est vrai.

– Non, Pais. Soren, c'est pas le genre de mec qui aime qu'on le brusque. Je m'en occupe.

Soren surgit soudain de la rangée de citronniers et les fit sursauter. Il tenait un avocat à la main, le bras en arrière, en position de tir. Sa tenue grise était maculée de jus et de pulpe de fruits.

– Qu'est-ce qui cloche ? Pourquoi vous restez assises là, toutes les deux ?

– Ras-le-bol du Fruit-Ball, répondit Paisley.

Aria grimaça, se préparant à la réaction de Soren. Il croisa les bras et les contempla, la mâchoire crispée.

– Peut-être que vous devriez partir, alors. Ah non, j'oubliais… Vous ne pouvez pas. Il faut croire que vous n'avez pas fini d'en avoir *ras-le-bol*.

Aria lorgna vers le sas de décompression. Quand Soren l'avait-il fermé ? Elle réalisa qu'il était le seul à connaître les codes pour ouvrir la porte et reconnecter leurs SmartEyes.

– Tu ne peux pas nous retenir ici, Soren.

– Mieux vaut agir que réagir.

– Qu'est-ce qu'il raconte ? demanda Paisley.

– Soren ! Viens par là ! s'écria Bane. Il faut que tu voies ça !

– Navré, mesdames, le devoir m'appelle.

Soren lança l'avocat en l'air, avant de s'en aller en trottinant. Aria rattrapa le fruit sans réfléchir. Il éclata dans sa main et se transforma en masse verte visqueuse.

– Il veut dire qu'on réagit trop tard, Pais. Il nous a déjà enfermées dehors.

Aria alla quand même inspecter la porte du sas. Le panneau ne fonctionnait pas. Elle remarqua le bouton de secours rouge.

Il était connecté au serveur central. Si elle appuyait dessus, les Gardiens de Rêverie viendraient aussitôt à leur rescousse. Mais leur petit groupe serait puni pour violation de la sécurité et on restreindrait sans doute leur accès aux Domaines. Par ailleurs, elle ne pourrait plus espérer parler de sa mère à Soren.

– On va encore rester un peu. Ils seront bientôt obligés de revenir.

Paisley balança ses cheveux par-dessus son épaule.

– OK. Mais je peux te tenir la main ? Ça me donne l'impression d'être dans les Domaines.

Aria regarda la main tendue de son amie. Les doigts de Paisley tremblaient un peu. Elle lui prit la main, et dut résister à l'envie de la lâcher alors qu'elles s'approchaient de l'extrémité du dôme. Là-bas, les trois garçons franchirent une porte qu'Aria remarquait pour la première fois. Une autre série de lampes s'alluma. L'espace d'un instant, Aria se demanda si son SmartEye ne s'était pas réactivé et si elle ne se trouvait pas dans un Domaine. Une forêt se dressait devant eux, splendide et verdoyante. Puis Aria leva les yeux et découvrit, au-dessus de la cime des arbres, la voûte blanche et familière, parcourue d'un dédale de lumières et de tuyaux. Elle comprit qu'ils se trouvaient dans un gigantesque terrarium.

– Je l'ai trouvée, dit Bane. Alors, c'est qui le meilleur, hein ?

Echo tourna brusquement la tête, secouant sa tignasse hirsute.

– T'es un champion, mon pote. C'est irréel. Enfin non, c'est tellement réel. Bref, tu vois ce que je veux dire.

Les deux frères contemplèrent Soren.

– Parfait, dit-il, les yeux étincelants.

Il retira son tee-shirt, le jeta de côté, puis s'élança en courant dans la forêt. L'instant d'après, Bane et Echo le suivirent.

– On n'y va pas, hein ? demanda Paisley.

– Pas torse nu, non.

– Aria, je ne rigole pas.

– Pais, regarde cet endroit, murmura son amie en s'avançant vers les arbres.

Les fruits pourris, ce n'était pas génial. Mais une forêt, c'était tentant.

– Faut qu'on voie ça, déclara-t-elle.

Il faisait plus frais et plus sombre sous les feuillages. De sa main libre, Aria caressa les troncs d'arbre et sentit leur texture rugueuse. L'écorce virtuelle n'accrochait pas la peau ainsi, comme pour l'entailler. Dans sa paume, Aria froissa une feuille morte, qu'elle réduisit en miettes. Elle observa les feuillages et les ramures au-dessus d'elle, en songeant que si les garçons faisaient moins de bruit, elle entendrait peut-être les arbres respirer.

Tout en s'enfonçant dans la forêt, Aria gardait un œil sur Soren, guettant une occasion de lui parler. Elle s'efforçait aussi d'ignorer la moiteur de la main de Paisley dans la sienne. Paisley et elle s'étaient déjà tenu la main dans les Domaines, mais ce contact était alors programmé par ordinateur, et c'était plus agréable. Elle n'avait pas l'impression d'avoir les doigts dans un étau.

Les garçons se pourchassaient à nouveau. Ils avaient trouvé des bouts de bois qu'ils brandissaient comme des javelots, et s'étaient barbouillé le visage et le torse avec de la terre. Ils se prenaient pour des Sauvages, comme ceux qui vivaient dans le Monde Extérieur.

– Soren ! cria Aria alors qu'il passait devant elle en courant.

Il s'arrêta, lance en main, et feula comme un tigre. Elle recula. Il lui rit au nez et repartit à toutes jambes.

Paisley tira Aria par la main, l'obligeant à s'arrêter.

– Ils me font peur.

– Je sais. Ils sont hyper-effrayants.

– Pas les garçons. Les arbres. J'ai l'impression qu'ils vont nous tomber dessus.

Aria leva la tête. Si différents que puissent être ces arbres de ceux qui poussaient dans les Domaines, elle n'avait pas envisagé cette éventualité.

– OK. On va attendre près du sas, décida-t-elle en rebroussant chemin.

Quelques minutes plus tard, Aria se rendit compte qu'elles traversaient pour la deuxième fois la même clairière. Elles étaient perdues. Aria faillit en rire, tellement ça lui semblait incroyable. Elle lâcha la main de son amie et frotta sa paume contre son pantalon.

– On tourne en rond. Attendons ici que les garçons repassent. Ne t'inquiète pas, Pais. On est toujours à Rêverie. Tu vois ? dit-elle en désignant le plafond, avant de regretter son geste.

Au-dessus d'elles, la lumière baissa, clignota un peu, puis revint.

– Dis-moi que j'hallucine, la supplia Paisley.

– On s'en va. C'était nul comme idée.

Se trouvaient-elles sous la partie endommagée d'AG 6 ?

– Bane ! Viens par ici ! hurla Soren.

Aria pivota et entrevit rapidement le torse du garçon. Soren gambadait entre les arbres. C'était maintenant ou jamais. Si elle se dépêchait, elle pourrait le rattraper et lui parler. À condition de laisser Paisley toute seule.

Son amie lui adressa un petit sourire craintif.

– Vas-y. Mais reviens vite.

– Promis.

Soren transportait une brassée de branches quand elle le croisa.

– On va faire un feu, annonça-t-il.

Aria se figea.

– Tu rigoles ? Tu ne vas pas vraiment... ?

– On est des Étrangers. Les Étrangers font des feux.

– Mais on est toujours *à l'intérieur*. Tu ne peux pas, Soren. On n'est pas dans un Domaine.

– Exact ! C'est l'occasion de voir comment ça se passe dans la réalité.

– Soren, c'est interdit.

Dans les Domaines, le feu était une lumière orange et jaune ondoyante qui produisait une chaleur douce. Mais, après des années d'exercices d'alerte incendie sous la Capsule, Aria savait que le véritable feu n'avait rien à voir avec le feu virtuel.

– Tu risquerais de contaminer notre air. De réduire Rêverie en cendres…

Elle s'interrompit en voyant Soren s'approcher d'elle. Des gouttelettes d'eau perlaient sur son front. Elles traçaient des sillons bien nets sur la boue qui recouvrait son visage et son torse. Il transpirait. C'était la première fois qu'Aria voyait de la transpiration.

Il se pencha vers elle.

– Je peux faire tout ce que je veux ici. *Tout.*

– Je sais, mais c'est valable pour nous tous, non ?

Soren marqua une pause.

– Si.

Le moment était venu. L'occasion qu'elle attendait. Elle choisit ses mots avec soin.

– Tu es au courant de plein de choses. Tu as les codes qui nous ont permis d'entrer ici, par exemple…

– Oui.

Aria sourit et s'approcha un peu plus de lui, l'invitant à la confidence.

– Alors dis-moi un secret, chuchota-t-elle. Quelque chose que tu n'es pas censé savoir.

– Comme quoi ?

Les lumières clignotèrent à nouveau. Le cœur d'Aria se serra.

– Ce qui se passe à Euphorie, répondit-elle d'un ton faussement désinvolte.

Soren recula. Il secoua lentement la tête en plissant les yeux.

– Tu veux des nouvelles de ta mère, pas vrai ? C'est pour ça que tu es venue ici, tu t'es servie de moi.

Aria ne pouvait pas mentir davantage.

– Dis-moi juste pourquoi la liaison est coupée. Je veux savoir si ma mère va bien.

Le regard de Soren s'attarda sur les lèvres d'Aria.

– Plus tard, je te laisserai peut-être me persuader de te donner des informations, dit-il.

Il bomba le torse et rajusta son tas de branches.

– Mais pour le moment, je découvre le feu.

Aria se hâta de rejoindre Paisley dans la clairière. Elle y trouva Bane et Echo qui entassaient du petit bois. Paisley se précipita vers son amie.

– Voilà ce qu'ils font depuis que tu es partie. Ils essaient de faire du feu.

– Je sais. On s'en va.

Six mille personnes vivaient à Rêverie. Aria ne pouvait pas laisser Soren leur faire courir un tel risque.

Elle entendit des bouts de bois dégringoler par terre, avant de sentir une tape sur son épaule. Elle poussa un cri lorsque Soren l'obligea à se tourner vers lui.

– Personne ne s'en va. Je pensais avoir été clair sur ce point.

Aria regarda la main posée sur son épaule ; ses jambes flageolaient.

– Lâche-moi, Soren. Pas question qu'on soit dans le coup.

– Trop tard.

Aria sentit les doigts de Soren s'enfonçer dans sa chair. La douleur qui parcourut son bras lui coupa le souffle. Bane lâcha la grosse branche qu'il traînait et se tourna vers eux. Echo s'immobilisa, les yeux écarquillés, l'air fou. La peau des deux garçons luisait sous la lumière. Ils transpiraient aussi.

– Si tu t'en vas, reprit Soren, je dirai à mon père que c'était toi qui voulais faire du feu. Avec nos SmartEyes déconnectés, ce sera ta parole contre la mienne. Et il croira qui, d'après toi ?

– T'es malade.

Soren la lâcha.

– Boucle-la et assieds-toi, lui ordonna-t-il en souriant de toutes ses dents. Profite du spectacle.

Aria s'assit avec Paisley près des arbres et lutta contre l'envie de frictionner son épaule, qui la faisait souffrir. Dans les Domaines, une chute de cheval était douloureuse. Une entorse à la cheville aussi. Mais la douleur n'était qu'un effet programmé de plus, distillé à petites doses pour augmenter le plaisir. En vérité, on ne pouvait pas se faire mal dans les Domaines. Ici, c'était différent. La douleur semblait ne pas avoir de limite.

Bane et Echo firent plusieurs voyages et rapportèrent branches et feuilles par brassées. Dégoulinant de sueur, Soren leur ordonna d'en disposer un peu plus ici ou là. Aria lorgna les lumières sous la voûte. Elles ne clignotaient plus ; c'était déjà ça.

Elle s'en voulait de s'être laissé embarquer, avec Paisley, dans cette situation. Elle savait qu'en allant dans AG 6, elle courait un risque, mais elle n'avait pas imaginé que ça irait jusque-là. Elle n'avait jamais voulu faire partie de la bande de Soren, même s'il l'avait toujours intéressée. Elle aimait repérer ses failles. Sa manière de regarder les gens quand ils riaient, comme s'il ne comprenait pas l'humour. Ou la moue qu'il faisait après avoir dit quelque chose qu'il jugeait particulièrement subtil. Ou encore, le regard en coin qu'il lui lançait parfois, comme s'il savait qu'elle n'était pas dupe.

Aria comprenait à présent ce qui l'intriguait chez Soren. À travers ses failles, elle avait aperçu une autre personnalité. Et ici, sans la surveillance des Gardiens de Rêverie, il pouvait être lui-même.

– Je vais nous faire sortir d'ici, murmura-t-elle.

– Chuuut… Il va nous entendre, lui répondit Paisley dans un souffle.

Aria remarqua le crissement des feuilles mortes sous ses pieds et se demanda depuis combien de temps les arbres n'avaient pas été arrosés. Elle observa la pile de bois qui grossissait. Finalement, lorsqu'elle atteignit près d'un mètre, Soren décréta que cela suffisait.

Il sortit alors de sa botte un bloc-piles et du fil électrique, qu'il tendit à Bane.

Aria n'en croyait pas ses yeux.

– Tu avais *prévu* le coup ? Tu es venu ici pour faire du feu ?

Soren la gratifia d'un sourire mauvais.

– Et j'ai d'autres idées en tête.

Aria manqua s'étrangler. Il blaguait. Forcément. Il cherchait juste à l'effrayer.

Les garçons se rassemblèrent. Soren distribua des ordres à voix basse : « Essaie comme ça », puis : « De l'autre côté, imbécile ! » et enfin : « Laisse-moi faire ! » jusqu'à ce qu'ils reculent tous d'un bond pour s'éloigner des feuilles qui venaient de s'enflammer.

– Waouh ! s'écrièrent-ils à l'unisson. Du feu !

2

ARIA

De la magie.

Ce fut le mot qui vint à l'esprit d'Aria. Un mot ancien, d'une époque révolue où les illusions déconcertaient encore les gens. Avant que les Domaines banalisent la magie.

Elle s'approcha, attirée par les nuances or et ambre des flammes, par leur forme qui se métamorphosait en permanence. La fumée dégageait une odeur forte, bien plus entêtante que tout ce qu'elle avait senti jusque-là. Les feuilles se recroquevillaient et noircissaient, avant de se volatiliser. C'était fascinant.

Mais c'était mal.

Aria leva les yeux. Soren s'était figé, les yeux exorbités. Il semblait ensorcelé, comme Paisley et les deux frères. Comme Ils donnaient tous les trois l'impression de regarder le feu sans le voir vraiment.

– Ça suffit, dit-elle. Il faut l'éteindre maintenant… Allez chercher de l'eau ou je ne sais quoi !

Personne ne bougea.

– Soren, il commence à s'étendre !

– Laisse-le s'élever encore un peu.

– *Encore un peu* ? Les arbres sont en bois. Ils vont prendre feu !

Elle avait à peine fini sa phrase qu'Echo et Bane s'enfuyaient déjà.

Paisley l'attrapa par la manche pour l'éloigner du tas de bois qui brûlait.

– Aria, arrête, il va encore te faire mal.

– Toute la forêt va partir en fumée si on ne fait rien.

Elle lança un regard par-dessus son épaule. Soren se tenait trop près du feu, qui était presque aussi haut que lui à présent, et produisait des sons. Il crépitait, grésillait, comme un rugissement étouffé.

– Allez chercher des branches ! hurla Soren aux deux frères. Elles le rendent plus puissant.

Aria ne savait que faire. Lorsqu'elle envisagea de s'interposer, sa douleur à l'épaule se réveilla, comme pour la prévenir de ce qui risquait de se reproduire. Echo et Bane déboulèrent bientôt, les bras chargés de branches. Ils les lancèrent sur le feu, où elles retombèrent en projetant des étincelles dans les arbres. Aria sentit un souffle d'air chaud sur ses joues.

– On file, Paisley, chuchota-t-elle. Tu es prête… *Go* !

Pour la troisième fois de la soirée, Aria saisit la main de son amie. Elle ne pouvait pas la laisser à la traîne. Elle s'élança entre les arbres. Elle ignorait à quel moment les garçons les avaient prises en chasse, mais elle entendit Soren dans son dos.

– Trouvez-les ! braillait-il. Séparez-vous !

Soudain, Aria perçut une sorte de cri strident qui la fit s'arrêter net. Soren hurlait comme un loup. Paisley plaqua une main sur sa bouche et retint un sanglot. Bane et Echo imitèrent leur copain en poussant des cris de Sauvages. Qu'est-ce qui leur prenait ? Aria se remit à courir en tirant Paisley si fort que celle-ci trébucha.

– Allez, Paisley ! On y est presque !

Elles devaient absolument rejoindre la porte qui donnait accès au dôme agricole. Une fois là-bas, Aria pourrait déclencher l'alarme. Puis elle se cacherait avec Paisley en attendant l'arrivée des Gardiens.

Au-dessus de leurs têtes, les lumières clignotèrent à nouveau.

Mais sans se stabiliser, cette fois. L'obscurité s'abattit sur elles telle une chape de plomb. Aria s'arrêta net. Paisley la percuta dans le dos et fondit en larmes. Elles s'écroulèrent l'une sur l'autre. Aria se redressa tant bien que mal et battit des paupières avec frénésie, essayant en vain de discerner quelque chose. Mais paupières ouvertes ou closes, cela ne changeait rien.

– Aria ! C'est toi ? chuchota Paisley.

– Oui, c'est moi. Ne crie pas, ils risquent de nous entendre !

– Apportez le feu ! vociférait Soren. Apportez du feu pour qu'on puisse voir !

– Qu'est-ce qu'ils vont nous faire ? gémit Paisley.

– Je n'en sais rien. Mais pas question de les laisser s'approcher de nous pour le découvrir.

Paisley se crispa.

– Regarde !

Aria vit une torche venir dans leur direction. Elle reconnut la lourde démarche de Soren. Il était plus loin qu'elle ne l'aurait cru, mais cette distance ne représentait qu'un maigre avantage vu que Paisley et elle ne pourraient se déplacer que lentement et à l'aveuglette.

Une deuxième torche apparut.

Aria tâtonna en quête d'une pierre ou d'un bâton. Les feuilles se désagrégeaient sous ses mains. Elle réfréna une envie de tousser. Chaque respiration comprimait davantage ses poumons. Jusque-là, elle s'était inquiétée au sujet de Soren et du feu, mais elle comprenait maintenant que la fumée était plus dangereuse encore.

Les torches s'approchaient en dansant dans le noir. Aria regrettait que sa mère soit partie. Elle regrettait d'avoir chanté pour Soren. Mais les regrets ne la mèneraient nulle part. Il y avait forcément quelque chose à faire. Elle se concentra. Peut-être qu'elle pourrait réinitialiser son SmartEye et appeler à l'aide. Elle chercha les commandes comme elle le faisait toujours. Mais, même dans sa tête, elle avait l'impression de tâtonner dans le noir. Son SmartEye n'avait jamais été éteint, comment saurait-elle le rallumer ?

Les torches qui se rapprochaient ne l'aidaient pas à réfléchir, pas plus que le feu qui brûlait, plus éclatant et plus fort que jamais, ou encore Paisley qui tremblait à ses côtés. Mais elle n'avait pas d'autre espoir auquel s'accrocher. Finalement, une idée surgit des profondeurs de son cerveau. Et un mot apparut sur son SmartScreen, en lettres bleues flottant devant les bois embrasés.

REPRISE ?

Oui ! ordonna-t-elle.

Elle se contracta, tandis que des aiguilles chauffées à blanc parcouraient son crâne et sa colonne vertébrale. Elle poussa un soupir, soulagée, en voyant une grille d'icônes apparaître. Elle était de nouveau connectée, mais tout avait l'air bizarre. Le design de l'interface était rudimentaire et les icônes disposés au mauvais endroit. Et ça, c'était quoi ? Sur son écran, un icône de message libellé « Petit-Merle », le surnom que lui donnait sa mère. Lumina lui avait envoyé un message ! Mais le fichier était stocké sur la mémoire locale et elle ne pouvait pas y accéder pour l'instant. Il lui fallait contacter quelqu'un.

Elle tenta de joindre directement sa mère. LA CONNEXION A ÉCHOUÉ apparut sur son écran, suivi par un code d'erreur. Elle tenta de contacter Caleb et les dix premiers amis qui lui vinrent à l'esprit. Sans succès. Elle n'était pas connectée aux Domaines. Elle se livra à une ultime tentative. Peut-être que son SmartEye enregistrait toujours.

CAPTURE VIDÉO, ordonna-t-elle.

Le visage de Paisley apparut dans une fenêtre, en haut à gauche de son SmartScreen. Son amie était floue, on voyait uniquement les contours de son visage effrayé et les flammes qui se reflétaient sur son SmartEye. Derrière elle, un nuage rougeoyant de fumée s'élevait. « Ils arrivent ! » murmura Paisley, fébrile, et le clip s'arrêta.

Aria demanda à son SmartEye d'enregistrer à nouveau. Quoi que fassent Soren et les deux frères, elle en garderait une preuve.

La lumière revint. Aria plissa les yeux, aveuglée par la clarté, et aperçut Soren qui scrutait les environs, flanqué de Bane et Echo, telle une meute de loups. Leurs regards s'illuminèrent quand ils repérèrent les filles. Aria se redressa d'un bond et releva une nouvelle fois Paisley. Elles se mirent à courir, cramponnées l'une à l'autre, sautant par-dessus les racines et écartant les branches qui s'accrochaient à leurs cheveux. Les hurlements des garçons résonnaient aux oreilles d'Aria. Elle entendait leurs pas dans son dos.

La main de Paisley se détacha brusquement de celle d'Aria, qui pivota et vit son amie s'écrouler à terre. Les cheveux de Paisley s'étalèrent sur les feuilles. Elle pleurait, la main tendue vers Aria. Soren était déjà à moitié allongé sur elle, les bras autour de ses jambes.

Sans même réfléchir, Aria asséna un coup de pied dans la tête du garçon. Il gémit et bascula en arrière. Paisley se tortilla pour s'échapper, mais Soren la plaqua à nouveau au sol.

– Lâche-la ! cria Aria.

Elle s'avança vers lui, il semblait prêt à l'attaquer, cette fois. Il tendit la main et lui agrippa la cheville.

– Cours, Paisley ! hurla Aria.

Elle lutta pour se libérer, mais Soren tenait bon. Il se redressa et la saisit à l'avant-bras. Des feuilles et de la terre maculaient son visage et sa poitrine. Derrière lui, la fumée déferlait en vagues grises, tantôt lentes, tantôt rapides, entre les arbres. Aria baissa les yeux. La main de Soren était deux fois plus large que la sienne et très musclée, comme le reste de son corps.

– Tu le sens, Aria ?

– *Quoi* ?

– Ça.

Il lui serra le bras si fort qu'elle hurla.

– Tout ça, reprit-il en balayant les alentours de ses yeux fous, incapables de se poser quelque part.

– Arrête, Soren ! S'il te plaît.

Bane arriva en pantelant, une torche à la main.

– Au secours, Bane ! cria-t-elle.

Il ne la regarda même pas.

– Va chercher Paisley, ordonna Soren.

Bane disparut.

– On n'est plus que tous les deux, dit Soren en lui passant une main dans les cheveux.

– Ne me *touche* pas. J'enregistre la scène. Si tu me fais du mal, tout le monde le verra !

Elle se retrouva à terre avant même de comprendre ce qui lui arrivait. Il l'écrasa de tout son poids, lui coupant le souffle. Il lui lançait des regards noirs, tandis qu'elle suffoquait. Puis il se concentra sur l'œil gauche d'Aria. Elle devina ce qu'il allait faire, mais ses bras étaient prisonniers entre les cuisses de Soren. Elle ferma les yeux et hurla tandis que des doigts s'enfonçaient dans sa chair pour agripper les bords de son SmartEye. Elle redressa brusquement la tête, puis retomba en arrière.

Une douleur intense explosa derrière son œil. Comme si on lui avait déchiqueté le cerveau. Au-dessus d'elle, le visage de Soren était rouge et trouble. Une vague de chaleur envahit sa joue et coula dans son oreille. La douleur s'atténua et se mua en pulsations, au rythme de ses battements de cœur.

– T'es cinglé, fit-elle d'une voix pâteuse qu'elle eut du mal à reconnaître.

Les doigts de Soren se refermèrent comme un étau sur son cou.

– C'est *réel*. Dis-moi que tu le sens.

Aria manquait d'air. Son œil gauche semblait transpercé d'une multitude d'aiguilles. Elle s'affaiblissait, se vidait de son énergie comme son SmartEye. Puis Soren releva la tête. Il lâcha un juron et se redressa, libérant sa proie.

Aria s'agenouilla et serra les dents, tandis qu'un cri perçant éclatait dans ses oreilles. Elle se remit debout, les jambes tremblantes.

Elle vit alors un inconnu traverser la clairière ; sa silhouette se découpait sur le brasier rugissant. Il était torse nu, mais on ne pouvait le confondre avec Bane ou Echo.

C'était un véritable Sauvage.

Le torse de l'Étranger était presque aussi sombre que son pantalon de cuir, et sa chevelure évoquait les serpents enchevêtrés d'une Gorgone blonde au masculin. Des tatouages s'enroulaient autour de ses bras. Ses yeux réfléchissaient la lumière, tels ceux d'un animal. Et il ne portait pas de SmartEye.

Quand il avança, les flammes de l'incendie se reflétèrent sur la lame de son long couteau.

3

PEREGRINE

Perry regarda la Sédentaire. Du sang coulait sur son visage blême. Elle recula de quelques pas pour s'éloigner de lui, mais il savait qu'elle ne tiendrait pas longtemps sur ses jambes. Pas avec des pupilles aussi dilatées. Elle fit encore un pas et s'écroula.

Un garçon se tenait debout derrière le corps inerte de la fille. Il dévisagea Perry de ses yeux étranges, l'un normal, l'autre caché par la coque transparente que portaient tous les Sédentaires. Les autres l'avaient appelé Soren.

– L'Étranger ! dit-il. Comment tu as réussi à entrer ?

Il parlait la langue de Perry, mais d'un ton plus rude. Tranchant. Perry respira lentement. L'humeur du Sédentaire imprégnait fortement la clairière en dépit de la fumée. La soif de sang dégageait une odeur écarlate et torride, commune à l'homme et à l'animal.

– Tu es arrivé en même temps que nous, reprit Soren en riant. Tu es entré après que j'ai désarmé le système.

Perry fit tournoyer son couteau et le reprit bien en main. Le Sédentaire ne voyait-il donc pas l'incendie s'approcher ?

– Va-t'en ou tu périras dans les flammes, Sédentaire.

Soren sursauta en l'entendant parler. Puis il sourit, dévoilant des dents régulières, blanches comme la neige.

– Tu es réel. J'en reviens pas.

Il s'avança sans crainte. Comme s'il était armé lui aussi.

– Si je pouvais m'en aller, le Sauvage, je l'aurais fait depuis longtemps, ajouta Soren.

Perry le dépassait d'une tête, mais Soren pesait bien plus lourd que lui. Il avait une ossature solide et des muscles puissants. Perry voyait rarement des gens aussi robustes. Les siens n'avaient pas assez de nourriture pour se développer autant.

– Tu joues avec la vie, la Taupe, dit Perry.

– La Taupe ? Tu te trompes, Sauvage. La majeure partie de la Capsule se situe en surface. Et on ne meurt pas jeune. On ne se blesse pas non plus. On ne peut même pas se fracturer quoi que ce soit.

Soren avançait toujours à grands pas. Il porta son regard sur la fille. Puis il le redirigea sur Perry, et s'arrêta net. Trop rapidement. Emporté par son élan, il vacilla. Perry comprit que quelque chose l'avait fait changer d'avis.

Perry inspira une grande bouffée d'air. Il sentit une odeur de bois brûlé. De plastique en feu. L'incendie s'intensifiait. Il renifla encore et flaira, comme il l'avait craint, l'arrivée d'un autre Sédentaire. Il avait vu trois hommes. Soren et deux autres. Étaient-ils deux à vouloir le surprendre ? Perry huma l'atmosphère, mais ne put trancher. La fumée était trop dense.

Soren fixa sa main.

– Tu sais manier le couteau, pas vrai ?

– Pas trop mal.

– T'as déjà tué quelqu'un ? Je parie que oui.

Soren gagnait du temps pour laisser s'approcher l'homme qui avançait derrière Perry.

– Je n'ai jamais tué de Taupe. Pas encore.

Soren sourit. Puis il se rua sur Perry, qui comprit que les autres ne tarderaient pas à en faire autant. Il fit volte-face mais ne vit qu'un Sédentaire, plus loin qu'il ne l'aurait cru. L'homme courait, une barre en métal à la main. Perry lança son couteau. La lame atteignit sa cible, se plantant profondément dans le ventre du Sédentaire.

Soren l'assaillit par-derrière. Perry se tourna pour riposter. Un coup de poing partit à l'oblique et le cueillit à la joue. Il faillit tomber, mais se redressa in extremis. Il entoura Soren de ses bras au moment où celui-ci se jetait à nouveau sur lui. Impossible de le faire basculer à terre. La Taupe était solide comme un roc.

Perry prit un coup dans les reins et grogna. Mais la douleur ne fut pas aussi vive que prévu. Soren frappa à nouveau. Perry éclata de rire. Le Sédentaire ne savait pas utiliser sa force !

Perry se dégagea et décocha son premier direct. Son poing s'écrasa sur la coque oculaire transparente du Sédentaire. Soren se figea ; les veines de son cou saillaient comme des lianes. Sans attendre, Perry mit toute sa puissance dans le coup suivant, qui percuta la mâchoire de son adversaire dans un craquement d'os. Soren tomba comme une masse. Puis se recroquevilla lentement, telle une araignée à l'agonie.

Le sang coulait de sa bouche. Sa mâchoire pendait de travers, mais il ne quittait pas Perry des yeux.

Perry lâcha un juron et s'éloigna. Il n'avait pas prévu ça en s'introduisant dans les lieux.

– Je t'avais prévenu, la Taupe, gronda-t-il.

Les lumières s'éteignirent à nouveau. La fumée se coulait entre les arbres, reflétant l'éclat du feu. Perry s'approcha du second Sédentaire pour récupérer son couteau. L'homme se mit à crier. Le sang jaillissait de sa blessure dans un gargouillis infâme. Perry retira sa lame en détournant le regard.

Il revint vers la fille. Ses cheveux s'étalaient en éventail autour de sa tête, sombres et brillants comme les ailes d'un corbeau. Perry repéra la coque oculaire de la fille sur les feuilles, près de son épaule. Il posa un doigt dessus. C'était froid au toucher. Velouté comme la peau d'un champignon. Plus dense qu'il ne l'aurait cru, pour quelque chose qui ressemblait autant à une méduse. Il ramassa l'objet et le mit dans sa sacoche. Puis il hissa la fille sur son épaule, comme un gros gibier, et passa un bras autour de ses jambes pour éviter qu'elle ne glisse.

Il était désorienté. Ses Sens ne lui étaient plus d'aucun secours. La fumée était si épaisse à présent qu'elle escamotait les autres odeurs et occultait sa vision. Le terrain ne présentait ni creux ni bosse pour le guider. Partout où il posait le regard, ce n'étaient que murs de flammes ou de fumée.

Perry avançait quand le feu reculait, comme aspiré par son foyer, et s'arrêtait quand le feu, par bouffées, venait lui rougir les jambes et les bras. Ses yeux larmoyaient, ce qui ajoutait encore à son handicap. Il reprit son chemin, à la fois nerveux et grisé par la fumée. Finalement, il dénicha une trouée d'air pur et s'y engouffra en courant, la tête de la Sédentaire dodelinant contre son dos.

Il atteignit la paroi du dôme et la longea. Il trouverait forcément une sortie à un moment donné. Il dut marcher plus longtemps qu'il ne l'aurait cru et tomba sur la porte qu'il avait franchie plus tôt. Il pénétra dans une pièce aux murs d'acier. Chaque fois qu'il respirait, Perry avait l'impression d'attiser des braises dans ses poumons.

Il déposa la fille par terre et ferma la porte. Puis une violente quinte de toux le saisit et il marcha de long en large, jusqu'à ce que la douleur s'atténue. Il se frotta les yeux, laissant un filet de sang et de suie sur son avant-bras. Son arc et son carquois étaient posés contre le mur, à l'endroit où il les avait abandonnés. La courbe de son arc semblait tellement rustique, comparée aux lignes pures de la pièce !

Perry s'agenouilla, les jambes flageolantes, et examina la Sédentaire. Son œil ne saignait plus. Elle avait un corps joliment dessiné. Des sourcils minces et sombres. Des lèvres roses. La peau lisse et laiteuse. D'instinct, il avait l'impression qu'elle était d'un âge proche du sien, mais avec une peau semblable, il ne pouvait l'affirmer. Tout à l'heure, il l'avait observée, perché dans un arbre. Elle contemplait les feuilles d'un air émerveillé. Il n'avait pas eu besoin de recourir à son odorat pour connaître l'humeur de la fille, dont le visage trahissait la moindre émotion.

Il écarta les cheveux noirs du cou de la fille et se pencha davantage. La fumée ayant émoussé son odorat, il ne pouvait s'y prendre autrement. Il la renifla. La chair de la fille ne sentait pas aussi fort que celle des autres Sédentaires, mais elle dégageait une odeur. Du sang chaud, mêlé à une autre effluve, rance et putride. Il renifla encore, intrigué, mais l'esprit de la fille était plongé dans l'inconscient, si bien qu'elle n'exhalait aucune humeur.

Il envisagea de l'emmener avec lui, mais les Sédentaires mouraient dans le Monde Extérieur. Cette pièce était sa seule chance de survivre à l'incendie. Il aurait voulu voir comment l'autre fille allait mais il n'en avait plus le temps.

Il se redressa.

– J'espère que tu vas vivre, petite Taupe, dit-il. Après tout ce qui vient de se passer.

Il pénétra dans une autre salle et ferma la porte derrière lui. Cet endroit avait visiblement été endommagé par une tempête d'Éther. Il traversa, tête baissée, une sombre galerie en ruine. Puis le passage se rétrécit, il dut ramper sur le ciment éclaté et le métal déformé, en poussant son arc et sa sacoche devant lui, jusqu'à ce qu'il retrouve son monde.

Il se releva et huma la nuit à pleines bouffées. Il accueillit avec bonheur l'air pur dans ses poumons en feu. Des alarmes troublèrent soudain le silence, d'abord lointaines puis d'une telle virulence que le son vibrait dans sa poitrine. Perry mit sa sacoche et son carquois en bandoulière, prit son arc, et s'en alla à petites foulées dans la fraîcheur précédant l'aurore.

Une heure plus tard, alors que la forteresse des Sédentaires ne formait plus qu'une butte insignifiante dans le lointain, il dut s'asseoir tant sa tête lui faisait mal. C'était le matin et il faisait déjà doux dans la Shield Valley, une étendue de terre aride qui s'étirait presque jusqu'à l'endroit où il vivait, à deux jours de marche vers le nord. Il appuya sa tête contre son avant-bras.

La fumée imprégnait ses cheveux et sa peau. Il la sentait à chaque respiration. La fumée des Sédentaires était différente de celle des siens. Elle empestait l'acier fondu et les produits chimiques. Sa joue gauche le faisait souffrir. Les muscles de ses cuisses tressautaient, vibrant encore au souvenir de la course.

Non content de s'être introduit par effraction dans la forteresse des Sédentaires – cette seule faute lui vaudrait d'être banni par son frère s'il l'apprenait –, il avait probablement tué l'un des leurs. Contrairement aux autres tribus, les Littorans n'étaient pas en conflit avec les Taupes. Perry se demanda s'il ne venait pas de changer la situation.

Il prit sa sacoche et farfouilla à l'intérieur. Ses doigts rencontrèrent un objet froid et velouté. Perry jura. Il avait oublié de laisser sur place la coque oculaire de la fille. Il la sortit, l'examina dans sa paume. Elle captait la lumière bleue de l'Éther comme une énorme goutte d'eau.

Perry avait entendu les Taupes à l'instant où il s'était introduit dans la zone boisée. Leurs éclats de rire lui étaient parvenus depuis la zone agricole. Il s'était approché en catimini, les avait observées. Il avait prévu de s'en aller quelques minutes plus tard, mais la fille avait aiguisé sa curiosité. Lorsque Soren lui avait arraché la coque oculaire, Perry n'avait pas pu rester sans rien faire, même si elle n'était qu'une Taupe.

Il rangea la coque dans son sac. Il pourrait toujours la vendre quand les marchands viendraient, au printemps. Les gadgets des Sédentaires se négociaient à prix d'or, et son peuple avait besoin de tant de choses… sans parler de son neveu, Talon. Il plongea la main tout au fond de sa sacoche, sous sa chemise, son gilet et son outre, jusqu'à ce qu'il trouve ce qu'il cherchait.

À la lumière du jour, l'éclat de cette pomme se révélait moins marqué que celui de la coque oculaire. Perry suivit du pouce les courbes du fruit. Il l'avait dérobé dans l'espace agricole. C'était la seule chose qu'il avait songé à prendre en traquant les Taupes. Il approcha la pomme de son nez et son odeur sucrée le fit saliver.

C'était un cadeau stupide. Même pas la cause de son effraction.

Et loin d'être suffisant.

4

PEREGRINE

Juste après minuit, Perry entra à grands pas dans le village des Littorans, quatre jours après l'avoir quitté. Il s'arrêta dans la clairière centrale, respira l'air salé du pays. L'océan était à une bonne demi-heure de marche vers l'ouest, mais les pêcheurs ramenaient avec eux l'odeur des embruns. Perry se passa une main dans les cheveux, encore humides après son bain. Ce soir, lui-même exhalait une odeur d'océan.

Perry rajusta l'arc et le carquois sur son dos. N'ayant pas de gibier, il n'avait aucune raison de prendre son chemin habituel vers les cuisines. Aussi demeura-t-il là, à contempler ce qu'il connaissait par cœur. Des demeures de pierre que le temps avaient érodées. Des portes et des volets en bois, patinés par la pluie et l'air marin. Malgré son aspect vétuste, le village était robuste.

C'était le moment idéal pour s'imprégner du calme ambiant, au cœur de la nuit. Avec l'hiver qui approchait et la nourriture qui se raréfiait, Perry s'était habitué à percevoir des humeurs angoissées dans l'atmosphère, durant la journée. Mais quand le soir tombait, le nuage des émotions humaines se dissipait pour laisser la place à des effluves plus paisibles ; l'air frais s'épanouissait comme une fleur vers le ciel et l'odeur musquée des animaux nocturnes aidait Perry à les traquer.

Même ses yeux appréciaient ce moment. Les contours

étaient plus nets. Les mouvements plus faciles à suivre. Avec son odorat et sa vision exceptionnels, Perry songea qu'il était fait pour la nuit.

Il inspira une dernière bouffée, s'arma de courage, puis entra dans la demeure de son frère, Vale. Il balaya du regard la table en bois et les deux fauteuils de cuir élimé disposés devant l'âtre, puis le grenier niché sous la soupente. Il se détendit seulement quand ses yeux se posèrent sur la porte close qui donnait sur l'unique chambre. Vale n'était pas réveillé. Il devait dormir avec Talon, son fils.

Perry s'approcha de la table et huma lentement l'air. Le chagrin flottait, dense et pesant, presque indécent dans cette pièce haute en couleurs. Il cernait la vision de Perry d'une brume grisâtre et sinistre. Il flaira aussi la fumée du feu moribond, l'odeur piquante du Luisant dans le pichet en terre, sur la table. Un mois s'était écoulé depuis le décès de Mila, la femme de son frère. Son parfum s'était estompé et avait presque disparu.

D'un doigt, Perry tapota le bord du pichet bleu. Au printemps dernier, il avait regardé Mila décorer l'anse de fleurs jaunes. Partout, Mila avait laissé son empreinte. Sur les assiettes et les bols de céramique qu'elle avait façonnés. Les tapis qu'elle avait tissés et les bocaux de verre remplis de perles qu'elle avait peintes. C'était une Vigile. Dotée d'une vision hors du commun. Comme la plupart des Vigiles, Mila se souciait des apparences. Sur son lit de mort, quand ses mains ne pouvaient plus tisser, peindre ni modeler l'argile, elle s'était mise à raconter des histoires en les parsemant de ses couleurs préférées.

Perry s'appuya lourdement sur la table, soudain affaibli et accablé par l'absence de Mila. Il n'avait pas le droit de broyer du noir : son frère avait perdu une épouse, et son neveu une mère ; ils souffraient bien plus que lui. Mais elle faisait aussi partie de sa famille.

Il se tourna vers la porte de la chambre, impatient de voir Talon. À en juger par la cruche vide, Vale avait bu. Pour l'heure, une rencontre avec son frère aîné était trop risquée.

Un bref instant, il s'imagina défier Vale pour tenter de lui prendre le titre de Seigneur de sang. Il assouvirait ainsi un besoin aussi vital pour lui que la soif. Si Perry dirigeait les Littorans, il procéderait à des changements. Il prendrait les risques que son frère évitait. La tribu ne pouvait continuer à vivre ainsi, repliée sur elle-même. Le gibier se raréfiait, et les tempêtes d'Éther s'amplifiaient d'un hiver à l'autre. La rumeur disait qu'il existait des contrées plus sûres, sous des cieux paisibles et bleus, mais Perry ne pouvait l'affirmer. Ce qu'il savait, en revanche, c'est que les Littorans avaient besoin d'un Seigneur de sang dynamique… alors que son frère ne voulait pas réagir.

Perry contempla ses bottes de cuir usées. Il avait beau se dire tout ça, voilà ce qu'il faisait : il restait là. Immobile. Il ne valait pas mieux que Vale. Il étouffa un juron et secoua la tête, dépité. Il lança sa sacoche dans les combles. Puis il retira ses bottes, grimpa à l'échelle et s'allongea sur le dos pour contempler les poutres. C'était idiot de rêvasser à quelque chose qu'il ne ferait jamais. Il partirait avant d'en arriver là.

Il n'avait pas encore fermé les yeux qu'il entendit une porte grincer, puis l'échelle remuer. Talon, petite silhouette floue dans la pénombre, enjamba le dernier barreau, puis se glissa sous la couverture et se figea, immobile comme la pierre. Perry passa par-dessus Talon pour s'installer du côté de l'échelle. L'espace était exigu et il ne voulait pas que son neveu dégringole dans son sommeil.

– Pourquoi tu n'es pas aussi rapide quand on va à la chasse ? le taquina-t-il.

Pas de réponse. Pas le moindre mouvement sous la couverture. Depuis la mort de sa mère, Talon se murait dans de longues périodes de silence, mais il n'avait jamais cessé de parler à Perry. Au vu de ce qui s'était passé la dernière fois qu'ils étaient ensemble, Perry ne s'étonnait pas du silence de son neveu. Il avait commis une erreur. Il en commettait trop, ces derniers temps.

– Tu ne veux pas savoir ce que je t'ai apporté ?

Talon ne mordait toujours pas à l'hameçon.

– Dommage, reprit Perry au bout d'un moment. Tu aurais adoré…

– Je sais ! dit Talon, de sa voix de sept ans pleine de fierté. Un coquillage.

– C'est pas un coquillage, mais tu as vu juste. En effet, je suis allé nager.

Avant de rentrer chez lui, Perry avait passé une heure à faire disparaître les odeurs qui imprégnaient sa peau et ses cheveux, en se frottant à pleines poignées de sable. Il le fallait bien, sinon son frère aurait flairé d'où il venait. Vale imposait des règles strictes, interdisant notamment de s'approcher des Sédentaires.

– Pourquoi tu te caches, Talon ? Sors de là.

Il souleva la couverture. Une effluve nauséabonde envahit ses narines. Perry eut un mouvement de recul et serra les poings, la gorge nouée. L'odeur de Talon ressemblait trop à celle de Mila quand la maladie l'avait assaillie.

Il aurait aimé croire qu'il se trompait. Que Talon allait bien et grandirait encore d'un an. Mais les odeurs ne mentaient jamais.

Les gens pensaient qu'en étant un Olfile, on détenait le pouvoir. Les Marqués – ceux qui possédaient un Sens dominant – étaient rares. Et Perry était d'autant plus exceptionnel qu'il avait deux Sens hyper-développés. Sa qualité de Vigile faisait de lui un archer chevronné. En outre, seuls les Olfiles dotés d'un odorat aussi sensible que le sien pouvaient flairer le désespoir ou la peur. C'était un avantage non négligeable face à l'ennemi, mais une malédiction lorsque cela s'appliquait à la famille. Le déclin de Mila avait été une épreuve difficile, mais avec Talon, Perry en venait à détester ce nez à cause de ce qu'il lui indiquait.

Il s'efforça de ne rien laisser paraître à son neveu. La lumière du feu, en bas, se reflétait sur les poutres. Elle soulignait la courbe des joues de Talon d'une lueur orangée. Elle soulignait la pointe de ses cils. Perry contemplait son neveu et ne trouvait rien à lui dire. Talon savait déjà ce que son oncle éprouvait. Il savait que Perry troquerait dans l'instant sa place contre la sienne, s'il le pouvait.

– Je sens que ça empire, dit l'enfant. Parfois, j'ai les jambes toutes lourdes... Parfois, je n'arrive pas bien à sentir les choses. Mais je n'ai pas trop mal.

Il enfouit son visage dans la couverture.

– J'étais sûr que ça te mettrait en colère, ajouta Talon dans un murmure.

– Talon, je ne suis pas... Ce n'est pas à *toi* que j'en veux.

Perry sentit sa poitrine se comprimer. Sa rage se mêlait à la culpabilité que ressentait son neveu, et l'empêchait de garder les idées claires. Il connaissait l'amour. Il aimait sa sœur Liv, et Mila, et se rappelait qu'il éprouvait de l'amour pour Vale, l'an passé. Mais avec Talon, l'amour ne constituait qu'une émotion parmi d'autres. Sa tristesse lui pesait comme un lourd fardeau. Perry vivait au rythme des émotions de son neveu. Sa joie lui donnait des ailes. En l'espace d'une respiration, les besoins de Talon devenaient ceux de Perry.

Les Olfiles appelaient ce phénomène la symbiose. Ce lien avait toujours facilité la vie de Perry. Le bien-être de Talon passait en premier. Dans les sept années écoulées, ils n'avaient cessé de chahuter tous les deux. Perry lui avait appris à marcher, puis à nager. À traquer le gibier, à tirer à l'arc, à préparer ses proies. Rien de plus simple. Talon adorait tout ce que Perry adorait. Mais depuis que Mila était tombée malade, Perry ne parvenait plus à maintenir Talon en forme ou joyeux. Toutefois, il savait qu'il l'aidait par sa présence. Et il restait auprès de lui le plus souvent possible.

– C'est quoi, cette chose ? demanda Talon.

– Quelle chose ?

– Celle que tu m'as apportée.

– Ah… ça !

La pomme. Perry aurait aimé le dire à Talon, mais la tribu comptait des Audiles, des gens dont l'ouïe était aussi développée que son propre sens olfactif. Sans compter Vale, qui posait un problème encore plus délicat. Ce dernier risquait de flairer ladite pomme. L'hiver serait là dans quelques semaines, et tout le commerce de l'année était fini. Vale questionnerait Perry sur la provenance du fruit. Perry ne pouvait se permettre d'aggraver ses ennuis avec son frère.

– Tu vas devoir attendre jusqu'à demain.

Perry avait prévu de lui donner la pomme à l'écart du village. Pour l'heure, elle resterait emballée dans un vieux bout de plastique, tout au fond de sa sacoche, avec la coque oculaire de la Sédentaire.

– C'est bon ?

Perry croisa les bras derrière sa tête.

– Allons, Tal ! J'en reviens pas que tu me poses cette question.

L'enfant étouffa un gloussement.

– Tu sens les algues en sueur, oncle Perry.

– Les algues en sueur ?

– Ouais. Les algues qui sont restées plusieurs jours sur les rochers.

Perry éclata de rire et lui donna une affectueuse bourrade dans les côtes.

– Merci, Couic !

Talon lui rendit sa bourrade.

– À ton service, le Brailleur !

Ils restèrent étendus quelques instants, respirant ensemble

dans la quiétude. À travers une fissure dans les poutres, Perry vit un éclat d'Éther tourbillonner dans le ciel. Les jours calmes, on voyait l'Éther rouler, monter et descendre comme des vagues dans le ciel. D'autres fois, il déferlait avec fureur, dans une débauche d'éclairs bleutés. Le feu et l'eau, réunis dans le ciel. L'hiver était la saison des tempêtes d'Éther, mais depuis quelques années, ces orages commençaient plus tôt et duraient plus longtemps. Ils en avaient déjà essuyé quelques-uns. Le dernier avait décimé la quasi-totalité du troupeau de moutons de la tribu, qui passait trop loin du village pour qu'on ait pu le ramener à l'abri à temps. Vale prétendait que c'était provisoire, que les tempêtes finiraient par s'atténuer. Perry n'était pas de cet avis.

Talon remua à ses côtés. Perry savait qu'il ne dormait pas. L'humeur de son neveu avait pris un aspect sombre et humide et finissait par enserrer son cœur comme un étau. Il déglutit avec peine, la gorge sèche, douloureuse.

– Qu'est-ce qu'il y a, Talon ?

– J'ai cru que tu étais parti. Je pensais que tu avais fui, après ce qui s'est passé avec mon père.

Perry poussa un long soupir. Quatre soirs plus tôt, Vale et lui s'étaient assis à la table d'en bas, se passant la bouteille de Luisant à tour de rôle. Pour la première fois depuis des mois, ils s'étaient parlé comme des frères. De la mort de Mila et de Talon. Même les meilleurs remèdes, que Vale s'était procurés grâce au troc, ne faisaient plus d'effet. Les deux hommes ne l'avaient pas évoqué, mais ils savaient tous les deux que Talon aurait de la chance s'il passait l'hiver.

Quand Vale s'était mis à buter sur les mots, Perry avait songé qu'il était temps pour lui de partir. Le Luisant l'adoucissait, mais produisait l'effet contraire sur son frère. Il le rendait enragé, comme leur père dans le passé. Cependant Perry était resté parce que Vale parlait, et donc lui aussi. Perry avait alors suggéré d'emmener la tribu sur une terre plus sûre.

Il aurait mieux fait de se taire. Ce genre de discussion menait immanquablement à une dispute, et provoquait des paroles pleines de colère. Mais cette fois, Vale n'avait rien dit. Il s'était contenté de tendre le bras et de flanquer une claque sur la mâchoire de son frère. Un coup à la fois familier et humiliant.

Perry avait riposté, par pur réflexe, en le frappant au nez. Et tous deux s'étaient empoignés au-dessus de la table. L'instant d'après, Talon était apparu à la porte de la chambre, somnolent et abasourdi. Perry avait dévisagé Vale, puis son neveu. Les mêmes yeux verts, graves, fixés sur lui. Comment avait-il pu frapper un jeune veuf, lui mettre le nez en sang ? Dans sa propre maison et devant son fils mourant ?

Honteux et furieux, Perry était parti. Il avait filé tout droit à la forteresse des Sédentaires. Vane ne trouvait peut-être plus de remèdes pour Talon, mais Perry avait entendu des rumeurs à propos des Taupes. Aussi s'était-il introduit chez eux, fou de rage, prêt à tout pour réparer sa faute. Mais il n'avait rapporté qu'une pomme et une coque oculaire de Sédentaire qui ne servait à rien.

Perry attira Talon contre lui.

– J'ai été idiot, Tal. Je n'avais pas les idées claires. Ce qui s'est passé cette nuit-là n'aurait jamais dû se produire. Mais il faut quand même que je m'en aille.

Il aurait déjà dû partir. Il avait même eu tort de revenir, ce qui l'obligeait à revoir Vale. Mais il n'avait pas supporté que le coup de poing qu'il avait flanqué à Vale soit le dernier souvenir que Talon garde de lui.

– Quand est-ce que tu vas partir ? demanda Talon.

– J'ai pensé que je… peut-être que je peux rester… hésita-t-il, la gorge serrée.

Les mots ne venaient pas facilement, même avec Talon.

– Bientôt. Tâche de dormir, Tal. Je suis là pour l'instant.

Talon enfouit son visage contre la poitrine de son oncle. Perry fixa son regard sur l'Éther, tandis que les larmes froides de Talon mouillaient l'étoffe de sa chemise. À travers la fissure dans les poutres, il vit les volutes bleues virevolter et tourbillonner, comme si elles ne savaient où aller. Certains prétendaient que les Marqués avaient de l'Éther dans les veines. Il les réchauffait et aiguisait leurs Sens. Ce n'étaient que des racontars, mais ils devaient avoir un fond de vérité. La plupart du temps, Perry se sentait assez proche de l'Éther.

Au bout d'un long moment seulement, le corps de Talon commença à peser dans les bras de Perry. Son épaule s'était engourdie, mais il garda le petit contre lui et s'endormit à son tour.

Perry rêva qu'il était au milieu de l'incendie des Sédentaires et qu'il suivait la fille. Elle courait devant lui, à travers la fumée et les flammes. Il ne voyait pas son visage, mais reconnaissait ses cheveux noir corbeau. Son odeur déconcertante. Il la poursuivait. Il voulait absolument la rejoindre, même s'il ne savait pas pourquoi. Il en était persuadé, comme cela se produit souvent dans les rêves.

Perry s'éveilla en sueur, les jambes percluses de crampes. Il voulut frictionner ses muscles pour dissiper la douleur, mais son instinct l'obligea à rester immobile. Des grains de poussière tourbillonnaient dans la pénombre du grenier, à la manière des odeurs : sans cesse en mouvement dans l'atmosphère. En bas, le plancher gémit sous le poids de son frère. Vale ajoutait du bois dans l'âtre et ranimait le feu. Perry lorgna la sacoche à ses pieds, espérant que le bout de plastique usé cacherait à son frère le parfum de la pomme.

L'échelle grinça. Vale montait. Talon dormait, pelotonné contre son oncle, un petit poing fermé sous le menton, ses cheveux bruns humides de sueur. Le grincement s'interrompit.

Vale respirait juste derrière Perry – un sifflement sonore dans la quiétude ambiante. Perry était incapable de flairer les humeurs de Vale. Comme ils étaient frères, leur nez ne distinguait pas les nuances, ne captant que leurs propres odeurs. Mais Perry imagina un relent de colère noire.

Il vit un couteau passer au-dessus de lui. L'espace d'un instant, Perry paniqua à l'idée que son frère puisse l'assassiner ainsi. Les duels pour le titre de Seigneur de sang étaient censés se dérouler à l'extérieur, devant toute la tribu. Il y avait des règles à observer. Cependant, leur conflit avait pris naissance autour de la table de la cuisine. D'entrée de jeu, c'était mal engagé. Dans tous les cas, que Perry s'en aille, meure ou l'emporte, Talon souffrirait.

L'instant d'après, Perry se rendit compte que ce n'était pas un couteau. C'était seulement la main de Vale, qui se posa sur la tête de Talon. Vale l'y laissa quelque temps et écarta les cheveux humides du front de son fils. Puis il redescendit lentement l'échelle. La lumière inonda le grenier quand la porte d'entrée s'ouvrit, avant de se refermer, laissant la maison silencieuse.

5

ARIA

Aria s'éveilla dans une pièce inconnue. Elle tressaillit et massa ses tempes douloureuses. Une étoffe lourde formait des plis sur ses bras. Elle baissa les yeux. Une combinaison blanche l'habillait du cou jusqu'aux pieds. Elle remua ses doigts que recouvraient des gants trop grands. Quelle était cette tenue étrange ?

Elle étouffa un petit cri, comprenant qu'il s'agissait d'une CombiMed. Lumina lui avait parlé de ce genre de vêtements thérapeutiques. Mais comment pouvait-elle être souffrante ? L'environnement stérile de Rêverie éradiquait toute maladie. Les ingénieurs généticiens tels que sa mère veillaient à ce que tout le monde reste en bonne santé. Cela dit, elle ne se sentait effectivement pas très en forme. Elle tourna doucement la tête à droite et à gauche. Le plus infime mouvement la faisait souffrir.

Elle se redressa lentement en position assise, et retint son souffle quand la douleur l'élança au creux du coude. Un tube rempli d'un liquide incolore sortait de sa combinaison, au niveau de son bras, et disparaissait dans l'épaisseur de la base du lit. Le sang battait dans ses tempes et elle avait la langue collée au palais.

Elle envoya un message affolé à sa mère. *Lumina, il s'est passé quelque chose. Je ne sais pas ce qui m'arrive. Maman ? Où es-tu ?*

Un comptoir en acier longeait une partie de la pièce. Un écran rétro était posé dessus, un moniteur à deux dimensions, comme ceux qu'on utilisait dans le temps. Aria y vit une série de courbes, sûrement les signes vitaux transmis par la combinaison.

Pourquoi Lumina mettait-elle autant de temps à réagir ?

Heure et situation géographique ? demanda-t-elle à son SmartEye. Rien n'apparut. Où était passé son SmartScreen ?

Paisley ? Caleb ? Où êtes-vous ?

Elle tenta de surfer sur le Domaine Plage. L'un de ses préférés. Elle se raidit quand des images parasites défilèrent dans sa tête. Des arbres en flammes. De la fumée qui ondoyait comme des vagues. Paisley qui ouvrait des yeux épouvantés. Soren *à cheval sur elle.*

Elle porta la main à son œil gauche, se palpa et tressaillit. Rien. Uniquement un globe oculaire inutile. Elle plaqua la paume sur son œil nu, juste au moment où un homme mince en blouse médicale entrait dans la pièce.

– Bonjour Aria. Tu es réveillée.

– Docteur Ward, dit-elle, vaguement soulagée.

Ward était un collègue de sa mère, un 5ᵉ Génération paisible, au visage carré et sérieux. Il n'était pas inhabituel de n'avoir qu'un seul parent mais, quelques années plus tôt, Aria s'était demandé s'il n'était pas son père. Ward et Lumina étaient semblables, à la fois réservés et absorbés par leur travail. Mais quand Aria lui avait posé la question, Lumina avait répondu : « Nous nous avons l'une l'autre, Aria. C'est bien suffisant. »

– Sois prudente, dit Ward. Tu as une petite coupure le long de l'arcade sourcilière qui n'est pas complètement guérie, mais sinon tout va bien. Tes analyses sont revenues du labo. Tu n'as aucune infection. Aucun dégât n'a été causé à tes poumons. Tes résultats sont remarquables, compte tenu de ce que tu as enduré.

Aria ne bougea pas sa main. Elle savait combien elle devait être affreuse.

– Où est mon SmartEye ? Je n'arrive pas à surfer dans les Domaines. Je suis coincée ici. Toute seule.

Elle se mordit la lèvre pour éviter de divaguer.

– Il semble que ton SmartEye ait été perdu dans le dôme AG 6. Je t'en ai commandé un neuf. Il devrait être prêt d'ici quelques heures. En attendant, je peux augmenter ta dose de sédatifs…

– Non, répliqua-t-elle aussitôt. Pas de sédatifs.

Elle comprenait à présent pourquoi ses idées s'embrouillaient.

– Où est ma mère ?

– Lumina est à Euphorie. La liaison est en panne depuis une semaine.

Aria dévisagea Ward. Un bip sur le moniteur indiqua que son pouls s'accélérait. Comment avait-elle pu oublier ? Elle s'était rendue à AG 6 à cause de Lumina. Mais pourquoi Lumina était-elle injoignable ? Elle se souvint d'avoir réinitialisé le SmartEye et d'avoir vu le fichier « Petit-Merle ».

– C'est pas possible, reprit-elle. Ma mère m'a envoyé un message.

Ward fronça les sourcils.

– Ah bon ? Comment sais-tu qu'il venait d'elle ?

– Le fichier était intitulé « Petit-Merle ». Lumina est la seule à me donner ce nom.

– Tu as lu le message ?

– Non, je n'ai pas eu le temps. Où est Paisley ?

Ward inspira lentement, avant de lui répondre :

– Aria, je suis désolé d'avoir à te l'annoncer. Soren et toi êtes les seuls survivants. Je sais que Paisley et toi étiez très proches.

Aria se cramponna aux bords du lit.

– Comment ça ? s'entendit-elle rétorquer. Vous voulez dire que Paisley est… *morte* ?

Impossible. Personne ne *mourait* à dix-sept ans. Tout le monde vivait facilement deux siècles.

Le moniteur bipa. Un bruit plus fort et insistant, cette fois.

Ward lui parlait.

– Vous avez quitté la zone de sécurité... avec des Smart-Eyes déconnectés... Le temps qu'on réagisse...

Puis elle n'entendit plus que *bip... bip... bip... bip...*

Ward se tut et il consulta l'écran : des courbes ascendantes et des chiffres croissants représentaient la sensation de malaise violent qui étreignait la poitrine d'Aria.

– Navré, Aria, dit-il.

La CombiMed se raidit, craqua en gonflant autour des membres d'Aria. Le froid envahit son bras. Elle baissa les yeux. Un liquide bleu afflua dans le tube et disparut dans la combinaison. Dans son corps. Ward lui avait administré un sédatif grâce à son SmartEye. Il s'approcha.

– Allonge-toi sinon tu vas tomber.

Aria aurait voulu lui dire de s'éloigner, mais ses lèvres s'engourdirent et sa langue se transforma en poids mort dans sa bouche. La pièce sembla vaciller autour d'elle tandis que le bip ralentissait d'un coup. Elle bascula en arrière et heurta le matelas dans un bruit sourd.

Le Dr Ward apparut au-dessus d'elle, l'air inquiet.

– Navré, répéta-t-il. Pour l'instant, c'est mieux pour toi.

Il sortit en fermant vigoureusement la porte derrière lui.

Aria essaya de bouger. Ses membres semblaient lestés et attirés vers le bas comme par un aimant. Au prix d'un gros effort de concentration, elle parvint à lever une main devant son visage. Une nouvelle bouffée de panique l'envahit quand elle vit le gant sur ses doigts et constata l'absence de coque sur son œil gauche.

Elle laissa sa main retomber, incapable de la contrôler davantage. Son bras glissa par-dessus le bord du lit. Elle s'en aperçut, mais ne put le ramener sur le matelas.

Aria ferma les paupières. Était-il arrivé quelque chose à Lumina ? À moins que ce soit à Paisley ? Une vibration envahissait son esprit, tel un diapason planté dans son crâne. Bientôt, elle n'aurait plus la moindre idée de ce qui l'avait attristée.

Aria n'aurait su dire combien de temps s'était écoulé quand le Dr Ward revint. Sans SmartEye, elle se sentait perdue.

– Désolé d'avoir été obligé de t'administrer un sédatif.

Il s'interrompit et attendit qu'elle parle. Elle gardait les yeux rivés sur les lumières du plafond.

– Ils sont prêts à commencer l'enquête, finit-il par ajouter.

Une enquête. Était-elle une criminelle à présent ? La CombiMed se ramollit autour de son corps. Ward s'avança et s'éclaircit la gorge. Aria tressaillit quand il retira l'aiguille de son bras. Elle supportait la douleur, mais pas le contact de ses mains. Elle se redressa dès qu'il recula. Ses idées s'emmêlaient dans sa tête et lui donnaient le vertige.

– Suis-moi, lui dit-il. Les Consuls t'attendent.

– Les *Consuls ?*

C'étaient les personnes les plus influentes de Rêverie, celles qui régnaient sur tous les aspects de la vie dans la Capsule.

– Le consul Hess sera là ? Le père de Soren ?

Le Dr Ward hocha la tête.

– Des cinq, c'est lui le plus impliqué. C'est le Directeur de la Sécurité.

– Je ne veux pas le voir ! Tout est de la faute de Soren. C'est lui qui a mis le feu !

– Aria, tais-toi ! N'en dis pas plus, s'il te plaît.

Ils se dévisagèrent un court instant. Aria déglutit avec peine. Elle avait la gorge desséchée.

– Il ne faut pas que je dise la vérité, c'est ça, hein ?

– Mentir ne t'apportera rien de bon, dit Ward. Ils ont les moyens de connaître la vérité.

Aria n'en croyait pas ses oreilles.

– Viens. Si tu tardes, ils te condamneront sur ce simple motif.

Le Dr Ward la précéda dans un vaste couloir en courbe, si bien qu'Aria ne pouvait voir ce qui l'attendait au bout. La CombiMed l'obligeait à marcher en écartant les bras et les jambes. Avec ses muscles ankylosés, Aria avait l'impression de se traîner derrière lui comme une zombie.

Elle remarqua des fissures et des traces de rouille sur les murs. Rêverie existait depuis près de trois cents ans, mais jusqu'ici, Aria n'avait jamais remarqué que la capsule accusait son âge. Elle avait passé toute sa vie dans le Panoptique, l'immense coupole immaculée située au centre de Rêverie. Tout ou presque s'y déroulait, sur quarante niveaux qui abritaient secteurs résidentiels, centres éducatifs, zones de repos et salles à manger, l'ensemble se déployant autour d'un atrium. Aria n'avait jamais repéré de fissure dans le Panop. Cela dit, elle ne s'était pas vraiment donné la peine d'en chercher.

La décoration du Panoptique était répétitive et banale afin de promouvoir une utilisation maximum des Domaines. Dans la réalité, tout était neutre, jusqu'aux tenues grises des gens. En suivant le Dr Ward, Aria se demanda combien d'autres secteurs de la Capsule se détérioraient.

Ward s'arrêta devant une porte banalisée.

– Je te retrouve après.

Sa phrase ressemblait à une question.

Aria ne vit pas les cinq Consuls de Rêverie en entrant dans la salle. Ils apparaissaient pourtant toujours ensemble lors des allocutions publiques, s'exprimant depuis un ancien Sénat virtuel. Un seul homme était assis à une table.

Le père de Soren. Le consul Hess.

– Assieds-toi, Aria, lui dit-il.

Il lui désigna la chaise métallique de l'autre côté de la table.

Elle obtempéra et baissa la tête, laissant ses cheveux recouvrir son œil nu. La pièce ressemblait à une grosse boîte de métal aux parois criblées de bosses. Elle empestait le désinfectant.

– Un instant, dit le consul Hess en la regardant sans la voir.

Aria croisa les bras pour cacher ses mains tremblantes. Hess devait consulter les rapports concernant l'incendie sur son SmartScreen. À moins qu'il ne discute de la procédure avec un expert.

Le père de Soren était un 12e Génération qui avait bien entamé son deuxième siècle. Soren et lui se ressemblaient, avec leurs corps trapus et leurs traits réguliers. Cependant, leur ressemblance n'était pas frappante. Les traitements de rajeunissement donnaient à la peau du consul Hess l'aspect tendre et délicat de celle d'un bébé, alors que le bronzage de Soren le vieillissait. Toutefois, comme chez la plupart des personnes de plus de cent ans, l'âge du Consul se lisait dans ses yeux caves et mornes, semblables à des noyaux d'olive.

Le regard d'Aria s'attarda sur la chaise voisine. Elle n'aurait pas dû être vide. Sa mère aurait dû l'occuper, plutôt que de se trouver à des centaines de kilomètres. Aria essayait depuis toujours de comprendre le dévouement de Lumina pour son travail. Ce n'était pas facile : elle savait peu de chose à ce sujet. « C'est confidentiel », disait Lumina, chaque fois que sa fille l'interrogeait. « Tu sais tout ce que je peux en dire. Ça concerne la génétique. Un travail qui compte beaucoup pour moi, mais pas autant que toi. »

Comment Aria pouvait-elle encore la croire ? Où était Lumina quand Aria avait besoin d'elle ?

L'attention du consul Hess se focalisa sur elle comme la lentille d'un objectif. Il n'avait pas encore parlé, mais Aria savait qu'il l'étudiait. Il pianota de ses doigts sur la table en fer.

– Allons-y, dit-il enfin.

– Les autres Consuls ne devraient-ils pas être présents ?

– Les Consuls Royce, Medlen et Tarquin assistent à une cérémonie. Ils visionneront notre conversation plus tard. Le Consul Young est à nos côtés.

Aria regarda le SmartEye de son interlocuteur et se rappela une nouvelle fois qu'elle avait perdu le sien.

– Je ne vois personne.

– Certes. Tu as traversé une dure épreuve, n'est-ce pas ? Je crains que mon fils ne soit responsable de ce qui s'est produit. Soren est un hacker-né. Un atout encombrant à son âge, mais un jour, il nous sera fort utile.

Aria attendit que sa voix soit suffisamment assurée, avant de reprendre :

– Vous lui avez parlé ?

– Uniquement dans les Domaines, répondit le consul Hess. Il ne pourra pas s'exprimer à haute et intelligible voix avant quelque temps. On est en train de cultiver de nouveaux os pour sa mâchoire. Une grande partie de la peau de son visage devra être régénérée. Il n'aura plus jamais la même apparence, mais il survivra. Il a eu de la chance… mais pas autant que toi.

Aria contempla la table. Une longue et profonde éraflure zébrait le métal. Elle ne voulait pas imaginer le visage de Soren défiguré par des cicatrices. Elle ne voulait pas l'imaginer du tout.

– Voilà plus d'un siècle que Rêverie n'a pas subi de violation de sa sécurité. C'est à la fois absurde et impressionnant qu'un groupe de 2e Génération puisse réussir ce que les tempêtes d'Éther et les Sauvages n'ont pu accomplir.

Le Consul marqua une pause avant d'enchaîner :

– Tu réalises que vous étiez à deux doigts de détruire toute la Capsule ?

Aria hocha la tête sans croiser son regard. Elle savait combien il était dangereux d'allumer un feu, mais elle avait laissé faire. Elle aurait dû agir plus tôt. Peut-être qu'elle aurait pu sauver la vie de Paisley, si elle avait eu le courage d'affronter Soren.

Elle sentit sa vision se brouiller.

Paisley était morte.

Comment était-ce possible ?

– Les caméras d'AG 6 ne fonctionnaient pas et vos Smart-Eyes étaient désactivés. Nous ne disposons donc que de vos témoignages pour nous expliquer ce qui s'est produit cette nuit-là.

Il se pencha en avant et sa chaise racla doucement le sol.

– J'ai besoin que tu me racontes exactement ce qui s'est passé sous ce dôme.

Aria leva la tête et scruta son regard froid, en quête d'un indice. Avaient-ils découvert son SmartEye ? Hess était-il au courant de l'enregistrement ?

– Qu'est-ce que Soren vous a dit ?

Les lèvres du Consul s'étirèrent en un sourire.

– C'est confidentiel, tout comme le sera ton témoignage. Rien ne sera divulgué avant que l'enquête soit bouclée. Je t'écoute...

De son doigt ganté, Aria suivit l'éraflure sur la table. Comment pouvait-elle dire à Hess que son fils s'était transformé en monstre ? Elle avait besoin de ce SmartEye. Sans lui, ils croiraient la version de Soren, quelle qu'elle soit. Il l'avait d'ailleurs dit lui-même sous le dôme agricole.

– Plus vite nous aurons réglé ça, plus vite tu pourras t'en aller, déclara Hess. Tu as besoin de temps pour faire le deuil de tes amis, comme nous tous. C'est pourquoi nous avons annulé les cours et tous les travaux non essentiels jusqu'à la fin de la semaine. On m'a dit que ton ami Caleb organisait un hommage pour Paisley. Et j'imagine combien tu dois avoir hâte de voir ta mère...

Aria se crispa.

– Ma mère ? Le Dr Ward m'a dit que la liaison était toujours en panne.

Hess balaya la remarque d'un geste.

– Ward ne fait pas partie de mon personnel. Lumina est très inquiète à ton sujet. Je me suis arrangé pour que tu puisses la voir dès que nous aurons fini.

Des larmes de soulagement perlèrent dans les yeux d'Aria. Lumina allait bien. Elle avait sans doute cherché à joindre sa fille quand celle-ci se trouvait dans AG 6, et laissé le message alors qu'Aria n'était pas disponible en ligne.

– Vous lui avez parlé quand ? Comment se fait-il que la liaison ait été aussi longtemps interrompue ?

– Ce n'est pas moi qu'on interroge ici, Aria. J'attends ton témoignage. Depuis le début.

Aria commença par évoquer la déconnexion de leurs SmartEyes d'une voix hésitante, puis prit confiance en elle à mesure qu'elle décrivait la partie de Fruit-Ball et l'incendie. Chaque parole la rapprochait de Lumina. Lorsqu'elle arriva à l'épisode où les garçons s'étaient mis à les pourchasser, Paisley et elle, Aria recommença à balbutier ; sa voix était chevrotante.

– Quand… quand Soren… a arraché mon SmartEye, j'ai perdu connaissance, j'imagine. Ensuite, je ne me souviens plus de rien.

Le consul Hess planta ses coudes sur la table.

– Pourquoi Soren aurait-il fait cela ?

– Je n'en sais rien. Demandez-lui.

Le regard morne de Hess la transperça. Les autres Consuls lui communiquaient-ils des questions par l'intermédiaire de son SmartEye ?

– Soren m'a confié que c'est toi qui avais eu l'idée d'aller là-bas. Que tu cherchais des informations au sujet de ta mère.

– C'était son idée à lui ! se défendit Aria. Elle grimaça : la douleur dans sa tête s'était réveillée. Les sédatifs. La douleur physique. Le chagrin. Elle ne savait pas ce qui la faisait le plus souffrir.

– Soren voulait connaître une vraie aventure, reprit-elle. Il avait prévu de faire du feu. Je l'ai suivi uniquement parce que j'espérais qu'il me donnerait des informations sur Euphorie.

– Comment se fait-il qu'on t'ait découverte dans le sas extérieur ?

– Ah bon ? Je l'ignorais. Je vous l'ai dit. J'ai un trou de mémoire.

– Y avait-il quelqu'un d'autre là-bas, avec toi ?

– Quelqu'un *d'autre* ?

Qui d'autre aurait pu se trouver sous un dôme interdit ? Aria se crispa. Une image floue venait de surgir dans son esprit. Cela s'était-il réellement passé ?

– Il y avait… il y avait un Étranger.

– Un Étranger, répéta le consul Hess d'une voix posée. Selon toi, comment quelqu'un de l'Extérieur aurait-il pu se trouver dans AG 6 le même soir que vous, au moment où Soren a désactivé le système ?

– Vous m'accusez d'avoir laissé entrer un *Sauvage* dans Rêverie ?

– Je te pose de simples questions. Pourquoi étais-tu la seule en sécurité dans le sas ? Pourquoi n'as-tu pas été agressée ?

– C'est *votre fils* qui m'a agressée !

– Calme-toi, Aria. Il s'agit de questions de routine. Leur but n'est pas de te déstabiliser. Nous devons reconstituer les faits.

Aria fixa le SmartEye du Consul Hess, en imaginant qu'elle s'adressait au consul Young.

– Si vous voulez des faits, retrouvez mon SmartEye. Vous verrez alors ce qui s'est passé.

Le consul Hess écarquilla les yeux de surprise, mais il se ressaisit aussitôt.

– Tu as donc fait un enregistrement ? Un véritable exploit avec une coque désactivée. Tu es une fille intelligente. Comme ta mère.

Hess pianota plusieurs fois sur la table.

– Nous sommes en train de rechercher ton SmartEye. Nous le trouverons. Qu'as-tu enregistré, au juste ?

– Uniquement ce que je vous ai dit. Votre fils qui devenait cinglé.

Hess s'adossa à son siège et croisa les bras.

– Ceci me met dans une situation délicate. Mais sache que

justice sera rendue. Je suis avant tout responsable de la sécurité de la Capsule. Merci, Aria. Tu as été d'une aide précieuse. Peux-tu supporter quelques heures de transport ? Ta mère se languit de te voir.

– Je vais réellement aller à Euphorie ?

– Tout à fait. Un véhicule t'attend. Lumina a insisté pour te voir en chair et en os. Elle veut s'assurer que tu reçois tous les soins nécessaires. Elle sait être persuasive, n'est-ce pas ?

Aria acquiesça et sourit en pensée. Elle imaginait la confrontation entre sa mère et le Consul. Lumina avait la patience d'une scientifique. Elle ne baissait pas les bras tant qu'elle n'obtenait pas ce qu'elle voulait.

– Je vais bien. Je peux partir.

Aria n'était pas dans une forme olympique, mais elle était prête à faire semblant, si cela lui permettait de voir sa mère.

– Parfait.

Le consul Hess se leva. Deux hommes arborant la tenue bleue des Gardiens de Rêverie entrèrent dans la pièce, qui parut soudain exiguë en raison de leur carrure imposante. Deux autres gardiens restèrent à l'extérieur. Ils fixèrent son visage, à l'endroit où aurait dû se trouver son SmartEye. Aria décida que ça ne servait plus à rien de couvrir son œil nu. Lorsqu'elle se leva, une kyrielle de douleurs assaillit ses muscles et ses articulations.

– Prenez soin d'elle, recommanda le consul Hess aux Gardiens. Je te souhaite un prompt rétablissement, Aria.

– Merci, Consul Hess.

Il sourit.

– Inutile de me remercier. C'est le moins que je puisse faire, après tout ce que tu as traversé.

6
PEREGRINE

En fin de matinée, Perry mit sa sacoche et son arc en bandoulière, puis sortit avec Talon. Une foule de pêcheurs et de fermiers se pressait dans la clairière, comme si la journée de travail était achevée. Perry posa la main sur l'épaule de Talon et l'obligea à s'arrêter.

– Est-ce qu'il va y avoir une attaque ? demanda le petit.

– Non, répondit Perry.

Les odeurs qui flottaient alentour n'étaient pas caractéristiques de la panique qui précède une attaque.

– Ça doit être l'Éther.

Les tourbillons bleus paraissaient plus vifs que la veille au soir. Perry en vit certains tournoyer au-dessus d'épais nuages de pluie.

– Ton père a dû convoquer tout le monde.

– Ça n'a pas l'air si terrible.

– Pas encore.

Tous comme les Olfiles les plus forts, Perry était capable d'anticiper les tempêtes d'Éther. Si son nez le démangeait, il savait que la situation dans le ciel allait s'aggraver et se transformer en véritable menace. Mais Vale ne prenait jamais de risques avec la sécurité des Littorans.

Son estomac criait famine, Perry conduisit donc Talon au réfectoire. Il remarqua que son neveu s'appuyait davantage sur sa jambe droite. Un boitement peu marqué. À peine perceptible même. Cependant, lorsqu'ils croisèrent une bande de gamins braillards aux corps efflanqués par les efforts et la malnutrition, et non par la maladie, Talon s'arrêta de marcher. Quelques mois plus tôt, il était le chef de cette meute.

Perry hissa son neveu sur son épaule, le suspendit la tête en bas et fit mine de s'amuser. Talon rit aux éclats, mais Perry savait qu'il faisait lui aussi contre mauvaise fortune bon cœur. Le petit mourait d'envie d'aller courir avec ses amis, de recouvrer le plein usage de ses jambes.

Une odeur d'oignon et de feu de bois flottait dans la pâleur froide du réfectoire. C'était la plus grande bâtisse du village. L'endroit où les habitants se restauraient, où Vale tenait ses réunions pendant les mois d'hiver. Une dizaine de grandes tables sur tréteaux occupaient une partie de la salle. Celle de Vale se trouvait au fond sur une estrade. De l'autre côté, derrière un muret de brique, il y avait un four à bois, une rangée de fourneaux en fer et plusieurs plans de travail, sur lesquels la nourriture ne s'entassait plus depuis des années.

Tous les jours, c'est ici qu'était rapporté le fruit de la pêche et de la récolte, à quoi s'ajoutait ce que Perry et les autres chasseurs parvenaient à attraper. Tout était ensuite partagé entre les familles du village. Une rivière souterraine coulait dans la vallée des Littorans, ce qui facilitait l'irrigation des champs. Hélas, toute l'eau du monde ne leur était d'aucun secours quand les tempêtes d'Éther se déchaînaient, calcinant de vastes étendues de terre. Cette année, les récoltes n'avaient pas permis de faire des provisions pour l'hiver. La tribu mangerait uniquement grâce à la sœur de Perry, Liv.

Quatre vaches. Huit chèvres. Une vingtaine de poulets. Dix sacs de céréales. Cinq sacs d'aromates séchés. C'était ce que le mariage de Liv avec un Seigneur de sang nordiste avait rapporté aux Littorans. « Je coûte cher ! » avait plaisanté Liv le jour de son départ, mais ni Perry ni son meilleur ami, Roar, n'avaient ri. La moitié de la marchandise était déjà arrivée. Le reste devait leur être envoyé quelques jours plus tard, quand Liv aurait rejoint son futur époux. Ils en auraient besoin bientôt, avant que l'hiver n'arrive en force.

Perry repéra tout de suite un groupe d'Audiles assis à une table du fond. Ils chuchotaient entre eux la tête baissée. Les Grandes Oreilles chuchotaient toujours. Peu après, Perry perçut une vague d'énergie d'un vert éclatant, aussi vivifiante que des feuilles de cyprès. Leur excitation. L'un d'entre eux avait dû surprendre son empoignade avec Vale et devait maintenant la raconter aux autres.

Perry installa Talon devant le comptoir en brique, lui ébouriffa les cheveux et héla une jeune femme qui hachait des oignons :

– Je t'ai amené une fouine aujourd'hui, Brooke ! C'est tout ce que j'ai trouvé. Le gibier se fait rare, ces temps-ci.

Brooke se tourna vers les nouveaux venus et sourit. En guise de collier, elle portait l'une des pointes de flèche de Perry, suspendue à un lacet de cuir. Elle avait fière allure aujourd'hui. Mais, à vrai dire, Brooke était toujours resplendissante. Ses yeux bleus perçants s'attardèrent un instant sur la joue de Perry, puis elle fit un clin d'œil à Talon.

– Elle est drôlement mignonne cette fouine ! Et je parie qu'elle est bonne à manger.

Brooke indiqua du menton la grosse marmite suspendue au-dessus du feu.

– Jette-la donc là-dedans.

– Eh, je suis pas une fouine ! gloussa Talon, alors que Perry le prenait dans ses bras.

– Attends, Perry.

Brooke leur présenta deux bols de gruau.

– Autant l'engraisser avant de le cuire !

Comme d'habitude, Talon et son oncle s'installèrent à une table près de la porte, d'où Perry pouvait capter les effluves provenant du dehors. Celles-ci l'avertiraient de l'arrivée de Vale. Il nota alors que Wylan et Bear, les meilleurs hommes de Vale, étaient assis avec les Audiles. Vale avait dû aller chasser en solitaire.

Perry engloutit le gruau d'avoine afin de ne pas trop en sentir le goût. Étant un Olfile, son goût aussi était exacerbé. Ce qui n'était pas toujours un avantage. La bouillie, pourtant fade, avait des traces d'autres aliments que le bol en bois avait précédemment contenus, et laissait sur sa langue un arrière-goût rance de poisson séché, de lait de chèvre et de navets. Il alla quand même se resservir, bien qu'étreint par un sentiment de culpabilité à l'idée de se remplir la panse au prix du bonheur de sa sœur.

Talon avait remué sa bouillie pendant un moment sans y toucher. À présent il regardait un peu partout sauf dans son bol. Ce manque d'appétit attrista profondément Perry.

– On va chasser? proposa-t-il.

La chasse lui donnerait un prétexte pour emmener son neveu loin du village et lui offrir enfin la pomme, son fruit préféré. Quand les marchands en apportaient, Vale en achetait toujours une en secret, uniquement pour Talon.

– Mais l'Éther… objecta l'enfant en cessant de remuer sa bouillie.

– Avec moi tu ne crains rien.

Le petit plissa le nez et se pencha pour murmurer :

– Je ne peux plus quitter le village. Mon père me l'a interdit.

Perry fronça les sourcils.

– Depuis quand?

– Euh… Le jour où tu es parti.

Perry réprima une poussée de rage; il ne souhaitait pas que Talon la perçoive. Comment Vale pouvait-il refuser à son fils de chasser? Talon adorait ça.

– On pourrait y aller en cachette!

– Oncle Perry…

Perry regarda par-dessus son épaule, suivant le regard de Talon jusqu'à la table du fond.

– Quoi ? Tu penses que les Grandes Oreilles m'ont entendu ? s'enquit-il, alors qu'il connaissait très bien la réponse.

Perry murmura quelques suggestions aux Audiles. Leur conseillant, entre autres, d'aller se faire voir ailleurs. Ce qui lui valut plusieurs regards noirs.

– Tu avais raison, Talon. Ils nous écoutent. J'aurais dû m'en douter. Je sens Wylan d'ici. Tu penses que cette puanteur provient de sa *bouche* ?

Talon sourit jusqu'aux oreilles. Il avait perdu quelques dents de lait. Son sourire évoquait un épi de maïs grignoté.

– Non je dirais plutôt que ça vient de sa partie sud.

Perry éclata de rire.

– Boucle-la, Peregrine ! brailla Wylan. Tu as entendu le gamin : il n'est pas censé quitter le village. Tu tiens vraiment à ce que Vale sache ce que tu mijotes ?

– À toi de voir, Wylan. Tu le dis ou non à Vale… Ça dépend si tu préfères avoir affaire à lui ou à moi…

Perry connaissait la réponse. Les punitions de Vale étaient dures. Il divisait les rations par deux, distribuait des corvées à l'extérieur, ou des tours de garde nocturne supplémentaires en hiver. Mais pour une créature vaniteuse comme Wylan, elles étaient toujours préférables à la correction que Perry risquait de lui infliger. Et quand le groupe d'Audiles se leva et fondit sur lui, Perry faillit renverser le banc en se redressant. Il se planta dans l'allée, entre les tables, Talon dissimulé derrière lui.

Wylan, en tête du groupe, s'arrêta à quelques pas.

– Arrête Peregrine, espèce d'idiot ! Il se passe quelque chose dehors.

Perry comprit enfin : les Audiles ne se levaient pas pour lui mais parce qu'ils avaient entendu du bruit à l'extérieur. Il s'écarta pour les laisser passer, le reste des gens présents au réfectoire dans leur sillage.

Perry revint vers Talon. Le bol de son neveu s'était renversé sur la table.

– J'ai cru que… commença-t-il, enfin, tu le sais déjà, pas besoin de t'expliquer.

Mieux que quiconque, Talon connaissait le sang qui bouillonnait en Perry. Il avait toujours été impétueux, mais cela empirait. Ces derniers temps, Perry était de toutes les bagarres. L'influence de l'Éther présent dans son sang se renforçait au fil des ans et des tempêtes. Il avait l'impression que son corps avait une vie propre, qu'il restait toujours en alerte, prêt au seul combat qui saurait le satisfaire.

Hélas, Perry ne pouvait disputer ce combat. Lors d'une lutte pour le titre de Seigneur de sang, soit le perdant mourait, soit il était contraint à l'exil. Or, Perry ne voulait ni laisser Talon sans père, ni forcer Vale et son enfant malade à fuir dans la nature. La seule loi qui existait dans les contrées frontalières, par-delà les territoires tribaux, était celle de la survie.

Ce qui laissait un seul choix à Perry : partir. Ainsi, Talon resterait jusqu'à la fin de sa vie à l'abri du village. Mais cette décision était dure parce qu'elle ne permettait pas à Perry d'aider les Littorans comme il s'en savait capable.

Les villageois s'étaient rassemblés dans la clairière. L'air de l'après-midi était chargé d'humeurs survoltées. Des odeurs fortes, mais sans la moindre trace de frayeur. Des dizaines de voix bavardaient, bourdonnant confusément dans les oreilles de Perry. Pourtant, les Audiles avaient dû surprendre une information particulière pour se ruer au-dehors. Perry aperçut Bear qui fendait la foule. Puis Wylan et quelques autres lui emboîtèrent le pas, se dirigeant vers l'extérieur du village.

– Perry ! Par ici !

Brooke, debout sur le toit en tuiles du réfectoire, lui faisait signe. Perry grimpa sur les caisses de récolte vides empilées contre le mur du bâtiment et aida Talon à se hisser derrière lui.

Depuis le toit, on jouissait d'une vue imprenable sur les collines délimitant la frontière orientale du territoire des Littorans. Les terres agricoles s'étiraient en mosaïque de marrons et de verts, traversée par une rangée d'arbres le long de la rivière souterraine. Perry apercevait aussi les lopins qui avaient été calcinés par l'Éther au début du printemps.

– Là-bas ! indiqua Brooke.

Perry regarda dans la direction qu'elle lui indiquait. Vigile, comme Brooke, il avait une meilleure vision que la plupart des gens ; cependant, sa véritable force, c'était de voir dans le noir. Il ne connaissait aucun autre Vigile qui en soit capable, il essayait donc de rester discret sur ce point.

Perry secoua la tête, incapable de distinguer quoi que ce soit à une telle distance.

– Tu sais que je suis plus doué la nuit.

Brooke lui décocha un sourire enjôleur.

– J'en suis sûre…

Il lui rendit son sourire.

– Plus tard… se contenta-t-il d'ajouter, faute de trouver mieux.

La jeune fille éclata de rire et laissa son intense regard bleu se perdre au loin. Brooke était une Vigile chevronnée, la meilleure de la tribu depuis que sa sœur cadette Clara avait disparu. Plus d'un an s'était écoulé, mais Brooke n'avait pas renoncé à la voir revenir un jour. Perry flaira l'espoir qui gonflait dans sa poitrine. Puis il le sentit flétrir, se muant en déception.

– C'est Vale, dit-elle. Il rapporte quelque chose d'énorme. On dirait un cerf.

Perry aurait dû être soulagé d'apprendre qu'il s'agissait seulement de son frère qui rentrait de la chasse, et non d'une autre tribu qui les attaquerait pour leur prendre leur nourriture. Mais il ne l'était pas.

Brooke s'avança vers lui ; son regard s'attarda sur sa joue contusionnée.

– On dirait que ça te fait mal, dit-elle en promenant un doigt sur son visage avec une grande douceur.

Quand le parfum fleuri de la jeune femme l'atteignit, Perry ne put s'empêcher de l'attirer à lui.

La plupart des filles de la tribu se méfiaient de Perry, ce qu'il comprenait, compte tenu de son avenir incertain parmi les Littorans. Mais Brooke réagissait différemment. Plus d'une fois, tandis qu'ils étaient allongés dans la tiédeur de l'herbe estivale, elle lui avait glissé à l'oreille qu'ils pourraient devenir le couple dirigeant. Perry appréciait la jeune femme, mais il savait que cela n'arriverait pas, parce qu'il voulait choisir une Olfile comme partenaire, une fille qui aurait le même sens dominant que lui. Mais Brooke n'abandonnait jamais, ce qu'il ne trouvait pas désagréable.

– Alors, c'est vrai qu'il s'est passé quelque chose entre Vale et toi ? demanda-t-elle.

Perry soupira longuement. Les nouvelles allaient tellement vite quand il y avait des Audiles dans les parages.

– Vale n'est pas responsable de ce bleu à la joue.

Brooke sourit mais visiblement, elle ne le croyait pas.

– Tout le monde est là, Perry. C'est le moment idéal pour le défier.

Perry recula et étouffa un juron. Brooke n'était pas une Olfile. Elle ne savait pas ce qu'on ressentait lorsqu'on était en symbiose avec quelqu'un. Il désirait plus que tout devenir Seigneur de sang, mais jamais il ne pourrait mettre Talon en difficulté.

– Je le vois ! s'écria soudain son neveu.

Perry le rejoignit. Vale traversait l'étendue de terre battue qui encerclait le village. Il était grand, comme Perry, mais il faisait ses sept ans de plus et il paraissait plus robuste. Autour de son cou, sa chaîne de Seigneur de sang étincelait sous la lumière du ciel. Des tatouages d'Olfile ornaient ses biceps. Une bande sur chaque bras, sobre et fière, contrairement aux deux bandes qui s'entremêlaient sur ceux de Perry. Au niveau du cœur, le torse de Vale était barré d'une ligne descendante et d'une ligne montante – un V, comme la première lettre de son prénom et les deux versants de la vallée. Il avait tiré ses cheveux bruns en arrière, ce qui permit à Perry de bien voir ses yeux. Ils étaient calmes et fixes comme jamais. Derrière Vale, sur une litière de cordes et de branches, gisait sa proie.

Le cerf devait peser plus de cent kilos. Sa tête était repliée contre son abdomen afin d'éviter à ses bois énormes de traîner par terre. C'était un dix-cors. Une bête gigantesque.

En contrebas des cuisines, le tambour donna le rythme. Les autres instruments suivirent bientôt. Ils jouaient le Chant du Chasseur. Un air qui faisait vibrer le cœur de Perry chaque fois qu'il l'entendait.

Une foule d'habitants se précipitaient à la rencontre de Vale. Ils le déchargèrent de la litière, lui apportèrent de l'eau et le félicitèrent. Un cerf de cette taille allait remplir les estomacs. Une bête comme celle-ci constituait un heureux présage pour l'hiver à venir. De même que pour la saison des cultures qui suivrait. C'était la raison pour laquelle Vale avait demandé à tout le monde de rentrer au village. Il souhaitait que la tribu au grand complet le voie rentrer avec son trophée.

Perry fixa ses mains tremblantes. C'est lui qui aurait dû tuer ce cerf. C'est lui qui aurait dû tirer cette litière. La chance de Vale le sidérait. Comment pouvait-il rapporter un cerf de cette taille, alors que lui-même n'en avait pas pisté un seul de l'année ? Perry se savait meilleur chasseur. Il serra les dents et s'efforça de refouler la pensée suivante… en vain. Il ne pouvait s'empêcher de penser qu'il serait aussi meilleur Seigneur de sang.

– Oncle Perry ?

Talon le regardait, sa maigre poitrine était agitée de spasmes, et il avait le souffle court. Perry vit sa jalousie rageuse se refléter dans les yeux de son neveu, se mêler à la frayeur de Talon. Il respira ce mélange d'odeurs imprégné de désespoir et comprit qu'il n'aurait jamais dû revenir.

7
ARIA

Aria suivit les Gardiens dans les couloirs sinueux. Elle avait envie de quitter le réel, où tout était rouillé, fissuré. Où les gens mouraient dans des incendies. Elle aurait aimé avoir son nouveau SmartEye, afin de pouvoir se dédoubler et s'échapper dans un Domaine loin d'ici, dès maintenant.

Elle remarqua la présence de nombreux Gardiens dans les coursives, ainsi que dans les pièces qu'elle entrevoyait au passage, semblables à des cafétérias et à des salles de réunion. Aria connaissait de vue la plupart des Gardiens, mais ils ne comptaient pas parmi les gens auxquels elle se mêlait dans les Domaines.

Les Gardiens lui firent franchir un sas de décompression appelé DÉFENSE & RÉPARATIONS EXTERNES 2. Elle s'arrêta net sur le seuil du centre de transit le plus vaste qu'elle avait jamais vu. Des Aéroflotteurs – véhicules irisés et arrondis qu'elle avait jusque-là vus uniquement dans les Domaines – s'alignaient sur plusieurs rangées. Ces élégants vaisseaux étaient voûtés, tels des insectes prêts à s'envoler. Les pistes aériennes, délimitées par des faisceaux de lumière bleue, flottaient dans l'air. Non loin, des éclats de rire fusèrent d'un groupe de Gardiens, bientôt étouffés par le bourdonnement des générateurs. Aria songea avec stupeur qu'elle avait passé sa vie à deux pas de ce hangar sans en avoir jamais rien vu.

L'un des Aéroflotteurs se mit en marche au bout d'une rangée, dégageant brusquement un halo de lumière chatoyante. Aria comprit soudain qu'elle s'en allait pour de bon. Elle n'aurait jamais cru quitter un jour Rêverie. Elle se sentait chez elle dans cette Capsule. Même si elle lui semblait différente depuis qu'elle avait vu des fruits pourris et des murs rouillés, des machines qui lui vidaient l'esprit et lui paralysaient les membres. Soren était vivant. Et Paisley était morte. Comment pouvait-elle reprendre sa vie d'avant sans Paisley ? C'était impossible. Il fallait qu'elle parte. Elle avait plus que jamais besoin de sa mère. Lumina saurait arranger la situation.

Les yeux embués, Aria suivit les Gardiens jusqu'à un Dragonwing. Elle avait identifié le véhicule au premier coup d'œil. C'était le modèle le plus rapide des Aéroflotteurs. La jeune fille gravit les marches métalliques et hésita à l'entrée du vaisseau. Quand reviendrait-elle ?

– Avancez, lui dit un Gardien aux gants noirs.

La cabine, étonnamment exiguë, baignait dans une lumière bleue diffuse. Des sièges s'alignaient de chaque côté.

– Par ici, reprit l'homme.

Elle s'installa à la place indiquée, puis batailla avec les épaisses sangles de sécurité. La CombiMed rendait ses doigts gourds. Elle aurait dû demander une tenue grise standard, mais elle n'avait pas voulu perdre du temps, ni courir le risque de voir Hess changer d'avis.

L'homme lui prit les sangles des mains et les fixa à toute une série d'attaches. Puis il s'assit en face d'elle avec cinq autres Gardiens. Ces derniers échangèrent quelques phrases dans un jargon militaire qu'elle comprenait à peine, puis ils se turent et la porte se ferma dans un soupir. Le vaisseau se mit à vibrer et vrombit comme un million d'abeilles. Près du cockpit, un objet cliqueta dans un boîtier. Le bruit métallique réveilla le mal de tête d'Aria, et un goût âcre de produit chimique s'insinua dans sa bouche.

– Combien de temps dure le trajet ? demanda-t-elle.
– Pas longtemps, répondit l'homme qui l'avait attachée.
Il ferma les yeux. La plupart des autres Gardiens l'imitèrent. Le faisaient-ils toujours ? Ou n'était-ce que pour éviter de fixer son œil gauche dépourvu de SmartEye ?

Le soubresaut du décollage plaqua Aria sur son siège, puis sur le côté, alors que le Dragonwing prenait de la vitesse. Faute de hublot pour voir ce qu'elle survolait, Aria tendit l'oreille. Avaient-ils quitté le hangar ? Se trouvaient-ils déjà à l'extérieur ?

Aria déglutit pour chasser l'amertume sur sa langue. Elle avait soif et les sangles trop serrées l'empêchaient de respirer correctement. Elle commença à avoir des vertiges. Aria se mit alors à faire des vocalises dans sa tête, luttant contre la note stridente qui lui vrillait le crâne. Faire des vocalises la calmait toujours.

Le Dragonwing ralentit plus tôt qu'elle ne l'aurait cru. Une demi-heure s'était-elle écoulée ? Aria savait que sa notion du temps était faussée, mais le voyage lui avait semblé très court.

Les Gardiens enfilèrent leurs casques. Leurs mouvements étaient vifs, précis. Une douce lueur brillait dans leur viseur et se reflétait sur leur SmartEye.

Aria balaya la cabine du regard. Pourquoi ne lui avait-on pas fourni de casque ?

L'homme aux gants noirs se leva et la libéra de ses sangles. Elle put enfin respirer normalement, mais elle ne se sentit pas bien pour autant. Une étrange sensation de légèreté s'était emparée d'elle.

– On est arrivés ? s'enquit-elle.

Elle n'avait pas entendu le vaisseau atterrir. L'Aéroflotteur bourdonnait toujours.

Le Gardien lui répondit dans le micro incorporé à son casque :

– *Tu* es arrivée.

La porte s'ouvrit dans un éclat de lumière aveuglante.

Un souffle d'air chaud envahit la cabine. Aria battit fébrilement des paupières. Elle n'apercevait aucun hangar. Rien qui puisse ressembler à Euphorie. Elle ne voyait qu'une terre nue qui se déployait jusqu'à l'horizon. Un désert. Rien de plus.

Une main se referma sur son poignet. Prise de panique, elle hurla et s'agrippa de toutes ses forces aux sangles du siège.

– Lâchez-moi !

Des mains robustes se plaquèrent sur ses épaules et l'arrachèrent des sangles. En un clin d'œil, on la traîna jusqu'à la porte. Aria regarda ses pieds. Ils étaient à quelques centimètres du bord métallique. Bien plus bas, elle aperçut une terre rouge lézardée.

– Je vous en prie ! Je n'ai rien fait !

Un Gardien surgit derrière elle. Aria ne fit que l'entrevoir quand il lui flanqua un coup de pied dans le bas du dos. L'instant d'après, elle basculait dans le vide.

Elle serra les lèvres en heurtant le sol. La douleur se répercuta dans ses genoux et ses coudes. Sa tempe cogna le sol. Elle réprima un cri, car la moindre respiration risquait d'entraîner sa mort. Elle leva la tête et contempla ses doigts écartés sur la terre couleur rouille.

Elle touchait le Monde Extérieur. Elle était dans l'Usine de la Mort.

Aria se retourna au moment où la porte du vaisseau se refermait, et aperçut une dernière fois les Gardiens. Un autre Dragonwing flottait dans le sillage du premier ; les deux véhicules brillaient comme des perles bleues. Un bourdonnement emplit l'air, tandis que les Aéroflotteurs s'éloignaient à toute vitesse dans un nuage de poussière rougeâtre.

Aria sentit ses poumons se convulser. Elle manquait cruellement d'oxygène. Elle se couvrit la bouche et le nez de sa manche, mais elle ne pouvait lutter plus longtemps contre le besoin de respirer. Elle inspira et expira en même temps. Elle bataillait pour recouvrer son souffle, suffoquant, les yeux larmoyants. Elle regarda les Aéroflotteurs se fondre à l'horizon. Quand ils eurent complètement disparu, elle s'assit et contempla le désert. De tous côtés, il paraissait lugubre et aride. Tout était si calme qu'elle s'entendait déglutir.

Le consul Hess lui avait menti.

Il avait *menti*. Elle s'était attendu à subir une punition une fois l'enquête terminée, mais pas à celle-là. Aria comprit alors que le consul Young n'avait pas assisté à son interrogatoire par le biais du SmartEye de Hess. Elle s'était retrouvée seule avec Hess. Dans son rapport, il avait sans doute écrit qu'elle était morte dans AG 6 avec Paisley, Echo et Bane, que c'était elle qui avait organisé la sortie et laissé entrer un Sauvage. Il avait ainsi réglé tous ses problèmes en se débarrassant d'elle.

Aria se leva. Ses jambes flageolaient et elle luttait contre des accès de vertige. La chaleur de la terre traversait le tissu de sa CombiMed et lui chauffait la plante des pieds. Comme par miracle, sa combinaison souffla de l'air frais sur son dos et son ventre. Elle faillit en rire. La CombiMed régulait encore sa température.

Elle leva les yeux. D'épais nuages gris obscurcissaient le ciel. Dans les interstices, elle aperçut l'Éther. Le vrai. Les flux ondoyaient au-dessus des nuages. C'était magnifique. On aurait dit de la foudre prise au piège de courants liquides. À certains endroits, ils étaient fins comme des voiles de tissu. À d'autres, ils se rassemblaient pour former de gros torrents lumineux. L'Éther ne semblait pas susceptible de provoquer la fin du monde. Pourtant, cela avait failli arriver au moment de l'Unification.

Pendant six décennies, suite à son apparition, l'Éther n'avait cessé d'embraser la terre, provoquant d'incessants incendies, mais comme la mère d'Aria le lui avait expliqué, c'était les mutations qu'il avait engendrées qui avaient porté un coup terrible à l'humanité. De nouvelles maladies étaient apparues. Des épidémies avaient décimé des populations entières.

Ses ancêtres comptaient parmi les rares personnes qui avaient eu la chance de se réfugier dans les Capsules.

Un refuge dont elle ne bénéficiait plus.

Aria savait qu'elle ne pourrait survivre longtemps dans ce monde contaminé. Elle n'avait pas été conçue pour ça.

Elle observa le ciel et repéra l'endroit le plus clair, là où la lumière traversait les nuages, laissant apparaître un léger halo doré. Cette lumière provenait du soleil. Aria allait peut-être apercevoir le vrai soleil. Elle eut envie de pleurer. Qui le saurait ? À qui pourrait-elle raconter qu'elle avait vu une chose aussi incroyable ?

Elle avança dans la direction prise par les Dragonwing au retour, tout en sachant que ça ne lui servirait à rien. Le consul Hess ne risquait pas de changer d'avis. Mais où pouvait-elle aller ? Elle marcha avec des pieds qui lui semblaient étrangers sur une terre tachetée comme une peau de girafe.

Aria n'avait pas fait dix pas qu'elle recommença à tousser. Bientôt, sa tête tourna trop pour qu'elle puisse rester debout. Mais ce n'étaient pas seulement ses poumons qui rejetaient le Monde Extérieur, ses yeux larmoyaient, son nez coulait, sa gorge était en feu et sa bouche remplie d'une salive brûlante.

Comme tout le monde à Rêverie, elle avait entendu des tas d'histoires sur l'Usine de la Mort. Il existait un million de manières de mourir : dévorée par des meutes de loups, aussi intelligents que des hommes ; déchiquetée vivante par des nuées de corneilles qui attaquaient les humains ; brûlée par une tempête d'Éther. Mais, la pire des fins dans l'Usine de la Mort, songea-t-elle, c'était de pourrir sur place… toute seule.

8
PEREGRINE

Perry regarda son frère aîné entrer dans la clairière. Vale s'arrêta et leva la tête pour humer le vent. Il tenait les bois du cerf dans sa main – un gigantesque entrelacement de cornes, épais comme un arbuste. C'était impressionnant. Perry ne pouvait le nier. Vale scruta la foule du regard et repéra son cadet, puis Talon à ses côtés.

Une dizaine de choses traversèrent l'esprit de Perry lorsqu'il vit son frère s'avancer vers lui. Le gadget de la Sédentaire et la pomme, tous deux emballés dans du plastique au fond de sa gibecière. Le couteau qu'il portait à la hanche. L'arc et le carquois dans son dos. Il remarqua que les hommes se taisaient en formant un cercle autour de lui. Il sentit Talon remuer, puis reculer. Et il flaira les humeurs. Des dizaines d'odeurs vibrantes qui chargeaient l'atmosphère comme l'Éther au-dessus d'eux.

– Salut fiston, dit Vale en contemplant son garçon.

Perry vit la douleur dans les yeux de son frère. Il vit aussi la boursouflure autour de son nez et se demanda si les autres allaient la remarquer.

Talon leva la main en guise de salut, mais resta en retrait. Il ne voulait pas montrer sa faiblesse à son père, lui montrer à quel point il souffrait de chagrin et de maladie. Jadis, c'était Perry qui se cachait de son père derrière les jambes de Vale.

Mais cela ne servait à rien de se cacher d'un Olfile. Les odeurs finissaient toujours par vous trahir.

Vale brandit les bois du cerf.

– C'est pour toi, Talon. Choisis une corne. Nous en ferons le manche de ton nouveau couteau. Ça te plairait ?

– D'accord, répondit Talon en haussant les épaules.

Perry avisa la lame à la ceinture de son neveu. C'était son ancien couteau. Enfant, il avait sculpté des plumes sur le manche, un motif en harmonie avec sa personnalité et, maintenant, avec celle de son neveu. Selon lui, Talon n'avait aucune raison de changer de couteau.

Vale finit par croiser le regard de son frère. Une lueur de suspicion s'alluma dans ses yeux lorsqu'il vit l'ecchymose sur la joue de Perry. Il savait qu'il n'y était pour rien. Il n'avait pas frappé fort, ce soir-là.

– Qu'est-ce qui t'est arrivé, Peregrine ?

Perry resta muet. Il ne pouvait dire la vérité à son aîné, et mentir ne l'aiderait pas non plus. Quoi qu'il dise, les gens penseraient que Vale était à l'origine de ce bleu, comme Brooke tout à l'heure. Et s'il blâmait quelqu'un d'autre, on prendrait ça pour une marque de faiblesse.

– Merci de t'en inquiéter, Vale. C'est bon de rentrer chez soi.

Perry désigna les bois du cerf d'un hochement de tête.

– Où l'as-tu tué ?

– Moss Ledge.

Perry s'étonna de n'avoir pas flairé l'odeur du cerf. Il s'était pourtant rendu là-bas récemment.

Vale sourit.

– Une belle bête, n'est-ce pas petit frère ? La plus belle qu'on ait prise depuis des années.

Perry fusilla son aîné du regard et retint les paroles amères qui lui brûlaient les lèvres. Vale savait qu'il détestait être appelé ainsi devant la tribu. Il n'était plus un enfant. Et il n'était en rien « petit ».

– Tu penses toujours qu'on a trop chassé ? ajouta Vale.

Perry en était convaincu. Les animaux avaient fui leur vallée. Ils avaient senti l'Éther s'amplifier d'année en année. Perry l'avait senti aussi. Mais que pouvait-il dire ? Vale apportait la preuve qu'il restait du gibier, prêt à être abattu.

– On devrait quand même partir, dit-il sans réfléchir.

Un sourire illumina le visage de Vale.

– Partir, Perry ? Tu penses vraiment ça ?

– Les tempêtes ne feront qu'amplifier.

– Ce cycle s'achèvera, comme les autres.

– Avec le temps, peut-être. Mais on risque de ne pas survivre aux orages.

Un murmure parcourut la foule. Vale et lui pouvaient débattre en privé, mais nul ne contrariait Vale en présence d'autrui.

– Alors expose-nous ton idée, Perry. Comment t'y prendrais-tu pour déplacer plus de deux cents personnes en pleine nature ? Tu penses qu'on serait plus en sécurité *sans* abri ? À lutter pour notre survie dans les contrées frontalières ?

Perry sentit sa gorge se nouer. Il savait ce qu'il savait, même s'il ne parvenait jamais à l'exprimer correctement. De toute façon il ne pouvait plus reculer maintenant.

– Le village ne supportera pas le choc, si les tempêtes empirent. On perdra nos champs. On perdra *tout* si on reste. Il faut trouver une terre plus sûre.

– Où veux-tu aller ? s'enquit Vale. Tu crois qu'une autre tribu nous accueillera sur son territoire ? Nous tous ?

Perry secoua la tête. Il n'en savait rien. Vale et lui étaient des Marqués. De ce fait, ils avaient de la valeur. Mais pas les autres, les non-Marqués, ceux qui n'étaient ni Olfiles, ni Audiles, ni Vigiles. Or, ils constituaient la majeure partie de la tribu.

Vale plissa les yeux.

– Et si les tempêtes frappaient plus fort encore les autres territoires ?

Perry ne sut quoi répondre. Il ignorait si l'Éther sévissait avec autant de rage sur les autres territoires. Il savait seulement que, l'hiver précédent, les tempêtes avaient brûlé près d'un quart du leur. Cet hiver, il s'attendait à pire.

– Si on quitte cette terre, on est morts, reprit Vale, durcissant soudain le ton. À l'avenir, tâche de réfléchir avant de parler, petit frère. Ça pourrait t'être utile.

– Tu prends la mauvaise décision, rétorqua Perry. Suis-je vraiment le seul à le penser ?

Plusieurs personnes étouffèrent un petit cri. Le jeune homme flairait presque leurs pensées à travers leurs humeurs exacerbées. *Bats-toi, Perry. Ce sera un beau spectacle.*

Vale tendit les bois du cerf à Bear. Le silence était tel que Perry entendit crisser le gilet en cuir de Bear quand il se déplaça. Il rétrécit sa vision, comme lorsqu'il chassait, afin de ne voir que Vale, le grand frère qui l'avait défendu si souvent quand il était petit, mais qui refusait de l'écouter à présent. Il regarda ensuite Talon. Il ne pouvait agir ainsi. Qu'arriverait-il s'il tuait Vale là, maintenant ?

L'enfant avança d'un bond vers son père.

– On peut aller chasser, papa ? Oncle Perry et moi, on peut aller chasser ?

Vale baissa les yeux ; la noirceur de son regard s'évanouit.

– Tu veux chasser, Talon ? Maintenant ?

L'enfant redressa son petit menton.

– Je me sens bien aujourd'hui, répliqua-t-il. On peut y aller ?

– Tu tiens tellement à m'éblouir, fiston ?

– Oui !

Le rire de Vale suscita des gloussements forcés dans la foule.

– S'il te plaît, papa. Rien qu'un moment ?

Vale ragarda Perry en fronçant les sourcils, lui faisant comprendre qu'il venait d'être sauvé par l'intervention de Talon. Ce regard faillit faire bondir Perry.

Vale s'agenouilla et écarta les bras. Talon se jeta contre lui.

Ses bras fluets se refermèrent sur le cou de taureau de son père, masquant la chaîne de Seigneur de sang à la vue de Perry.

– On va festoyer ce soir ! dit Vale.

Il recula pour prendre le visage de son fils entre ses mains.

– Je te garderai les meilleurs morceaux.

Il se redressa et fit signe à Wylan d'approcher.

– Assure-toi qu'ils restent à proximité du village.

– On n'a pas besoin de lui, intervint Perry.

Le croyait-il incapable de protéger Talon ? Quoi qu'il en soit, il ne souhaitait pas que Wylan les accompagne. Si un Audile les suivait, Perry ne pourrait offrir la pomme à son neveu.

– Je veillerai bien sur lui, affirma-t-il.

Les yeux verts de Vale s'arrêtèrent sur la joue tuméfiée de Perry.

– Si tu te voyais, petit frère, tu saurais pourquoi j'en doute.

De nouveaux rires fusèrent, spontanés cette fois. Perry se renfrogna. Les Littorans ne le prenaient pas au sérieux.

Talon le tira par le bras.

– On y va, oncle Perry. Avant qu'il fasse nuit.

Perry avait grand besoin de se défouler, mais il ne voulait pas donner l'impression de s'incliner. Talon lui lâcha le bras et partit en clopinant.

– Alors, tu viens ?

Pour Talon, Perry finit par s'éloigner à son tour.

9
ARIA

Quand sa quinte de toux se calma, Aria s'allongea sur le côté. Elle avait mal partout. Sa gorge, surtout, était enflée et endolorie. Mais elle avait survécu. Sa peau n'avait pas fondu, et elle ne se sentait pas à l'agonie. Peut-être que les histoires qu'on racontait sur l'Usine de la Mort étaient fausses. Ou peut-être que le pire restait à venir.

La jeune fille se leva et reprit sa marche. Elle avait accepté l'idée qu'elle n'arriverait nulle part. Il fallait juste qu'elle fasse *semblant* de croire qu'elle finirait par trouver un refuge. Elle était tellement sûre que cela n'arriverait pas que lorsqu'elle aperçut des formes au loin, elle crut à un mirage.

Aria pressa le pas. Son cœur se mit à battre la chamade quand les formes devinrent plus distinctes. Le sol était accidenté, jonché de débris. Des fragments d'objets s'incrustaient dans les semelles de sa CombiMed et lui blessaient les pieds. Elle s'arrêta. Une mer de béton s'étalait devant elle. Des morceaux de fer saillaient par endroits, tordus et rouillés. « Je dois être dans une grande cité d'autrefois », songea-t-elle. Convaincue que ces ruines, perdues au milieu de nulle part, ne lui offriraient pas le moindre abri, elle partit dans une autre direction.

Elle avait beau essayer de les ignorer, des pensées l'assaillaient. Le docteur Ward l'avait vue vivante. Hess avait-il fait pression sur lui pour qu'il se taise ? Sa mère la pleurait-elle, en ce moment ? Que lui disait Lumina dans le message intitulé « Petit-Merle » ?

Elle s'assit pour se reposer. Elle se remémora la dernière journée qu'elle avait passée avec sa mère à Rêverie. Un dimanche musical.

À 11 heures, chaque dimanche depuis sa naissance, Aria retrouvait sa mère dans le Domaine Opéra de Paris, une réplique du somptueux palais Garnier. Lumina arrivait la première et attendait sa fille, les mains jointes sur les genoux, le dos bien calé dans son fauteuil favori du premier rang. Elle portait toujours la même toilette : une élégante robe noire et un fin collier de perles autour de son cou gracile ; et elle relevait ses cheveux en un chignon parfait.

Pendant une heure, sur une scène prévue pour accueillir quatre cents artistes, Aria offrait un récital à sa mère. Elle devenait Juliette, Iseult ou Jeanne d'Arc, chantant les amours damnées, les grandes déstinées et la lutte face à la mort. De sa voix dramatique de soprano Falcon[1], Aria laissait s'élever ces tragédies le long des colonnes dorées, des rideaux écarlates jusqu'aux fresques angéliques. Elle chantait chaque semaine pour Lumina, parce que sa mère lui consacrait alors une heure – bien plus de temps que ce qu'elle lui consacrait pendant le reste de la semaine.

Pourtant, Aria détestait l'opéra. Et tout ce qui allait avec. La théâtralité outrancière. La violence et la luxure. À Rêverie, personne n'avait jamais succombé à un immense chagrin. La trahison ne menait jamais au meurtre. Tout cela n'existait plus. Il y avait les Domaines désormais. Les gens pouvaient tout expérimenter sans prendre de risque. La vie dans les Domaines était *plus vraie que nature*.

Leur dernier dimanche musical s'était déroulé différemment.

1. Du nom de la cantatrice Cornélie Falcon (1814-1897) qui reste associé à un type de soprano dramatique au grave puissant de mezzo-soprano et à l'aigu limité.

Dès l'aube, la main froide de Lumina sur son épaule nue avait réveillé Aria en sursaut. Son SmartScreen indiquait cinq heures du matin.

– Qu'est-ce qui se passe ? Qu'est-ce qui ne va pas ?

Lumina était assise au bord du lit. Elle portait une combinaison de voyage grise, avec des bandes réfléchissantes sur les bras, au lieu de son habituelle blouse de médecin. À sa manière, elle restait élégante.

– L'équipe chargée du transport souhaite éviter le mauvais temps. Je dois partir plus tôt que prévu.

Aria avait senti sa gorge se serrer. Elle ne voulait pas quitter sa mère. Pas déjà. Elles avaient prévu de se retrouver chaque jour dans les Domaines, mais Lumina serait loin désormais. Elles n'habiteraient plus la même Capsule.

– Tu veux bien chanter pour moi maintenant, ma chérie ? lui avait demandé sa mère

– *Maintenant* ?

– J'ai attendu ce moment toute la semaine. Ne me fais pas languir jusqu'à dimanche prochain.

Aria avait enfoui la tête dans son oreiller. L'opéra de bon matin ? C'était presque une torture.

– Pourquoi est-ce que tu dois partir ? Pourquoi ne peux-tu pas continuer tes recherches dans les Domaines ?

– Je dois aller à Euphorie pour une mission.

– Pourquoi est-ce que je ne peux pas t'accompagner ?

– Tu sais bien que je n'ai pas le droit de te le dire.

Aria avait enfoncé davantage son visage dans l'oreiller. Comment sa mère faisait-elle pour garder son calme ? Et pour lui dissimuler des choses aussi facilement ?

– S'il te plaît, avait insisté Lumina. Je n'ai pas beaucoup de temps.

– OK, avait fini par dire Aria.

Elle s'était retournée et avait fixé le plafond d'un air rageur. Autant en finir au plus vite.

Elle avait trouvé le Domaine Opéra sur son SmartScreen. L'icône aurait dû représenter la célèbre façade à colonnade, mais Aria l'avait remplacée par une photo d'elle, où elle faisait semblant de s'étrangler. Elle l'avait sélectionnée et s'était dédoublée, ouvrant sans difficulté son esprit sur un autre univers. Elle était à deux endroits en même temps. Ici, dans sa petite chambre exiguë, et là-bas, dans le gigantesque opéra.

Aria avait choisi d'apparaître derrière le rideau principal. Mais lorsqu'elle l'avait franchi, elle n'avait pas vu sa mère à son habituel siège du premier rang. La salle était vide.

Dans la chambre d'Aria, Lumina s'était penchée vers sa fille et avait posé la main sur son bras.

– Petit-Merle, tu veux bien chanter ici pour moi ?

Aria s'était déconnectée du Domaine Opéra et s'était redressée dans son lit, abasourdie.

– *Ici* ? Dans *ma* chambre ?

– Je ne pourrai plus entendre ta véritable voix quand je serai à Euphorie.

Aria avait senti la panique lui nouer l'estomac. Elle avait balayé du regard la pièce minuscule, les tiroirs encastrés dans le mur et le miroir au-dessus du lavabo. Elle connaissait sa voix. Sa puissance pouvait faire vibrer les murs d'un espace aussi confiné. Elle risquait même de porter au-delà du petit salon voisin et d'atteindre le Panop.

Et si tout le monde l'entendait ?

Son pouls s'était accéléré. Elle n'avait jamais fait ça. C'était trop étrange. Cela bouleversait trop ses habitudes.

– Tu sais que ma voix est la même dans les Domaines, maman.

Lumina l'avait dévisagée avec insistance, l'implorant presque de ses yeux gris.

– Je veux entendre ce don que tu as reçu.

– Ce n'est pas un don ! avait protesté Aria. C'est de la manipulation génétique !

Lumina, qui adorait l'opéra, avait modifié l'ADN d'Aria afin d'améliorer ses facultés vocales, et de créer une fille capable de chanter pour elle. Si Aria possédait un don, c'était clairement un cadeau que Lumina s'était offert à elle-même. Elle avait conçu son propre *petit merle*, ainsi qu'elle la surnommait. Aria n'avait jamais compris l'intérêt de cette manipulation génétique. Personne ne chantait en dehors des Domaines. Au moins, le bronzage de Soren lui donnait bonne mine... Et c'était le seul avantage que lui avait procuré une mère généticienne.

– Fais-le pour moi, s'il te plaît, l'avait suppliée Lumina.

Une fois de plus, le mot *pourquoi* avait brûlé les lèvres d'Aria. *Pourquoi* sa mère semblait-elle ne s'intéresser qu'à son travail, ou à l'opéra ? *Pourquoi* devait-elle lui faire plaisir alors que Lumina l'abandonnait ? Cependant, au lieu de formuler ces questions à haute voix, elle avait levé les yeux au ciel et repoussé ses couvertures.

Lumina lui avait tendu sa tenue grise. Aria avait secoué la tête. Si ça devait être différent, alors, ça le serait *vraiment*. Elle avait montré ses simples sous-vêtements.

– Je vais chanter dans cette tenue.

Lumina avait fait une moue désabusée.

– Tu vas chanter mon air favori ?

– Non. J'ai quelque chose de mieux, avait répliqué Aria, réprimant un sourire.

Lumina avait croisé les bras. La méfiance se lisait sur son visage. Aria avait pris plusieurs inspirations avant d'entonner :

Ton cœur est un bonbon acidulé
Bonbon acidulé, bonbon acidulé
Ton cœur est un bonbon acidulé
Et moi j'aimerais le dévorer !

Elle avait chanté les dernières paroles en riant. C'était l'un de ses morceaux préférés des Tilted Green Bottles. Mais elle s'était sentie mal en voyant la tête de sa mère. Lumina n'avait pas l'air spécialement contrariée, mais Aria savait qu'elle cachait sa déception et, bizarrement, c'était encore pire.

Lumina s'était levée et l'avait enlacée brièvement. Sa main froide s'était attardée sur sa joue.

– Sacrée chanson, Petit-Merle, avait-elle dit avant de s'en aller.

Après ce fameux dimanche, quelque chose avait changé entre elles. Aria avait laissé tomber ses cours de chant quotidiens, au risque de contrarier sa mère. Elle avait aussi renoncé aux dimanches musicaux. Elle ne voulait plus offrir de concert à sa mère. Comme promis, Lumina prenait toujours de ses nouvelles chaque soir depuis Euphorie, mais une certaine tension flottait entre elles. Aria s'était montrée stupide. Elle s'en rendait compte à présent. Elle avait gâché leur relation avec son comportement renfrogné et borné. Alors que tout ce qu'elle souhaitait, c'était de voir Lumina rentrer à Rêverie.

La CombiMed crissa lorsqu'elle croisa les bras. La lumière déclinait dans le désert, mais l'Éther lui paraissait plus éclatant. Il coulait dans le ciel comme des centaines de cours d'eau bleu vif. Aria sentit sa respiration s'accélérer. Un besoin irrépressible de chanter grandissait en elle.

Elle entonna le grand air de *Tosca* – celui qu'elle avait refusé de chanter le matin du départ de Lumina –, mais les paroles qui s'échappaient de ses lèvres étaient comme étranglées, brisées. Ces sons ne méritaient pas d'être entendus. Elle s'interrompit rapidement, replia les jambes et les entoura de ses bras. Elle aurait tout donné pour être à l'opéra avec Lumina.

– Je suis désolée, maman, murmura-t-elle. Je ne savais pas que ce serait la dernière fois…

10
PEREGRINE

Perry prit la direction de l'océan et laissa Wylan partir en tête. Il marchait lentement afin de ne pas épuiser Talon. Alors qu'ils atteignaient le sommet de la dernière dune, la baie se déploya sous leurs yeux. L'eau était claire et bleue, comme lorsqu'il s'était baigné, la veille au soir. Les gens prétendaient qu'elle était pure en permanence avant l'Unification, qu'elle n'était jamais recouverte d'écume et n'empestait pas le poisson crevé. Beaucoup de choses étaient différentes à l'époque.

Une fois sur la plage, Wylan enfila sa casquette d'Audile dont il abaissa les cache-oreilles matelassés. Le vent et le ressac devaient l'incommoder, ainsi que Perry l'avait espéré.

Ce dernier planta son carquois dans le sable et prit son arc. Quelques oiseaux tournoyaient dans le ciel d'Éther nuageux. Ils étaient malingres, mais constitueraient des proies faciles pour Talon.

L'enfant se débrouillait bien, mais il se fatiguait vite. L'arc de Perry était trop lourd et le jeune homme regrettait de ne pas avoir pris celui de son neveu. Il tira plusieurs fois aussi, et ne manqua pas une seule cible. Il ne visait jamais aussi bien que lorsque son sang bouillonnait. Au bout d'un moment, Wylan se lassa de les regarder et s'éloigna.

– Tu veux voir ce que je t'ai apporté ? chuchota alors Perry à l'enfant.

Talon fronça les sourcils.

– Quoi ? Ah oui !

Il avait oublié que son oncle lui réservait une surprise.

– Tu ne dois pas en parler, d'accord ?

Perry fouilla sa gibecière en quête du petit paquet en plastique. Il sortit la pomme en prenant soin de laisser la coque oculaire dans le sac.

Talon contempla le fruit quelques instants.

– Tu as croisé des marchands ?

Perry secoua la tête.

– Je t'expliquerai plus tard.

Wylan avait beau porter sa casquette, c'était l'un des Audiles les plus chevronnés que Perry connaissait.

– Vas-y, prends-là.

Talon mangea la moitié de la pomme, un grand sourire aux lèvres ; des petits bouts se coinçaient entre ses dents. Il donna le reste à son oncle, qui l'acheva en deux bouchées, tige et trognon compris. Voyant que l'enfant commençait à frissonner, Perry retira sa chemise pour en couvrir les épaules de Talon. Puis il s'assit et s'appuya sur ses coudes, savourant l'arrière-goût sucré du fruit. À l'horizon, des éclairs bleutés zébraient les nuages. En dehors des mois d'hiver, les Littorans ne souffraient pas des orages dans les terres, mais les perfides tempêtes représentaient toujours un danger en mer.

Talon posa la tête sur le bras de son oncle et se mit à dessiner dans le sable avec un bâton. C'était un chasseur né, comme lui, mais il avait aussi hérité du don artistique de sa mère. Perry ferma les yeux et se demanda si c'était la dernière fois qu'il se sentirait aussi bien. Il avait l'impression de se trouver exactement au bon endroit. Comme si, un bref instant, tout était en harmonie. Puis un picotement lui chatouilla les narines et le fragile équilibre se brisa.

Dans les trouées entre les nuages, Perry vit l'Éther se soulever et s'agiter avec férocité, telles des lames écumeuses par forte houle. La grève prit une teinte bleutée. Perry inspira l'air frais à pleins poumons, et savoura le goût du sel sur sa langue. Il le savait : c'était fini. Il ne rentrerait pas au village. Sinon, il ne pourrait se retenir de provoquer Vale.

Il se pencha vers son neveu.

– Talon…

– Tu vas t'en aller, c'est ça ? devina l'enfant.

– Il le faut.

– Non ! Tu n'es pas obligé de rester ici pour toujours. Seulement jusqu'à ce que je m'en aille.

Perry se leva d'un bond.

– Talon ! Ne dis pas des choses pareilles !

Le petit se redressa tant bien que mal. Des larmes coulèrent sur ses joues.

– Tu ne peux pas t'en aller ! hurla-t-il. Tu n'as pas le droit !

Talon avait des cheveux devant les yeux. Sa mâchoire tremblait de rage. Une surprenante couleur rouge entoura le champ visuel de Perry. Il découvrait une nouvelle facette du caractère de son neveu : la fureur. Il dut lutter pour empêcher cette vague rouge s'emparer de lui.

– Si je reste, soit c'est ton père qui mourra, soit c'est moi. Tu le sais.

– Mon père m'a promis qu'il ne se battrait pas contre toi !

Perry se figea.

– Il t'a promis ça ?

Talon essuya ses larmes et hocha la tête.

– Maintenant, à toi de promettre. Si tu promets, tout ira bien.

Perry passa une main dans ses cheveux et se tourna face à la brise, afin de pouvoir réfléchir sans être troublé par la colère de Talon. Vale avait-il réellement fait cette promesse à son fils ? Cela expliquerait qu'il ait évité l'affrontement tout à l'heure en présence de Talon. Mais Perry était incapable de faire cette promesse. Il éprouvait un besoin trop viscéral de s'approprier le titre de Seigneur de sang.

– Talon, je ne peux pas. Je dois m'en aller.

– Alors je te déteste ! cria son neveu.

Perry soupira. Il aurait aimé que ce soit vrai. Il aurait eu moins de mal à partir.

– Peregrine !

La voix de Wylan couvrit soudain le bruit des vagues.

L'homme les rejoignit en courant sur le sable mouillé, sa casquette dans une main, son couteau dans l'autre.

– Des Sédentaires, Perry ! Des Sédentaires !

Perry récupéra son arc et son carquois, puis attrapa la main de Talon. La peur de Wylan envahit ses narines comme un froid glacial.

– Des Aéroflotteurs, précisa Wylan, haletant. Ils viennent droit sur nous.

Perry grimpa sur la dune et scruta le lointain. Une pâle silhouette se dessina au-dessus de la corniche la plus éloignée, soulevant un nuage de sable dans son sillage. Quelques secondes plus tard, un autre Aéroflotteur apparut.

– Qu'est-ce qui se passe, oncle Perry ?

Perry poussa Talon vers Wylan.

– Coupe par l'ancien sentier des pêcheurs, Wylan. Ramène Talon chez lui. Surtout, ne le quitte pas d'une semelle. Allez, filez !

– Non ! Je reste avec toi ! protesta Talon, tout en essayant d'échapper à Wylan.

Ce dernier l'attrapa, mais le petit résistait, les pieds plantés dans le sable.

– Wylan, porte-le ! vociféra Perry.

Wylan obtempéra, mais avec l'enfant sur les épaules, il s'enfonçait dans le sable et avançait trop lentement. Perry courut vers les Aéroflotteurs. Il s'arrêta à quelques centaines de mètres. Il ne les avait jamais vus d'aussi près. Leur surface bleue scintillait comme des coquilles d'ormeaux.

Talon poussait des cris stridents. Perry résista à l'envie de faire volte-face et de le rejoindre en courant. Les Aéroflotteurs approchaient à vive allure ; l'électricité dans l'air picotait les bras de Perry, s'insinuait dans ses narines. Les Aéroflotteurs agitaient l'Éther et attiraient son venin. Perry songea à en tirer profit, espérant que sa ruse ne le tuerait pas le premier.

Il sortit de sa sacoche un bout de fil de cuivre qu'il utilisait pour ses pièges, et l'enroula rapidement sur la hampe d'une flèche. Il reçut une décharge dans le bras quand ses doigts effleurèrent la pointe. Il encocha la flèche sur son arc. Il disposait d'un seul fil de cuivre. Un seul tir. Perry prit position, estima la trajectoire, visant haut afin que sa flèche jaillisse assez loin pour atteindre l'Aéroflotteur, puis tira.

Le temps ralentit, tout lui sembla devenir clair et distinct. Quand la flèche parvint au point le plus élevé de sa trajectoire, un tourbillon d'Éther descendit en vrille à sa rencontre. Perry tressaillit et protégea ses yeux, lorsque la flèche amorça sa descente, entraînant l'Éther dans sa course. Elle était maintenant chargée de toute la violence du ciel. Elle fila dans un hurlement d'enfer et frappa le premier Aéroflotteur. Elle transperça le métal. Puis les veines de l'Éther étranglèrent le véhicule, comme pour aspirer sa substance. Perry tressaillit une nouvelle fois en voyant l'Éther reformer un seul rayon éclatant et rejoindre en quelques secondes les courants qui s'agitaient dans le ciel.

L'Aéroflotteur mutilé ricocha sur les dunes, tel un gros caillou faisant trembler le sol, puis il s'écrasa dans une explosion de sable. Une bouffée d'air chaud envahit l'atmosphère, charriant des effleuves de métal, de verre et de plastique fondus. Une odeur nauséabonde de chair calcinée flotta par-dessus les autres.

L'autre Aéroflotteur ralentit et se posa sur la grève. Sa porte s'ouvrit en coulissant, formant une brèche dans sa coquille parfaitement lisse. Les Sédentaires bondirent sur la plage. Perry dénombra six hommes, casqués, vêtus d'une combinaison bleue. Six contre lui.

Deux se mirent aussitôt à genoux. Ils tenaient des armes que Perry ne reconnut pas. Il abattit le premier sur-le-champ, puis encocha une nouvelle flèche. Il tua le deuxième Sédentaire au moment où l'homme lui tirait dessus... Il reçut un coup qui ressemblait à une claque sur les côtes, juste sous le bras gauche. Il réussit à ficher une nouvelle flèche dans le corps d'un Sédentaire, mais, alors que les trois derniers s'approchaient de lui, il trébucha : ses jambes puis ses bras s'engourdissaient. Il bascula en avant, incapable d'amortir sa chute ; son visage heurta le sable dans un bruit sourd. Il tenta de se redresser, mais il ne pouvait plus bouger.

– Je le tiens.

Un homme attrapa Perry par les cheveux et lui releva la tête. Le sable lui obstruait le nez et irritait ses yeux. Il essaya, en vain, de battre des paupières.

Le Sédentaire approcha sa tête casquée.

– Te voilà moins dangereux, pas vrai ?

La voix de l'homme paraissait lointaine et métallique.

– Tu ne pensais quand même pas t'en tirer comme ça, hein, le Sauvage ?

Il laissa la tête de Perry retomber et lui asséna un coup de pied dans les côtes. Curieusement, il n'éprouva aucune douleur, uniquement la force du coup qui le poussa sur le côté. Il sentit quelque chose le pincer entre les omoplates.

– Qu'est-ce que c'est ? demanda un Sédentaire.

– Une espèce de faucon, répondit un autre.

– Ou un dindon, gloussa un troisième.

Ils éclatèrent de rire.

– Allez, qu'on en finisse.

Les Sédentaires firent rouler Perry sur le dos.

L'un d'eux pressa la lame d'une épée transparente sur sa gorge. Il portait des gants noirs, coupés dans un tissu plus fin que le reste de sa tenue.

– Je me charge de celui-là. Occupez-vous des autres.

– Non ! gémit Perry.

Il avait des fourmis dans les doigts à présent, comme lorsqu'ils se réchauffaient après un froid intense, et la douleur se réveillait dans sa poitrine.

– Où est le SmartEye, le Dindon ?

– La coque oculaire ? Je vais vous la donner ! Vous n'avez pas besoin d'eux.

Ses paroles étaient confuses, mais le Sédentaire avait dû comprendre. Il retira son épée. Perry essaya de s'appuyer sur ses bras ; ses muscles étaient encore engourdis.

– Qu'est-ce que t'attends, le Sauvage ?

– Je ne peux pas bouger !

Le Sédentaire lui rit au nez.

– C'est ton problème.

Bouillonnant de haine, Perry tenta de reprendre le contrôle de ses membres. Il finit par se relever et se tourna vers la plage en vacillant. Deux Sédentaires poursuivaient Talon et Wylan. Le premier captura Talon ; l'autre menaça Wylan avec une courte matraque, le frappa à la tête et le mit à terre.

– Oncle Perry ! hurla Talon.

Perry s'immobilisa.

– Avance, le Sauvage ! lui ordonna aussitôt le Sédentaire aux gants noirs. Va chercher le SmartEye.

Perry se dirigea vers l'endroit où il avait laissé sa sacoche. Il tomba à genoux par deux fois. Il avait recouvré quelques sensations, mais une douleur atroce lui étreignait la poitrine et semblait prête à l'engloutir tout entier. Il se tourna vers le Sédentaire à l'épée transparente et brandit la coque oculaire.

– Lâchez-le ! Je l'ai !

Retenu par le Sédentaire qui l'avait attrapé, Talon ne cessait de se débattre.

– Arrête ! lui cria Perry.

Sourd à ce conseil, Talon libéra un de ses bras et flanqua un coup de poing dans l'entrejambe du Sédentaire. L'homme se plia en deux, mais son collègue se précipita vers l'enfant et lui donna un coup de pied dans le ventre. Talon s'effondra sur le sable. Il se releva lentement, son couteau, l'ancienne lame de Perry, à la main. Le Sédentaire le gifla, projetant l'enfant et le couteau à plusieurs mètres. Le regard trouble, Perry observa le corps inerte de son neveu. Un effluve charria l'humeur de Talon jusqu'à lui et le fit tituber comme sous l'effet d'un coup de poing. Comment pouvait-il lutter contre les Taupes alors qu'il tremblait de terreur ? Alors qu'il ne tenait plus sur ses jambes ?

– Ça suffit ! Prenez-la ! cria-t-il en lançant la coque oculaire au Sédentaire.

L'homme l'attrapa au vol dans sa main gantée et la glissa dans une poche sur sa poitrine.

– Trop tard, dit-il.

Il s'approcha de Perry, l'épée levée. Sur la plage, un autre Sédentaire chargea Talon sur ses épaules et l'emporta vers l'Aéroflotteur en haut de la dune. Perry n'en croyait pas ses yeux. Ils emmenaient Talon.

– Non ! hurla-t-il. Je vous ai rendu la coque !

Le Sédentaire aux gants noirs continuait d'avancer vers lui. Perry n'avait pas d'arme, et l'humeur de Talon l'emplissait d'un mélange de panique et de rage. Il courut vers la mer, pénétra dans l'eau. Le Sédentaire le suivit, mais son encombrante tenue le gênait pour avancer ; les vagues se brisaient à hauteur de ses genoux. Son casque fut éclaboussé. « Les Taupes ne connaissent pas l'eau », réalisa Perry. Il était prêt. Quand la vague suivante arriva, il s'élança pour plaquer le Sédentaire. Ils tombèrent ensemble. L'eau salée emplit le nez de Perry, le revigorant brusquement. Il était de nouveau lui-même.

Perry arracha l'épée que tenait son adversaire. La vague reflua vers le large, les laissant s'empoigner sauvagement. Le Sédentaire tenta de repousser Perry d'une main mais ce dernier planta les dents dans le gant. Ses canines perforèrent le tissu et s'enfoncèrent dans la chair de l'homme. Une saveur de sel et de sang envahit sa bouche. Il mordit jusqu'à ce que l'os l'arrête.

Le Sédentaire poussa un hurlement étouffé par son casque, avant de se traîner hors de l'eau en serrant sa main blessée contre lui. Perry se redressa et flanqua un coup de botte dans le casque de son adversaire, qui se fissura en libérant une bouffée d'air nocif et aigre, dont Perry reconnut l'odeur. D'un coup de pied, il envoya promener l'homme sur le sable humide.

Il récupéra la coque oculaire dans la poche du Sédentaire. Puis il gravit lourdement la dune, ramassant son arc et son carquois au passage.

– Talon !

L'enfant avait disparu. L'Aéroflotteur flottait sur place, la porte fermée. Il s'éleva bientôt dans un nuage de sable et fila au loin.

Perry rentra au village en courant, l'esprit embrumé, le bras plaqué contre ses côtes endolories. Il s'arrêta au sommet d'une crête. De là où il était, le village ressemblait à un cercle de pierres dans la vallée en contrebas. Le ciel grouillant de flux d'Éther et de nuages noirs ne diffusait qu'une lueur crépusculaire. Perry renversa la tête, cherchant à flairer des odeurs dans les vents orageux. Il ne sentit aucune trace de Sédentaires.

Puis une odeur âcre de bile lui parvint, et Wylan arriva en trottinant, une main sur la bosse que les Sédentaires lui avaient faite à la racine des cheveux. Il avait vomi en chemin. L'acidité lui collait encore à la peau.

– Je n'aimerais pas être à ta place, déclara-t-il, une lueur sauvage dans le regard. J'ai entendu les Taupes. C'est toi qu'elles cherchaient. Vale va te massacrer.

Perry secoua la tête.

– Il aura besoin de moi pour récupérer Talon.

Wylan se pencha et cracha. Puis il s'esclaffa.

– Peregrine, tu es la dernière personne dont Vale a besoin.

Perry retrouva tous les villageois dans la clairière ; des voix enjouées se mêlaient à une musique entraînante. Des torches enflammées baignaient la fête d'une lueur dorée qui contrastait avec l'obscurité entourant le village. Quelques couples dansaient. Les enfants se faufilaient dans la foule et se cachaient derrière les jupes des femmes en riant. C'était une scène étrange, comme si les villageois ne voyaient pas l'Éther se déchaîner au-dessus d'eux. Comme s'ils ne se souciaient pas du ciel qui pouvait faire pleuvoir le feu d'un instant à l'autre.

Assis sur une caisse près des cuisines, Vale bavardait avec Bear. Il avait une bouteille à la main et semblait détendu. Il profitait des festivités.

– Perry ! hurla Brooke, en saisissant le bras de sa voisine.

Son cri affolé se répercuta dans la foule et la musique s'arrêta. Perry entendit alors les braiements et les bêlements effrayés des animaux dans l'étable.

Vale planta son regard dans celui de son frère, et son sourire s'évanouit. Il bondit de sa caisse et s'avança, cherchant son fils des yeux.

– Où est Talon ? Où est Talon, Perry ?

Ce dernier vacilla. Il vit les yeux verts de son frère se moucheter de paillettes de bronze.

– Les Sédentaires l'ont enlevé. Je n'ai rien pu faire.

Vale posa sa bouteille sans le quitter du regard.

– Qu'est-ce que tu racontes, Peregrine ?

– Les Sédentaires ont enlevé Talon.

Il n'en revenait pas d'avoir prononcé ces paroles. D'apprendre à Vale que son fils avait disparu…

Les sourcils sombres de Vale se rejoignirent.

– C'est impossible. On ne leur a rien fait.

Perry regarda les visages ahuris qui l'entouraient. Il n'aurait pas dû annoncer la nouvelle à son frère ici. Quand le voile d'incrédulité se dissiperait, cette nouvelle le détruirait. Mais

Vale, en sa qualité de Seigneur de sang, se devait de faire bonne figure en présence de la tribu.

– Rentrons à la maison, suggéra Perry.

Vale hésita. Il allait le suivre, quand Wylan intervint :

– Explique-lui ici, Peregrine. Tout le monde doit savoir.

Vale s'approcha encore de son frère.

– Parle, lui ordonna-t-il.

Perry reprit son souffle, la gorge nouée.

– Je... je me suis introduit dans la forteresse des Sédentaires.

Ça lui paraissait ridicule à présent. Comme une farce d'adolescent.

– Il y a quelques soirs de cela, ajouta-t-il. Après mon départ.

Vale savait, sans que Perry ait besoin de le préciser, qu'il était parti après leur dispute. Et qu'il avait agi sans réfléchir comme un enfant contrarié, et comme à son habitude. Dans le silence qui suivit, la respiration de Perry s'accéléra. Il flairait des dizaines d'humeurs. La colère. L'étonnement. L'excitation. L'ensemble était si puissant, si flamboyant qu'il en eut la nausée.

Le visage de Vale se crispa.

– Ils sont venus prendre mon fils à cause de ce que tu as fait ?

Perry secoua la tête.

– C'est à moi qu'ils en voulaient. Talon a eu la malchance de se trouver sur leur chemin.

Il ne pouvait plus soutenir le regard de son aîné. Il contempla les empreintes de pas sur le sol. L'instant d'après, un coup projeta sa tête sur le côté, puis son épaule percuta la terre. Perry leva les yeux sur Vale, il sentit le sang battre contre ses tempes. Il était aux pieds de son frère. Il devait rester là. Il méritait cette place. Mais c'était plus fort que lui. Il se redressa d'un bond. Vale sortit son couteau. Perry le sien. Les gens poussèrent des cris et s'écartèrent.

Perry n'arrivait pas à croire ce qui se passait. C'était Talon qui aurait dû être là. Lui, aurait dû être parti depuis longtemps.

– Je vais le ramener, dit-il. Je vais aller chercher Talon. Je le jure.

Le regard de Vale étincelait de rage.

– Tu ne peux pas le ramener ! Tu ne comprends donc pas ? Si tu te lances à sa recherche, les Sédentaires en auront après nous, ils pourraient tous nous détruire !

Perry se raidit. Il n'avait pas songé à cela, mais Vale avait raison. Les Sédentaires possédaient des dizaines d'Aéroflotteurs comme les deux qu'il avait vus. Des centaines d'hommes prêts à se battre. Il s'en voulut de n'y avoir pas pensé plus tôt. Et encore plus de n'en avoir rien à faire.

– C'est Talon, reprit-il. Nous devons le récupérer.

– C'est impossible, Peregrine ! Et c'est de ta faute ! Père avait raison. Tu es *maudit*. Tu détruis tout !

Perry sentit ses jambes se dérober sous lui. Est-ce que Vale le pensait vraiment ? Si Perry avait survécu aux invectives et aux corrections de son père, c'était grâce à Vale. Lui et Liv l'avaient sauvé en affirmant qu'il n'était pas responsable de ce qui s'était passé, de ce que Perry tenait pour la plus grosse erreur de sa vie. Jusqu'à maintenant.

– Je ne savais pas… Ce n'était pas censé arriver.

Rien de ce qu'il dirait ne pourrait arranger la situation. Il devait retrouver Talon, un point c'est tout.

Vale plaqua une main sur sa bouche, comme s'il allait vomir.

– Je suis désolé, Vale… reprit Perry. Je suis…

Vale se jeta brusquement sur lui. Perry s'écarta. Pour la première fois depuis des mois, il savait exactement ce qu'il devait faire. Il s'élança dans la foule.

Les gens poussèrent des cris de surprise. Malgré tous ses défauts, on n'avait jamais eu à accuser Perry de lâcheté. Refoulant la honte qui montait en lui, il s'enfuit, renversant des gens dans son sillage.

Vale ne se battrait peut-être pas pour Talon, mais Perry si. Désormais, il représentait le seul espoir de son neveu.

11

ARIA

Aria marcha en direction des lointaines collines jusqu'à ce que la nuit l'oblige à s'arrêter. Elle regarda autour d'elle, perplexe. Que faire maintenant ?

Elle s'assit. Puis elle s'appuya sur un coude et finit par s'allonger sur le dos. Elle aurait aimé avoir un oreiller et une couverture. Son lit. Sa chambre. Son SmartEye, afin de pouvoir s'évader dans les Domaines. Elle se redressa, replia les genoux et les entoura de ses bras. Au moins, la CombiMed lui tenait chaud.

L'Éther semblait plus éclatant que plus tôt dans la journée. Il s'élevait en volutes bleues luminescentes à l'horizon. Aria observa le ciel jusqu'à ce qu'elle en soit certaine : les vagues roulaient dans sa direction. Elle ferma les yeux et écouta le claquement du vent qui soufflait à intervalles réguliers. De lointains échos de musique lui parvinrent. Elle tendit l'oreille et tenta de se calmer pour ralentir son cœur qui battait à tout rompre.

Un crissement la fit sursauter. Sur le qui-vive, elle scruta l'obscurité. L'Éther se déchaînait, projetant des ondes de lumière bleutée sur le sable. Aria était sûre qu'elle n'avait pas imaginé ce bruit.

– Qui est là ? lança-t-elle en plissant les yeux.

Aucune réponse

– Je vous ai entendu ! hurla-t-elle.

Un éclair bleu jaillit au loin. L'Éther tomba du ciel en vrille. Il frappa la terre, provoquant une secousse qu'Aria sentit sous elle. Une explosion de lumières envahit l'immensité déserte. Sauf qu'elle n'était plus déserte. Une silhouette humaine courait vers elle.

Aria voulut se redresser, mais elle glissa en arrière sur les mains. La spirale lumineuse regagna le ciel. L'obscurité revint et, simultanément, un poids immense plaqua la jeune fille au sol. Sa nuque heurta le sable, puis elle sentit une main lui agripper la mâchoire

– J'aurais dû te laisser mourir. J'ai tout perdu à cause de toi.

Un nouvel éclair d'Éther se décrocha du ciel, révélant à Aria un visage effroyable et vaguement familier. Elle avait déjà vu ces cheveux fous, emmêlés, ces mèches blondes et ces yeux brillants d'animal.

– Relève-toi et avance. Et n'essaie pas de courir. Compris ? lui lança le garçon.

Elle saisissait à peine ce qu'il disait. Les mots sortaient de sa bouche de manière saccadée. Il la releva vivement et la poussa sans attendre de réponse. Elle recula en titubant et le perdit de vue dans l'obscurité. Un autre éclair jaillit du ciel. Dans la lumière soudaine, elle vit que le Sauvage ne se trouvait qu'à quelques pas.

– Avance ! Avance ! hurla-t-il.

Il se détourna et lâcha un juron.

Une bouffée de chaleur balaya le visage d'Aria. L'Étranger la poussa encore, puis l'entoura de ses bras pour l'obliger à avancer. Terrorisée, elle tenta de se dégager, mais il la força à s'accroupir.

– Ne bouge plus, lui cria-t-il à l'oreille. Ferme les yeux et mets...

Le nouvel éclair fusa encore plus proche que le précédent. Son éclat aveugla Aria et il frappa le sol dans une sorte de cri horrible, à la limite du supportable. Aria se boucha les oreilles et poussa un hurlement. La peau de son visage la cuisait. Ses muscles se contractèrent sous l'emprise d'une force qui la dominait.

Lorsque le bruit cessa, Aria ouvrit les yeux et battit des paupières, tentant de se ressaisir. Tout autour d'elle, des éclairs lacéraient le ciel et frappaient le sol, où ils laissaient des traces scintillantes. Toute sa vie, elle avait craint les orages d'Éther, alors qu'elle était à l'abri dans Rêverie. Ce soir, elle se trouvait en plein cœur d'une de ces tempêtes.

L'Étranger la lâcha. Il se tourna d'un côté, puis de l'autre, avec des mouvements prudents et précis. Aria s'éloigna de lui, l'esprit embrumé, comme au ralenti. Elle ne savait plus si c'était ses jambes qui tremblaient ou bien la terre. Elle avait l'impression que ses tympans avaient explosé. L'Éther sifflait en sourdine à présent. La jeune fille effleura du doigt les gouttes tièdes qui s'écoulaient de son nez. Son gant se couvrit d'un liquide sombre. Elle était déçue. Le sang n'était-il pas d'un rouge éclatant ? Puis elle réalisa qu'au lieu de dresser l'inventaire de ses blessures, elle ferait mieux de fuir.

Elle avait à peine fait quelques pas que le Sauvage la retient par le tissu de sa combinaison. Aria se raidit en sentant qu'il la tirait par-derrière. Sa CombiMed se détendit, puis un souffle froid courut le long de son dos. Elle comprit ce qu'il avait fait seulement quand sa combinaison entière dégringola par terre. Aria fit un bond et couvrit son corps de ses bras. Elle ne portait plus que ses sous-vêtements. Il ne pouvait pas avoir fait ça !

L'Étranger roula en boule le vêtement déchiré et le lança dans le noir.

– Tu attirais l'Éther, avec ça. Maintenant, avance, la Taupe ! Dépêche-toi, sinon on va griller sur place !

C'est à peine si elle l'entendait. Ses oreilles captaient mal les sons et la tempête hurlait. Mais elle comprit qu'il avait raison. Les éclairs d'Éther semblaient se resserer autour d'eux.

Il la saisit par le poignet.

– Baisse-toi. S'il frappe tout près, mets les mains sur les genoux pour que la décharge aille dans le sol. Tu m'entends, la Sédentaire ?

Focalisée sur la force qu'il exerçait sur son poignet, Aria était incapable de réfléchir. Une vague de chaleur l'enveloppa soudain. Aria s'accroupit comme il le lui avait conseillé. Elle vit l'Étranger l'imiter, puis ferma les yeux pour se protéger de la lumière aveuglante. Lorsque la clarté s'atténua derrière ses paupières, elle rouvrit les yeux sur un monde d'éclairs silencieux.

L'Étranger secoua la tête, comprenant qu'elle n'entendait plus rien. Lorsqu'il pointa l'index dans le noir, elle obéit sans résister. S'il l'éloignait de cet endroit, sa peau ne brûlerait pas, et elle n'aurait plus les oreilles bouchées.

Elle n'aurait su dire pendant combien de temps ils coururent. Les éclairs ne s'approchaient plus autant. Bientôt la pluie se mit à tomber ; des gouttes froides lui piquaient la peau comme des aiguilles, c'était très différent des averses virtuelles des Domaines. Au début, la pluie lui rafraîchit la peau, mais bientôt, le froid engourdit ses muscles et la fit grelotter.

Comme la menace de l'Éther s'éloignait, Aria se concentra à nouveau sur le Sauvage. Comment lui échapper ? Il mesurait deux fois sa taille et se déplaçait avec agilité dans la pénombre. Quant à elle, elle était exténuée et manquait trébucher à chaque pas. Mais elle devait quand même tenter quelque chose. Le Sauvage n'avait aucune raison de la forcer à le suivre. Elle n'avait qu'à attendre le moment propice pour s'enfuir.

Le désert de sable céda brusquement la place à des collines peu élevées, parsemées d'herbe desséchée. L'obscurité était plus dense depuis qu'ils s'étaient éloignés des éclairs. Aria ne voyait plus où elle mettait les pieds. Elle marcha sur quelque chose qui lui transperça la plante du pied. Elle étouffa un cri de douleur.

L'Étranger se retourna. Ses yeux étincelaient dans le noir.

– Qu'est-ce qui se passe, la Sédentaire ?

Elle l'entendit vaguement, mais ne répondit pas. La pluie tombait à verse et elle était là, debout sur un pied, incapable de faire un pas de plus. Le Sauvage s'approcha d'elle et, sans crier gare, il passa un bras autour de sa taille et l'attira contre lui. Aria lui planta ses ongles dans la peau. Il perdit l'équilibre et faillit tomber à la renverse avec elle.

– Recommence ça et je me vengerai, sauf que moi je te ferai deux fois plus mal, la menaça-t-il en serrant les dents.

Elle perçut le grondement de sa voix à l'endroit où leurs torses entraient en contact.

Le jeune homme serra un peu plus son bras autour de sa taille et pressa le pas pour gravir la pente. Sa respiration était à peine audible. La chaleur qui irradiait de sa peau donnait la nausée à Aria. Elle était au bord de l'évanouissement quand ils parvinrent au sommet.

Aria aperçut vaguement une brèche dans la paroi rocheuse qui se dressait devant eux. Si elle avait pu, elle aurait éclaté de rire. Une grotte, bien sûr ! L'eau se déversait à flots par-dessus l'ouverture, tel un rideau liquide. L'Étranger la lâcha devant à l'entrée.

– Rentre là-dedans. Ça va te rappeler chez toi.

Sur ces mots, il s'engouffra dans la caverne.

Aria recula sous la pluie torrentielle. Elle contempla la colline en contrebas, tellement accidentée et pierreuse qu'elle semblait hérissée de dents. Aria ne repéra aucun chemin praticable. Elle entama pourtant la descente, s'aidant de ses mains et de son pied valide pour avancer sur les cailloux que la pluie rendait glissants. Elle voulait être le plus loin possible lorsque l'Étranger reviendrait. Son pied dérapa, puis se coinça dans un interstice entre deux grosses plaques rocheuses. Elle tenta de le déloger en le tirant vers elle, mais la crevasse la retenait prisonnière. Aria faiblissait, ses dernières forces lui semblaient aspirées par la roche froide contre son dos.

Elle se recroquevilla sur elle-même, et deux pensées lui traversèrent l'esprit. Primo, elle sombrait dans un état bien plus profond que le sommeil. Secundo, elle ne s'était pas suffisamment éloignée.

12
PEREGRINE

Le temps que Perry allume le feu, la fille avait disparu. Une fois de plus… Il délogea le pied qu'elle avait coincé dans une crevasse, puis la transporta dans la grotte et l'enveloppa dans une couverture. Une pierre glissa de sa main. Elle avait sûrement pensé l'utiliser pour se protéger de lui. Pensée louable. Cela aurait probablement marché pendant une demi-seconde.

Il songea à l'odeur, il l'avait sentie pour la première fois l'autre nuit dans la forteresse des Sédentaires. Un mélange rance de musc et de chair quasi putréfiée. Il l'avait humée à nouveau, avec surprise, un peu plus tôt dans la vallée. C'était l'odeur qui l'avait guidé jusqu'à la fille. Ici, dans l'espace confiné de la caverne, les effluves étaient si puissantes qu'elles lui causaient des aigreurs dans la gorge. Il s'allongea le plus loin possible de la Sédentaire, sans renoncer pour autant à la chaleur du feu, et s'endormit.

Perry s'éveilla avant l'aurore, dans le silence qui suivait toujours les orages d'Éther. La fille n'avait pas bougé. La matinée s'annonçait froide, l'hiver approchait à grands pas. Il ranima le feu en se déplaçant lentement. Le simple fait de respirer lui faisait l'effet de coups de poignard dans les côtes.

Il n'avait pas remis les pieds dans cette grotte depuis que Vale en avait interdit l'entrée, mais visiblement, elle était fréquentée et approvisionnée par les marchands, qui l'utilisaient en guise d'abri lorsqu'ils traversaient la vallée. Perry y dénicha des vêtements et des bocaux de noix. Des fruits secs encore comestibles. Et même une pommade cicatrisante. Il en étala sur les pieds de la fille et constata qu'une de ses entailles était profonde. Elle aurait eu besoin de points de suture. Mais les travaux d'aiguille n'étaient pas le fort de Perry et de toute façon la fille allait mourir d'une manière ou d'une autre. En outre, il n'avait pas besoin qu'elle marche. Juste qu'elle soit assez en forme pour parler.

Perry examina sa propre blessure. Il n'avait qu'une courte entaille sur la peau, là où le coup avait porté. Mais il devait avoir quelques côtes fêlées. Il avait aussi cinq lacérations sur la poitrine, qu'il devait à la fille. Mais son corps guérirait et il recouvrerait ses forces, contrairement à Talon.

Il mangea, puis resta assis à regarder les flammes. Il se tortura l'esprit en se remémorant ce qui s'était passé. Il avait perdu Talon. Une chose qu'il aurait crue impossible. À présent, il avait besoin que l'impossible se reproduise. Il devait récupérer Talon.

Perry avait agi selon son devoir en quittant les Littorans. Toutefois, lorsqu'il songeait à la manière dont il avait fui, son visage se faisait plus cuisant que le feu. Toute sa vie, il avait rêvé de devenir le Seigneur de sang des Littorans. Désormais la tribu le considérerait comme un lâche. Tous devaient se féliciter de son départ.

Quand il s'allongea pour dormir, la fille n'avait toujours pas remué. Il se demanda si elle se réveillerait un jour.

***

Perry partit chasser le lendemain matin. Sa blessure aux côtes lui donna des sueurs froides, mais la douleur lui semblait encore plus intense s'il restait assis à ne rien faire. Il parvint à attirer un crotale à l'extérieur de son trou et le transperça d'une flèche. Il le fit cuire et dégusta sa viande succulente, mais se sentit nauséeux ensuite. Comme si le serpent ressucitait dans ses entrailles.

Au crépuscule, la fille commença à s'agiter. Elle avait de la fièvre. Perry fit brûler une poignée de feuilles de chêne mortes pour masquer son odeur et la veilla toute la nuit. Il devait se tenir prêt, au cas où elle reprendrait connaissance. Elle aurait peut-être des renseignements à lui donner au sujet de Talon. Et il voulait en savoir plus sur cette coque oculaire. Avec un peu de chance l'objet lui permettrait de contacter les ravisseurs de Talon.

La fille ouvrit les yeux le lendemain après-midi et recula en rampant pour s'adosser contre la paroi la plus éloignée de Perry. Ses jambes tremblaient sous la couverture.

Perry eut un petit sourire en coin.

– Tu es restée inconsciente pendant deux jours et c'est maintenant que tu t'inquiètes ?

Il secoua la tête.

– Détends-toi, la Sédentaire.

La fille scruta les parois de granit sombre. Puis les caisses de marchandises en métal, entassées dans un coin. En regardant le feu qui déclinait, elle suivit le filet de fumée jusqu'à l'entrée de la caverne.

– Oui, dit Perry. C'est la sortie. Mais tu ne t'en vas pas tout de suite.

Elle se tourna vers lui et observa ses Marques.

– Qu'est-ce que tu veux de moi, le Sauvage ?

– C'est comme ça que vous nous appelez ?

– Vous êtes des assassins. Des malades. Des cannibales, lui lança-t-elle comme autant d'insultes. J'ai entendu toutes les histoires qui circulent sur vous.

Perry croisa les bras. Elle vivait sous un rocher. Qu'est-ce qu'elle pouvait espérer savoir ?

– J'imagine qu'on mérite notre surnom, la Taupe.

Elle le considéra d'un air écœuré. Puis elle effleura sa gorge d'une main fébrile.

– J'ai soif. Il y a de l'eau ?

Il sortit son outre en cuir de sa gibecière et la lui tendit.

– C'est quoi ? demanda-t-elle.

– De l'eau.

– On dirait un animal.

– C'en était un.

L'étui qui protégeait la bouteille était en peau de chèvre.

– C'est répugnant.

Perry ôta le bouchon de liège et but goulûment.

– Elle est bonne.

Il secoua la gourde et l'eau remua à l'intérieur.

– Tu n'as plus soif ?

La fille la lui arracha et regagna son coin à la hâte. Elle ferma les yeux et but. Lorsqu'elle voulut lui rendre, il leva la main.

– Garde-la.

Pas question qu'il boive derrière elle.

– Pourquoi tu étais dehors ? demanda-t-il.

– Pourquoi je te le dirais ?

– Je t'ai sauvé la vie. Deux fois, si je compte bien.

Elle se redressa.

– Tu te trompes ! Je suis ici à cause de toi. À ton avis, qui soupçonnent-ils de t'avoir laissé entrer ?

Cette réponse surprit Perry. Il se demanda ce qui s'était passé, après qu'il l'avait quittée, ce soir-là. Mais cela n'avait pas d'importance. Il avait fait son possible. Désormais, il devait songer à Talon.

Il sortit son couteau du fourreau qu'il avait à la hanche. Du pouce, il vérifia le tranchant de la lame, et la tourna de manière à capter la lumière du feu.

– Je n'ai pas de temps à perdre, la Taupe. Mais il ne m'en faudra pas beaucoup pour te faire parler.

– Tu ne me fais pas peur avec ce truc.

Perry prit une profonde inspiration. Le mensonge de la fille était âpre et vif. Il en sentit toute l'amertume dans sa bouche. Elle n'avait pas peur. Elle était terrifiée.

– Pourquoi tu me regardes comme ça ? demanda-t-elle.

– Ton odeur.

La lèvre inférieure de la fille se mit à trembler.

– Tu bois dans une peau de lapin et c'est moi qui sent mauvais ?

Elle éclata de rire et Perry perçut au même moment l'émotion qui allait la submerger ensuite. Il sentit ce changement dans l'atmosphère comme on aperçoit les premières traces d'une marée noire sur la mer. La fille n'allait pas rire longtemps.

Il sortit et s'assit sur un petit rocher. Le crépuscule grisâtre annonçait une nuit froide. Il respira profondément, en espérant que Talon n'était pas en train de pleurer quelque part, comme cette fille dans la grotte.

13

ARIA

Pour se calmer, Aria essaya d'imaginer qu'elle se trouvait dans un Domaine. Un Domaine Paléolithique. Elle était dans une caverne, après tout. Avec un feu, qu'elle évitait de regarder à cause des souvenirs d'AG 6 qu'il évoquait. Cependant, il y avait aussi des caisses métalliques dans un coin, la couverture bleu marine en polaire qui l'enveloppait, et les bocaux en verre alignés près du feu avec des couvercles en métal qui se vissaient. Trop de détails brisaient l'illusion de l'Âge de pierre.

Tout ceci était bel et bien réel.

Aria se leva et la douleur sous la plante de son pied la fit grimacer. Elle ramena la couverture autour de ses épaules et tendit l'oreille. Seul le bourdonnement lancinant de son mal de tête troublait le silence. Avait-elle contracté une maladie quelconque ? Allait-elle mourir dans cette grotte, enroulée dans une couverture en polaire bleue ? Elle prit plusieurs inspirations, lentes et brèves. Ce genre de pensée ne l'aiderait pas.

Il y avait des vivres près de la sacoche en cuir de l'Étranger, mais pas question d'y toucher. Elle s'approcha en clopinant des caisses métalliques. Elles contenaient des débris de plastique et de verre, ainsi que des flacons de médicaments. Ils ne lui seraient d'aucun secours : les dates de péremption remontaient à plus de trois cents ans, à l'époque de l'Unification, quand l'Éther avait forcé les gens à se réfugier dans les Capsules.

Elle dénicha un pansement stérile jauni par le temps ; il ferait l'affaire.

Aria souleva la couverture et resta bouche bée. Ses pieds étaient déjà bandés. Le Sauvage les lui avait soignés.

Il l'avait touchée.

Elle agrippa le bord de la caisse pour éviter de tomber. C'était bon signe. S'il l'avait soignée, il ne lui voulait pas de mal. Pourtant, le simple fait de penser à lui raviva sa frayeur.

C'était une bête. Immense. Musclée, mais pas comme Soren. Le Sauvage lui rappelait les chevaux des Domaines équestres, dont chaque mouvement laissait entrevoir un ballet de muscles fins, ondoyant sous la peau. Il portait des tatouages. Deux bandes de motifs autour des biceps. Lorsqu'il lui avait tourné le dos, elle avait remarqué un autre dessin : une sorte de faucon dont les ailes se déployaient d'une épaule à l'autre. Ses cheveux n'avaient manifestement jamais été brossés. C'était un enchevêtrement de mèches blondes, de longueurs et de nuances variées. Quand il avait parlé, elle aurait juré avoir aperçu des dents un peu trop *canines*. Mais rien n'était plus hideux que ses yeux.

Aria avait l'habitude des yeux de toutes les couleurs. Ils étaient à la mode dans les Domaines. Le mois dernier encore, le violet faisait fureur. Les yeux du Sauvage étaient d'un vert intense, mais ils réfléchissaient la lumière, comme ceux d'un animal nocturne. Aria réalisa avec un frisson qu'ils étaient réels.

Elle se retourna et se mordit la lèvre en balayant l'endroit du regard. Une *caverne*. Que faisait-elle ici ? Comment s'était-elle retrouvée dans cette situation ? Le feu s'était éteint. Elle n'apercevait plus le coin où elle s'était assise. Elle n'avait pas envie de rester dans cette grotte sombre et silencieuse. Elle s'enroula dans la couverture bleu marine autour d'elle, à la manière d'une toge, se fit une ceinture avec la bande de gaze, puis sortit.

Aria aperçut le Sauvage assis sur un rocher, devant la pente rocailleuse où elle était restée coincée. Il lui tournait le dos.

Elle s'arrêta à l'entrée de la caverne, à trois ou quatre mètres de lui, et serra la couverture contre elle.

Il était en train de tailler un long morceau de bois à l'aide d'un couteau. « Il confectionne une flèche », devina-t-elle. Un homme des cavernes qui fabriquait ses armes. Le tatouage dans son dos représentait bien un faucon, à en croire la tête soyeuse de l'oiseau. Les yeux du volatile étaient masqués par un plumage plus sombre. Dans les Domaines, les gens utilisaient des tatouages éphémères. Ils en choisissaient de nouveaux, chaque fois qu'ils en avaient envie. Aria ne pouvait s'imaginer garder la même image en permanence sur la peau.

L'Étranger se tourna et lui décocha un regard noir. Aria le lui rendit en masquant sa peur. Comment avait-il su qu'elle était là ? Il glissa son couteau dans un fourreau attaché à sa ceinture.

Aria s'avança un peu, en veillant à ne pas boiter et à rester à bonne distance. Elle glissa une mèche de cheveux derrière son oreille.

L'Éther formait des rubans de lumière bleue au-dessus des nuages gris qui filaient dans le ciel. Aria frémit malgré elle. En contrebas, la vallée qu'ils avaient traversée sous l'orage se tachetait d'ombre et de lumière.

– C'est le crépuscule ?

– La brune, répondit le jeune homme.

Brune, crépuscule, c'était la même chose, non ? Et pourquoi traînait-il aussi longtemps sur une seule syllabe ? *Bruuuune.* Comme si le mot devait durer une éternité.

– Pourquoi tu m'as amenée ici ? Pourquoi ne pas m'avoir laissée là-bas ?

– J'ai besoin de renseignements. Ton peuple a enlevé l'un des miens.

– C'est absurde. En quoi un Sauvage pourrait-il leur être utile ?

– Il leur est plus utile que toi, apparemment.

La gorge d'Aria se serra lorsqu'elle se rappela le regard inexpressif et le sourire froid du Consul Hess. Le Sauvage avait raison. Il s'était servi d'elle. Il lui faisait porter le chapeau à la place de Soren et l'avait expulsée, l'exposant à une mort certaine.

– Tu veux pénétrer dans Rêverie ? Pour sauver cette personne ? C'est ce que tu faisais, ce fameux soir ?

– Je pourrais y entrer. Je l'ai déjà fait.

Elle s'esclaffa.

– C'est nous qui avions désactivé le système d'alarme. Et ce dôme était abîmé. Tu as eu de la chance, le Sauvage. Les murs qui protègent Rêverie font trois mètres d'épaisseur. Jamais tu ne parviendras à entrer de nouveau. C'est quoi ton plan, au juste ? Tu vas leur lancer des bouses de vache ? À moins que tu n'utilises une fronde ? En visant bien, une seule pierre devrait suffire.

Il pivota et s'approcha d'elle. Aria se sauva, effrayée, mais il la dépassa à grandes enjambées et disparut dans la caverne. Quelques instants plus tard, il en ressortit en brandissant un objet, le regard étincelant.

– C'est mieux qu'une bouse de vache, qu'en penses-tu ?

Pendant de longues secondes, Aria contempla l'objet arrondi qu'il tenait à la main. Elle n'avait jamais vu de Smart-Eyes ailleurs que sur le visage des gens. Comme il semblait appartenir au Sauvage, elle faillit ne pas le reconnaître.

– C'est le mien ?

Il hocha la tête.

– Je l'ai ramassé. Quand on te l'a arraché.

Une vague de soulagement envahit Aria. Elle pourrait joindre sa mère à Euphorie ! Et si le SmartEye contenait toujours la vidéo de Soren, elle pourrait prouver ce que lui et son père lui avaient fait.

– Cet objet ne t'appartient pas, dit-elle en relevant les yeux. Donne-le-moi.

Le Sauvage secoua la tête.

– Quand tu auras répondu à mes questions.

– Si j'y réponds, tu me le rendras ?
– Je t'ai dit que oui.
Le cœur d'Aria battait à tout rompre. Elle avait besoin de son SmartEye. Si elle le récupérait, sa mère la sauverait. D'ici quelques heures, elle monterait à bord d'un autre Aéroflotteur pour rejoindre Euphorie. Avec l'aide de Lumina, elle dénoncerait le consul Hess et Soren.

Elle ne pouvait croire qu'elle envisageait d'aider un Étranger à entrer dans Rêverie. N'était-ce pas de la trahison ? Précisément ce dont le consul Hess l'avait accusée ? Non, elle ne pouvait pas faire une chose pareille. Elle fournirait de fausses informations au Sauvage. Il ne se douterait de rien.
– D'accord, dit-elle.
Il referma la main sur l'objet et croisa les bras. Aria le dévisagea, horrifiée. Son SmartEye était enfoui sous les aisselles d'un homme de Néandertal !
– Pourquoi tu étais dehors ? lui demanda-t-il avec une moue de satisfaction.
C'était la même question qu'elle avait ignorée auparavant. Mais elle devait répondre cette fois.
Aria émit un grognement de dégoût.
– Seuls deux d'entre nous ont survécu à l'incendie. L'un est le fils d'un Consul… une personne très influente dans notre Capsule. Et l'autre, c'est moi.
Il resta silencieux. Aria remarqua les traces laissées par ses ongles sur la poitrine du garçon. Elle s'empressa de détourner les yeux, écœurée de l'avoir touché. Pourquoi ne portait-il pas de vêtements ? Il ne faisait pas chaud à l'extérieur. Un coup de vent la fit frissonner. Aria songea que les Sauvages ne devaient pas craindre le froid.
– Tu as encore des alliés là-bas ? lui demanda-t-il.
– Des alliés ?
– Ou des amis, enchaîna-t-il d'un ton cassant. Des gens susceptibles de t'aider, la Taupe.

Aria pensa aussitôt à Paisley. Une vague de chagrin l'envahit, menaçant de l'engloutir. Elle reprit lentement ses esprits et tenta de chasser sa peine.

– Ma mère. Elle nous aidera.

Le Sauvage plissa les yeux. Il la dévisagea avec attention.

Elle tenta de rester calme, mais ne put s'empêcher d'ajouter :

– C'est une scientifique.

Comme si cela pouvait signifier quelque chose pour lui.

Il brandit le SmartEye.

– Tu peux la contacter avec ça ?

– Oui. Je crois que oui.

Si Hess avait essayé de retrouver la trace de son SmartEye, il y avait de fortes chances pour qu'il l'ait réactivé.

– Est-ce que ta mère aurait les moyens de se renseigner sur un enlèvement ? lui demanda l'Étranger.

Aria fronça les sourcils. C'était absurde. Qui pourrait vouloir enlever un Sauvage malsain ? Mais le contredire ne la mènerait nulle part.

– Oui, répondit-elle. Ma mère est respectée pour son travail. Elle a une certaine influence. Elle pourrait découvrir quelque chose. S'il y a quelque chose à découvrir. Donne-moi ça et je t'aiderai.

Elle était fière d'elle. Son mensonge était sorti avec naturel.

Le Sauvage s'avança vers elle et se pencha :

– Tu vas *vraiment* m'aider, la Sédentaire. C'est ta seule chance de survie.

Elle recula d'un bond.

– Je t'ai dit que je le ferais !

C'était quoi son problème ?

Il lui plaqua le SmartEye dans la paume. Aria referma la main et s'éloigna. Le simple fait de tenir son SmartEye lui donnait l'impression d'être déjà chez elle. Elle s'interrogea sur la quantité de microbes fourmillant sur l'objet. L'Étranger n'avait pas l'air trop crasseux, mais il était forcément malade.

– Vas-y, lui ordonna-t-il.

Elle regarda par-dessus son épaule.

– Quand je serai en contact avec ma mère, je dois lui demander de se renseigner sur qui ?

Le Sauvage hésita.

– Un petit garçon. Âgé de sept ans. Il s'appelle Talon.

– Un *petit garçon* ?

Le Sauvage soupçonnait son peuple d'avoir enlevé un *enfant* ?

– J'ai assez attendu, la Taupe.

Aria plaça la coque sur son œil gauche et sentit la douceur du matériau sur son orbite. La biotechnologie entra aussitôt en action. La coque adhéra à sa peau par succion, tandis que la membrane interne s'assouplissait, sa consistance passant de gélatineuse à liquide, jusqu'à ce qu'Aria puisse battre aussi bien des paupières qu'avec son œil à nu.

Tendue, elle attendit que son SmartScreen apparaisse. Elle essaya ses mots de passe. Tenta de réinitialiser le système, comme elle l'avait fait dans AG 6. Rien ne se produisit. Aucun fichier « Petit-Merle » n'apparut. Aucun icône. À travers la coque transparente elle ne voyait que la nuit avaler cette terre lugubre, et l'Éther s'agiter dans le ciel.

L'Étranger s'approcha d'elle, menaçant.

– Qu'est-ce qui se passe ?

– Rien, répondit-elle, sentant une vive douleur enflammer sa gorge. Ça ne réagit pas. Je pensais... Je pensais qu'ils l'auraient peut-être reconnecté au réseau, mais je ne vois rien. Peut-être que la tempête a provoqué un court-circuit. Je n'en sais rien.

Le Sauvage marmonna des paroles incompréhensibles et se passa nerveusement une main dans les cheveux. Désespérée, Aria lança d'autres commandes, tandis que l'Étranger marchait de long en large. Elle sentait les larmes lui monter aux yeux à mesure que chacune de ses tentatives échouait. L'Étranger se tourna vers elle. Qu'allait-il se passer ? Allait-il l'abandonner ici ? Ou pire encore ?

– Bon, rends-le moi, la Taupe.

– Je t'ai dit qu'il ne marchait pas ! protesta-t-elle.

– Je vais le réparer.

Aria ne put retenir un gloussement.

– *Toi* tu saurais réparer ça ?

Il lui lança un regard meurtrier.

– Je connais quelqu'un qui peut le faire.

Elle n'en croyait pas ses oreilles.

– Tu connais quelqu'un – un *Étranger* – qui peut réparer un SmartEye ?

– Il faut tout te répéter pour que tu comprennes, la Sédentaire ? Je serai de retour dans moins de deux semaines. Tu as ici assez d'eau et de vivres pour tenir jusque-là. Ne bouge pas, c'est tout. Personne ne vient par ici. Pas à cette époque de l'année. Retire ce truc pendant que je prépare mes affaires.

Sur ces mots, il rentra dans la caverne.

Aria se précipita à sa suite, le talonnant au plus près pour ne pas perdre de vue ses mèches blondes dans la pénombre. Le feu était réduit à l'état de braises. Il y jeta une bûche

– Pas question que je reste toute seule une semaine. Ou même deux, peu importe.

Le Sauvage s'approcha d'une des caisses et commença à remplir son sac.

– Tu seras plus en sécurité ici.

– Non. Je ne reste pas ici ! Je risque de ne pas survivre…

Sa voix se brisa.

– Je risque de ne pas tenir aussi longtemps. Mon système immunitaire n'est pas conçu pour l'Extérieur. D'ici deux semaines, ça sera peut-être trop tard. Si tu veux que je t'aide, il faut que je t'accompagne.

Perry prit le temps de réfléchir. Puis il posa son sac par terre.

– Je ne vais pas ralentir l'allure pour toi. Ça signifie que tu devras marcher des jours entiers avec ça, dit-il en désignant son pied blessé d'un hochement de tête.

– Tu n'auras pas besoin de ralentir, répliqua-t-elle, soulagée.

Au moins, elle ne serait pas livrée à elle-même, ni séparée de son SmartEye.

Le garçon lui décocha un regard sceptique, puis ouvrit une autre caisse. Le feu flambait à nouveau, illuminant les parois de la grotte. Alors qu'il se retournait, Aria remarqua des ecchymoses sur ses côtes. Elle observa les ondoiements de son tatouage de faucon sur son dos, chaque fois qu'il remuait. Sa mère la surnommait Petit-Merle mais, selon la nomenclature du chant lyrique, elle était soprano Falcon… un mot qui, en anglais, signifiait *faucon*. Cette coïncidence la fit frissonner.

– Est-ce que ton tatouage symbolise quelque chose ? l'interrogea-t-elle.

Il sortit des vêtements de la caisse et les secoua. Une tenue de camouflage datant de l'époque de l'Unification. Un pantalon et une chemise. Il les lui lança.

– Tiens, de quoi t'habiller.

Aria s'écarta et lorgna le tas informe à ses pieds.

– On peut les faire bouillir avant ?

Pas de réponse. Elle se glissa dans l'ombre et enfila la tenue à la hâte. Les vêtements étaient trop grands pour elle, mais chauds et pratiques pour se déplacer. Elle les retroussa aux poignets et aux chevilles, puis réutilisa la bande de gaze en guise de ceinture.

Elle réapparut dans la lumière du feu. L'Étranger s'était rassis à la place qu'il occupait auparavant. Il portait un gilet de cuir noir, semblable à ceux qu'arboraient les garçons dans les Domaines Gladiateur. À côté de lui était posée une couverture bleu marine comme la sienne.

Il considéra rapidement les changements qu'elle avait opérés dans sa tenue.

– Il y a de quoi manger là-dedans, dit-il en désignant les bocaux disposés près du feu. L'un deux contient de l'eau.

– On ne s'en va pas ?

– Je t'ai vue te déplacer dans le noir. On va dormir maintenant et on voyagera de jour.

Il s'étendit et ferma les yeux, comme s'il n'avait rien à ajouter.

Aria but un peu d'eau, mais grignota à peine quelques fruits secs. Les figues étaient trop granuleuses et collantes, et l'angoisse lui nouait l'estomac. Elle s'adossa contre le granit froid. La plante de ses pieds la faisait souffrir. Elle était sûre de ne jamais réussir à dormir.

L'Étranger, en revanche, ne semblait pas avoir ce problème. À présent qu'il dormait, elle pouvait l'observer plus attentivement. Il n'était pas vraiment beau. Un bleu s'estompait sur une de ses joues. De pâles cicatrices striaient le duvet de barbe sur sa mâchoire. Son nez était long, et bosselé, signe qu'il avait dû le briser plus d'une fois. Un véritable nez de gladiateur.

L'Étranger ouvrit les yeux et l'observa à son tour. Aria se figea quand leurs regards se croisèrent. Il était humain, elle le savait, mais il y avait quelque chose de barbare dans son regard étincelant. Sans un mot, il lui tourna le dos.

Aria attendit que son pouls ralentisse. Puis elle tira la couverture sur ses épaules et s'allongea. Elle garda un œil sur le feu et le Sauvage, sans trop savoir ce qui la révulsait le plus. Elle eut bientôt les paupières lourdes et l'idée l'effleura qu'elle se trompait souvent. Elle allait quand même s'endormir.

Là, maintenant.

14
PEREGRINE

Perry s'éveilla aux premières lueurs de l'aube et repensa à son accord avec la Sédentaire. Comment allait-elle effectuer ce voyage avec un pied entaillé ? Par ailleurs, elle disait vrai. Le temps qu'il aille chez Marron et en revienne, elle serait sans doute morte. Une chose était sûre : il lui fallait des chaussures.

D'un geste impatient, il déchira la couverture en cuir d'un livre. La fille se réveilla en sursaut et poussa un cri.

– Qu'est-ce qui se passe ? C'est un *livre* ?

– Plus maintenant.

De ses doigts tremblants, elle effleura plusieurs fois la coque sur son œil. Perry se détourna. Cet objet le dégoûtait. Il lui faisait l'effet d'un parasite. Et il lui rappelait trop les ravisseurs de Talon. Il reprit sa tâche, déchirant l'autre partie de la couverture en cuir. Puis il prit sa sacoche et s'agenouilla devant la fille. Il lui leva le pied, ôta son bandage.

– Tu guéris.

Elle haletait.

– Lâche-moi. Ne me touche pas.

L'odeur glacée de sa peur emplit les narines de Perry, ourlant son champ de vision d'une lumière bleue vacillante. Il lui lâcha le pied.

– Du calme, la Taupe. On a passé un accord. Si tu m'aides, je ne te ferai pas de mal.

– Qu'est-ce que tu fais ? demanda-t-elle en regardant la couverture du livre déchirée.

Son teint déjà pâle était presque blanc.

– Je te fabrique des chaussures. Il n'y en a pas dans les caisses. Tu ne peux pas voyager pieds nus.

Elle lui tendit prudemment le pied. Perry le plaqua contre la reliure.

– Essaie de ne pas bouger.

Il saisit le couteau de Talon et, de la pointe de la lame, traça le contour de son pied en prenant soin de ne pas effleurer sa peau.

– Tu n'as pas de stylo ?

– J'ai perdu le mien il y a environ cent ans.

– J'ignorais que les Étrangers pouvaient vivre aussi longtemps.

Perry baissa les yeux. Était-ce une blague ? Est-ce que les Sédentaires vivaient aussi longtemps, eux ?

– Tu es cordonnier ? demanda-t-elle au bout d'un moment.

Pensait-elle vraiment qu'il n'aurait rien trouvé de mieux, si cela avait été le cas ?

– Non. Je suis un chasseur.

– Oh. Ça explique beaucoup de choses.

Perry ne voyait pas ce que ça pouvait expliquer sinon qu'il chassait.

– Alors tu… tues… des animaux, c'est ça ?

Perry ferma les yeux. Il s'assit contre la paroi et la gratifia d'un grand sourire.

– S'il bouge, je le tue. Ensuite, je l'éviscère, je lui retire la peau et je le mange.

Elle secoua la tête, l'air ahuri.

– C'est juste que… Je n'arrive pas à croire que tu es réel.

Perry se renfrogna.

– Qu'est-ce que je pourrais être sinon, la Taupe ?

Elle se tut pendant un moment. Perry finit de tracer le contour de ses pieds, puis découpa les empreintes. Il perça des trous dans la reliure avec la pointe du couteau, en essayant de faire au plus vite. À cette distance, l'odeur de la Sédentaire lui donnait la nausée.

– Je m'appelle Aria, finit-elle par dire.

Elle attendit qu'il réagisse.

– Tu ne crois pas qu'on devrait connaître nos noms si on doit être des alliés ?

Elle haussa un sourcil, elle avait clairement fait exprès d'employer le même mot que lui la veille.

– On sera peut-être des alliés, la Taupe, mais on n'est pas amis.

Perry fit passer un cordon en cuir dans les trous, puis le noua autour des chevilles de la Sédentaire.

– Vas-y. Essaie de marcher.

Elle se leva et fit quelques pas en relevant son pantalon pour voir ses pieds.

– Elles sont bien, admit-elle, étonnée.

Perry rangea le reste de cordon dans sa sacoche. Comme il l'avait pensé, les couvertures de livre constituaient de bonnes semelles. Résistantes, mais souples. C'était la meilleure utilité qu'il ait jamais trouvé à un livre. Les chaussures tiendraient quelques jours. Ensuite il faudrait trouver mieux. Si la fille vivait jusque-là.

Dans le cas contraire, il apporterait seul la coque oculaire à Marron. Il trouverait un moyen de transmettre un signal à un Sédentaire susceptible de le capter. Et il s'offrirait, lui et la coque, en échange de son neveu.

La fille leva un pied et regarda la semelle.

– Ça ne pouvait pas mieux tomber. Tu as fait exprès de choisir ce livre, l'Étranger ? Je ne suis pas sûre que ce soit de bon augure pour notre voyage.

Perry attrapa sa sacoche, puis son arc et son carquois. Il ignorait quel ouvrage il avait choisi. Il ne savait pas lire. Il n'avait jamais appris, même si Mila et Talon avaient tenté maintes fois de lui enseigner la lecture. Il sortit de la caverne avant qu'elle s'en aperçoive et le traite de Sauvage idiot.

Ils passèrent la matinée à parcourir des collines que Perry connaissait depuis toujours. Ils s'approchaient de la frontière orientale du territoire de Vale, une terre vallonnée qui surplombait la Vallée des Littorans. Partout où il posait son regard, le paysage lui évoquait des souvenirs. La butte où Roar et lui avaient fabriqué leur premier arc. Le chêne au tronc éclaté que Talon avait escaladé une centaine de fois. Ou les berges du ruisseau à sec, qui lui rappelaient la première fois avec Brooke.

Son père avait foulé cette terre autrefois. Sa mère aussi, dans un passé encore plus lointain. C'était bizarre d'avoir la nostalgie d'un lieu avant même de l'avoir quitté. Et troublant de réaliser qu'il n'aurait plus de grenier où se reposer, quand il serait fatigué du grand air. Sans compter qu'il marchait avec une Sédentaire. Ce qui ajoutait encore à l'étrangeté de la journée. La présence de la fille rendait Perry nerveux, l'agaçait. Il savait qu'elle n'était pas responsable de l'enlèvement de Talon, mais elle n'en demeurait pas moins une Taupe. Une des leurs.

Durant les premières heures, la Sédentaire sursauta au moindre petit bruit. Elle marchait trop lentement et était incroyablement bruyante pour quelqu'un de sa corpulence. Pour couronner le tout, plus la matinée avançait, plus elle exhalait une humeur sombre et dense, et Perry ne put s'empêcher de penser que le deuil le suivait. Cette fille, avec laquelle il avait passé un accord, avait souffert, perdu un être cher, et elle souffrait toujours. Perry fit de son mieux pour marcher dans le vent, où l'air était plus pur.

– On va où, au juste, le Sauvage ? demanda la Sédentaire aux alentours de midi.

Elle avançait à une bonne dizaine de pas derrière lui. Outre le fait d'éviter son odeur, marcher en tête offrait un autre avantage à Perry : il n'était pas forcé de voir la coque sur son œil.

– Je vais continuer à t'appeler comme ça, puisque je ne connais pas ton nom, ajouta-t-elle.

– Je ne te répondrai pas.

– Bon alors… le Chasseur ? On va où ?

Il hocha le menton.

– Par là.

– Ça m'aide beaucoup.

Perry lui lança un regard par-dessus son épaule.

– On va voir un ami. Il s'appelle Marron. Il habite *là-bas.*

Il désigna le mont Arrow.

– Autre chose ?

– Oui, dit-elle, contrariée. À quoi ça ressemble, la neige ?

Perry s'arrêta net. Comment quelqu'un pouvait-il ignorer que la neige était pure, silencieuse et plus blanche qu'un os ? Que sa froideur vous piquait la peau ?

– C'est froid.

– Et les roses ? Elles sentent si bon que ça ?

– Tu en vois beaucoup dans le coin ?

Il se garda bien de lui fournir une vraie réponse. Apparemment, elle n'avait jamais entendu parler des Olfiles dans sa forteresse. Perry préférait la laisser dans l'ignorance. Il ne lui faisait pas confiance. Il savait qu'elle n'avait pas l'intention de l'aider. Quel que soit le tour qu'elle essayait de lui jouer, il tâcherait d'être plus malin qu'elle.

– Les nuages ne disparaissent-ils jamais ? reprit-elle.

– Complètement ? Non. Jamais.

– Et l'Éther ? Il ne s'en va jamais ?

– Non, la Taupe. L'Éther ne s'en va jamais.

Elle leva la tête.

– Un monde où rien ne change jamais sous un ciel immuable.

« Ça lui va à merveille », songea-t-il. « À cette fille qui ne la boucle *jamais* ! »

Elle continua de lui poser des questions toute la journée. Elle lui demanda si les libellules faisaient du bruit en volant, si l'arc-en-ciel était un mythe. Lorsqu'il cessa de lui répondre, elle se mit à parler toute seule, comme si c'était normal. Elle commenta le contraste entre les nuances chaudes des collines et le bleu de l'Éther. Lorsque le vent se leva, elle dit que le bruit lui rappelait celui des turbines. Elle observa les pierres, en s'interrogeant sur les minéraux qui les constituaient, elle alla même jusqu'à en glisser quelques-unes dans sa poche. Elle ne se mura dans le silence qu'une seule fois, quand le soleil apparut dans le ciel nuageux, et, à ce moment-là, Perry se demanda vraiment ce qu'elle pensait.

Il ne comprenait pas comment une personne en deuil pouvait parler autant. Il l'ignorait le plus possible et surveillait l'Éther, soulagé de constater qu'il pâlissait dans le ciel. Comme ils allaient bientôt quitter le territoire des Littorans, Perry prêta une plus grande attention aux odeurs portées par le vent. Il était sûr qu'ils finiraient par être confrontés à une forme de danger quelconque. On courait ce risque dès qu'on quittait les territoires tribaux. Il était déjà difficile de survivre seul dans les contrées frontalières. Perry se demanda comment il se débrouillerait en compagnie d'une Taupe.

En fin d'après-midi, ils trouvèrent une vallée abritée pour installer leur campement. La nuit tombait quand il alluma le feu. La Sédentaire s'assit sur un arbre déraciné et examina ses pieds. Ils étaient couverts d'ampoules.

Perry lui tendit le baume qu'il avait pris dans la grotte. Elle dévissa le petit flacon. Ses cheveux noirs tombèrent en rideau devant son visage, alors qu'elle regardait à l'intérieur. Perry fronça les sourcils. Que faisait-elle ? Sa coque fonctionnait-elle comme une espèce de loupe ?

– Ne mange pas ça, la Sédentaire. Passe-toi cette crème sur les pieds. Tiens.

Il lui donna une poignée de fruits secs et un bouquet de

racines de chardon qu'il avait cueillies plus tôt. Ça n'était guère plus appétissant que des pommes de terre crues, mais cela leur éviterait de mourir de faim.

– Ça, c'est comestible.

La fille conserva les fruits, mais lui rendit les racines. Perry retourna auprès du feu, trop interloqué pour s'offusquer. Personne ne rendait la nourriture qu'on lui offrait !

– Le feu ne va pas enflammer ces arbres, dit-il, voyant qu'elle hésitait à le rejoindre.

Elle examinait chaque fruit avant d'y goûter.

– Il ne brûlera pas comme ce fameux soir.

– Je n'aime pas ça, c'est tout.

– Tu changeras d'avis quand il se mettra à faire froid.

Perry mangea son maigre dîner. Il regrettait de ne pas avoir pris le temps de chasser. Enfin, s'il avait essayé, il aurait sans doute échoué. À force de jacasser, la fille avait fait fuir le gibier. Et même bien failli le faire fuir aussi. Demain, il devrait trouver de quoi les nourrir. Ils avaient mangé presque tout ce qu'il avait apporté de la caverne.

– Le garçon qui a été enlevé…, commença-t-elle, c'est ton fils ?

– J'ai quel âge, d'après toi, la Sédentaire ?

– Je ne suis pas très douée question fossiles. Je dirais… entre cinquante et soixante mille ans.

– Dix-huit ans. Et non, ce n'est pas mon fils.

– J'ai dix-sept ans.

Elle s'éclaircit la voix.

– Tu n'as pas l'air d'en avoir dix-huit, ajouta-t-elle au bout d'un moment. Tu les fais et, en même temps, tu ne les fais pas.

Elle attendait sans doute qu'il lui demande pourquoi. Mais Perry se tut. Il s'en moquait.

– Je me sens bien, au fait, signala-t-elle. J'ai une migraine tenace et mes pieds me font un mal de chien. Mais je pense que je survivrai jusqu'à demain. Je n'en suis pas sûre, remarque.

On raconte que les maladies peuvent s'attaquer à nous discrètement.

Perry serra les dents en songeant à Talon et à Mila. Devait-il plaindre cette fille parce qu'elle risquait de tomber malade ? Pour lui, la maladie était quelque chose de naturel, qui faisait partie de la vie. Il sortit les deux couvertures de son sac. Le sommeil le mènerait jusqu'au matin, et le matin le rapprocherait de Marron.

– Pourquoi tu évites de me regarder ? demanda soudain la fille. Parce que je suis une Sédentaire ? Est-ce qu'on est affreux aux yeux d'un Étranger ?

– À quelle question veux-tu que je réponde en premier ?

– Peu importe. Tu ne répondras pas, de toute manière. Tu ne réponds pas aux questions.

– Tu n'arrêtes pas d'en poser.

– Tu vois ce que je veux dire ? Tu esquives les questions et tu esquives les regards. Tu esquives tout.

Perry lui lança la couverture. Elle ne s'y attendait pas. Elle la reçut en pleine figure.

– Pas toi, on dirait, se moqua-t-il.

Elle s'empara de la couverture et lui décocha un regard féroce. Perry la voyait parfaitement, même si elle était assise loin du feu.

Profitant de l'obscurité, il s'accorda un petit sourire en coin.

Quelques heures plus tard, il fut réveillé par une chanson. De douces paroles, dans une langue qu'il ne connaissait pas, mais qui lui semblait familière. Il n'avait jamais entendu une voix semblable. Si claire, si riche en nuances. Il se dit qu'il devait rêver, jusqu'à ce qu'il aperçoive la fille. Elle s'était rapprochée du feu. De lui. Elle avait passé ses bras autour de ses jambes et se balançait d'avant en arrière. Il huma dans l'atmosphère l'odeur salée et piquante des larmes, ainsi qu'une peur froide et cinglante.

– Aria… murmura-t-il, surpris d'utiliser son prénom.

Il décida que ça lui allait bien. Ça sonnait bizarrement. Comme une question.

– Qu'est-ce qui se passe ? insista-t-il.

– J'ai vu Soren. Celui de l'incendie de l'autre soir.

Perry se leva d'un bond et scruta le brouillard. Il n'avait jamais aimé le brouillard, qui le privait d'un de ses Sens. Heureusement, l'autre, le plus puissant, était intact. Il inspira profondément et se déplaça sans faire de bruit. La frayeur de la fille se mêlait à la fumée, mais il ne flaira aucune autre odeur de Sédentaire.

– Tu as rêvé. Il n'y a personne ici, à part nous.

– Les Sédentaires ne rêvent pas, dit-elle.

Perry fronça les sourcils, mais préféra ne pas s'attarder sur cette bizarrerie pour l'instant.

– Il n'y a aucune trace de lui ici.

– Je l'ai *vu*, insista Aria. Ça m'a paru réel. Comme si j'étais avec lui dans un Domaine.

Elle essuya ses joues humides avec la couverture.

– Une fois de plus, je ne pouvais pas lui échapper.

Perry ne savait pas quoi faire. Si elle avait été sa sœur ou Brooke, il l'aurait prise dans ses bras. Il hésita à lui dire qu'il veillerait sur elle, mais ce n'était pas tout à fait vrai. Il était décidé à la protéger, certes. Mais seulement jusqu'à ce qu'il retrouve Talon.

– Tu crois que ça pourrait être un message que tu as reçu à travers ta coque sur l'œil ?

– Non, répondit-elle avec assurance. Elle ne marche toujours pas. Le plus étrange, c'est que j'ai vu ce que j'ai enregistré cette nuit-là. J'ai filmé Soren, quand il… m'agressait.

Elle s'éclaircit la voix.

– Et c'est ce que j'ai vu. Comme si mon esprit repassait tout seul l'enregistrement.

Ça s'appelait un rêve, mais Perry n'allait pas insister.

– C'est pour ça que les Sédentaires veulent récupérer ta coque ? À cause de l'enregistrement ?

Aria hésita, puis hocha la tête.

– Oui. Ça pourrait détruire à la fois Soren et son père.

Perry se passa une main dans les cheveux. Les Sédentaires avaient-ils enlevé Talon pour qu'il leur serve de monnaie d'échange ?

– Alors on a un avantage sur eux ?

– Si on parvient à réparer mon SmartEye.

Perry poussa un long soupir. Une bouffée d'espoir l'envahissait. Il s'était préparé à se livrer aux Sédentaires en échange de Talon. Peut-être n'aurait-il pas besoin de le faire.

L'humeur de la fille commençait à s'apaiser. Perry lança un morceau de bois dans les flammes et s'assit de l'autre côté du feu, face à la Sédentaire. Il ne pouvait s'empêcher de regarder la coque sur son œil.

– Pourquoi tu gardes ce truc, s'il est cassé ?

– Ça fait partie de moi. C'est comme ça qu'on voit les Domaines.

Perry ignorait ce que pouvaient bien être ces Domaines. Il ne savait même pas quelle question lui poser pour en savoir davantage.

– Les Domaines sont des lieux virtuels, expliqua-t-elle. Créés par ordinateur.

Il s'empara d'un bâton et remua les braises. La fille lui avait fourni une réponse sans qu'il la lui demande. Comme si elle devinait ses pensées. Ça le dérangeait un peu, mais elle continua de parler, alors il écouta.

– Si mon SmartEye fonctionnait, je pourrais me rendre dans n'importe quelle partie du monde, et même au-delà. Sans me déplacer réellement. Il y a des Domaines pour toutes les périodes passées. L'an dernier, les Domaines Moyen Âge étaient très à la mode. Tu serais génial dans un de ceux-là. Et puis, il y a des Domaines Fantastique et des Domaines

Futurisme. Des Domaines pour les passe-temps et toutes sortes de centres d'intérêt.

– Alors… c'est comme regarder une vidéo ?

Perry en avait vu chez Marron. Des images qui défilaient comme des souvenirs sur un écran.

– Non, les vidéos sont uniquement visuelles. Les Domaines sont en plusieurs dimensions. Si tu vas dans une fête, tu sens les gens danser autour de toi, tu peux respirer leur odeur et entendre la musique. En plus, tu peux changer des trucs, choisir des chaussures plus confortables pour danser, par exemple. Ou la couleur de tes cheveux. Et même changer de corps. Tu peux faire ce que tu veux.

Perry croisa les bras. Il avait l'impression qu'elle décrivait une sorte de rêve.

– Qu'est-ce qui t'arrive quand tu vas dans ce genre d'endroits factices ? Tu t'endors et tu rêves ?

– Non, tu te dédoubles. Tu fais deux choses à la fois.

Elle haussa les épaules.

– Comme quand tu marches et que tu parles en même temps.

Perry réprima un sourire.

– Quel est l'intérêt d'aller dans un endroit factice ? demanda-t-il.

– Les Domaines sont les seuls lieux où l'on peut *vraiment* se promener. Ils ont été créés au moment de la construction des Capsules. Sans eux, on serait sans doute devenus fous d'ennui. Et puis, ils sont virtuels, pas factices. Ils reproduisent le réel. Du moins c'est ce que je croyais. J'ai vu des choses ici qui ne sont pas comme je l'aurais cru.

La fille plongea une main dans une poche. Elle avait ramassé une dizaine de cailloux la veille. Pour Perry, aucun ne se distinguait des autres, ils se ressemblaient tous. C'étaient de vulgaires cailloux.

– Chacune de ces pierres est unique, reprit-elle. Sa forme, son poids, sa composition. C'est fabuleux. Dans les Domaines, ce sont des formules qui créent les changements. Je peux toujours ramasser des cailloux, remarque. Et m'apercevoir que tous les douze cailloux, je tombe sur une version modifiée du premier pour la couleur, la densité ou je ne sais quelle autre variation possible. Et il n'y a pas que les cailloux... Quand j'étais dans ce désert et que...

À son regard, Perry devina qu'il était concerné par ce qu'elle allait dire ensuite.

– Je n'avais jamais éprouvé ça. On n'a pas ce genre de peur dans les Domaines. Si j'ai déjà trouvé deux choses différentes ici, il doit forcément y en avoir d'autres, non ? D'autres trucs, en dehors de la peur et des cailloux, qui ne sont pas pareils dans la réalité ?

Perry essaya d'imaginer un monde sans peur et hocha la tête d'un air absent. Était-ce possible ? Si la peur n'existait pas, comment le réconfort, le courage pouvaient-ils exister ?

La fille prit son hochement de tête pour une invitation à poursuivre. Cela ne le dérangeait pas. Il appréciait sa voix. Il s'en était rendu compte quand il l'avait entendue chanter. Il aurait préféré qu'elle chante au lieu de parler, mais ne voulait pas le lui demander.

– Tu vois, tout ça, c'est de l'énergie, comme le reste. Le SmartEye transmet des impulsions qui affluent dans le cerveau en lui envoyant des fausses informations. Elles lui disent : « Tu es en train de voir et de toucher telle ou telle chose. » Mais peut-être que certains trucs demandent encore à être perfectionnés. Peut-être que les ingénieurs sont proches de la réalité, mais qu'ils ne parviennent pas tout à fait à la recréer. Enfin, c'est pas ce que tu m'as demandé. Je porte ce SmartEye parce que je ne suis pas moi-même sans lui.

Perry se gratta la joue et tressaillit, la douleur lui rappelant qu'il avait un hématome à cet endroit.

– Nos Marques, c'est pareil. Je ne me sentirais pas moi-même sans elles.

Il regretta sur-le-champ d'avoir prononcé cette phrase. La lumière du jour perçait le brouillard en longs faisceaux. Que faisait-il à bavarder avec une Sédentaire, alors que Talon mourait quelque part, loin de chez lui ?

– Tes tatouages ont un rapport avec ton nom ? demanda la fille.

– Oui, répondit-il en fourrant la couverture dans son sac.

– Tu t'appelles Faucon ? Rapace ?

– Non, non…

Il se leva, attrapa son arc et son carquois.

– Je vais te reprendre la coque maintenant.

Aria haussa les sourcils et son front se plissa.

– Non.

– Si on te voit avec cet engin sur l'œil, la Taupe, tu ne risques pas de passer pour l'une des nôtres.

– Je le portais hier.

– Hier, c'était hier. À partir de maintenant, c'est différent.

– Retire d'abord tes tatouages, le Sauvage.

Perry se figea et serra les dents. Le pire, c'est qu'en le traitant de sauvage, elle l'incitait à agir comme tel.

– On n'est plus dans ton monde, la Sédentaire. Les gens meurent, ici, et ce n'est pas virtuel. C'est très, très réel.

La fille redressa le menton, comme par défi.

– Alors retire-le-moi. Tu as vu comment on s'y prenait non ?

En un éclair, Perry revit Soren lui arracher l'objet du visage. Il ne voulait pas agir ainsi. Il fit le geste de prendre son couteau à sa hanche.

– Si c'est comme ça…

– Attends ! Je m'en charge.

Elle se détourna. Lorsqu'elle lui fit de nouveau face, quelques secondes plus tard, elle avait la coque dans la main. Le visage crispé par la colère, elle la glissa dans une de ses poches.

Perry s'avança vers elle. Il fit tournoyer son couteau comme n'importe quel gamin aurait pu le faire, mais son geste produisit l'effet escompté puisqu'il attira le regard de la fille sur la lame.

– J'ai dit que je le reprenais.

– Stop ! Ne t'approche pas plus. Tiens !

Elle lui lança la coque.

Perry l'attrapa et la laissa tomber dans sa sacoche. Puis il s'éloigna en rangeant le couteau dans son fourreau.

15
ARIA

Le deuxième jour, Aria eut beaucoup plus de mal à suivre l'Étranger. Ses pieds la faisaient horriblement souffrir. *À partir de maintenant, c'est différent,* avait-il dit. Mais ce n'était pas le cas. Même marche ininterrompue. Même douleur incessante. Mêmes maux de tête par intermittence.

Elle avait renoncé à dialoguer avec l'Étranger. Ils avançaient en silence, elle n'entendait que la terre crisser sous ses semelles de fortune. Elle avait failli éclater de rire en voyant la couverture du livre que le Sauvage avait découpée : *L'Odyssée*. Ce n'était pas un bon présage pour leur voyage. Mais pour l'instant ils n'avaient vu ni sirènes ni cyclopes ; uniquement des collines broussailleuses parsemées de bouquets d'arbres. Aria s'était attendue à traverser une région abominable mais, en fait, c'était son compagnon qui l'effrayait le plus.

Aux alentours de midi, ils passèrent une heure à creuser la terre avec des pierres plates. L'Étranger avait deviné la présence d'eau à trente centimètres sous la surface du sol. Ils remplirent leurs outres et mangèrent sans dire un mot. Après leur repas, ils restèrent assis un moment, tandis que l'Éther ondoyait calmement au-dessus de leurs têtes. L'Étranger examina le ciel. Il l'avait fait souvent dans la journée. Il étudiait l'Éther avec attention, comme s'il le comprenait.

Aria aligna sa collection de cailloux devant elle. Elle en

avait une quinzaine, à présent. Elle s'aperçut alors qu'elle avait de la terre sous les ongles. Avaient-ils *poussé*? Impossible! Les ongles n'étaient pas censés pousser. Leur croissance était considérée comme inutile et archaïque, alors on l'avait supprimée.

L'Étranger sortit une pierre plate de son sac de cuir et entreprit d'aiguiser son couteau. Aria l'observait du coin de l'œil. Il avait des mains larges et osseuses. D'un geste régulier et précis, il passait la lame sur la surface lisse de la pierre. Le métal sifflait à un rythme régulier et paisible. Elle regarda le visage du garçon. La lumière du jour faisait luire le duvet blond qui recouvrait sa mâchoire. La pilosité était une autre de ces caractéristiques génétiques dont les ingénieurs s'étaient débarrassés. Les mains de l'Étranger s'arrêtèrent. Il leva vivement ses yeux verts vers elle. Puis il rangea ses affaires et ils reprirent leur route.

Pendant les longues périodes de silence, Aria s'abandonnait à ses pensées, qui n'avaient rien de réjouissant. Le plaisir d'avoir récupéré son SmartEye n'avait guère duré. La veille, elle avait tenté de se distraire en observant le paysage, mais ça ne fonctionnait plus désormais. Paisley et Caleb lui manquaient. Elle pensa à sa mère et s'interrogea sur le fameux message « Petit-Merle ». Enfin, elle s'inquiéta pour ses pieds, craignant qu'ils ne s'infectent. Chaque fois que sa migraine s'amplifiait, elle s'imaginait que c'était le premier symptôme d'une maladie mortelle.

Aria avait envie de redevenir ce qu'elle était avant. Une fille passionnée de musique, qui fatiguait ses amis avec ses bavardages incessants. Ici, elle portait une reliure en cuir en guise de chaussures. Elle était condamnée à traverser un paysage vallonné en compagnie d'un Sauvage qui ne décrochait pas un mot… Et elle ne se faisait guère d'illusions sur ses chances de survie.

Elle inventa un air qui traduisait en musique toutes les frayeurs et la vulnérabilité qu'elle éprouvait au fond d'elle-même.

Une mélodie secrète et mélancolique qu'elle chantait uniquement dans sa tête. Aria détestait cet air. Elle détestait encore plus le besoin qu'elle avait de le chanter. Elle se promit que, lorsqu'elle retrouverait Lumina, elle oublierait cette facette pathétique d'elle-même, elle la laisserait dehors, là où était sa place. Et elle ne rechanterait plus jamais cette mélodie triste.

Cette nuit-là, elle s'endormit avant que l'Étranger n'ait eu le temps d'allumer le feu, enveloppée dans la couverture en polaire bleu marine. Elle posa la tête sur la sacoche en cuir du garçon. Elle avait plus besoin d'un oreiller qu'elle n'avait peur de la crasse.

Aria n'avait jamais éprouvé une telle douleur physique. Elle n'avait jamais été aussi fatiguée. Enfin, elle espérait que c'était ça : qu'elle était épuisée, et pas qu'elle était en train de succomber à l'Usine de la Mort.

Le matin de leur troisième jour de marche, l'Étranger divisa en deux les restes de la nourriture qu'il avait apportée de la caverne. Il mangea en évitant de la regarder, comme d'habitude. Aria secoua la tête. Il était grossier, froid, et lui faisait penser à un animal hideux avec ses yeux verts étincelants et ses dents de loup... Mais, par chance, il avait besoin d'elle. Il aurait pu lui arriver bien pire que de croiser le chemin de ce Sauvage.

Tout en mâchonnant une figue séchée, elle passa en revue ses désagréments. Des maux de tête, des muscles endoloris et des crampes dans le bas-ventre. Quant à la plante de ses pieds, elle n'osait même plus la regarder.

– Je vais devoir chasser tout à l'heure, annonça l'Étranger en attisant le feu à l'aide d'un bâton.

La matinée était plus fraîche que les jours précédents. Ils avaient grimpé régulièrement et se trouvaient maintenant en altitude. Le Sauvage avait enfilé une chemise à manches longues sous son gilet en cuir. Une loque d'un blanc fané, avec des fils tirés et des trous rapiécés. Le genre de chemise qu'on imagine portée par le survivant d'un naufrage. Cela dit, Aria le regardait plus volontiers quand il était entièrement habillé.

– D'accord, lui répondit-elle finalement, en fronçant les sourcils.

Le monosyllabisme. Une maladie d'Étranger qu'elle avait attrapée.

– On va grimper dans la montagne aujourd'hui, déclara-t-il en lançant un regard furtif sur les pieds d'Aria. Bien loin du territoire de mon frère.

Aria resserra la couverture autour d'elle. Elle ignorait jusque-là que le Monde Extérieur était divisé en régions. Et comme ça, ce garçon avait un frère ? Pourquoi était-ce si difficile à concevoir ? Parce qu'elle n'avait vu aucun autre Étranger ?

– Le territoire de ton frère ? Il est duc, ou un truc comme ça ?

Perry esquissa un sourire en coin.

– Un truc comme ça.

Aria se retint de rire. Un prince Sauvage ! Elle avait décroché le gros lot ! En plus, il était d'humeur bavarde – compte tenu de son mutisme habituel –, et elle avait besoin de parler. Ou d'écouter. Elle ne pouvait pas passer une journée de plus avec la mélodie qui la hantait comme un fantôme.

– Il y a des territoires, reprit-il, et des terres livrées à elles-mêmes, où vagabondent les exclus.

– Qui sont les exclus ?

Il plissa les yeux, agacé d'avoir été interrompu.

– Les gens qui vivent sans la protection d'une tribu. Des vagabonds qui se déplacent seuls ou en petits groupes. En quête de nourriture, d'un abri… ou qui cherchent simplement à rester en vie.

Il marqua une pause et redressa ses larges épaules.

– Les plus grandes tribus revendiquent des territoires. Mon frère est un Seigneur de sang. Il dirige ma tribu, les Littorans.

Un Seigneur de sang. Quel nom horrible !

– Tu es proche de ton frère ? demanda Aria.

L'Étranger contempla le bâton entre ses mains.

– Je l'étais dans le passé. Maintenant, il veut me tuer.

Aria se figea.

– Tu es sérieux ?

– Tu me l'as déjà demandé. Est-ce que vous, les Sédentaires, vous passez votre temps à blaguer ?

– Non. Mais ça nous arrive.

Aria attendit qu'il se moque d'elle. Elle avait bien compris la dureté de son existence, s'il devait creuser pendant une heure pour boire un verre d'eau trouble. Il n'y avait sûrement pas souvent matière à rigoler, par ici. Mais l'Étranger ne dit rien. Il lança le bout de bois dans le feu, puis se pencha en avant, les bras posés sur les genoux. Elle se demanda ce qu'il voyait dans les flammes. Était-ce le petit garçon qu'il cherchait ?

Aria ne comprenait pas pourquoi les siens auraient kidnappé un gamin du Monde Extérieur. L'accroissement de la population était soigneusement contrôlé dans les Capsules. Et pourquoi irait-on dépenser de précieuses ressources pour un petit Sauvage ?

L'Étranger récupéra son arc et son carquois et les mit en bandoulière.

– Plus un mot une fois qu'on aura franchi cette corniche. Compris ?

– Pourquoi ? Qu'est-ce qu'il y a de l'autre côté ?

Les yeux du garçon, toujours étincelants, évoquaient des lumières vertes dans la pâleur de l'aurore.

– Il y a les histoires, la Taupe. Toutes celles qu'on t'a racontées.

Dès qu'ils se mirent en route, Aria comprit que cette journée serait différente.

Jusque-là, l'Étranger s'était tenu à plusieurs mètres d'elle et il avait marché d'un pas léger, en dépit de sa taille. Désormais, il avançait avec lourdeur, il semblait méfiant et sur le qui-vive. Le mal de tête intermittent qu'Aria éprouvait depuis qu'elle avait retiré son SmartEye s'installa pour de bon, entraînant une sorte de sifflement strident dans ses oreilles. Ses sandales de fortune aggravaient ses ampoules. L'Étranger se retournait sans cesse vers elle, mais elle évitait son regard. Elle lui avait promis de suivre son allure, et elle s'y efforçait. Quel autre choix avait-elle, de toute manière ?

Vers midi, un mélange écœurant de sang et de pus commença à suinter de ses plaies aux pieds. Aria ne pouvait plus marcher sans se mordre la lèvre. Tant et si bien que celle-ci finit aussi par saigner.

Le chemin s'aplanit lorsqu'ils entrèrent dans les bois, ce qui offrit un peu de répit à ses pieds et à ses muscles. Les arbres rappelèrent à Aria la dernière fois où elle s'était trouvée en compagnie de Paisley, pourchassée par Soren, puis ils débouchèrent dans un champ à ciel ouvert.

Une vaste bande de terre grise, presque argentée et totalement nue, s'étendait devant eux. Pas la moindre brindille ou touffe d'herbe. Seul le scintillement doré de quelques braises disséminées et de légères traces de fumée ici et là. La jeune fille devina que l'Éther venait de frapper à cet endroit.

L'Étranger porta l'index à ses lèvres pour lui commander le silence. Il porta une main à sa ceinture et, lentement, sortit son couteau, tout en lui faisant signe de rester près de lui. « Qu'est-ce qui se passe ? » aurait-elle voulu lui demander. « Qu'est-ce que tu vois ? » Elle s'efforça de ne pas parler tandis qu'ils repartaient entre les arbres.

Aria ne se trouvait guère à plus de trois mètres d'elle quand elle vit une personne recroquevillée dans la fourche d'un arbre, les pieds nus et vêtue de haillons. Elle n'aurait su dire s'il s'agissait d'un homme ou d'une femme. Sa peau était crasseuse et ses yeux de hibou brillaient derrière une tignasse blanc jaunâtre. Aria crut d'abord que la chose souriait. Puis elle se rendit compte que celle-ci n'avait pas de lèvres. Rien ne dissimulait ses dents abîmées et marron. Sans son regard paniqué, on aurait pu la prendre pour un cadavre.

Aria ne put détourner les yeux. La créature dans l'arbre redressa la tête. La lumière du jour fit briller la bave qui dégoulinait sur son menton. Le regard rivé sur l'Étranger, elle marmonnait une sorte de plainte étrange et désespérée. Un son qui n'avait rien d'humain, mais Aria comprit ce qu'il signifiait. La créature implorait la miséricorde.

L'Étranger effleura le bras d'Aria qui sursauta puis comprit qu'il ne faisait que la guider. Pendant l'heure qui suivit, elle ne put calmer ses battements de cœur. Elle sentait encore les yeux globuleux de la créature posés sur elle et l'écho de son horrible plainte résonnait toujours en elle. Une multitude de questions se bousculaient dans sa tête. Elle voulait comprendre comment une personne pouvait en arriver là. Comment survivait-elle dans l'isolement et la terreur ? Mais Aria resta muette, sachant qu'elle les mettrait en danger si elle parlait.

D'une certaine manière, elle en était venue à penser que l'Étranger et elle étaient seuls dans ce monde désert. Mais en fait, pas du tout. Elle se demandait maintenant qui d'*autre* ils croiseraient sur leur route.

Ils trouvèrent une nouvelle caverne en fin d'après-midi. Elle était humide et pleine d'étranges formations de roche qui ressemblaient à de la cire fondue. Elle empestait le soufre. Des morceaux de plastique et des ossements jonchaient le sol.

L'Étranger posa son sac.

– Je vais chasser, annonça-t-il tranquillement. Je serai de retour avant la nuit.

– Pas question que je t'attende ici toute seule. C'était quoi, cette chose ?

– Je t'ai parlé des exclus.

– Eh bien, tu ne peux pas me laisser là avec cette chose exclue dans les parages.

– Tu n'as pas à t'inquiéter de cette chose. D'ailleurs, elle est loin derrière nous.

– Je t'accompagne. Je serai silencieuse.

– Tu ne le seras jamais assez. Écoute, il faut qu'on mange et je ne peux pas chasser avec toi. Tu gesticules sans arrêt.

– J'ai vu des baies, là-bas. On est passés devant un buisson.

– Reste ici, insista-t-il d'une voix ferme. Il faut que tu reposes tes pieds.

Perry fouilla dans sa sacoche et tendit un couteau à la fille en le tenant par la garde. C'était un petit couteau, pas le long qu'elle l'avait vu aiguiser. Des plumes étaient gravées sur le manche en corne. Aria trouva absurde qu'on ait pris la peine de décorer un objet aussi sinistre.

– Je ne saurais pas quoi faire de ce truc.

– Agite-le et pousse des cris, la Taupe. Crie le plus fort possible. Ça devrait suffire…

La caverne s'assombrit bien avant qu'il fasse nuit. Aria s'avança vers l'entrée et tendit l'oreille. Un silence étrange régnait à l'extérieur. Elle observa les arbres alentour, plissant les yeux pour tenter d'apercevoir des gens tapis dans les feuillages en contrebas. Elle ne vit personne. Seulement des arbres nus et décharnés. Elle se demanda pourquoi certains poussaient bien, alors que d'autres mouraient. Était-ce à cause du sol ? Ou bien l'Éther choisissait-il ceux qu'il calcinait ? Elle ne trouva pas de réponse. Aucune logique. Rien ne semblait avoir de sens dans cette contrée.

Aria mourait d'envie de parler à quelqu'un. N'importe qui. La solitude lui pesait, l'obligeait à repenser à cette créature dans son arbre. Lorsqu'elle perçut un bruissement au fond de la grotte, Aria se coula vers le sac de cuir de l'Étranger et y récupéra son SmartEye. Il ne marchait pas, mais le simple fait de le porter la calmerait. Et cela agacerait aussi l'Étranger. Ce qui n'était pas rien.

Revenue à l'entrée de la caverne, elle appliqua la coque sur son œil. Il adhéra à sa peau et aspira douloureusement son orbite. Aria retint son souffle en priant pour voir apparaître son SmartScreen. Le message de sa mère. N'importe quoi. Mais bien sûr son SmartEye ne s'était pas réparé tout seul.

Pais, ordonna-t-elle malgré elle au SmartEye. Mais son amie était morte. Aria n'arrivait toujours pas à le croire. Et soudain, elle fondit en larmes. « Comme je fais déjà semblant, je vais imaginer que tu vis encore et que tout ça n'est qu'une grosse blague. Comme dans un Domaine spécialisé dans les canulars. Mais un truc vraiment terrible qu'on devrait effacer. Je suis dans une caverne, Paisley. Dans le Monde Extérieur. Tu détesterais. Je déteste, d'ailleurs. » Elle sécha ses yeux d'un revers de manche. « C'est la deuxième grotte dans laquelle je vais dormir. Ça pue l'œuf pourri là-dedans. Et il y a des bruits bizarres. Comme si on traînait un truc par terre… La première caverne était mieux. Plus petite et plus chaude. T'imagines ? J'ai déjà une grotte préférée Paisley… Ça va pas fort en ce moment. »

Ses sanglots avaient accentué sa migraine qui se répercutait jusque dans ses yeux. Ses oreilles bourdonnaient et elle savait – elle en était *sûre* – que la créature de l'arbre était dans la caverne, et se traînait vers elle. Elle imaginait déjà ses yeux énormes, sa bouche déformée, pleine de bave luisante et ses dents pourries.

Aria empoigna le couteau et sortit de la grotte.

Silence. Elle huma l'air et regarda autour d'elle. Personne dans les arbres. Rien dans les bois. La caverne béante la regardait d'un air menaçant. *Pas question* d'y retourner.

Elle s'ouvrait à flanc de coteau. Aria descendit maladroitement la pente, le couteau à la main. Elle retrouva facilement le buisson chargé de baies. Triomphante, elle en fourra un maximum dans ses poches, puis dans sa chemise transformée en panier de fortune.

Elle imagina ce que l'Étranger dirait en voyant les fruits. Sûrement pas plus d'un mot, mais il verrait qu'elle était capable de se débrouiller sans lui. Aria remonta à la hâte en se promettant d'agir ainsi le plus souvent possible. Elle en avait assez de se sentir inutile.

Elle n'avait pas dû s'absenter plus d'une demi-heure, mais la nuit tombait vite. Aria sentit d'abord la fumée, puis vit une pâle colonne s'élever dans le ciel obscur. L'Étranger était rentré pendant son absence. Elle faillit l'appeler, histoire de fanfaronner avec ses baies. Finalement, elle préféra le surprendre.

Elle s'arrêta net à quelques pas de la caverne. La fumée s'échappait par l'ouverture. Plusieurs voix masculines résonnaient à l'intérieur. Elle n'en reconnut aucune. Elle recula à pas de loup, le cœur tambourinant dans sa poitrine. Ses oreilles qui bourdonnaient l'empêchaient d'entendre si elle faisait du bruit. Elle comprit que c'était le cas quand trois silhouettes surgirent de la grotte.

Dans la lumière déclinante, Aria vit qu'un des hommes, le plus grand, portait une cape noire. Sa capuche recouvrait un masque doté d'un long bec de corbeau. Il tenait un bâton de couleur claire, d'où pendaient des bouts de corde et des plumes. Il resta debout à l'entrée, tandis que deux autres individus s'approchaient d'elle.

– Rat… c'est une Sédentaire ? dit l'un d'eux.

– En effet, répondit l'autre.

Il était mince et chauve, avec un long nez pointu qui ne laissait aucun doute sur l'origine de son nom.

– T'es drôlement loin de chez toi, pas vrai, la fille ?

Aria entendit un tintement. Elle chercha la source du bruit et vit des clochettes suspendues à la ceinture de Rat. Elles brillaient dans la pénombre et tintaient à chacun de ses pas.

– Arrête-toi là, lui ordonna Rat.

Aria se rappela qu'elle avait un couteau. Elle voulut le brandir, mais s'aperçut qu'elle le tenait déjà droit devant elle. Elle le leva davantage.

– Ne bouge plus, insista Rat.

Puis il sourit jusqu'aux oreilles et dévoila des dents si pointues qu'elles semblaient avoir été aiguisées.

– Tout doux, la fille. On ne va pas te faire de mal. Pas vrai, Trip ?

– Non, on ne te fera aucun mal, confirma ledit Trip.

Il portait un tatouage élaboré autour des yeux, comme de la dentelle, ou comme un accessoire d'un Domaine Bal masqué.

– Je n'aurais jamais cru que je verrais une Taupe un jour, enchaîna-t-il.

– Pas une Taupe vivante, en tout cas, dit Rat. Qu'est-ce que tu fais par ici, la fille ?

Aria guetta les gestes de l'homme-corbeau, qui se déplaçait désormais sans le moindre bruit.

Si Rat et Trip lui faisaient peur, ce dernier l'effrayait encore davantage.

L'homme-corbeau dépassait largement le mètre quatre-vingts. Il devait baisser les yeux pour regarder Aria. Son masque était terrifiant, avec son bec pointu, confectionné dans un cuir façonné sur un moule. Les parties lisses étaient couleur chair, mais une sorte d'encre crasseuse maculait les plis. Aria distinguait les yeux de l'homme à travers les trous prévus à cet effet. Ils étaient d'un bleu très clair, presque translucide.

– Comment t'appelles-tu ? lui demanda-t-il.

– Aria, répondit-elle, ne voyant pas quoi faire d'autre.

– Où vas-tu, Aria ?

– Chez moi.

– Bien sûr, dit l'homme-corbeau en penchant la tête de côté. Désolé. Cette chose doit t'effrayer.

Il retira le masque, maintenu par un lacet de cuir, et le fit pendre dans son dos. Il était plus jeune qu'elle ne l'aurait cru. Il devait être son aîné d'à peine quelques années, il avait les cheveux bruns, ce qui faisait ressortir ses yeux très clairs. Aria se sentait plus calme, à présent qu'elle voyait son visage.

Il sourit.

– C'est mieux ainsi, n'est-ce pas ? Mon peuple accueille la nuit avec une cérémonie. Nous utilisons des masques pour repousser les esprits des ténèbres. Mes amis ne sont pas encore initiés, sinon ils en porteraient aussi. Je m'appelle Harris. Enchanté de faire ta connaissance, Aria.

Il avait une belle voix de baryton. Il lança un regard appuyé à Trip et Rat.

– Oui. Ravis de te rencontrer, dirent les deux hommes en chœur.

Ils inclinèrent la tête et les clochettes tintèrent à nouveau.

– Les clochettes font également partie de notre cérémonie, précisa Harris qui avait suivi le regard d'Aria.

– Les clochettes étaient souvent utilisées dans les cultures anciennes, débita-t-elle d'un trait.

Elle s'en voulut de connaître des choses idiotes, et de ne pas être capable de les garder pour elle quand elle était nerveuse.

– Comme chez les Tibétains, je crois, reprit-elle.

– Oui. En effet.

Aria n'en revenait pas qu'il sache ça. Un Sauvage qui ne savait pas seulement creuser des trous et faire un feu ! Une lueur d'espoir s'alluma en elle.

– Ils croyaient que les clochettes représentaient la sagesse du vide, ajouta-t-elle.

– J'ai connu quelques personnes qui avaient la tête vide, mais je ne dirais pas pour autant qu'elles étaient sages, plaisanta Harris. Pour nous, les clochettes symbolisent le bien et la légèreté. Tu es seule, Aria ?

– Non. Je suis avec un Étranger.

Il faisait nuit noire à présent, mais sous la douce lumière de l'Éther, la jeune fille vit le front de son interlocuteur se plisser.

– Enfin… avec l'un des vôtres, rectifia-t-elle, réalisant qu'ils ne s'appelaient sûrement pas Étrangers entre eux.

– Ah… tant mieux. C'est une terre dangereuse. Ton compagnon a dû te le dire.

– Oui. En effet.

Trip ricana.

– J'ai failli me faire dessus quand je t'ai entendue t'approcher de nous en douce.

Rat redressa son grand nez et huma l'air, avant de flanquer une bourrade dans l'épaule de Trip.

– Seulement *failli* ?

Harris sourit d'un air navré.

– Nous avons suffisamment de nourriture pour la partager et nous avons fait un bon feu. Pourquoi ne nous rejoindriez-vous pas, ton compagnon et toi ? Si tu crois pouvoir supporter ces deux-là.

– Non, ça ira. Mais merci quand même.

Aria se cramponnait si fort au manche du couteau qu'elle sentait son pouls battre dans ses phalanges. Pourquoi avait-elle un couteau, au fait ? Elle l'abaissa. Aussi effrayant qu'il ait pu lui paraître avec son masque, Harris lui semblait amical maintenant. Bien plus que son Étranger, dont elle ignorait même le nom. Et puis, Harris *parlait*, lui.

– Enfin... reprit-elle en réfléchissant. Je peux toujours voir ce qu'il en dit.

– Je dis non.

Ils se tournèrent tous vers le haut de la colline, d'où provenait la voix. C'était celle de Perry. À peine visible dans la pénombre.

Aria allait l'interpeler, quand elle entendit un son qui ressemblait à une claque dans l'eau, suivi d'un tintement de clochettes. Rat vacilla et tomba à la renverse. C'est du moins ce que crut Aria, jusqu'à ce qu'elle voie un bâton – non, une flèche – logée dans la gorge de Rat.

Sans réfléchir, elle fit volte-face et se mit à courir. Trip la retint par le bras et lui arracha le couteau de la main. Puis il posa la lame sur son cou et lui tordit le bras dans le dos. Aria manqua s'évanouir à cause de la douleur qui jaillit dans son épaule. L'odeur pestilentielle de Trip lui soulevait l'estomac.

– Baisse ton arc ou je la tue ! hurla ce dernier.

L'Étranger s'était rapproché. Aria le voyait mieux à présent. Il se tenait près de la grotte, les jambes et les bras dans l'alignement de son arc : une arme qu'il transportait depuis des jours mais dont elle avait bizarrement oublié l'existence. Il avait retiré sa chemise blanche et sa peau se fondait dans l'obscurité.

– Fais ce qu'il te dit ! s'écria-t-elle.

Qu'est-ce qui lui prenait ? Il risquait de manquer sa cible et de l'abattre *elle* au lieu de Trip.

Elle perçut un mouvement sur la gauche. Harris gravissait la colline en direction de l'Étranger. Il ne tenait plus son bâton, mais un long couteau qui reflétait la lumière de l'Éther. Il s'avançait d'un pas décidé. L'Étranger était aussi immobile qu'une statue. Soit il ne voyait pas Harris, soit il s'en moquait.

Aria sentait l'haleine de Trip, fétide et teintée de panique, souffler sur sa joue.

– Baisse ton arc ! répéta-t-il.

Une fois de plus, Aria ne vit rien, mais elle sut que l'Étranger avait décoché une nouvelle flèche. Elle entendit un bruit sec, puis bascula en arrière, s'écroulant sur Trip. Emportée par l'élan, elle roula dans la pente. Son genou cogna quelque chose de pointu et elle s'immobilisa. Elle se redressa d'un bond, malgré la douleur qui explosait dans sa jambe.

Trip gisait sur le côté, parcouru de spasmes, une flèche plantée dans la poitrine, côté cœur. Aria se tourna vers le haut de la butte, la terreur résonnant comme un cri strident à ses oreilles. Elle avait vu des gens pratiquer la lutte à mains nues ou se battre à l'épée dans les Domaines. Elle avait une idée de ce à quoi ressemblait un vrai combat. La parade et l'esquive. Le jeu de jambes et la garde. Sauf qu'elle n'avait absolument pas conscience de la réalité.

Harris et l'Étranger s'élancèrent l'un vers l'autre à plusieurs reprises, et s'évitèrent d'un mouvement furtif, l'un torse nu, l'autre drapé de noir. Aria apercevait par intermittence l'éclat du couteau ou du masque de corbeau. Elle avait envie de fuir. Elle ne voulait pas voir ça. Pourtant elle ne pouvait se résoudre à bouger.

L'affrontement ne dura guère plus d'une poignée de secondes, mais il lui parut long. Brusquement, les mouvements des deux combattants ralentirent et leurs corps se séparèrent. La silhouette drapée de Harris s'effondra telle une masse noire. L'Étranger, torse nu, le dominait de toute sa hauteur.

Puis Aria vit quelque chose dévaler le long de la pente, droit dans sa direction. Arrivée près d'elle, la chose heurta une pierre. Aria distingua alors un masque blafard, des yeux bleu clair, un nez, des dents blanches et des cheveux noirs qui roulaient dans la poussière en laissant une trace écarlate dans leur sillage.

16
PEREGRINE

– Non, non, non… répétait Aria en secouant la tête, les yeux exorbités par l'épouvante.

Perry se précipita vers elle, se laissant déraper sur le gravier de la pente pour aller plus vite.

– Tu es blessée ?

Elle s'écarta d'un bond.

– Ne me touche pas ! hurla-t-elle en portant la main à son ventre. Qu'est-ce qui s'est passé ? Qu'est-ce que tu viens de faire ?

Dans la fraîcheur du soir, Perry flairait distinctement la moindre odeur. Le sang et la fumée. La peur d'Aria, froide comme la glace. Et quelque chose d'autre. Une sorte d'amertume. Il huma l'atmosphère, scruta les parages et en découvrit la source. Les taches sombres sur la chemise de la fille.

– Qu'est-ce que c'est ? demanda-t-il.

Aria tourna la tête sans comprendre, comme si elle s'attendait à voir quelqu'un. Perry lui attrapa la chemise à pleine main. Aria tenta de lui envoyer un coup de poing.

– Ne bouge pas !

Il lui bloqua le poignet et releva la chemise, sidéré.

– C'est pour ça que tu t'es éloignée ? Pour ces baies ?

Il s'aperçut qu'elle portait de nouveau sa coque sur l'œil. Ces hommes auraient pu la lui dérober. Comment aurait-il retrouvé Talon alors ? Elle se libéra de son étreinte.

– Tu les as massacrés, dit-elle, les lèvres tremblantes. Regarde ce que tu as fait.

Perry porta un poing à la bouche et s'éloigna à grands pas, craignant d'avoir un geste malheureux s'il restait près d'elle. Peu après avoir quitté Aria, il avait flairé l'odeur des Freux. Il savait qu'ils cherchaient à se réfugier dans la grotte. Il avait alors emprunté un autre chemin, s'était dépêché de revenir le premier, pour finalement découvrir la caverne vide. Le temps qu'il retrouve la trace d'Aria et la suive, c'était trop tard. Elle était déjà de retour à la grotte.

Perry se tourna vers elle.

– Stupide Sédentaire ! Je t'avais dit de rester ici ! Tu es partie ramasser des baies *empoisonnées*.

Elle secoua la tête, regardant tour à tour le cadavre du Freux et Perry d'un air stupéfait.

– Comment tu as pu faire ça ? Ils voulaient partager leur nourriture avec nous... et tu les as tués.

Perry, hors de lui, commençait à trembler. Il avait senti l'envie de chair fraîche chez ces hommes. Elle était si forte qu'elle lui avait presque brûlé les narines.

– Pauvre idiote ! C'est toi qui allais être leur nourriture.

– Non... non... Ils ne m'ont rien fait. Tu t'es mis à leur tirer dessus avec ton arc... C'est *toi* qui as fait ça. Tu es encore pire que les Sauvages des histoires que j'ai entendues. Tu es un monstre.

Perry n'en croyait pas ses oreilles.

– C'est la troisième fois que je te sauve la vie, et c'est comme ça que tu m'appelles ?

Il pointa le doigt vers l'est.

– Le mont Arrow est de l'autre côté de cette crête, à trois heures de marche. Voyons comment tu te débrouilles toute seule, la Taupe.

Sur ces mots, il tourna les talons et s'élança dans les bois. Il avançait très vite, déchargeant sa colère dans la terre à chaque pas, mais il ralentit au bout de quelques kilomètres. Il avait envie d'abandonner la fille, mais il ne pouvait pas. Elle avait le SmartEye. Et c'était une Taupe qui vivait dans des mondes virtuels. Que savait-elle de la survie dans la nature ?

Il rebroussa chemin et retrouva la Sédentaire, mais resta à bonne distance, afin qu'elle ne le voie pas. Elle avait le couteau de Talon à la main. Perry jura dans sa barbe. Comment avait-il pu oublier qu'il lui avait laissé ? Il la regarda se frayer un passage dans la forêt avec une vigilance et un calme surprenants. Elle veillait aussi à avancer en ligne droite. Au fond, Perry aurait souhaité la voir céder à la panique. Mais c'était le contraire. Et ça l'agaçait d'autant plus. Comme il ne restait qu'une petite distance à couvrir, il partit en tête et courut jusqu'au mont Arrow, qui se trouvait sur le territoire des Corydorans.

Il faisait encore nuit quand il y parvint. Il reprit son souffle en découvrant la scène de désolation qui s'offrait à lui. Le lieu n'avait plus rien à voir avec le village animé qu'il avait aperçu un an plus tôt. Tout était anéanti. Abandonné. Les odeurs fanées, passées. Une épave échouée au pied du mont Arrow.

Les tempêtes d'Éther et les incendies qu'elles avaient provoqués avaient décimé toutes les habitations sauf une, mais Perry n'avait pas besoin de plus. Il n'y avait pas de porte et il ne restait plus qu'une partie du toit. Il déposa sa sacoche à l'entrée afin que la fille sache où le trouver. Puis il pénétra dans la maison et s'affala sur une paillasse défoncée. Au-dessus de lui, les poutres brisées de la toiture saillaient comme les côtes d'une cage thoracique géante.

Perry laissa retomber un bras sur ses yeux.

L'avait-il quittée trop tôt ?

S'était-elle perdue ?

Où était-elle ?

Il finit par entendre un léger bruit de pas. Il regarda vers la porte, il vit la fille poser la tête sur sa sacoche. Puis il ferma les yeux et s'endormit.

Le lendemain matin, Perry sortit de la maison sans faire de bruit. La petite silhouette en tenue de camouflage, pelotonnée contre le mur, baignait dans la lumière diffuse du ciel nuageux. Les cheveux noirs d'Aria cachaient son visage. Il s'aperçut quand même qu'elle avait retiré sa coque oculaire parce qu'elle la tenait dans une main comme s'il s'agissait d'un des cailloux qu'elle glanait en chemin. Puis Perry vit ses pieds nus. Crasseux. Poisseux de sang. La chair à vif par endroits. Les semelles de fortune avaient dû se déchirer après qu'il l'avait abandonnée.

Qu'avait-il fait ?

Aria se réveilla, l'observa derrière ses cils, les paupières mi-closes, puis se redressa et s'adossa à la masure. Perry se sentit mal à l'aise, il ne savait pas quoi dire. Mais il n'eut pas beaucoup de temps pour y réfléchir parce que l'humeur de la fille assaillit ses narines, déclenchant chez lui une bouffée d'inquiétude.

– Aria, qu'est-ce qui ne va pas ?

Elle se leva, marcha d'un pas lent et accablé.

– Je suis en train de mourir. Je saigne.

Perry promena le regard sur son corps.

– Pas mes pieds, précisa-t-elle.

– Tu as goûté à ces baies ?

– Non, répondit-elle.

Elle tendit une main vers lui.

– Tiens, autant que tu gardes ça. Peut-être que ça t'aidera à retrouver le petit garçon que tu cherches.

Perry ferma les yeux et renifla. L'odeur de la fille avait changé. Le musc rance s'était presque volatilisé. Sa peau exhalait un nouvel effluve, léger mais tout de même bien présent. Pour la première fois depuis qu'il la connaissait, sa chair dégageait une odeur qu'il reconnaissait, féminine et délicate.

Un parfum de violettes.

Il comprit brusquement, recula d'un pas, jurant dans sa barbe.

– Tu n'es pas en train de mourir… Tu ne sais vraiment pas ce qui t'arrive ?

– Je ne sais rien du tout.

Perry baissa les yeux. Cela ne faisait aucun doute dans son esprit.

– Aria… C'est ton premier sang.

17

ARIA

Depuis son expulsion de Rêverie, Aria avait survécu à une tempête d'Éther ; un cannibale lui avait posé un couteau sur la gorge, et elle avait vu des hommes se faire assassiner.

Mais ce qu'elle vivait maintenant était encore pire.

Elle ne se reconnaissait plus. Comme si elle avait endossé un pseudo-corps dans un Domaine, et ne pouvait plus en sortir.

Son esprit tournait en rond. Elle saignait. Comme un animal. Les Sédentaires n'avaient pas de menstruations. La procréation s'effectuait par modélisation génétique, puis par traitement hormonal et implantation. La fertilité était strictement contrôlée, utilisée seulement en cas d'absolue nécessité. Aria jugeait terrifiante l'idée de pouvoir *concevoir* au hasard.

Peut-être que l'air de l'Extérieur l'avait transformée. Peut-être était-elle victime d'un dysfonctionnement. Comment expliquerait-elle ça à sa mère ? Et si on ne pouvait pas la guérir ? Et si ce phénomène se reproduisait, disons, chaque mois ?

Aria s'était préparée à mourir. Dans le Monde Extérieur, il fallait s'y attendre. C'était la conséquence naturelle d'un exil dans l'Usine de la Mort. Mais elle avait beau examiner le problème sous tous les angles, les règles lui semblaient carrément barbares. Elle se sentait comme le matelas sur lequel elle était allongée : crasseuse. Souillée. Elle ferma les yeux dans l'espoir de fuir cet horrible Monde Extérieur. Elle s'imagina étendue sur le sable blanc de son Domaine Plages préféré, bercée par le doux ressac des vagues, et elle commença à se détendre.

Elle tenta à nouveau de réinitialiser son SmartEye.

L'opération s'effectua sans problème.

Tous ses icones réapparurent à l'endroit exact où ils étaient censés se trouver. Et un rappel avec, en fond, Aria faisant mine de s'étrangler s'afficha au centre de l'écran.

DIMANCHE MUSICAL 11 h du matin

Elle le choisit et se dédoubla aussitôt. Le rideau de velours rouge de l'opéra se mit à flotter devant elle. Aria tendit la main et toucha son épaisse étoffe. Elle ne l'avait jamais vue gonfler ainsi, comme les vagues de l'océan. Elle s'avança à tâtons, en quête de l'ouverture centrale. Le lourd rideau l'encerclait. Elle pivota sur elle-même sans réussir à trouver la sortie. Paniquée, elle repoussa l'étoffe, mais elle était devenue dure comme la pierre.

– Lumina ! hurla Aria.

Aucun son ne sortit de sa bouche.

– Maman ! cria-t-elle encore.

Où sa voix s'était-elle enfuie ? Elle agrippa le rideau et tira dessus de toutes ses forces. Il céda, puis se mit à tournoyer autour d'elle, l'entraînant dans sa course, menaçant. Refusant de se laisser engloutir, Aria compta jusqu'à trois et plongea dans la spirale.

Elle réapparut sur-le-champ au centre de la scène. Lumina occupait son fauteuil habituel au premier rang. Mais pourquoi lui semblait-elle si loin, comme si elle se trouvait à plus d'un kilomètre de distance ? Quel était donc ce Domaine ?

– Maman ?

Aria n'entendait toujours pas sa voix.

– Maman !

– Je savais que tu viendrais, dit Lumina avec un sourire qui disparut presque aussitôt. Aria, c'est encore une blague ?

« Une blague ? » Aria baissa les yeux. Elle portait une tenue de camouflage. Ici-même, dans la solennité de cette salle d'opéra.

– Non, maman !

Elle aurait voulu raconter à Lumina tout ce qui s'était passé. Lui parler de Soren et du consul Hess, puis de son exil en compagnie du Sauvage. Hélas, les mots refusaient de sortir. Des larmes de rage brouillaient sa vision. Elle baissa la tête, pour que sa mère ne la voie pas pleurer, et s'aperçut qu'elle tenait un petit carnet dans les mains. Un livret. Les paroles d'un opéra. Elle ignorait où et quand elle se l'était procuré. Des fleurs dessinées à l'encre décrivaient des arabesques sur le papier fané et s'entrelaçaient pour former des lettres.

ARIA

L'effroi s'insinua en elle. Était-ce son histoire ? Elle ouvrit le livret et reconnut aussitôt l'image à l'intérieur. Une double spirale hélicoïdale tournoyait sur la page. L'ADN.

– C'est un don, Aria, dit Lumina en souriant. Ne vas-tu pas chanter, Petit-Merle ? Pas de *bonbon acidulé* cette fois, s'il te plaît. Même si c'était amusant.

Aria avait envie de hurler. Elle avait besoin de dire à sa mère qu'elle était désolée, et aussi qu'elle s'en voulait et qu'elle était furieuse contre elle… Mais où était-elle ? Aria essaya encore de parler, mais elle n'émettait pas le moindre son. Elle ne s'entendait même pas respirer.

– Je vois, dit Lumina.

Elle se leva et lissa sa robe noire ajustée.

– J'espérais que tu aurais changé d'avis. Je reviendrai quand tu seras prête, ajouta-t-elle avant de disparaître.

Aria battit des paupières.

– Maman ?

Sa voix la fit sursauter.

– Maman ! hurla-t-elle, mais c'était trop tard.

Elle resta longtemps sur la scène. Elle percevait toute l'immensité de la salle, sa vacuité aussi, et un sentiment terrible s'empara d'elle. Aria ne s'était pas rendu compte qu'elle s'était mise à hurler. Et maintenant, elle ne savait plus comment s'arrêter. Le son qui s'échappait de sa bouche grandissait et semblait ne jamais vouloir cesser. Le grand lustre se mit à trembler, puis ce furent les colonnes dorées et les fauteuils des loges. Et d'un coup, les murs et les sièges volèrent en éclats, envoyant des débris de dorures, du stuc et des lambeaux de velours écarlate dans toutes les directions.

Aria se redressa en suffoquant, cramponnée au matelas élimé. Elle serrait son SmartEye dans une de ses paumes de main, moite. Elle avait fait un cauchemar.

L'Étranger entra peu après dans la maison. Il lui tendit un morceau de viande et l'observa d'un œil suspicieux avant de repartir. Elle mangea, trop abrutie pour comprendre ce qui venait de se passer. Elle avait rêvé. Son corps et son esprit ne semblaient plus lui appartenir.

Elle entendit l'Étranger remuer des gravats au-dehors. Elle s'adossa au mur et écouta le bruit sourd des pierres qui heurtaient le sol ou leur claquement quand elles s'entrechoquaient. Plusieurs heures s'écoulèrent avant que Perry ne revienne avec la couverture bleu marine roulée comme un balluchon.

Il la posa par terre sans un mot et la déploya, découvrant une pile d'objets bizarres. Une bague roula hors de la couverture. Un épais anneau d'or sertit d'une pierre bleutée. Aria eut à peine le temps de l'apercevoir que le garçon s'en empara et la glissa dans sa sacoche. Puis il s'assit sur ses talons et s'éclaircit la voix.

– J'ai trouvé deux ou trois choses pour toi… Un manteau. En poils de loup. Il va faire froid et on va grimper dans la montagne. Il te tiendra chaud.

Il lui lança un regard, puis revint à la pile.

– Ces bottes sont en bon état. Peut-être un peu trop grandes, mais ça devrait aller. Les vêtements sont propres. Bouillis.

Ses lèvres esquissèrent un sourire fugace, mais il garda les yeux baissés.

– Ils sont pour… ce que tu voudras en faire, peu importe. Il y a encore quelques trucs. J'ai pris ce que j'ai trouvé.

Aria contempla les trouvailles, la gorge serrée par l'émotion. Un vieux manteau de cuir élimé plein de trous, mais doublé d'une épaisse fourrure argentée. Un bonnet de laine noire sur lequel on avait piqué quelques plumes. Une lanière de cuir munie d'une boucle qui devait être une bride de cheval, mais lui ferait une meilleure ceinture que la bande de gaze qu'elle utilisait. Il avait fallu des heures à l'Étranger pour dénicher tout ça. Comme lorsqu'il avait cherché de l'eau ou déterré les racines de chardon. En fait, la plupart des choses semblaient demander du temps dans le Monde Extérieur.

– Ce que t'as dit sur mes Marques… sur mes tatouages, reprit-il. Tu étais sur la bonne piste.

Il releva la tête et croisa son regard.

– Mon nom, c'est Peregrine. Comme le faucon pèlerin en anglais. Les gens m'appellent Perry.

Ainsi l'Étranger avait un nom. Peregrine. Perry. C'était une nouvelle information. Est-ce que ce prénom lui allait ? Est-ce qu'il signifiait quelque chose ? Aria avait envie de lui poser ces questions mais elle ne pouvait même pas regarder le garçon en face. Un Sauvage avait dû lui expliquer qu'elle avait ses règles. Elle se mordit la lèvre et sentit le goût du sang dans sa bouche. Sa vue se brouilla. Elle n'avait jamais autant pensé au sang avant. À présent, cette idée l'obsédait.

– Pourquoi tu as fait tout ça ? demanda-t-elle. Pourquoi tu as cherché tous ces trucs pour moi ?

Par pitié. C'était forcément par pitié qu'il les avait ramassés. Et aussi par pitié qu'il lui avait dit son nom.

– T'en avais besoin.

Il se passa une main sur la nuque. Puis il s'assit, replia les genoux qu'il entoura de ses longs bras en entrelaçant ses doigts.

– Tu croyais mourir ce matin. Mais tu m'as quand même tendu la coque oculaire. Tu allais me la donner de ta propre volonté.

Aria ramassa un caillou. Elle avait pris l'habitude de les aligner. De les ranger. Par couleur. Par taille. Par forme. Elle redonnait du sens à cette nature aléatoire qui l'avait d'abord fascinée. À présent elle se contentait d'observer le caillou bigarré qu'elle avait dans la main, en se demandant pourquoi elle s'était donné la peine de glisser des choses aussi moches dans sa poche.

Elle ignorait si c'était réellement par bonté d'âme qu'elle avait rendu le SmartEye à l'Étranger. Peut-être. Mais c'était peut-être aussi parce qu'elle savait qu'il disait vrai à propos des cannibales. Il lui avait sauvé la vie. Pour la troisième fois.

– Merci.

Son intonation n'exprimait guère de reconnaissance, et elle le regretta. Elle savait qu'elle avait besoin des affaires et de l'aide du garçon. Mais elle aurait préféré ne dépendre de personne.

Il hocha la tête et accepta ses remerciements.

Ils se turent. La lumière de l'Éther s'infiltrait dans la maison en ruine, balayant les ombres. Malgré sa fatigue, Aria sentait la fraîcheur de l'air sur son visage. Elle sentait aussi le poids du caillou dans sa main et l'odeur de poussière que l'Étranger avait apportée avec lui. Aria entendit sa propre respiration et sentit le pouvoir silencieux de l'attention que lui portait le garçon. Elle avait parfaitement conscience de l'endroit où elle se trouvait. Là avec lui. Avec elle-même.

Elle n'avait jamais éprouvé ce genre de sensation avant.

– Mon peuple fête le premier sang, dit-il au bout d'un moment, d'une voix douce et profonde. Les femmes de la tribu préparent un festin. Elles apportent des présents à la fille… la femme. Elles restent toute la nuit avec elle, toutes les femmes dans une seule maison. Et… je ne sais pas ce qui se passe ensuite. Ma sœur m'a dit qu'elles se racontaient des histoires, mais j'ignore lesquelles. Je pense qu'elles expliquent la signification de… du changement qui s'opère en toi.

Aria sentit le feu lui monter aux joues. Elle n'avait pas envie de changer. Elle souhaitait rentrer chez elle parfaitement intacte.

– Quelle signification ça peut bien avoir ? D'une manière ou d'une autre, c'est un truc horrible.

– Tu peux avoir des enfants, maintenant.

– C'est complètement primitif ! Les enfants sont précieux là d'où je viens. On les crée avec soin, individuellement. Ils ne sont pas le fruit d'expériences aléatoires. On réfléchit beaucoup avant de concevoir une nouvelle personne. Tu n'as pas idée.

Elle se rappela… mais trop tard… qu'il essayait de sauver un petit garçon. Qu'il avait tué trois hommes. Qu'il lui avait confectionné des chaussures. Qu'il lui avait sauvé la vie. L'Étranger avait fait tout cela pour un petit garçon. À l'évidence, les enfants étaient précieux ici aussi.

Elle ne savait pas trop pourquoi elle craignait tout à coup de l'avoir blessé. C'était un assassin. Balafré. Couvert de marques de violence.

– Tu avais déjà tué avant, non ?

Aria connaissait la réponse à sa question. Pourtant elle espérait qu'il dirait « non ». Pour effacer cette nausée qu'elle éprouvait chaque fois qu'elle se souvenait de ce qu'il avait fait aux trois hommes.

Il ne répondit pas. Il ne répondait jamais, et elle en avait assez. Assez aussi de son regard calme et attentif.

– Tu as tué combien d'hommes ? insista-t-elle. Dix ? Vingt ? Tu tiens des comptes ?

Aria avait haussé le ton pour cracher son venin. L'Étranger se leva et s'approcha du seuil, mais elle ne s'arrêta pas pour autant. C'était plus fort qu'elle.

– Si oui, inutile d'ajouter Soren. Tu ne l'as pas tué, même si tu as essayé. Tu lui as simplement fracassé la mâchoire. Fracassée ! Et peut-être que Bane, Echo et Paisley ont complété ton tableau de chasse…

– Est-ce que tu as la moindre idée de ce qui se serait passé si je n'avais pas été là, ce soir-là ? marmonna-t-il, l'air crispé. Et hier ?

Elle le savait. Et la peur qu'elle avait refoulée ressurgit. La peur de ces hommes, qui semblaient bienveillants mais se nourrissaient de chair humaine. La peur des heures atroces qu'elle avait passées à courir toute seule, à la recherche du mont Arrow, en espérant emprunter le bon chemin dans le noir. Elle déchargeait son agressivité sur l'Étranger mais il n'était pas la véritable raison de sa colère. Ce qui la mettait hors d'elle, c'est la pensée qu'elle ne pouvait plus se fier à son propre jugement. Elle ne connaissait rien, ici ! Même de vulgaires baies risquaient de la tuer. Elle se redressa tant bien que mal.

– Et alors ! hurla-t-elle. Tu m'as sauvée, et alors ? Après, tu es parti ! Tu te prends vraiment pour quelqu'un de bien ? Un type qui sauve une personne après en avoir tué trois autres ? Et pourquoi tu m'as apporté toutes ces choses ? En plus, à t'entendre, on croirait que c'est un honneur, ce qui m'arrive. Ce n'est pas un honneur ! Ça n'aurait jamais dû m'arriver. Je ne suis pas un animal ! Et je n'ai pas oublié ce que tu as fait à ces hommes. Je ne l'oublierai jamais.

Perry eut un petit rire amer.

– Si ça peut te rassurer, dit-il, moi non plus je ne l'oublierai pas.

– Parce que tu as une conscience ? Comme c'est touchant ! Au temps pour moi. Je t'avais mal jugé.

Il fut près d'elle en un éclair. Aria se retrouva soudain face à ses yeux verts furibonds.

– Tu ne sais rien de moi, souffla-t-il.

Aria eut un mouvement de recul en le voyant porter la main

sur le couteau, à sa hanche. Son cœur battait si fort qu'elle l'entendait tambouriner dans ses oreilles.

– Si tu voulais vraiment me tuer, tu l'aurais déjà fait, le provoqua-t-elle. Tu ne fais pas de mal aux femmes.

– Tu te trompes, la Taupe. J'en ai tué une, dans le passé. Continue de parler comme ça, et tu pourrais bien être la deuxième.

Aria, choquée, ne put réprimer un sanglot. Il disait la vérité.

Sans rien ajouter, le Sauvage lui tourna le dos et resta immobile quelques instants.

– Les Freux vont vouloir se venger, déclara-t-il. Alors si tu veux venir, on file maintenant. Dans le noir.

Sur ces mots, il sortit. Aria demeura un instant sans bouger, réalisant ce qui venait de se produire. Ce qu'elle avait dit et ce qu'il avait admis. Elle s'efforça de ne pas penser à ce que devaient être les représailles des cannibales, ni à l'Étranger en train de tuer une femme.

Elle contempla la couverture bleu marine. Sa respiration se calmait peu à peu, et son besoin de hurler aussi.

Des bottes. Au moins elle avait des bottes à présent.

18
PEREGRINE

Ils marchaient à vive allure malgré l'obscurité. C'était nécessaire. Avec trois des leurs assassinés, les Freux allaient vouloir se venger. Leur tribu comptait sans doute un Olfile qui se lancerait sur la trace de Perry et d'Aria en flairant leur odeur. Ce n'était qu'une question de temps avant qu'ils voient apparaître des masques et des capes noires dans leur sillage.

Pour les Freux, qui croyaient s'emparer de l'esprit des morts en dévorant leur chair, Perry avait commis une faute suprême. Le fait d'avoir laissé trois hommes en pâture aux charognards faisait de lui le meurtrier d'âmes éternelles, et non simplement d'êtres humains. Les Freux le poursuivraient tant qu'ils n'auraient pas obtenu vengeance. Perry aurait dû brûler ou enterrer les corps, cela lui aurait permis de gagner du temps. Il se retourna pour regarder Aria, qui marchait à une dizaine de pas derrière lui. Il aurait dû agir différemment avec elle aussi.

Elle croisa brièvement son regard, puis détourna les yeux. Perry repensa à ce qu'elle avait dit. Elle l'avait traité de monstre. Et son comportement indiquait clairement qu'elle n'avait pas changé d'avis. Ça l'avait rendu dingue qu'elle lui dise ça. De sentir ce qu'elle pensait de ce qu'il avait fait. De ce qu'il avait dû faire à cause d'elle. Il n'avait besoin de personne pour lui rappeler ce qu'il était. Il le savait. Il le savait depuis le jour de sa naissance.

À mesure qu'ils gravissaient la montagne, l'air devenait plus vif et plus frais. La forêt se densifiait aussi, et Perry sentait son pouvoir d'Olfile faiblir. L'odeur des pins masquait les autres. Il finirait par s'adapter, mais ça l'inquiétait de ne pas bénéficier de toutes ses capacités. Ils se trouvaient maintenant en plein cœur des contrées limitrophes. Il avait besoin de ses deux Sens pour éviter les Freux et les exclus qui se cachaient dans ces bois.

Perry passa la matinée à s'adapter au changement et à chercher des pistes de gibier. La veille, il avait partagé avec Aria un maigre lapin et une poignée de racines, mais son estomac grondait toujours. Il ne se rappelait même plus la dernière fois qu'il s'était senti rassasié.

Talon occupait la plupart de ses pensées. Où était-il ? Que faisait-il ? Ses jambes le faisaient-elles souffrir ? En voulait-il à son oncle pour ce qui s'était passé ? Perry évitait les pensées les plus douloureuses, celles qu'il ne voulait même pas envisager. L'idée que Talon n'ait pas survécu, par exemple. Ça l'aurait détruit parce que, dans ce cas, plus rien n'aurait eu d'importance à ses yeux.

Ils firent une pause à midi. Aria s'adossa à un arbre. Elle avait les traits tirés, des cernes violacés sous les yeux. Malgré sa fatigue, elle gardait un visage agréable à regarder. Diaphane. Délicat. Joli. Perry secoua la tête, surpris par ses propres pensées.

En fin d'après-midi, ils s'arrêtèrent pour se désaltérer dans un ruisseau qui serpentait au creux d'un ravin. Perry se lava le visage et les mains, puis but longuement l'eau glacée. Aria s'était affalée sur la berge et ne bougeait plus.

– Tu as mal aux pieds ?

Elle se tourna vers lui.

– J'ai faim.

Il hocha la tête. Lui aussi était affamé.

– Je vais nous trouver quelque chose.

– Je ne veux pas de ta nourriture. Je ne veux plus rien venant de toi.

Ses paroles étaient amères, mais son humeur, léthargique, froide et humide trahissait un profond désespoir. Perry l'observa quelques instants. Il comprenait. Ce n'était pas vraiment dirigé contre lui. Et il n'aurait pas aimé non plus être obligé de réclamer à manger chaque fois qu'il avait faim.

Ils reprirent leur marche en remontant le ruisseau. Le paysage qu'ils traversaient était resté verdoyant grâce à la fonte des neiges. C'était une terre trop vallonnée pour les cultures, mais la chasse devait y être plus féconde que sur le territoire des Littorans. Il se mit en quête d'odeurs animales, espérant ne pas repérer les effluves musqués des loups. La nuit tomberait dans quelques heures ; ils devraient bientôt se reposer et s'alimenter. Alors que son odorat affaibli par les pins commençait sérieusement à le contrarier, Perry flaira soudain une odeur sucrée qui lui mit l'eau à la bouche.

– Repose-toi un peu, dit-il en s'éloignant de quelques pas. Je reviens tout de suite.

Aria s'assit aussitôt et haussa les épaules. Il attendit, pensant qu'elle allait dire quelque chose. Il le souhaitait même. Mais elle ne dit rien.

Il revint peu après et s'agenouilla devant elle sur la rive pierreuse. Dans l'ombre des pins, la lumière déclinait déjà, alors que la nuit ne devait pas tomber avant une bonne heure. Derrière eux, le ruisseau gargouillait doucement. Aria plissa les yeux en voyant la ronce feuillue qu'il lui présentait, chargée de baies rouge foncé.

– Qu'est-ce que tu fais ?

– Je t'apprends à trouver ta propre nourriture.

Il se demanda si elle allait se moquer de lui et le traiter encore une fois de Sauvage.

– Bientôt tu sauras repérer ce que tu peux manger sans risque parce que tu sauras où les fruits poussent et tu reconnaîtras la forme des feuilles. Avant ça, ce que tu dois faire pour savoir si une baie est comestible, c'est l'écraser entre tes doigts et la sentir.

Il l'observa. Assise bien droite, elle semblait plus alerte. Soulagé, il cueillit une baie et la lui tendit.

– Si elle dégage un parfum un peu amer ou une odeur de noisette, tu ne dois pas la manger.

Aria écrasa la baie et se pencha pour la renifler.

– Elle ne sent ni l'un ni l'autre.

– Bien. C'est ça.

La mûre dégageait un fort parfum sucré. Perry l'avait facilement repérée. D'aussi près, il sentit également la nouvelle odeur d'Aria. L'odeur des violettes. Un effluve dont il ne se lassait pas. Il percevait aussi distinctement son humeur. Pour la première fois de la journée, elle ne trahissait ni colère ni répulsion, mais quelque chose de vif et piquant, comme la menthe.

– Regarde ensuite la couleur, reprit-il. Si la baie est blanche ou contient du blanc, il vaut mieux la jeter.

Aria examina la baie. Perry la vit réfléchir, mémoriser l'information.

– Elle est rouge foncé.

– Oui. Jusqu'ici, ça s'annonce bien. Ensuite, il faut que tu la frottes sur ta peau. À un endroit où la peau est fine, c'est mieux.

Il allait lui prendre la main, mais se rappela combien elle détestait qu'on la touche.

– Au creux de ton poignet. Juste ici, précisa-t-il en lui montrant l'emplacement sur son propre bras.

Elle frotta la baie comme il le lui indiquait. Le fruit laissa une trace de jus sur sa peau. Perry fronça les sourcils en sentant son cœur bondir, puis se ressaisit.

– Attends un peu. Si tu ne vois pas apparaître de rougeur, tu en déposes un peu sur ta lèvre.

Il la regarda presser la baie contre sa lèvre inférieure.

Il continua d'observer sa bouche après qu'elle eut fini. Il savait qu'il aurait dû détourner les yeux, mais ça lui était impossible.

– Bien. Si ça ne te picote pas, tu peux mettre le fruit sur ta langue.

Perry se releva avant même d'avoir fini sa phrase et faillit perdre l'équilibre. Il se passa une main sur le front et se sentit agité, comme s'il avait besoin de rire, de courir… de faire à tout prix quelque chose. Il ramassa une pierre et la jeta dans le ruisseau, s'efforçant de chasser de son esprit l'image d'Aria goûtant la baie. Et de réfréner son envie de respirer son parfum à pleins poumons.

– C'est tout ? demanda-t-elle.

– Quoi ? Non.

Il ne cessait de la revoir en pensée, la nuit de la tempête d'Éther. Les courbes de la peau nue d'Aria contre son flanc.

– Tu en avales une petite quantité et tu attends quelques heures pour vérifier que tout va bien. Voilà, tu sais comment tester des baies.

Perry croisa les bras et resta planté devant elle, l'air indécis. Il savait qu'il la regardait bizarrement. Lui-même se sentait bizarre. *Très* bizarre. Jusqu'ici il ne l'avait pas vue sous les traits d'une fille, mais comme une Taupe, une Sédentaire. À présent, il ne voyait plus rien d'autre que sa féminité.

Aria lui rendit son regard : sourcils froncés, bouche de travers, l'air tendu, mais un peu moqueur.

Perry éclata de rire. Cette sensation agréable se propagea comme une onde dans ses épaules. Quand avait-il ri pour la dernière fois ? La réponse lui vint aussitôt. C'était en compagnie de Talon.

– Alors celle-ci est bonne ? demanda-t-elle en montrant la baie.

– Oui. Pas de problème.

Aria la mit dans sa bouche et l'avala. Elle lui tendit ensuite la ronce en souriant. Il la refusa.

– Vas-y, mange.

Après quoi il entreprit de retendre la corde de son arc. Lorsqu'elle eut terminé, elle le regarda et sourit.

– Ce serait sans doute plus simple si je me contentais de les trouver, et si je te demandais si elles sont comestibles, non ? Plutôt que de les frotter sur ma peau et de les goûter.

– Bien sûr, dit-il, se sentant un peu bête. Ça marche aussi.

19
ARIA

Ils décidèrent de dormir près du ruisseau, en montant la garde à tour de rôle. Aria était censée se reposer la première mais lorsqu'elle s'allongea, elle se sentit incapable de s'abandonner au sommeil. Ses pensées la perturbaient. Elle resta donc assise, à frissonner malgré son épais manteau et la couverture bleue qui l'enveloppait. L'Éther dansait dans le ciel, aussi lentement et légèrement que les nuages. Le vent soufflait, faisait bruisser les aiguilles de pin et bouger les branches autour d'eux. Là-bas, quelque part… il y avait des gens qui vivaient dans les arbres et des cannibales déguisés en corbeaux.

Hier, elle avait vu les deux.

– On est encore loin de chez Marron ? demanda-t-elle soudain.

– À trois jours de marche environ, répondit Peregrine.

L'air absent, il faisait tournoyer inlassablement le petit couteau au manche gravé.

Peregrine ou Perry ? Elle ignorait comment l'appeler. Perry lui avait fabriqué des chaussures dans la reliure d'un livre et appris à trouver des baies. Peregrine avait des tatouages et des yeux verts étincelants. Il jouait avec un couteau sans craindre de se couper et plantait des flèches dans le cou des gens. Elle l'avait vu *décapiter* un homme. Mais cet homme-là était un cannibale qui allait s'en prendre à elle. Aria soupira et son souffle forma un léger nuage de buée. Elle ne savait plus vraiment quoi penser de lui.

– On va y arriver à temps ? demanda-t-elle.

– Les Freux ne sont pas près d'ici, pour ce que j'en sais.

Ce n'était pas vraiment la réponse qu'elle attendait, mais c'était tout de même une bonne nouvelle.

– C'est qui, au juste, Marron ?

– Un ami. Un marchand. Un dirigeant. Un peu tout à la fois.

Aria le vit lui jeter un coup d'œil et remarquer ses épaules qui tremblaient.

– Je suis désolé, on ne peut pas faire de feu.

– Parce que quelqu'un pourrait voir la fumée ?

Il acquiesça.

– Ou la sentir.

– Tu ne restes jamais immobile, hein ? dit-elle en regardant ses mains qui bougeaient sans cesse.

Il glissa son couteau dans une bande de cuir sur sa botte.

– Rester immobile me fatigue.

C'était absurde mais elle se garda de le lui faire remarquer, de crainte de troubler ce qui ressemblait à une trêve entre eux.

Il croisa les bras, puis les décroisa.

– Comment tu te sens ?

Un frisson parcourut le dos d'Aria. C'était si étrange. Que lui, lui pose cette question. C'était intime, bien plus que cette simple question semblait l'être. Parce que s'il le lui demandait, c'est qu'il voulait vraiment le savoir. Il ne posait pas de questions inutiles, il ne gaspillait pas ses paroles.

– J'ai envie de rentrer chez moi, avoua-t-elle.

C'était en deçà de ce qu'elle éprouvait vraiment, mais comment aurait-elle pu lui expliquer ? Son corps changeait, et pas seulement à cause de ses règles. Ses sens percevaient l'écoulement du ruisseau et l'odeur des pins dans l'atmosphère. Toute son attention aux choses changeait. Comme si chaque cellule de son corps s'étirait et bâillait après un long sommeil.

Bien sûr, ses pieds lui faisaient mal. Et elle avait toujours des migraines et une douleur sourde au creux du ventre. Mais en dépit de tous ces maux, elle n'avait plus l'impression de sombrer lentement vers la mort.

Perry se leva. « Perry », réalisa-t-elle. Pas Peregrine. Comme si son subconscient avait décidé pour elle comment l'appeler. Elle se débarassa de la couverture qui l'emmitouflait ; ses muscles ankylosés la faisaient souffrir. Si elle ne devait pas dormir, autant marcher, songea-t-elle. Elle remarqua alors la façon dont Perry fixait l'obscurité.

– Qu'est-ce qui se passe ? demanda-t-elle en se levant d'un bond. Les Freux ?

Perry secoua la tête sans cesser de scruter les bois. Puis il mit les mains en porte-voix et hurla :

– Roar !

Aria fut si surprise qu'elle crut que son cœur allait s'arrêter.

– Roar, espèce de vieux salopard ! Je sais que tu es là ! Je te sens d'ici !

Quelques instants plus tard, un sifflement perça le silence. Un sourire radieux illumina le visage de Perry.

– La chance est de notre côté.

Perry gravissait la pente à grandes enjambées. Aria devait courir pour suivre l'allure, le cœur battant au rythme de ses foulées. Au sommet, ils trouvèrent des rochers bleutés qui évoquaient des baleines échouées sur une grève. Une silhouette noire était debout, les bras croisés, et semblait les attendre. Perry se précipita vers l'individu. Aria les regarda s'étreindre vivement, puis échanger des bourrades amicales.

Elle s'approcha et dévisagea ce nouvel Étranger. Sous la lumière froide, tout chez lui semblait raffiné. Son corps élancé, ses traits bien dessinés. La coupe de ses cheveux sombres. Il portait des vêtements ajustés. En noir de la tête aux pieds. C'était quelqu'un qu'elle aurait pu croiser dans les Domaines.

Trop soigné et trop séduisant pour être réel.

– Qui est-ce ? demanda-t-il en la voyant.

– Je m'appelle Aria, répondit-elle. Et toi, qui es-tu ?

– Salut, Aria. Moi, c'est Roar. Tu chantes ?

Une question pour le moins surprenante, mais elle y répondit machinalement :

– Oui, en effet.

– Excellent.

De près, elle discerna une lueur dans les yeux de Roar. Il avait des allures de prince, mais un regard de pirate. Il esquissa un sourire séduisant, malicieux. Aria gloussa. Plus pirate que prince, sans conteste. Roar s'esclaffa de l'entendre rire, et elle décida sur-le-champ qu'elle l'aimait bien.

Il se tourna vers Perry.

– J'ai la berlue, Per, ou c'est une Sédentaire ?

– C'est une longue histoire.

– Parfait, répliqua Roar en se frottant les mains. On va s'installer autour d'une bouteille de Luisant. Rien de tel que de longues histoires pour les nuits froides.

– Comment t'es-tu débrouillé pour dénicher du Luisant par ici ? s'enquit Perry.

– J'en ai chippé une bouteille il y a deux ou trois jours, avec assez de pain et de fromage pour qu'on ne meure pas de faim. On va fêter ça. Maintenant que tu es là, on ne va pas tarder à retrouver Liv.

Le sourire de Perry s'évanouit.

– Retrouver Liv ? Elle n'est pas chez les Cornans ?

Roar lâcha un juron.

– Perry, je croyais que tu le savais. Elle s'est enfuie ! J'ai fait transmettre la nouvelle à Vale. J'ai cru que tu venais m'aider à la retrouver.

– Non…

Perry ferma les yeux et redressa la tête. Les muscles de son cou se crispèrent sous l'effet de la colère.

– On n'en a jamais rien su. Tu es resté avec elle, non ?

– Bien sûr, mais tu connais Liv. Elle fait ce qu'elle veut.

– Sauf qu'elle ne peut pas, rétorqua Perry. Si Liv n'en fait qu'à sa tête, comment les Littorans vont-ils survivre à l'hiver ?

– J'en sais rien. Et j'ai mes propres raisons de lui en vouloir, figure-toi.

Une dizaine de questions se bousculaient dans la tête d'Aria. Qui était Liv ? Qu'est-ce qu'elle fuyait ? Elle se rappela la bague en or ornée d'une pierre bleue que Perry avait glissée dans sa sacoche. Le bijou était-il destiné à cette femme ? Aria aurait aimé en savoir plus, mais tout cela semblait trop personnel pour qu'elle ose demander des précisions.

Roar et Perry se mirent à fabriquer un abri avec des branches pour se protéger du vent. Quoi qu'il soit arrivé à la fille, Liv, ils n'en parlaient plus. Ils s'activaient en silence, comme s'ils avaient déjà fait ce genre de choses des centaines de fois. Aria imita leur manière d'entrelacer les branches et trouva que, pour un début, elle ne se débrouillait pas trop mal.

Ils ne pouvaient pas faire de feu, mais Roar alluma une bougie qui produisit une lumière vacillante autour de laquelle ils se réunirent. Aria commençait tout juste à attaquer le pain et le fromage apportés par Roar, quand elle entendit une brindille craquer. Le bruit lui sembla proche dans le silence ambiant. Elle se tourna et ne vit que l'écran de branches, mais perçut un bruit de pas très net.

– C'était quoi, ça ?

Son cœur s'emballa.

Perry mordit dans un morceau de pain rassis.

– Ton ami a un nom, Roar ?

Aria lui décocha un regard noir. Comment Perry pouvait-il ingorer ce rôdeur, après ce qu'ils avaient vécu avec les cannibales ?

Roar ne répondit pas tout de suite. Il regardait dans le vague, écoutant visiblement les bruits alentour. Puis il déboucha une bouteille noire et but une longue gorgée, avant de la reposer contre sa sacoche.

– C'est un gosse, et plus un casse-pieds qu'un ami. Il s'appelle Cinder. Je l'ai trouvé endormi en plein milieu des bois, il y a une semaine environ. Il ne pensait même pas qu'on risquait de le voir ou que des loups pourraient le flairer. J'aurais dû le laisser sur place, mais il est jeune… treize ans peut-être… et mal en point. Je lui ai donné à manger et, depuis, il me suit à la trace.

Aria scruta de nouveau le paravent de branches. Elle savait ce que c'était, elle aussi s'était retrouvée seule, la nuit où Perry l'avait laissée se débrouiller. Elle ne pouvait imaginer vivre dans ces conditions.

– Il vient de quelle tribu ? s'enquit Perry.

Roar reprit une gorgée de vin avant de répondre.

– Je n'en sais rien. Il a l'allure d'un nordiste.

Il jeta un regard en direction d'Aria. Est-ce qu'*elle-même* avait l'air de venir du nord ?

– Mais je n'ai rien pu obtenir de lui. Quel que soit l'endroit d'où il vient, crois-moi, j'adorerais l'y renvoyer. Il va se montrer. Il le fait toujours quand sa faim reprend le dessus. Mais n'attends pas grand-chose de sa compagnie.

Roar tendit à Aria la bouteille noire.

– Ça s'appelle du Luisant. Tu vas aimer, fais-moi confiance, lui dit-il avec un clin d'œil.

– Tu n'as pas l'air très digne de confiance.

– Les apparences sont parfois trompeuses. L'honnêteté coule dans mes veines.

Perry sourit de toutes ses dents.

– Je le connais depuis toujours. C'est autre chose qui coule dans ses veines.

Aria se figea. Elle avait aperçu le sourire de Perry tout à l'heure, quand il avait entendu Roar, mais à présent il souriait jusqu'aux oreilles en la regardant, elle. Un sourire qui dévoilait ses canines, et c'était précisément ce caractère féroce qui le rendait si désarmant. Elle avait l'impression de voir un lion sourire.

Elle s'aperçut soudain qu'elle le fixait et s'empressa de boire une longue rasade au goulot. Elle s'étrangla et s'essuya dans sa manche, tandis que le Luisant envahissait sa gorge, puis sa poitrine, comme de la lave en fusion. Ce liquide avait la saveur d'un miel épicé, épais, sucré, très relevé.

– Qu'est-ce que tu en penses ? lui demanda Roar.

– C'est comme si je buvais du feu, mais c'est bon.

Incapable de regarder Perry, elle prit une autre gorgée, en espérant qu'elle ne tousserait pas après celle-ci… Une nouvelle coulée de lave empourpra ses joues et répandit une douce chaleur dans son estomac.

– Tu as l'intention de garder la bouteille pour toi toute seule ? la taquina Perry.

– Oh. Désolée.

Elle la lui tendit, les joues embrasées.

– Comment va Talon ? questionna Roar. Et Mila ? Est-ce que Vale et elle ont prévu de lui faire un petit frère ?

En dépit du ton léger, une pointe d'inquiétude perçait dans sa voix. Perry soupira et posa la bouteille. Il se passa une main dans les cheveux.

– L'état de Mila a empiré après ton départ. Elle est morte il y a quelques semaines.

Il se tourna vers Aria.

– Mila est… était la femme de mon frère Vale. Leur fils s'appelle Talon. Il a sept ans.

Aria sentit le sang affluer à ses oreilles. Il s'agissait du petit garçon enlevé par son peuple. Perry essayait de sauver son neveu.

– Je l'ignorais, dit Roar. Vale et Talon doivent vivre l'enfer.

– Vale, c'est sûr, confirma Perry.

Il s'éclaircit la voix avant d'ajouter.

– Talon a disparu. Je l'ai perdu, Roar.

Il replia les genoux, courba la tête et entrelaça les doigts sur sa nuque. Malgré la faible lumière de la bougie, Aria vit Roar blêmir.

– Qu'est-ce qui s'est passé ? demanda-t-il calmement.

Les larges épaules de Perry s'arrondirent, il se ramassa sur lui-même comme s'il cherchait à contenir une chose énorme au fond de lui. Lorsqu'il releva la tête, ses yeux étaient brillants et rougis. D'une voix rauque, il leur raconta une histoire dans laquelle Aria tenait un rôle, mais qu'elle n'avait jamais entendue. Il expliqua comment il s'était rendu dans le monde d'Aria, en quête de médicaments pour aider un petit garçon malade. Un garçon que son peuple à elle avait finalement kidnappé. Il parla à Roar du marché qu'ils avaient passé, elle et lui. Dès que Marron aurait réparé le SmartEye, elle contacterait sa mère. Il récupérerait Talon, et Lumina ferait revenir Aria à Euphorie.

Une fois le récit de Perry terminé, Roar et Aria restèrent muets. Aria entendait seulement le bruissement des feuilles dans la brise. Puis Roar reprit la parole.

– Je viens avec vous. On va les retrouver, Perry. On va retrouver Talon et Liv.

Aria se tourna vers l'obscurité. Elle aurait aimé que Paisley soit là. Son amie lui manquait.

Tout à coup, Roar marmonna un juron.

– Préparez-vous. Cinder rapplique.

Quelques instants plus tard, l'écran de feuillages remua. Un adolescent apparut devant eux, les yeux sombres et farouches. Il était d'une maigreur effrayante. Un squelette qui flottait dans des vêtements crasseux. Il avait la peau claire. « Presque aussi claire que la mienne », constata Aria.

Cinder s'affala près d'elle et la regarda d'un air sournois, derrière ses mèches hirsutes blond cendré. Sous son ample chemise, Aria vit saillir ses clavicules.

Cinder fixa le visage d'Aria. Ses yeux mi-clos trahissaient son épuisement.

– Qu'est-ce que tu fais là, la Sédentaire ? demanda-t-il avec méfiance.

Il se tenait trop près d'elle. Aria s'écarta un peu.

– Je rentre chez moi. Chez ma mère.

– Elle est où ?

– À Euphorie. C'est l'une de nos Capsules.

– Pourquoi t'es partie ?

– Je ne suis pas partie. On m'a expulsée.

– On t'a virée, mais tu veux y retourner ? T'es maboul, la Sédentaire.

À l'expression de Cinder, elle devina que, dans sa bouche, « maboul » voulait plutôt dire « folle à lier ».

– Présenté comme ça, oui, j'imagine, admit-elle.

Roar lança un morceau de pain par terre.

– Prends-le et fiche le camp, Cinder.

– Ça va, dit Aria. Il peut rester, ça ne me dérange pas.

Les manières de Cinder laissaient peut-être à désirer, mais la nuit était glaciale. Où irait-il là, dehors, livré à lui-même ? Cinder ramassa le bout de pain et mordit dedans.

– Elle veut que je reste, Roar.

Aria voyait distinctement l'os de sa mâchoire quand il mastiquait.

– Je m'appelle Aria.

– Elle m'a même dit son nom, reprit Cinder. Elle m'aime bien.

– Pas pour longtemps, marmonna Roar.

Cinder se tourna vers Aria et se mit à mastiquer son pain, la bouche grande ouverte. Aria détourna les yeux. Il faisait exprès de la provoquer.

– T'as raison, dit l'adolescent. Je crois qu'elle a déjà changé d'avis.

– Ferme-la, Cinder, lui ordonna Roar.

– Et comment je mange si j'ai la bouche fermée ?

Roar se redressa.

– Ça suffit !

Cinder lui sourit d'un air de défi.
– Qu'est-ce que tu vas faire ? Me priver de nourriture ?
Il tendit le bout de pain qui lui restait.
– Tu veux que je te le rende ? Tiens, Roar. J'en veux plus.
Perry lui prit le pain de la main. Cinder lui décocha un regard stupéfait.
– T'aurais pas dû faire ça.
– T'en voulais plus, répliqua Perry en portant le pain à sa bouche.
Il s'arrêta à quelques centimètres de ses lèvres.
– T'en voulais encore ? Ou alors tu mentais ?
Ses yeux luisaient dans la pénombre.
– Si tu leur présentes tes excuses, je te rends le pain.
– Pas envie de m'excuser, grogna Cinder.
Perry eut un petit sourire en coin.
– T'es encore en train de mentir.
Cinder eut soudain l'air affolé. Ses yeux passèrent d'Aria à Roar, avant de revenir à Perry. Il se releva maladroitement.
– Ne m'approche pas, Olfile ! cria-t-il en reprenant le pain de la main de Perry, et en s'enfuyant.
Alors que le bruit des pas de Cinder s'estompait au loin, Aria sentit un frisson lui parcourir la nuque.
– Que s'est-il passé ? Pourquoi il t'a appelé « Olfile » ?
Roar haussa les sourcils, l'air étonné.
– Elle ne sait pas ?
Perry secoua la tête.
– Qu'est-ce que je ne sais pas ? demanda Aria.
Perry leva la tête vers le ciel nocturne et, tout en évitant son regard, prit une profonde inspiration.
– Certains d'entre nous sont Marqués, et portent des Marques, expliqua-t-il d'une voix posée. Comme les tatouages sur mes bras. Ces Marques montrent que nous avons un Sens dominant. Roar est Audile. Il peut entendre de très loin. Parfois à des kilomètres de distance.

Roar haussa les épaules, l'air de s'excuser.

– Et toi ? s'enquit Aria.

– Je possède deux Sens. Je suis un Vigile. J'ai une vue très développée, même la nuit. Je vois dans le noir.

Aria songea qu'elle aurait dû s'en douter en voyant ses yeux, qui réfléchissaient la lumière. En plus, il ne trébuchait jamais dans l'obscurité.

– Et l'autre ?

Perry planta son regard vert étincelant dans celui d'Aria.

– J'ai un odorat très fin.

– Ton odorat est hyper-développé, traduisit Aria, perplexe. À quel point ?

– À l'extrême. Je peux sentir les humeurs.

– Les humeurs ?

– Les émotions.

– Alors tu devines les sentiments des gens ? s'étrangla-t-elle.

– Oui.

Elle se mit à trembler.

– Ça t'arrive souvent ?

– Tout le temps. C'est plus fort que moi. Je ne peux pas m'arrêter de respirer.

Aria sentit un froid intense l'envahir. Brusquement. Comme si elle avait plongé dans l'océan glacé. Elle bondit à la suite de Cinder, s'engouffra dans l'obscurité du sous-bois. Perry lui emboîta le pas et lui cria de s'arrêter. Aria fit volte-face.

– Tu fais ça depuis le début ? Tu savais ce que j'éprouvais ? Tu t'es bien amusé j'espère ? Mon malheur t'a fait rigoler ? C'est pour ça que tu t'es bien gardé de m'en parler ?

Il se passa nerveusement une main dans les cheveux.

– Rappelle-toi combien de fois tu m'as traité de Sauvage ! Tu crois que j'avais envie de te confier que mon odorat était plus développé que celui d'un loup ?

Aria porta une main à sa bouche. Supérieur à celui d'un loup !

Elle songea soudain à toutes ces choses horribles qu'elle avait vécues ces derniers jours. Des jours passés à ressasser cette mélodie triste, pitoyable dans sa tête. Et la honte qu'elle avait éprouvée à l'idée d'avoir ses règles.

Perry flairait-il aussi ce qu'elle ressentait là, maintenant ?

Il pencha la tête de côté.

– Aria, ne sois pas gênée.

Il la sentait. Il savait.

Aria recula, mais la main de Perry se referma sur son poignet.

– Ne t'éloigne pas. C'est dangereux. Tu sais ce que tu risques.

– Lâche-moi.

– Perry, fit une voix douce. Je vais rester avec elle.

Perry regarda Aria, visiblement contrarié. Puis il lui lâcha le bras et s'éloigna à grandes enjambées, les branches craquant sous ses pas.

– Tu peux pleurer, si tu veux, dit Roar à Aria après le départ de Perry.

Il croisa les bras. Dans la pénombre, elle discernait le reflet de la bouteille de Luisant qu'il tenait au creux du coude.

– J'irai même jusqu'à t'offrir mon épaule au besoin.

– Je n'ai pas envie de pleurer, se défendit-elle. J'ai envie de lui faire du mal.

– J'ai tout de suite su que tu me plairais, plaisanta Roar.

– Il aurait dû me mettre au courant.

– Sans doute, mais ce qu'il t'a dit est vrai. Il ne peut pas s'empêcher de percevoir les humeurs des gens. Est-ce que ça aurait changé quelque chose à votre accord ?

Aria secoua la tête. Elle savait qu'il lui restait encore des kilomètres et des kilomètres à marcher aux côtés de Perry. Elle s'assit contre un arbre et attrapa une aiguille de pin, qu'elle réduisit en tout petits morceaux. Maintenant qu'elle y pensait, c'était logique. De la génétique de base. La population des

Étrangers était réduite. Une mutation pouvait donc vite s'étendre. Une goutte d'encre fait bien plus de ravages dans un seau d'eau que dans l'océan. En plus, avec l'Éther qui accentuait les mutations, l'Unification avait créé un environnement idéal pour les bonds génétiques.

– Je n'en reviens pas, soupira-t-elle. Vous êtes une sous-espèce. Et il y a d'autres choses ? D'autres caractéristiques qui ont muté ? Comme… comme vos dents ?

Roar s'était installé près d'elle, contre le gros tronc d'arbre. Il n'était pas aussi grand que Perry. La lumière de l'Éther soulignait son profil parfaitement proportionné, tout en lignes droites. Il n'avait pas non plus de poils sur les joues comme Perry.

– Non, dit Roar. Ce ne sont pas nos dents qui ont changé. Mais les tiennes.

D'instinct, Aria pinça les lèvres. Ça ne lui avait pas traversé l'esprit, mais Roar avait raison. Avant l'Unification, les gens avaient des dents irrégulières.

Roar sourit et poursuivit :

– Il existe certaines différences entre les Marqués. Les Olfiles ont tendance à être grands. Ce sont les Marqués les plus rares. Les Vigiles sont les plus nombreux. Ils voient très bien et sont généralement très agréables à regarder. Mais non, au cas où tu te poserais la question, je ne suis pas un Vigile. Je suis juste chanceux.

Aria ne put s'empêcher de sourire. Elle se sentait étonnamment à l'aise en compagnie de Roar.

– Et ceux de ton espèce ?

– Les Audiles ? répliqua-t-il avec un sourire espiègle. On a la réputation d'être rusés.

– J'aurais pu m'en douter.

Aria regarda les biceps de Roar et tenta d'imaginer le tatouage dissimulé sous sa chemise noire.

– Et tu entends bien à quel point ?

– J'entends mieux que tous les gens que je connais.

– Tu entends les émotions ?

– Non, mais je peux entendre les pensées d'une personne quand je la touche. C'est ma petite particularité. Tous les Audiles n'en sont pas capables. Et, ne t'inquiète pas, je ne vais pas te toucher. À moins que tu en aies envie.

– Je te ferai signe, dit-elle en souriant.

Tout ça lui semblait irréel. Il existait des gens capables de sentir les émotions et d'entendre les pensées… Qu'allait-elle apprendre ensuite ? Elle mit ses mains en coupe et souffla dessus pour les réchauffer.

– Comment peux-tu être ami avec Perry, alors que… qu'il sait tout, en fait ?

Roar éclata de rire.

– S'il te plaît, ne dis jamais ça devant lui. Il est déjà bien assez sûr de lui comme ça.

Roar leva la bouteille et but une gorgée.

– Perry, sa sœur et moi avons grandi ensemble. Je les connais par cœur, au point que j'ai parfois moi-même l'impression d'être Olfile.

Aria supposa qu'il avait raison. Elle était sensible aux humeurs de Paisley avant. De Caleb aussi.

– Mais ça me paraît… déséquilibré, avoua-t-elle. Perry ne parle jamais, alors que lui il peut savoir ce que les autres ressentent !

– Il n'est pas bavard parce qu'il préfère flairer les humeurs. Perry ne fait pas confiance aux mots. Il m'a déjà dit que les gens passaient leur temps à mentir. Pourquoi se donnerait-il la peine d'écouter des mensonges quand il peut flairer tout de suite la vérité ?

– Parce que les gens ne se résument pas à des émotions. Ils réfléchissent, ils agissent pour telle ou telle raison.

– Oui… eh bien, disons que c'est difficile de suivre la logique de quelqu'un si on ne sait pas ce qu'il éprouve. Et tu te trompes. Perry parle. Observe-le. Tu verras qu'il dit des tas de choses.

Roar avait raison, bien sûr. Des jours durant, Aria avait interprété les actes de Perry. Elle s'était aperçue, entre autres, qu'il avait une dizaine de manières différentes de marcher. Avec un calme olympien. Une violence à peine contenue. Une grâce animale évidente.

– Et sa sœur ? demanda-t-elle.

– Olivia, dit Roar.

Puis il ajouta avec tendresse :

– Liv.

– C'est aussi une Olfile ?

Aria n'aimait pas la sonorité de ce mot, sans qu'elle parvienne vraiment à s'expliquer pourquoi.

– Elle est aussi douée que Perry, si ce n'est plus. On n'a jamais réussi à décider lequel des deux possédait l'odorat le plus fin.

– Qu'est-ce qui lui est arrivé ?

– Elle a été fiancée à quelqu'un d'autre. Quelqu'un d'autre que moi.

– Oh.

Roar était amoureux de la sœur de Perry. Aria se mordilla la lèvre sur laquelle traînait encore la saveur douce du Luisant. Elle ne voulait pas se montrer indiscrète, mais sa curiosité l'emporta. Et Roar ne parut pas s'en offusquer.

– Pourquoi pas toi ?

– C'est une puissante Olfile. Elle est trop précieuse… dit Roar.

Il contempla la bouteille dans sa main, comme pour y puiser la réponse juste.

– Le sang, c'est notre monnaie d'échange. Nous, les Marqués, nous sommes les chasseurs et les guerriers les plus doués. Nous pouvons entendre les gens qui complotent, et sentir les évolutions de l'Éther. Les Seigneurs de sang s'entourent de gens comme Perry, Liv et moi. Et pour la reproduction, les Olfiles choisissent les plus puissants de leur espèce. Sinon, ils risqueraient de perdre leur Sens. Certains prétendent qu'ils risqueraient même pire encore.

Aria avait du mal à concevoir qu'on puisse utiliser le mot *reproduction* avec une telle désinvolture.

– Un enfant ne peut-il pas hériter de deux Sens en ayant des parents différents ? C'est ce qui est arrivé à Perry, non ?

– Oui, mais c'est rare. Un individu comme Perry est... très rare.

Roar marqua une pause, puis ajouta :

– Il vaut mieux que tu ne fasses jamais allusion à ses parents.

Aria glissa les mains dans les manches de son manteau, en enfouissant ses doigts dans la fourrure. Qu'était-il arrivé aux parents de Perry ? La question lui brûlait les lèvres, mais elle préféra demander :

– Donc, en tant qu'Olfile, Liv doit épouser un Olfile ?

– Oui. C'est ce qu'on attend d'elle, confirma Roar. Il y a sept mois, Vale l'a promise à Sable, le Seigneur de sang des Cornans. C'est une grande tribu du nord. Des gens froids comme la glace, Sable étant sûrement le plus froid d'entre eux. Vale devait recevoir de la nourriture en échange de sa sœur. La moitié de la marchandise risque de ne jamais arriver.

– Parce qu'elle n'est pas allée là-bas, devina Aria.

– Oui. Liv s'est enfuie. Elle a disparu pendant la nuit, la veille de notre arrivée en territoire Cornan. J'aurais souhaité qu'on le fasse ensemble. J'y réfléchissais depuis notre départ. Mais elle a fui avant que je puisse le lui proposer.

Roar s'éclaircit la voix.

– Depuis, je suis à sa recherche. J'étais à deux doigts de la retrouver. Il y a quelques semaines, j'ai entendu des marchands parler d'une fille capable de pister le gibier mieux que n'importe quel homme. Ils l'avaient rencontrée à Lone Tree. Je suis sûr que c'était elle. Liv n'est pas le genre de fille qu'on oublie facilement.

– Pourquoi ?

– Elle est grande – à peine plus petite que moi. Elle a les mêmes cheveux que Perry, en plus longs. Rien que cela suffirait à attirer l'attention, mais elle a ce truc... Qui fait qu'on ne peut pas faire autrement que de la regarder, et d'être fasciné.

– Ils se ressemblent drôlement alors.

Aria n'en revenait pas d'avoir dit cette phrase à voix haute. Sa langue devait se délier sous l'effet du Luisant.

Le sourire malicieux de Roar laissa apparaître ses dents blanches, qui semblaient étinceler dans le noir.

– Ils se ressemblent mais heureusement pas sur tous les points !

– Tu es allé à Lone Tree ?

– Le temps que j'y arrive, elle était partie depuis longtemps.

Aria laissa échapper un long soupir. Même si elle était désolée pour Roar, cette soirée était exactement ce dont elle avait besoin. Une pause pour faire le vide dans sa tête et son corps. L'occasion d'oublier quelques instants qu'elle devait faire réparer le SmartEye et joindre Lumina. Elle éprouvait l'envie de prendre la main de Roar. Elle l'aurait fait s'ils s'étaient trouvés dans les Domaines. Mais elle préféra enfouir ses doigts dans la fourrure de ses manches.

– Qu'est-ce que tu vas faire ? demanda-t-elle à Roar.

– Que veux-tu que je fasse, sinon continuer à la chercher ?

20
PEREGRINE

La présence de Roar changeait tout. Leur petit groupe passa la matinée à marcher et, même s'il n'avait pas flairé la trace du moindre Freux, Perry savait qu'ils n'étaient pas tirés d'affaire. Il s'inquiétait même de ne pas encore avoir eu à les affronter. Heureusement, avec l'aide de Roar, ils parviendraient plus vite chez Marron. Son acuité auditive compenserait les lacunes éventuelles de l'odorat de Perry, perturbé par les pins.

Aria ne lui avait pas reparlé depuis qu'il lui avait parlé de ses Sens. Elle était restée en retrait toute la matinée, marchant à côté de Roar. Il avait tendu l'oreille pour écouter ce qu'ils se disaient, regrettant de ne pas être Audile. C'était bien la première fois ! Quand Perry entendit Aria rire d'une remarque de Roar, il décida que c'en était trop et pressa le pas pour se mettre hors de portée de leurs voix. En quelques heures seulement, Roar avait davantage discuté avec Aria que lui-même en plusieurs jours.

Cinder gardait ses distances, mais Perry savait qu'il les suivait. Le gosse était si faible qu'il avançait d'un pas lourd et sonore. Inutile d'être Audile pour l'entendre se traîner derrière eux dans les bois. Quelque chose dans l'odeur du jeune adolescent avait irrité le nez de Perry la veille au soir. Ses narines l'avaient démangé comme lorsque l'Éther s'agitait. Pourtant il n'avait pas observé de grands bouleversements dans la voûte céleste. Le ciel était toujours parcouru par les mêmes traînées bleues. Perry s'était demandé si c'étaient les effluves de pin ou le Luisant qui lui embrouillaient les idées.

Il n'avait pourtant eu aucun mal à flairer l'humeur du garçon. La fureur de Cinder déstabilisait peut-être Roar et Aria, mais Perry savait de quoi il retournait. Un voile de terreur glacé collait à la peau du garçon. Roar estimait qu'il avait treize ans, mais Perry le pensait plus jeune d'une année. Pourquoi était-il livré à lui-même ? Quelle que soit la raison, elle devait être grave.

Aux alentours de midi, Perry repéra la piste d'un sanglier. L'odeur de l'animal était assez forte pour chatouiller son odorat déficient. Il descendit la colline, puis indiqua à Roar comment guider l'animal vers l'endroit où il était embusqué.

Roar et lui chassaient de cette manière depuis toujours. Roar entendait distinctement les directions que Perry lui transmettait à distance. Mais il avait plus de mal à lui répondre. Les Audiles reproduisaient aisément les bruits de la nature, si bien qu'au fil des ans, Roar et Perry avaient adapté des cris d'oiseaux pour les transformer en un langage qui leur était propre.

Perry entendit le sifflement de Roar qui l'alertait. *Prépare-toi. Il arrive.*

Il décocha une première flèche dans le cou du sanglier, puis une seconde dans le cœur, une fois l'animal à terre. En s'agenouillant pour récupérer les flèches, Perry songea que c'était ainsi qu'il aimait user de ses capacités. Ce plaisir de faire quelque chose de simple et de le faire bien lui avait manqué. Hélas, sa satisfaction fut de courte durée. Roar le rejoignit en courant et Perry comprit que quelque chose clochait.

D'ordinaire, Roar affichait la fierté d'un jeune coq quand ils tuaient une bête ensemble. Il fanfaronnait et s'attribuait tous les mérites. Cette fois, il se contenta de jeter un regard sur le sanglier avant de fermer les yeux. Et d'incliner sa tête dans différentes directions, effectuant une suite de petits mouvements saccadés. Perry devina ce qu'il allait lui annoncer.

– Les Freux. Ils sont un paquet.

– À quelle distance ?

– Difficile à dire. Une dizaine de kilomètres à vol d'oiseau.

– Ça nous laisse au mieux une demi-journée d'avance.

Roar acquiesça.

Perry découpa le sanglier en morceaux, qu'il fit rôtir sur un feu. L'Éther s'était levé et commençait à s'agiter, ce qui raviva les picotements dans son nez. Une tempête compliquerait encore la situation. Il mangea avec Aria et Roar. Tous les trois se donnaient à peine le temps de mastiquer la viande. Ils avaient besoin d'un solide repas dans le ventre pour distancer les Freux. La forteresse de Marron était encore à deux jours de marche et ils ne pourraient s'arrêter avant de l'avoir atteinte.

Perry ranima le feu avant qu'ils se remettent en route, en y ajoutant un peu de bois vert. La fumée masquerait leurs odeurs pendant quelque temps. Puis, à l'aide d'un bâton, il embrocha un morceau de viande qu'il avait mis de côté et proposa à Aria et Roar de partir devant : il les rattraperait.

Il trouva Cinder pelotonné contre la racine d'un arbre. La lumière jouait sur son visage crasseux, et les soubresauts de son corps trahissaient son sommeil agité. Il paraissait plus petit. Plus fragile, sans son regard narquois. Perry se pinça le nez ; la sensation de picotement lui revenait.

– Cinder…

Le gamin se redressa, désorienté ; il battit des paupières et se frotta les yeux. Lorsqu'il découvrit Perry, la panique traversa son regard.

– Laisse-moi tranquille, Olfile.

– Du calme, dit Perry. Tout va bien.

Il lui tendit le morceau de viande. Cinder y jeta un coup d'œil. Sa pomme d'Adam saillait sur son cou, et il salivait. Comme Cinder ne se décidait pas à prendre le bâton, Perry le planta dans le sol.

– C'est pour toi.

Cinder s'en empara vivement et planta ses dents dans la viande, la déchirant avec fureur. Perry sentit son estomac se nouer devant un tel désespoir. Ça n'avait rien à voir avec le repas qu'il venait d'expédier en compagnie d'Aria et Roar. C'était de la faim à l'état brut. Aussi farouche que n'importe quelle lutte pour la vie. Perry revit Cinder ronger le morceau de pain, la veille au soir. Il comprit que le garçon dissimulait simplement l'ampleur de sa faim.

Il fallait qu'il l'informe puis qu'il s'en aille. Il ne souhaitait pas l'impliquer dans son conflit avec les Freux. Il regarda vers l'est, là où résidait Marron. Roar et Aria n'avaient probablement pas pris beaucoup d'avance. Il pouvait s'accorder encore quelques instants. Il fit glisser son arc de son épaule et s'assit.

Cinder l'observa de ses yeux noirs, tout en continuant à dévorer sa viande. Perry sortit quelques flèches de son carquois et vérifia l'empennage pour patienter. Il s'était demandé pourquoi Roar avait aidé Cinder. À présent, il comprenait, en voyant le gosse aussi décharné. Les Littorans allaient-ils finir comme lui, si Sable ne leur envoyait pas de nourriture ?

– Pourquoi cette fille est avec toi ?

Perry leva les yeux, surpris. Cinder mastiquait toujours, mais il ne restait pas le moindre bout de viande sur le bâton. L'adolescent affichait une mine sombre et renfrognée.

Perry redressa les épaules et esquissa un petit sourire suffisant.

– Ce n'est pas évident ?

Le garçon écarquilla les yeux.

– Je plaisante, Cinder. Elle et moi, on s'entraide parce qu'on a des ennuis.

Cinder s'essuya la bouche d'un revers de manche crasseux.

– Elle est jolie.

Perry sourit.

– Ah bon ? J'avais pas remarqué.

– Ouais, c'est ça.

Cinder sourit à son tour, comme s'ils venaient de tomber d'accord sur un point capital. Il écarta une mèche de cheveux, qui lui retomba aussitôt sur les yeux. Sa tignasse était pleine de nœuds. « Comme la mienne », réalisa Perry.

– Quel genre d'ennuis ?

Perry poussa un long soupir. Il n'avait ni le temps ni l'énergie de raconter de nouveau cette histoire. Enfin, il pouvait sauter des épisodes pour arriver directement au plus important pour le moment. Il se redressa et posa les bras sur ses genoux.

– T'as entendu parler des Freux ?

– Les mangeurs de chair ? Ouais, je connais.

– Il y a deux soirs de ça, j'ai eu des problèmes avec eux. J'avais laissé Aria pour aller chasser. À mon retour, ils l'avaient découverte. Ils étaient trois et l'avaient piégée.

Perry effleura la pointe de la flèche qu'il tenait. Il appuya ensuite dessus avec le doigt. L'épisode suivant n'était pas facile à raconter. Il remarqua l'expression attentive de Cinder. Son masque de mépris avait disparu. Il redevenait un gamin comme les autres, captivé par une histoire palpitante.

Perry enchaîna :

– Ils étaient assoiffés de sang. Je sentais presque leur envie de la dévorer sur ma langue. Peut-être parce que c'est une Sédentaire… qu'elle est différente… Je n'en sais rien. Mais ils n'allaient pas laisser tomber. J'en ai tué deux avec mon arc. Le troisième avec mon couteau.

Cinder se lécha les lèvres, ses yeux noirs fixés sur Perry.

– Et maintenant, ils sont après toi ? devina-t-il. Pourtant, tu n'as fait que l'aider.

– Ce n'est pas comme ça que les Freux voient les choses.

– Mais tu étais *obligé* de les tuer.

Cinder secoua la tête.

– Les gens ne veulent jamais comprendre.

Perry savait que le gamin était sincère. Il le voyait à sa manière de parler. Comme s'il partageait son fardeau

– Cinder… tu le comprends, toi ?

La méfiance voila le regard du garçon.

– Tu peux vraiment savoir quand je mens ? s'enquit-il.

Le cœur de Perry battait fort.

– Oui.

– Alors, ma réponse, c'est… peut-être.

Perry n'en revenait pas. Ce gosse… ce gamin pitoyable avait-il tué quelqu'un ?

– Qu'est-ce qui t'est arrivé ? lui demanda-t-il. Où sont tes parents ?

Cinder eut un sourire sournois, et son humeur exhala un effluve aussi froid que soudain.

– Ils sont morts dans une tempête d'Éther. C'était il y a deux ans. *Pouf*! D'un seul coup, ils ont disparu. C'était triste.

Perry n'avait pas besoin de son Sens pour savoir que le gosse mentait.

– Est-ce qu'on t'a chassé exprès ?

Les Seigneurs de sang exilaient les meurtriers et les voleurs dans les contrées frontalières.

Cinder partit d'un rire qui semblait appartenir à quelqu'un de bien plus âgé.

– Ça me *plaît* ici, dit-il.

Puis son sourire s'évanouit.

– C'est chez moi.

Perry secoua la tête. Il rangea les flèches dans le carquois, s'empara de son arc et se releva. Il devait se mettre en route.

– Tu ne peux pas continuer à nous suivre, Cinder. Tu n'es pas assez robuste et c'est trop dangereux. Fiche le camp pendant qu'il est encore temps.

– T'as pas à me dire ce que je dois faire.

– Tu n'as donc aucune idée de ce que les Freux font aux gosses ?

– Je m'en fous.

– Tu ne devrais pas. Va vers le sud. Il y a un village à deux jours d'ici. Grimpe dans un arbre si tu as besoin de dormir.

– Je n'ai pas peur des Freux, Olfile. Ils ne peuvent pas me faire de mal. Ni eux, ni personne.

Perry faillit lui rire au nez. Quelle arrogance incroyable ! Mais l'humeur de Cinder était froide, incisive. Perry la respira encore, convaincu qu'elle se dégraderait à cause de son mensonge.

Il se trompait.

L'esprit en ébullition, Perry rattrapa rapidement Aria et Roar. Il décida toutefois de rester un peu en retrait, pour réfléchir. Les paroles de Cinder le préoccupaient. « Ils ne peuvent pas me faire de mal. » Ni eux, ni personne. L'adolescent était sûr de lui. Comment pouvait-il être aussi inconscient ?

Perry se demanda s'il ne s'était pas fourvoyé en sentant l'humeur du gamin. Les effluves de pins ou l'étrange odeur d'Éther que Cinder dégageait n'avaient-ils pas troublé son odorat ? À moins que l'adolescent soit mentalement déséquilibré ? S'était-il convaincu de son invincibilité afin de pouvoir survivre sans l'aide de quiconque ?

Les heures défilaient et l'après-midi s'écoula en silence, tandis que Perry cherchait toujours à comprendre.

Au crépuscule, leur trio sortit d'une dense pinède et déboucha dans une vallée accidentée. Au nord, une chaîne de pics rocheux crénelait l'horizon. Roar resta en arrière pour évaluer la distance qui les séparait des Freux. Perry prit sa place à côté d'Aria. Il compta vingt pas avant de lui adresser la parole.

– Tu veux te reposer ?

Comment faisait-elle pour tenir le coup ? Lui-même avait mal aux pieds, qui pourtant n'étaient ni entaillés ni couverts d'ampoules.

Aria le fixa de ses yeux gris.

– Pourquoi est-ce que tu te donnes la peine de me poser la question ?

Il s'arrêta.

– Aria, mon Sens ne fonctionne pas comme ça. Je ne peux pas deviner si…

– Je croyais qu'on n'était pas censés parler, répliqua-t-elle sans ralentir le rythme de sa marche.

Perry la regarda s'éloigner en fronçant les sourcils. Par quel miracle avait-il envie de discuter à présent, et plus elle ?

Roar les rattrapa peu de temps après.

– Je n'ai pas de bonnes nouvelles. Les Freux se sont répartis en petits groupes. Ils vont nous encercler. Et on a perdu notre avance.

Perry s'empara de son arc et de son carquois, tout en lançant un regard à son ami.

– Tu n'es pas obligé de rester. Aria et moi devons nous rendre chez Marron, mais toi non.

– Bien sûr, Per. Je vais m'en aller comme si de rien n'était.

Perry s'attendait à cette réaction. Lui-même n'aurait jamais abandonné Roar s'il avait été en danger. Mais Cinder, c'était encore une autre affaire.

– Le gamin est parti ? demanda-t-il.

Roar secoua la tête.

– Il nous suit toujours. Je te l'ai dit : il s'accroche à moi comme les ronces. La petite conversation que tu as eue avec lui n'a rien arrangé. Il n'est pas près de nous lâcher maintenant.

– Tu nous as entendus ?

– Jusqu'au moindre soupir.

Perry secoua la tête. Il avait oublié l'acuité auditive exceptionnelle de son ami.

– Tu ne te lasses jamais d'écouter les conversations des autres ? le taquina-t-il.

– Jamais.

– Qu'est-ce qu'il a fait, d'après toi, Roar ? demanda Perry.

– Je m'en moque et tu devrais en faire autant. Viens. Tâchons de rattraper Aria. Elle est partie par là.

– Je le sais, figure-toi.

Roar lui donna une claque sur l'épaule.

– C'était juste pour m'assurer que tu l'avais remarqué.

Plus tard dans la nuit, alors qu'ils enchaînaient kilomètres après kilomètres, les pensées de Perry commencèrent à ressembler à des rêves éveillés. Il imagina Cinder sur une plage, traîné dans un Aéroflotteur par des Sédentaires. Puis Talon, entouré d'hommes vêtus de capes noires et affublés de masques de corbeau. À l'aube, les Freux s'étaient encore rapprochés et Perry avait décidé de les affronter. Mais il ne voulait pas tenir le sort de Cinder entre ses mains.

– Je reviens, annonça-t-il.

Il laissa Roar et Aria continuer sans lui et rebroussa chemin. Cinder était toujours invisible, mais Perry sentait qu'il n'était pas loin. Il laissa ses picotements dans le nez le guider jusqu'à l'adolescent.

Après l'avoir retrouvé, Perry resta en retrait un moment et le regarda marcher dans les bois. Le gamin avait un air perdu, douloureux, quand il ne se savait pas observé. C'était plus pénible de le voir ainsi que lorsqu'il ricanait.

– C'est ta dernière chance de partir, lui lança Perry.

Cinder sursauta et lâcha un juron.

– T'aurais pas dû t'approcher en douce, Olfile.

– Je te répète que c'est le moment de t'en aller.

Devant eux, le terrain s'ouvrait sur un vaste plateau. Cinder pourrait filer à travers bois. Autrement, il serait pris au piège avec eux.

– Ce n'est pas ton territoire, répliqua Cinder en écartant ses bras osseux. Et puis, je ne te dois rien.

– Fiche le camp d'ici, Cinder.

– Je te l'ai déjà dit. Je vais où je veux.

Perry prit son arc, encocha une flèche et visa la gorge du garçon. Il ignorait ce qu'il allait faire. Il savait seulement qu'il ne voulait pas voir ce gosse famélique mourir à cause de lui.

– Dégage avant qu'il ne soit trop tard.

– Non ! s'écria Cinder. Tu as besoin de moi !

– File, maintenant, lui ordonna Perry en bandant l'arc.

Cinder émit une sorte de grognement. Perry manqua s'étrangler. Les picotements dans son nez étaient si intenses à présent qu'ils lui faisaient l'effet de piqûres d'aiguilles.

Une lueur bleue s'alluma soudain dans le regard ténébreux de Cinder. L'espace d'un instant, Perry crut que l'Éther s'y reflétait, mais la flamme brillait de plus belle. Des lignes bleues luminescentes remontaient le long du cou du garçon, s'enroulaient autour de sa mâchoire et de son visage osseux. Perry n'en croyait pas ses yeux. Les veines de Cinder scintillaient comme si l'Éther y circulait.

Une douleur cuisante lui parcourut soudain les bras et le visage.

– Arrête ! cria Perry.

Roar et Aria les rejoignirent en courant. Roar avait dégainé son couteau. Ils s'immobilisèrent en découvrant la scène. Le cœur de Perry cognait dans sa poitrine. Les yeux incandescents de Cinder le transperçaient. Il serra les dents. Son corps était traversé de spasmes douloureux.

– Cinder, arrête ! le supplia-t-il.

L'adolescent leva les paumes vers le ciel, et ses mains semblèrent entrer en contact avec l'Éther. L'électricité envahit l'air et Perry sentit une nouvelle décharge lui courir sur la peau.

Qui était ce garçon ?

Une vive brûlure traversa les phalanges de sa main qui tenait l'arc. La pointe de la flèche se teinta de reflets orangés. L'instinct de Perry reprit le dessus. Il ajusta rapidement sa visée et tira.

Une explosion de lumière l'aveugla, si bien qu'il ne vit pas ce qu'il avait frappé. Il ne se sentit pas tomber, ni se recroqueviller en agrippant son bras. Il perdit la notion du temps. Il savait juste qu'un événement horrible venait de se produire. L'odeur de sa chair grillée le ramena dans un monde de douleur. De terribles gémissements d'animal résonnaient dans sa tête. Ils s'échappaient de sa propre bouche.

– N'avancez pas ! hurla Cinder.

À travers ses paupières mi-closes, Perry aperçut Roar et Aria un peu plus haut, immobiles et médusés. Des odeurs assaillirent le nez de Perry. Des odeurs de poils, de laine et de peau roussis.

Cinder tomba à genoux à ses côtés.

– Qu'est-ce qui s'est passé ? demanda le garçon. Qu'est-ce que tu m'as obligé à faire ?

La lumière bleue quittait ses yeux. Ses veines saillantes se fondaient à nouveau dans sa chair.

Perry était incapable de répondre. Il se demandait s'il avait encore sa main, mais ne pouvait se résoudre à le vérifier.

Cinder tremblait de tous ses membres.

– Qu'est-ce que j'ai fait ? T'as tiré... Tu allais me tuer.

Perry réussit à secouer la tête.

– Je voulais juste t'obliger à partir.

Cinder semblait terrorisé. Il se redressa en vacillant.

– Je n'ai nulle part où aller, dit-il dans un sanglot.

Plié en deux, comme sous l'effet d'un coup de poing dans le ventre, il s'éloigna en titubant vers les bois.

Roar et Aria se précipitèrent sur Perry. Roar examina la main de son ami et blêmit.

Perry croisa son regard.

– Va le chercher. Ramène-le. Il faut l'aider.

– L'aider ? Je vais plutôt lui trancher la gorge !

– Ramène-le ici, Roar !

Lorsque son compagnon eut disparu, Perry s'allongea et

fixa le ciel à travers les arbres. L'Éther tourbillonnait au-dessus. Il ferma les yeux et se concentra sur sa respiration.

– Perry, je peux voir ta blessure ? murmura Aria.

Elle s'agenouilla près de lui et lui prit la main.

– Laisse-moi regarder, dit-elle d'une voix douce.

Il se redressa avec un gémissement rauque. Puis il contempla sa main gauche pour la première fois. Elle avait doublé de volume. La peau de ses phalanges était calcinée. De grosses cloques rouges recouvraient sa paume et remontaient jusqu'à son poignet. Il réprima un haut-le-cœur. Des étoiles se mirent à danser devant ses yeux. Il ravala l'afflux d'acide qui envahissait sa bouche. Il allait vomir ou s'évanouir. Ou les deux.

– Rallonge-toi et respire. Je reviens tout de suite.

À son retour, Aria lui tendit la bouteille de Luisant. Perry but au goulot et ne s'arrêta que lorsqu'il l'eut vidée complètement. Aria avait posé sa main brûlée sur ses genoux et remonté sa manche. Elle tenait une longue bande de gaze. Celle qui lui avait servi de ceinture, réalisa-t-il. Elle versa de l'eau dessus.

– Je vais devoir te bander la main, lui dit-elle. Pour éviter l'infection.

Perry avait des sueurs froides. Il croisa son regard une seconde à peine, de crainte qu'elle ne remarque sa frayeur. Il acquiesça et baissa de nouveau la tête.

La première fois qu'elle lui toucha les phalanges, il eut l'impression qu'une plume l'effleurait, mais des frissons glacés parcoururent ensuite ses épaules. Les mains d'Aria s'immobilisèrent.

– Continue, dit-il avant de pouvoir changer d'avis et de retirer son bras.

Il garda la tête baissée. Observa les taches sombres qui se formaient lorsque ses larmes tombaient sur son pantalon de cuir. Il faillit lui demander de chanter. Il se rappelait sa voix, la façon dont elle l'avait transporté. Mais il ne put se résoudre à prononcer ces mots. Le Luisant fit enfin son effet, atténuant la douleur. Perry essuya ses joues humides du revers de sa main valide et redressa un peu son buste, vacillant toujours.

Aria entoura son poignet de la longue bande de gaze, qu'elle fit ensuite soigneusement passer entre ses doigts. Elle était calme, à présent. Concentrée. Il l'observait tout en sombrant dans les brumes anesthésiantes du Luisant.

Elle le touchait. Il se demanda si elle en avait conscience, elle aussi.

– Tu as déjà vu quelqu'un comme lui avant ? demanda-t-elle. Cinder. Un garçon qui a l'Éther dans le sang.

– Non. Jamais… répondit-il d'une voix pâteuse.

Il se demandait même comment c'était possible, mais il ne pouvait nier ce qu'il avait vu. Et la douleur qui l'étreignait en était la preuve. Combien de fois avait-il lui-même levé la tête en se sentant relié au ciel ? Comme s'il ne s'agissait pas seulement d'une force lointaine ? Comme si sa propre humeur allait et venait au rythme de l'Éther ? Il aurait dû se fier à son Sens. Cinder déclenchait la même sensation de picotement dans ses narines que l'Éther. Et il s'était douté que le garçon cachait quelque chose.

– J'essayais d'aider… plus j'essayais d'avancer, plus je reculais, bredouilla-t-il.

Les paroles lui échappèrent, maladroites mais sincères.

Aria leva les yeux.

– Qu'est-ce que tu as dit ?

Le visage d'Aria semblait se brouiller et sortir de son champ de vision. Mais finalement il réussit à la voir distinctement.

– Rien. Rien. Des bêtises.

Roar revint en portant Cinder sur les épaules, telle une prise de chasse : les jambes d'un côté, les bras de l'autre.

– Il est mort ?

La question sortit d'un trait.

– Malheureusement non, répondit Roar, essoufflé.

Aussitôt à terre, Cinder se roula en boule et plaqua son visage contre le sol. Il tremblait plus que jamais. Son cuir chevelu était pelé par endroit. Ces plaques de peau nue n'étaient pas là avant. Ses vêtements étaient brûlés et tombaient en lambeaux.

– On va être obligés de l'abandonner, Perry, dit Roar. Il est trop faible.

– Pas question.

– Regarde-le, Peregrine. C'est à peine s'il peut redresser la tête.

– Les Freux vont passer par ici.

Perry serra les dents, pris d'un soudain vertige. Économise tes paroles, se dit-il. « Économise tes mouvements. Contente-toi de respirer. »

Aria déposa une couverture sur le corps de Cinder.

– C'est l'Éther ? demanda-t-elle.

Perry leva les yeux. L'Éther se fondait dans le ciel en volutes discrètes, comme un peu plus tôt dans la journée. Perry souffrait tellement qu'il ne l'avait pas remarqué. Les picotements dans son nez s'étaient calmés. Ils avaient presque disparu, en fait. Cinder devait être lié aux flux et reflux de l'Éther.

– Allez-vous-en, articula l'adolescent d'une voix rauque.

– Écoute-le, Perry, reprit Roar. On a encore beaucoup de chemin à faire avant d'arriver chez Marron, et une bonne vingtaine de Freux à nos trousses. Tu veux vraiment risquer nos vies pour ce monstre ?

Perry n'avait pas la force de protester. Il se redressa péniblement.

– Je vais le porter.

– *Toi* ? rétorqua Roar avec un rire amer. Il secoua la tête. Ce n'est pas Talon, Perry !

Perry eut envie de lui flanquer un coup de poing et essaya de se jeter sur Roar. Ses jambes se dérobèrent sous lui. Aria se releva d'un bond pour l'aider, mais il recouvra l'équilibre seul.

Il lut de l'inquiétude dans son regard.

– Perry a raison, Roar, dit-elle. On ne peut pas laisser Cinder comme ça. Et on perd du temps à parlementer.

Roar regarda Aria et Perry à tour de rôle.

– Je n'arrive pas à croire ce que je suis en train de faire.

Il s'approcha de Cinder et le hissa sans ménagement sur ses épaules, puis lâcha une bordée de jurons et commença à gravir la montagne.

Ils cheminaient côte à côte à présent. Aria marchait à droite de Perry. Roar marchait à gauche, le poids de Cinder alourdissant sa démarche et raccourcissant son souffle. Perry gardait son bras plaqué contre sa poitrine, mais ça ne le soulageait pas vraiment. Il sentait son pouls battre dans sa main à chaque pas. La soif le tenaillait. Il vida leurs gourdes en peau au cours de la première heure, mais n'y trouva aucun réconfort.

Lorsque les effets du Luisant s'estompèrent, il dut lutter contre des vapeurs de douleur qui menaçaient de le faire trébucher. Malgré cela, il remarqua que les effluves des pins s'étaient dissipés. Toutes les odeurs lui parvenaient distinctement. Son nez s'adaptait enfin.

La brise charriait jusqu'à lui les relents fétides des Freux. Il dénombra plus d'une vingtaine d'odeurs différentes. Et plus fortes, plus proches, il flairait les humeurs d'Aria et de Roar.

Chez eux, il ne sentait que de la peur.

21
ARIA

Aria scrutait le bois en quête de masques de corbeau et de capes noires. Ils avançaient trop lentement et s'arrêtaient trop souvent pour permettre à Roar de recouvrer son souffle. Lorsqu'ils se reposaient, elle voyait le soulagement s'inscrire sur le visage terreux de Perry. Bizarrement, en dépit de l'état de ses pieds, elle était devenue la plus rapide du groupe.

Son regard se posa sur la main bandée de Perry. La gaze, dont la blancheur éclatait dans la lumière déclinante, était mouchetée de sang. Elle n'avait jamais vu une blessure pareille et n'osait pas imaginer la souffrance de Perry. Elle n'en revenait pas de ce qui s'était passé.

Qui était Cinder ? Comment un humain pouvait-il détenir ce genre de pouvoir ? Aria savait que certains poissons étaient capables de produire de la bioélectricité. Les raies et les anguilles, par exemple. Mais un garçon ? Il n'y avait que dans les Domaines que ce genre de choses était possible. Ne venait-elle pas cependant d'apprendre l'existence d'Olfiles, d'Audiles et de Vigiles ? La faculté de Cinder était peut-être due à une mutation, elle aussi. Ce serait alors une énorme évolution génétique. Et pourquoi pas ?

Elle s'oublia dans le rythme monotone de la marche jusqu'à ce que Roar s'arrête brusquement pour déposer Cinder à terre, sans faire d'effort pour le ménager.

– Je ne peux plus le porter.

La nuit venait de tomber, mais la pleine lune brillait fièrement dans le ciel. L'Éther avait faibli, ne laissant plus apparaître que de pâles traînées lumineuses. Leur petit groupe avait atteint une sorte de plateau. Devant eux, la montagne grimpait encore, densément boisée.

Cinder gisait sur le sol, recroquevillé sur lui-même, les yeux clos. Il ne frissonnait plus. Perry s'approcha d'Aria.

– On y est presque, dit-il en désignant la pente couverte d'arbres. C'est là-haut.

– Mes jambes, dit Roar en secouant la tête.

– Je vais le porter, lui répondit Perry.

Cinder entrouvrit les paupières et ses yeux cherchèrent Perry.

– Non…

Sa voix était faible, un gémissement. Il roula sur le côté, leur tournant le dos.

Perry le contempla un moment. Puis il lui saisit le poignet et fit passer le bras du garçon par-dessus son épaule. De son bras blessé, il ceignit la taille de Cinder et l'aida à se relever. Ils se mirent à marcher ensemble, Perry se penchant pour se mettre à la hauteur de l'adolescent.

Alors qu'ils passaient devant Aria, Cinder la regarda, les yeux étincelants de larmes. Et de honte. Il avait brûlé la main qui l'aidait à présent à tenir debout.

Aria pivota soudain.

– C'est quoi, ça ?

Un nouveau bruit résonnait dans la nuit. Une sorte de bourdonnement lointain.

– Les clochettes, indiqua Roar en balayant les bois d'un regard furieux.

Aria se souvint des paroles de Harris.

– Pour repousser les esprits des ténèbres, dit-elle.

– Et pour me rendre fou, ajouta Roar.

Il sortit un objet de sa sacoche : un bonnet noir qu'il vissa sur sa tête, et dont les lourds rabats retombèrent sur ses oreilles.

– Elles me désorientent.

Perry se tourna. Il leva légèrement la tête, et scruta lui aussi les alentours tout en humant l'air. C'était lui. Lui, l'Olfile. Le Vigile. Il croisa le regard de Roar, et les deux amis échangèrent un message silencieux.

– Il faut courir, dit Roar.

La terreur s'empara Aria. Elle regarda Cinder, suspendu mollement au flanc de Perry.

– Comment veux-tu qu'on courre avec lui ?

Il s'était élancé avant même qu'elle ait fini de lui poser la question. Elle plongea ses mains dans ses poches et les retourna, laissant les cailloux qu'elle avait ramassés s'éparpiller sur le sol.

Ils couraient depuis quelques minutes quand elle sentit des crampes dans ses muscles. La nausée s'empara d'elle, ce qui lui parut bizarre, car elle n'avait rien avalé de la journée. Elle ne s'arrêta pas pour autant. Elle trébuchait sans arrêt et chaque pas lui faisait l'effet d'un coup de poignard dans la plante des pieds. Devant eux, les arbres se dressaient, menaçants, telles des silhouettes sombres. Ils les dissimuleraient bientôt. Elle courut dans leur direction, mais ils semblaient s'éloigner à mesure qu'elle avançait.

– Les Freux courent aussi, annonça Perry au bout d'un moment.

Il avait le visage blafard. Même dans le noir, elle pouvait le voir.

Quand le jour se leva, gris et brumeux, elle ne s'en aperçut même pas. Elle ne remarqua pas davantage qu'ils étaient arrivés au pied de la pente, là où débutait la forêt. Elle se retrouva soudain sous les pins, comme si elle s'était dédoublée dans un Domaine.

– Avance, Cinder. Cours, dit Perry.

L'adolescent traînait les pieds. Ses jambes le soutenaient à peine.

Aria se mordit la lèvre, scrutant les bois en quête des Freux. Le tintement des clochettes s'amplifiait et la désorientait, comme Roar l'avait mentionné.

– Laisse-moi le prendre, Perry, dit-elle.

Elle le vit ralentir. Ses cheveux blonds s'étaient assombris et luisaient de sueur. Sa chemise trempée lui collait à la peau. Il acquiesça et la laissa le décharger de Cinder. Le garçon avait la peau glacée et les yeux révulsés. Roar se précipita pour aider Aria et, ensemble, ils gravirent la pente, de plus en plus raide, tandis que le tintement des clochettes devenait de plus en plus étourdissant.

Roar s'arrêta soudain.

– C'est tout droit. Tu crois que tu peux te débrouiller sans moi ?

– Oui.

Elle se tourna et son cœur se serra brusquement.

– Où est Perry ?

– Il repousse les Freux.

Il était parti ? Il avait rebroussé chemin ?

Roar sortit son couteau.

– Continue d'avancer. Va chercher de l'aide chez Marron.

Sur ces mots, il dévala la pente, ses vêtements noirs se fondant dans l'obscurité. Aria ceignit un peu plus fermement encore la poitrine décharnée de Cinder et se remit à avancer, les pas alourdis par la terreur. Et si elle ne les revoyait jamais ? Et si elle ne revoyait jamais Perry ? C'était inconcevable.

– Aide-moi, Cinder.

– Je peux pas… articula-t-il dans un souffle.

Elle comprit qu'elle était arrivée quand elle vit un mur de pierre, totalement inattendu, au milieu des conifères. Il mesurait plusieurs fois sa taille.

Aria s'approcha en boitillant, Cinder toujours pressé contre son flanc, et posa la main sur la surface rugueuse. Elle avait besoin de toucher le mur pour s'assurer qu'il était bien réel. Elle le longea, en se tenant si près que son épaule frottait contre la surface... jusqu'à ce qu'elle parvienne devant un lourd portail en bois. Un écran était encastré dans le béton, sur le côté. Elle hoqueta de stupeur en découvrant un dispositif de son propre monde ici, à l'Extérieur.

Elle passa la main sur l'écran poussiéreux.

– J'ai besoin d'aide ! J'ai besoin de voir Marron ! s'écria-t-elle, d'une voix entrecoupée de sanglots.

Aria leva la tête et aperçut une tour au-dessus d'elle.

– Au secours !

Quelqu'un se pencha vers elle : une silhouette sombre qui se détachait sur le ciel matinal. Elle entendit crier au loin. Quelques instants plus tard, l'écran s'anima. Un homme apparut, le visage rond, les cheveux blonds et les yeux bleus. Sa chevelure semblait coiffée avec soin.

Il afficha un sourire incrédule :

– Une Sédentaire ?

Le portail s'ouvrit dans un grondement qui fit trembler le sol sous les pieds d'Aria.

Elle s'engagea sur une vaste pelouse d'un pas chancelant, les épaules endolories par le poids de Cinder, qu'elle maintenait debout tant bien que mal. Des allées pavées reliaient des maisons en pierre et des jardinets. Toujours dans l'enceinte, elle aperçut des enclos avec des moutons et des chèvres. De la fumée s'échappait de plusieurs cheminées. Quelques personnes la dévisagèrent, plus curieuses que surprises. Elle aurait pu se trouver dans un Domaine médiéval, sauf que l'énorme bâtisse au centre de la cour ressemblait davantage à une grosse boîte grise qu'à un château.

Le lierre qui envahissait les murs du bâtiment n'atténuait pas l'aspect massif de la structure en béton. Elle n'avait qu'une entrée : de lourdes portes en métal qui coulissèrent en douceur devant Aria. L'homme au visage rond qu'elle avait vu sur l'écran apparut. Petit et corpulent, il n'en demeurait pas moins élégant. Il se précipita à sa rencontre, suivi de près par un jeune homme. Derrière elle, le portail se refermait déjà.

– Non ! s'écria-t-elle. Deux autres personnes arrivent ! Peregrine et Roar. On m'a dit de m'adresser à Marron.

– Je suis Marron, dit l'homme trapu. Il tourna son regard bleu vers le portail.

– Perry est là, dehors ?

Sur ces entrefaites, on entendit crier « Les Freux ! Les Freux ! » du haut du mur d'enceinte. Marron donna de rapides instructions au jeune homme longiligne qui l'accompagnait ; certains iraient se poster sur le pourtour de la forteresse, tandis que d'autres partiraient à la rencontre de Perry et de Roar.

Deux hommes vinrent s'occuper de Cinder. La tête de l'adolescent dodelina mollement quand ils le soulevèrent.

– Amenez-le dans l'aile médicale, leur indiqua Marron.

Lorsqu'il se tourna de nouveau vers Aria, son expression s'était adoucie. Il joignit les mains sous son menton lisse ; un sourire illuminait son regard.

– Béni soit ce jour ! s'exclama-t-il. Mais regarde-toi, ma pauvre enfant !

Il la prit doucement par l'épaule et l'invita à entrer dans la bâtisse cubique. Aria ne protesta pas. Elle pouvait à peine marcher. Elle s'appuya contre le flanc moelleux de son hôte. Des effluves l'assaillirent. Bois de santal. Agrumes. D'agréables parfums. Elle n'en avait pas senti d'aussi suaves depuis son dernier passage dans les Domaines.

Tout en se laissant guider, elle expliqua pourquoi les Freux les pourchassaient. Ils traversèrent un sas, puis un vaste couloir en béton qui les conduisit dans une grande salle.

– J'ai envoyé mes meilleurs hommes à leur secours, déclara Marron. On peut les attendre ici.

Aria remarqua alors que son hôte portait des vêtements victoriens. Une queue-de-pie noire sur un gilet en velours bleu. Et même une lavallière en soie blanche et des demi-guêtres.

Où se trouvait-elle ? Dans quel genre d'endroit était-elle tombée ? Elle promena un regard alentour. Des écrans vidéo en trois dimensions, comme les gens en possédaient avant l'Unification, occupaient deux pans de mur. On y voyait des images de forêts luxuriantes, tandis que des gazouillis d'oiseaux s'échappaient de haut-parleurs invisibles. Un tissu aux motifs raffinés tapissait les autres murs. Ici et là, des vitrines abritaient une collection d'objets hétéroclites. Une coiffe indienne. Un maillot de sport rouge démodé, avec le numéro 45 imprimé en gros chiffres dans le dos. Un magazine en papier, une bordure jaune encadrant l'illustration de couverture. Des spots éclairaient l'ensemble, comme dans un musée à l'ancienne, si bien que les yeux d'Aria se promenaient d'une tache de couleur à l'autre.

Au centre de la pièce, plusieurs canapés luxueux entouraient une table basse ouvragée aux pieds galbés. Aria eut l'impression de la reconnaître. Elle en avait vu une semblable dans un Domaine baroque. Un meuble d'inspiration Louis XIV. Elle dévisagea Marron. Quel genre d'Étranger était-il ?

– Tu es ici chez moi. J'appelle cette résidence Delphi. Perry et Roar la surnomment la Boîte, ajouta-t-il avec un sourire affectueux. J'ai des millions de questions à te poser, mais cela devra attendre, bien sûr. Assieds-toi, je t'en prie. Tu sembles épuisée, et rester debout ne fera pas venir nos amis plus vite, hélas.

Aria s'approcha d'un canapé, soudain intimidée. Elle était couverte de crasse et la résidence de Marron, cossue, était d'une propreté impeccable… Toutefois, le besoin de reposer ses pieds l'emporta. Elle s'assit et poussa un soupir de soulagement. Le somptueux divan s'enfonça légèrement sous son poids, l'enveloppant de sa douceur. Elle effleura le tissu couleur chocolat. Incroyable. De la soie. Ici, dans le Monde Extérieur !

Marron s'assit en face d'elle et fit tourner une bague qui ornait un de ses doigts potelés. Il avait l'allure d'un 4e Génération, mais ses yeux trahissaient une curiosité enfantine.

– Perry est blessé, dit-elle. Sa main est brûlée.

Marron donna immédiatement des instructions. Jusque-là, Aria n'avait même pas remarqué que d'autres personnes se trouvaient dans la pièce.

– Je dispose d'un service médical. On prendra soin de lui dès qu'il arrivera, la rassura Marron. Slate y veillera.

Aria devina que Slate était le grand jeune homme qu'elle avait aperçu en arrivant.

– Merci, dit-elle, en luttant pour garder les paupières ouvertes. Je ne savais pas. Je ne l'aurais jamais abandonné. Mais il a disparu sans que je m'en rende compte…

Les phrases s'échappaient malgré elle de ses lèvres. Marron la considéra d'un air inquiet.

– Ma chère petite… reprit-il. Tu as besoin de repos. Je t'informerai de leur arrivée le moment venu…

Aria secoua la tête, luttant de plus belle contre la torpeur qui l'envahissait.

– Je n'irai nulle part tant qu'ils ne seront pas là.

Elle croisa les mains sur ses genoux, en songeant qu'elle reproduisait le geste familier de sa mère.

D'une seconde à l'autre, Perry serait là.

D'une seconde à l'autre.

22
PEREGRINE

Les clochettes résonnaient de tous les côtés. Perry était incapable de déterminer la proximité du son. Il scruta les bois.

– Où êtes-vous ?

Ses yeux détectèrent des mouvements. En contrebas, deux Freux marchaient à grandes enjambées dans sa direction, leur cape balayant la terre. Ils ne portaient pas de masque. Lorsqu'ils virent Perry, la peur déforma leurs traits et ils se réfugièrent derrière un arbre.

Perry prit son arc, mais sa main brûlée était inerte. Allait-il seulement parvenir à le bander ? Les Freux sortirent de derrière l'arbre et, voyant qu'il n'y avait pas de danger, s'avancèrent à pas feutrés, couteau à la main.

Perry songea qu'il devait agir à tout prix. Cinder ralentissait Aria et Roar. Ils n'arriveraient jamais chez Marron s'il ne repoussait pas les Freux.

Il s'assit et coinça l'arc entre ses pieds. De sa main valide, il parvint à encocher une flèche. Puis il écarta les jambes, tendit la corde et tira. Le geste était maladroit – il n'avait pas tiré avec les pieds depuis tout petit, quand il utilisait l'arc de son père en cachette –, mais la flèche déchira l'air et incita les Freux à se remettre à l'abri.

– Perry, ton arc !

Roar arriva en courant et arracha le carquois de son ami.

Il saisit l'arc, encocha une flèche et tira. Perry se redressa d'un bond et sortit son couteau. Puis ils se mirent à marcher à reculons : Roar avec l'arc et lui avec le couteau. Tout en tenant les Freux à distance, ils continuaient ainsi d'avancer vers la résidence de Marron. Perry devint les yeux de Roar. Dès qu'un Freux chargeait, il le repérait, et Roar tirait.

Perry sentit soudain du mouvement dans son dos et fit volte-face. Une dizaine d'hommes dévalaient la pente et fonçaient dans leur direction. Il agrippa son couteau, paniqué. Les ennemis étaient trop nombreux et trop proches. Puis il comprit que ce n'étaient pas des Freux.

– Roar ! Les hommes de Marron !

Roar pivota sur lui-même, les yeux écarquillés. Des flèches passèrent au-dessus d'eux, destinées aux Freux. Les deux amis se mirent à grimper en courant, ne s'arrêtant qu'après avoir franchi le portail de Marron.

Des inconnus les entourèrent et les invitèrent à les suivre. Perry s'exécuta, incapable de parler. Il entra en trébuchant dans la Boîte et avança machinalement à travers les couloirs. Il franchit ensuite une porte en acier et se retrouva dans une grande salle vide au sol carrelé. Une multitude d'odeurs répugnantes assaillirent son nez. Alcool. Plastique. Urine. Sang. Maladie. Les effluves dégagés par l'aile médicale lui rappelaient la dernière année de vie de Mila. Il pensa à Talon et ses jambes manquèrent se dérober sous lui.

Il se rassura en songeant qu'il était enfin arrivé à destination. Marron réparerait le SmartEye et lui-même retrouverait Talon.

Un homme en blouse de médecin le questionna au sujet de sa main, mais les mots s'embrouillaient dans son esprit : il ne parvenait pas à se concentrer. Il se tournait vers Roar, espérant qu'il répondrait à sa place, quand des cris fusèrent dans le couloir.

– Cinder, dit Roar.

Mais Perry avait déjà filé, bousculant au passage le petit groupe de personnes agglutinées devant une porte. Il balaya la nouvelle pièce du regard. Des cloisons en toile la divisaient en chambres individuelles, dont chacune abritait un lit de camp. Cinder était debout dans un coin, tout au fond. Une lueur sauvage brillait dans ses yeux noirs. Perry flaira aussitôt son odeur nocive, puis la brûlure glacée de sa peur.

– Ne t'approche pas de moi ! cria le garçon.

– Il était inconscient, expliqua l'un des médecins. J'ai voulu lui poser une perfusion.

Cinder leur lança une bordée d'injures.

– Tout doux, dit Perry. Calme-toi, Cinder.

– On doit lui administrer des tranquillisants, déclara un autre médecin.

– Reculez ou je vous brûle tous ! hurla Cinder.

Perry sentit revenir les picotements dans son nez. Les lumières clignotèrent, puis s'éteignirent. Il battit vivement des paupières, espérant que sa vision s'adapterait. En vain. Il ne voyait pas dans le noir complet.

– Sortez ! dit alors Perry.

Il ne pouvait laisser Cinder les brûler eux aussi.

– Roar, fais-les sortir !

Une fois la salle évacuée, Perry ferma la porte et s'y adossa le temps de reprendre son souffle. Il ne voyait rien. Pendant de longues secondes, il n'entendit que des voix étouffées dans le hall. Puis Cinder reprit la parole.

– Qui est là ?

– C'est moi, Perry.

Il hésita. Avait-il déjà dit son nom à Cinder ?

Un rai de lumière filtra sous la porte. On avait allumé des bougies dans le couloir. Elles produisaient assez de clarté pour que Perry distingue les contours de la pièce.

– Tu aimes bien avoir mal ? reprit Cinder. Tu veux que je te brûle l'autre main ?

Perry n'avait plus assez d'énergie pour se battre. « Cinder non plus sans doute », songea-t-il. Le gosse était toujours dans son coin et il tenait à peine debout. Perry alla s'asseoir sur le lit de camp le plus proche de lui. Le sommier grinça.

– Qu'est-ce que tu fais ? s'enquit Cinder.

– Je m'assois.

– Tu devrais partir, Olfile.

Perry ne répondit pas. Il n'était pas certain de pouvoir bouger. Ses dernières forces l'avaient abandonné, ses muscles étaient parcourus de spasmes, tandis que la sueur qui trempait sa chemise refroidissait.

– Je suis où ? demanda Cinder.

– Chez un ami. Il s'appelle Marron.

– Pourquoi tu es là, Olfile ? Tu crois que tu peux m'aider, c'est ça ?

Le gamin attendit la réponse. Comme elle ne venait pas, il se laissa glisser au sol.

Dans la faible lumière ambiante, Perry vit que Cinder s'était pris la tête entre les mains. Son humeur devenait froide et ténébreuse, jusqu'à former une masse si noire et si glacée que le cœur de Perry se mit à palpiter. Il percevait quelque chose de familier dans cette humeur.

– Tu aurais dû m'abandonner. Tu n'as pas compris qui j'étais ?

La voix du garçon se brisa, puis Perry entendit des sanglots.

La gorge nouée, il resta immobile, tandis que l'odeur de sel se mêlait aux autres effluves de la pièce. « Ce gosse porte une déchirure en lui, se dit-il. Une blessure tellement profonde qu'elle a touché son âme. » Perry connaissait ce sentiment. La guérison prendrait du temps.

– Tu peux… tu peux remuer les doigts ? murmura Cinder.

Perry regarda sa main.

– Pas beaucoup. Mais ça sera plus facile quand la main aura désenflé, je pense.

– J'aurais pu te tuer, gémit Cinder.

– Tu ne l'as pas fait.

– Mais j'aurais pu ! C'est en moi et par moments ça m'échappe. Des gens sont blessés et ils meurent… à cause de moi. Je ne veux pas être comme ça.

Cinder enfouit son visage dans ses mains et éclata en sanglots.

– Va-t'en. Je t'en supplie.

Perry ne voulait pas le quitter, mais il était certain d'une chose : Cinder était submergé par la honte. S'il restait là, Cinder n'oserait plus jamais le regarder dans les yeux. Or, Perry avait besoin de reparler à ce garçon. Il se leva et s'éloigna du lit de camp, épuisé.

23

ARIA

– Aria ?

Elle s'extirpa du plus profond des sommeils. Papillonna des paupières jusqu'à ce que sa vision s'éclaircisse.

Perry était assis au bord de son lit.

– Je suis là. Marron… m'a dit de te prévenir.

Aria savait déjà que ses compagnons étaient arrivés sains et saufs. Elle était en compagnie de Marron quand Slate leur avait annoncé la nouvelle. Mais lorsqu'elle le vit là, devant elle, elle sentit de nouveau le soulagement la transporter.

– Tu as mis du temps. J'ai cru que les Freux t'avaient tué.

Une lueur amusée passa dans les yeux de Perry.

– C'est pour ça que tu dormais si bien !

Aria sourit. Quand Slate l'avait conduite à la chambre, elle avait prévu de se laver les mains et de s'allonger, le temps qu'on soigne la main de Perry. Mais elle avait perdu tout espoir de rester éveillée en découvrant le lit.

– Tu vas bien ? demanda-t-elle.

De la boue avait séché sur le côté de sa mâchoire. Ses lèvres étaient gercées. Mais il n'avait pas de nouvelles blessures ; du moins, pas apparentes.

– Ta main ? ajouta-t-elle.

Perry leva le bras. Un plâtre blanc le recouvrait depuis les doigts jusqu'au coude.

– C'est doux et frais à l'intérieur, dit-il. Ils m'ont donné des antidouleurs aussi, ajouta-t-il en souriant. Ça fait plus d'effet que le Luisant.

– Et Cinder ?

Perry baissa les yeux, son sourire s'évanouit.

– Il est dans l'aile médicale.

– Ils pensent pouvoir l'aider ?

– Je n'en sais rien. Je n'ai rien dit à son sujet, et Cinder ne laisse personne l'approcher. J'irai le revoir plus tard.

Il soupira et se frotta les paupières d'un geste las.

– Je ne pouvais pas le laisser là-bas, dans la forêt.

– Je sais.

Elle-même n'aurait pas pu l'abandonner. Pourtant, elle ne pouvait nier le danger que Cinder représentait pour les autres. C'était un jeune garçon, certes, mais elle avait vu de quoi il était capable.

– J'ai donné le SmartEye à Marron, déclara Perry. Il s'emploie à le réparer. Il nous tiendra au courant quand il en saura plus. Aria lui décocha un sourire éclatant.

– On y est finalement arrivés, cher allié.

– Eh oui, approuva-t-il en souriant à son tour.

Aria se sentit fondre. C'était son sourire de lion, celui qu'elle n'avait pas eu l'occasion de voir souvent. Doux et engageant, avec une touche de timidité. Il dévoilait une facette inconnue de la personnalité de Perry. Le cœur battant, elle baissa les yeux et réalisa qu'ils étaient tous deux sur le même lit. Seuls.

Perry se crispa, comme s'il venait de s'en apercevoir lui aussi ; puis il lança des regards furtifs vers la porte. Aria n'avait pas envie qu'il parte. Il lui parlait enfin sans la moindre trace de colère. Et sans l'aide du Luisant ou des bavardages de Roar. Elle posa la première question qui lui traversa l'esprit :

– Où est passé Roar ?

Perry écarquilla légèrement les yeux.

– Il est en bas. Je peux aller le chercher…
– Non. Je me demandais juste s'il était arrivé sain et sauf.
Trop tard. Il avait déjà atteint la porte.
– Sans une égratignure.
Il sembla hésiter un instant, puis finit par ajouter :
– Je te laisse, je vais m'effondrer quelque part.

Il la quitta sur ces mots. Aria fixa la porte close. Qu'avait-il hésité à lui dire ? Y avait-il autre chose ?

Elle s'enfouit à nouveau dans la tiédeur de la couette. Elle portait encore ses vêtements sales, mais sentait la légère pression de bandages sur ses pieds. Elle se rappelait vaguement que Slate l'avait questionnée en la voyant boiter. Il l'avait fait soigner.

Une lampe de chevet éclairait les murs crème. Aria se trouvait dans une vraie pièce, entre quatre murs bien solides. C'était si tranquille. Elle n'entendait ni le bruissement du vent, ni les clochettes des Freux, ni le bruit de leurs pas précipités dans la forêt. Elle leva les yeux et contempla le plafond. Elle ne s'était pas sentie autant en sécurité depuis la dernière fois qu'elle avait vu Lumina.

Le lit était bas, raffiné, et recouvert d'une lourde étoffe damassée. Un Matisse décorait un mur : une simple esquisse d'arbre au trait plein d'ardeur. Aria plissa les yeux. Était-ce un vrai Matisse ? Un tapis persan étalait ses couleurs automnales sur le sol. Comment Marron avait-il obtenu toutes ces belles choses ?

Le sommeil reprit bientôt ses droits. Juste avant de s'endormir, Aria espéra qu'elle ferait un autre rêve avec Lumina. Un songe plus agréable que le précédent. Dans celui-ci, elle chanterait l'aria favori de sa mère. Puis Lumina pourrait monter sur scène et la serrer fort dans ses bras.

Elles seraient à nouveau réunies.

Lorsqu'elle se réveilla, Aria défit ses pansements et gagna la salle de bains attenante, où elle se nettoya pendant une heure entière. Elle pleura presque en savourant l'eau tiède de la douche qui tombait en cascade sur ses muscles endoloris. Ses pieds étaient dans un état lamentable. Meurtris. Couverts d'ampoules et de croûtes. Elle les lava et les enveloppa dans des serviettes.

De retour dans la chambre, Aria découvrit avec surprise qu'on avait fait son lit. De même qu'on y avait posé une pile de vêtements pliés avec soin et accompagnés d'une paire de douillettes mules en soie. Une rose rouge trônait sur le haut de la pile. Aria la prit délicatement et en respira la fragrance. Merveilleuse. Plus douce que le parfum des roses dans les Domaines. Mais celles des Domaines ne faisaient pas battre son cœur. Perry s'était-il souvenu des questions qu'elle lui avait posées sur leur parfum ? Était-ce sa manière de lui répondre ?

Les vêtements étaient d'un blanc immaculé, le genre de blanc qu'elle n'avait pas eu le loisir d'admirer depuis son départ de Rêverie, et ils étaient bien plus ajustés que la tenue de camouflage qu'elle portait depuis une semaine. Elle les enfila, notant au passage que son corps avait changé. Ses jambes et ses mollets notamment. Elle s'était musclée, en dépit du manque de nourriture.

Quelqu'un frappa à la porte.

– Entrez.

Une jeune femme apparut, vêtue d'une blouse blanche de médecin. Elle était d'une beauté saisissante, brune et longiligne, avec des pommettes saillantes et des yeux en amande. Sa chevelure était tressée depuis le front et s'achevait en une longue natte, qui se balança devant elle lorsqu'elle s'agenouilla près du lit. Elle posa un coffret métallique par terre dont elle fit sauter les solides attaches.

– Je m'appelle Rose, dit-elle. Je suis l'un des médecins de la résidence. Il faudrait que j'examine une nouvelle fois tes pieds.

« Une nouvelle fois. » Rose l'avait donc déjà soignée pendant qu'elle dormait. Aria s'assit sur le lit et Rose déroula les serviettes. Les accessoires contenus dans la boîte en fer étaient modernes, semblables à ceux qu'on utilise à Rêverie.

– Nous fournissons des soins médicaux, reprit Rose en suivant le regard d'Aria. C'est grâce à cela, notamment, que Marron peut faire vivre Delphi. Les gens voyagent pendant des semaines pour venir se faire soigner ici. Tes pieds ont déjà l'air en meilleur état. Les plaies cicatrisent bien. Le gel va piquer un peu.

– Quel est cet endroit au juste ? interrogea Aria.

– Avant l'Unification, c'était une mine, puis un abri antiatomique. À présent, c'est l'un des rares lieux où l'on peut vivre en sécurité.

Rose leva brièvement les yeux au ciel.

– Enfin… On évite *la plupart du temps* d'avoir des ennuis avec l'extérieur.

Aria ne sut pas quoi répondre. Ils étaient arrivés blessés, avec des cannibales à leurs trousses. Force était d'admettre qu'ils n'avaient pas fait une entrée discrète.

Rose lui appliqua un gel sur la plante des pieds. Aria sentit aussitôt comme un picotement et une vague de fraîcheur. Puis la douleur qui la hantait depuis une semaine s'apaisa. Rose lui posa ensuite sur le poignet un appareil qui ressemblait à un lecteur de fonctions vitales et lui demanda :

– Tu es restée combien de temps à l'extérieur ?

– Huit… non dix jours, répondit Aria, se souvenant de la période où la fièvre l'avait rendue inconsciente.

Rose eut l'air surprise.

– Tu es déshydratée et sous-alimentée. C'est la première fois que je soigne une Sédentaire, mais à part ça, tu me parais en bonne santé.

Aria haussa les épaules.

– Je n'ai pas l'impression que je vais…

Mourir.

Elle ne put achever sa phrase. Elle était la première à s'étonner de sa condition physique. Elle se rappelait le moment où elle avait posé la tête sur la sacoche de Perry, au début de leur odyssée. Elle était si fatiguée, alors, et tout son corps la faisait souffrir. Aujourd'hui, elle éprouvait encore une légère fatigue ; ses muscles et ses pieds avaient certes besoin de soins, mais elle avait désormais la certitude qu'ils allaient guérir. Par ailleurs, elle n'avait plus de crampes, de maux de tête, ni cette vague impression d'être malade.

Combien de temps tiendrait-elle encore le coup ? Combien de temps faudrait-il pour réparer le SmartEye et retrouver Lumina ?

Rose rangea le lecteur dans la boîte métallique.

– Vous avez soigné Peregrine ? s'enquit Aria. Vous savez, le jeune homme qui est venu avec moi…

Elle n'arrivait pas à oublier l'image de ses cloques.

– Oui, mais tu guériras plus vite que lui, dit Rose.

Elle garda la main sur le couvercle, prête à le rabattre.

– Il est déjà venu ici.

Le médecin lui en disait trop ou pas assez.

– Ah bon ? dit-elle, pour l'encourager à continuer.

– Il y a un an. On a été proches, précisa Rose, sur un ton qui ne laissait pas de place au malentendu. Du moins je le croyais. Les Olfiles savent bien s'y prendre. Ils savent exactement ce qu'ils doivent dire pour que leurs paroles te touchent. Ils te donnent ce que tu veux, mais ils n'iront pas jusqu'à se donner à toi.

Elle releva sa manche, révélant des biceps exempts de tatouages.

– Sauf si tu es l'une des leurs.

– J'apprécie votre… franchise, déclara Aria.

Elle ne put s'empêcher de l'imaginer avec Perry. Rose était une femme sublime, de quelques années plus âgée qu'elle et Perry. Aria se sentit rougir mais posa malgré tout la question qui lui brûlait les lèvres :

– Vous l'aimez encore ?

Rose éclata de rire.

– Il vaut mieux que je ne te réponde pas. Je suis mariée, à présent, et j'ai un enfant.

Aria fixa le ventre plat de Rose. Était-elle toujours aussi directe ?

– Pourquoi me racontez-vous tout ça ?

– Marron m'a demandé de t'aider. C'est ce que je fais. Avec Perry, je savais sur quel terrain je m'engageais. Je savais aussi que ça ne marcherait jamais. Je pense qu'il vaut mieux que tu le saches aussi.

– Merci pour la mise en garde, mais je ne vais pas tarder à m'en aller. De toute façon, Perry n'est qu'un ami. Et même ça, c'est discutable.

– Il voulait que je m'occupe de toi d'abord, jusqu'à ce qu'il apprenne que tu dormais. Il m'a dit que tu avais marché pendant une semaine avec ces pieds meurtris sans te plaindre une seule fois. Je ne crois pas qu'il y ait de doute là-dessus.

Rose referma la boîte dans un claquement sec, l'ombre d'un sourire sur les lèvres.

– Sois prudente, Aria. Et tâche de marcher le moins possible.

24

ARIA

Les paroles de Rose résonnaient encore dans la tête d'Aria quand elle sortit dans le couloir. Les murs turquoise étaient tendus de riches tapisseries représentant des scènes de bataille. D'un côté du palier, une niche éclairée par un spot abritait une statue grandeur nature : un homme et une femme enlacés, en proie à une lutte féroce ou… une étreinte passionnée. Difficile à dire. De l'autre côté, un escalier muni d'une rampe dorée menait au rez-de-chaussée. Aria sourit. Tout à Delphi provenait d'époques et de lieux divers. La résidence de Marron évoquait une dizaine de Domaines à la fois.

La voix de Perry lui parvint d'en bas. Aria ferma les yeux et écouta son timbre grave, sa diction traînante. Il parlait de sa région, la Vallée des Littorans. De ses inquiétudes concernant les tempêtes d'Éther et les attaques éventuelles d'autres tribus. Pour quelqu'un qui ouvrait rarement la bouche, c'était un orateur captivant. Concis, mais sûr de lui. Au bout de quelques minutes, elle secoua la tête, se jugeant soudain indiscrète.

Elle descendit les marches et se retrouva dans la salle aux canapés. Roar occupait l'un d'eux, Perry était avachi sur un autre. Marron, assis aux côtés de Roar, avait croisé ses jambes potelées. Aria ne vit pas Cinder, et n'en fut guère surprise. Perry s'interrompit et se redressa en la voyant.

Comme elle, il portait de nouveaux vêtements. Une chemise

couleur sable. Un pantalon en cuir plus proche du noir que du marron et qui, cette fois, n'était pas rapiécé. Ses cheveux, tirés en arrière, brillaient sous les lumières. Il pianotait sur son plâtre avec les doigts de sa main valide et évitait ostensiblement le regard d'Aria.

Marron vint à sa rencontre et lui prit la main d'un geste si affectueux qu'elle ne put se résoudre à la lui refuser. Il arborait une veste de smoking d'un extraordinaire velours bordeaux, galonnée et ceinturée de satin. Un sourire illuminait ses joues rebondies.

– Ah ! se réjouit-il. On t'a apporté tes vêtements. Ils te vont à ravir. J'ai d'autres tenues pour toi, ma chérie, mais celle-ci fera l'affaire pour l'instant. Comment te sens-tu ?

– Bien. Merci pour tout. Et pour la rose, ajouta-t-elle, réalisant qu'elle provenait de son hôte, comme les vêtements.

Marron lui pressa gentiment la main.

– Un cadeau bien modeste pour une si grande beauté.

Aria eut un petit rire nerveux. Dans Rêverie, rien ne la distinguait du lot, hormis sa voix. Le compliment lui parut donc étrange, mais néanmoins agréable.

– Si nous passions à table ? suggéra Marron. Nous avons matière à discuter, alors autant remplir nos estomacs. Je suis sûr que vous mourez tous de faim.

Aria, Roar et Perry le suivirent dans une salle à manger tout aussi fastueuse que les autres pièces de Delphi. Les murs étaient tapissés d'une étoffe rouge et or, et décorés du sol au plafond de portraits à l'huile. La lumière des bougies faisait scintiller la vaisselle de cristal et d'argent. Cette opulence causa à Aria un pincement au cœur. Elle lui rappelait l'Opéra.

– J'ai passé ma vie à glaner les trésors présents dans cette pièce, lui confia Marron. Mais les repas sont sacrés, tu ne crois pas ?

Roar recula une chaise pour qu'elle s'y installe, tandis que Perry allait se placer à l'autre bout de la grande table rectangulaire. Ils venaient à peine de s'asseoir que des gens leur servirent de l'eau et du vin. Tous étaient habillés avec soin. Aria commençait à comprendre : Marron faisait travailler des gens et, en échange, il leur offrait la sécurité. Mais les domestiques ne semblaient pas s'en offusquer. Toutes les personnes qu'elle avait croisées à Delphi jusque-là paraissaient en bonne santé et satisfaites de leur sort. Et dévouées, de surcroît, comme Rose.

Marron leva son verre, déployant ses doigts bagués comme les plumes d'un paon. Le regard d'Aria fut attiré par un éclat bleuté. Leur hôte portait la bague sertie d'une pierre bleue que Perry avait glissée dans sa sacoche. Aria sourit intérieurement et se promit de ne plus se livrer à des suppositions hâtives, concernant les roses et les bagues.

– Au retour de vieux compagnons, et à l'arrivée d'une nouvelle amie, inattendue, mais tout à fait la bienvenue !

On apporta du potage, dont le fumet aiguisa l'appétit d'Aria. Alors que les autres commençaient à manger, elle reposa sa cuillère. Après avoir connu et fui la cruauté du Monde Extérieur, se retrouver devant pareil festin lui donnait le vertige. Elle, qui avait passé l'essentiel de sa vie à se dédoubler dans les Domaines, aurait dû s'y adapter plus facilement. Pourtant, elle savourait cet instant, en dépit de son étrangeté, et appréciait tout ce qui s'offrait à sa vue.

Ils étaient sains et saufs. Au chaud. Et ils avaient de quoi manger.

Elle reprit sa cuillère, ravie d'en sentir le poids dans sa main. La première bouchée lui fit l'effet de minuscules feux d'artifice sur le palais. Voilà longtemps qu'elle n'avait pas goûté quelque chose d'aussi savoureux. Cet onctueux mélange à base de champignons était succulent.

Aria regarda Perry, assis au bout de la table, face à Marron. Un homme des bois comme lui aurait dû dénoter dans un tel décor. Mais il paraissait à l'aise. Il était rasé de frais, et les contours de sa mâchoire et de son nez semblaient plus marqués ;

ses yeux verts étaient plus étincelants sous la lumière des bougies et du lustre au plafond.

Il fit signe à un domestique.

– Où trouvez-vous des morilles, à cette époque de l'année ?

– Nous les cultivons, répondit le jeune homme.

– Elles sont délicieuses.

Aria contempla son assiette. Perry savait que la soupe contenait des morilles. Alors qu'elle avait simplement reconnu un parfum de champignons, il les avait identifiés précisément. L'odorat et le goût formaient un couple indissociable, ainsi que Lumina le lui avait dit un jour. C'étaient les derniers sens que les ingénieurs avaient incorporés aux Domaines, après la vue, l'audition et le toucher. L'odorat était le plus difficile à reproduire virtuellement.

Aria observa de nouveau Perry. Ses lèvres se refermaient sur la cuillère. Si son odorat était aussi puissante, accentuait-elle aussi son sens gustatif? Bizarrement, l'idée la fit rougir. Elle but quelques gorgées d'eau en se cachant derrière le verre en cristal.

– Marron a travaillé sur ton SmartEye, annonça soudain Perry.

Elle remarqua qu'il appelait désormais l'appareil par son nom, ne disait plus *engin* ou *coque oculaire*.

– À la minute où Perry me l'a donné, confirma leur hôte. D'après ce que je peux en dire pour l'instant, il est très peu endommagé. Nous essayons de rétablir son circuit électrique. C'est une opération délicate parce qu'on risque de déclencher un signal permettant de le localiser, mais on va y arriver. Je saurai bientôt combien de temps cela nous prendra.

– Il devrait contenir deux fichiers, dit Aria. Un enregistrement et un message de ma mère.

– On fera notre possible pour les récupérer.

Pour la première fois, Aria se sentit pleine d'espoir. Elle allait bientôt pouvoir contacter Lumina. Et Perry retrouverait Talon.

Perry croisa son regard et sourit. Il pensait comme elle.

– Je ne sais pas comment vous remercier, dit-elle à Marron.

– Hélas, je n'ai pas que de bonnes nouvelles, reprit leur hôte. Restaurer le circuit électrique ne posera pas de problème. Relier le SmartEye aux Domaines pour entrer en contact avec ta mère risque de s'avérer beaucoup plus compliqué, précisa-t-il en lui adressant un regard contrit. Dans le passé, j'ai déjà tenté de forcer les protocoles de sécurité pour pénétrer dans les Domaines. Je n'y suis jamais parvenu, mais il est vrai que je n'ai certes jamais essayé avec un SmartEye, ou avec l'aide d'une Sédentaire.

Aria était consciente de ce problème. Hess avait sûrement bloqué son accès aux Domaines, mais elle espérait que le fichier « Petit-Merle » les aiderait à joindre Lumina.

Tandis qu'ils poursuivaient leur repas par un ragoût de bœuf dans une exquise sauce au vin, Marron la questionna sur la Capsule. Aria expliqua que tout y était automatisé, depuis la production alimentaire jusqu'au recyclage de l'air et de l'eau.

– Les gens ne travaillent donc pas ? s'enquit Roar.

– Seule une minorité travaille dans le réel, répondit Aria.

Elle observa Perry à la dérobée. Elle s'attendait à le voir réagir, mais il était plongé dans son assiette. Un repas semblable devait être exceptionnel pour lui.

Elle évoqua ensuite la pseudo-économie en vigueur à Rêverie, qui permettait aux gens d'amasser des richesses virtuelles, même s'il existait un marché noir et des pirates informatiques.

– Ça ne change pas ce qui se passe dans la réalité. Hormis les Consuls, tout le monde a le même type de logement, de vêtements et de régime alimentaire.

Roar se pencha en travers de la table et lui sourit d'un air charmeur, ses cheveux bruns retombant sur ses yeux.

– Quand tu dis que tout se passe dans les Domaines, tu veux dire vraiment *tout* ?

Aria eut un petit rire nerveux.

– Oui. Notamment ça. On ne court aucun risque, dans les Domaines.

Roar sourit de plus belle.

– Alors il suffit d'y penser pour que ça arrive ? Et on ressent tout comme si c'était *réel* ?

– On est vraiment obligés de parler de ça ? demanda Aria, de plus en plus gênée.

– Il me faut un SmartEye, déclara-t-il.

Perry leva les yeux au ciel et rétorqua :

– Ça ne peut pas être identique à la réalité.

Marron s'éclaircit la voix. Ses joues s'étaient légèrement empourprées. Celles d'Aria aussi, elle le sentait. Par ailleurs, elle ignorait si ce dont ils parlaient à mots couverts produisait les mêmes sensations dans la réalité que dans les Domaines, mais elle n'allait pas l'avouer.

– Et les Freux ? demanda-t-elle, pressée de changer de sujet.

Elle promena son regard sur les convives. Personne ne répondit. Finalement, Marron s'essuya soigneusement la bouche avec sa serviette, avant de reprendre la parole.

– Ils sont toujours rassemblés sur le plateau. C'est tout ce qu'on peut en dire pour l'instant. L'assassinat d'un Seigneur de sang est un acte grave, Aria. Ils vont rester là aussi longtemps qu'ils le pourront.

– On a assassiné un Seigneur de sang ? demanda-t-elle.

Aria n'en revenait pas d'avoir utilisé le mot *assassiné*.

– C'est le seul moyen d'expliquer leur nombre, déclara Perry. Et c'est moi qui l'ai tué, Aria. Pas toi.

Peut-être, mais il avait agi ainsi à cause d'elle. Parce qu'elle avait quitté cette grotte infâme pour aller cueillir des baies.

– Ils attendent, alors ?

Perry se raidit, la mâchoire crispée.

– Oui.

– On est en sécurité ici, les rassura Marron. Le mur d'enceinte a une hauteur minimale de quinze mètres, et des archers montent la garde jour et nuit. Ils empêcheront les Freux de s'approcher. En outre, le temps va bientôt changer. Quand viendront le froid et les tempêtes d'Éther, les Freux partiront se mettre à l'abri. Espérons juste qu'ils ne tenteront pas l'impossible avant.

– Ils sont combien ? demanda Aria.

– Une quarantaine, lui répondit Perry.

– Une *quarantaine* ?

Elle n'arrivait pas à y croire. Perry avait quarante cannibales à ses trousses ? Depuis des jours, elle rêvait d'entrer en contact avec sa mère à Euphorie. Elle imaginait que Lumina lui enverrait un Aéroflotteur pour venir la chercher. Grâce à l'enregistrement où l'on voyait Soren, elle serait disculpée et démarrerait une nouvelle vie à Euphorie. Mais Perry ? Pourrait-il un jour quitter la forteresse de Marron ? Et si oui, devrait-il fuir les Freux éternellement ?

Marron contempla son verre de vin en secouant la tête.

– En ces temps difficiles, les Freux se débrouillent plutôt bien.

Roar acquiesça.

– Ils ont anéanti les Corydorans il y a quelques mois. Leur tribu se trouvait à l'ouest d'ici. Ils avaient connu plusieurs années de vaches maigres, comme la plupart d'entre nous. Puis les orages d'Éther ont éclaté et frappé de plein fouet leur village.

– On est passés par là, dit Perry en lançant un regard à Aria. Le village avec la maison au toit brisé…

La gorge serrée, Aria songea à la puissance de la tempête qui avait détruit ce lieu. C'est là-bas que Perry lui avait trouvé des bottes et un manteau. Elle avait porté des vêtements de Corydorans pendant plusieurs jours.

– La tempête semble les avoir anéantis, reprit Perry.

– Ils ont perdu la moitié de leurs habitants en une journée, confirma Roar. Lodan, leur Seigneur de sang, a transmis la nouvelle à Vale, et offert l'allégeance du reste de sa tribu aux Littorans. C'est un déshonneur sans nom pour un Seigneur de sang, Aria.

Il marqua une pause, et tourna ses yeux sombres vers Perry.

– Vale a refusé. Sous prétexte qu'il ne pouvait accepter davantage de bouches à nourrir.

Perry accusa le coup.

– Il ne m'en a rien dit.

– Bien sûr que non, Perry. Tu aurais soutenu sa décision ?

– Non.

– D'après ce qu'on m'a raconté, poursuivit Roar, Lodan comptait ensuite s'adresser aux Cornans.

– À Sable ? intervint Marron.

Roar hocha la tête puis s'adressa à Aria.

– Il existerait, dit-on, un lieu où l'Éther ne sévit pas. Les gens l'appellent le Calme Bleu. Certains prétendent que c'est un endroit imaginaire, un rêve de ciel bleu sans nuages. Mais de temps à autre, d'autres murmurent qu'il existe vraiment.

Il se tourna de nouveau vers Perry.

– Des tas de rumeurs circulent. Quelques-unes disent même que Sable aurait découvert cet endroit. En tout cas, Lodan en était convaincu.

Perry se redressa. Il semblait prêt à bondir de sa chaise.

– Il faut qu'on sache si c'est vrai.

Roar posa la main sur son couteau.

– Si je vais voir Sable, ce ne sera pas pour lui poser des questions sur le Calme Bleu.

– Effectivement, ce sera pour lui amener ma sœur comme tu aurais déjà dû le faire, rétorqua Perry d'un ton glacial.

Aria observa les deux amis à tour de rôle.

– Qu'est-il arrivé aux Corydorans ? questionna Marron, qui découpait tranquillement sa viande, comme s'il ne s'était pas aperçu de la tension soudaine entre les deux hommes.

Roar but une longue gorgée de vin avant de répondre :

– Les Corydorans ont été frappés par une épidémie, alors qu'ils étaient déjà affaiblis. Puis ils ont été envahis par les Freux qui ont adopté les enfants les plus robustes et qui ont… eh bien… fait ce qu'ils font habituellement aux autres.

Aria baissa la tête. La sauce de son plat lui semblait subitement trop rouge.

– C'est terrible, dit Marron en repoussant son assiette. Ça relève du cauchemar.

Il sourit à Aria.

– Tu laisseras bientôt tout ça derrière toi, ma chérie. Perry m'a confié que ta mère était une scientifique. Quel est son domaine de recherche ?

– La génétique. Je n'en sais pas plus. Elle travaille pour le comité qui supervise les Capsules et les Domaines. Le CAC : le Conseil d'Administration Central. C'est de la recherche de haut niveau. Elle n'est pas autorisée à en parler.

Aria était gênée par ce que sa phrase sous-entendait. Comme si sa propre mère ne pouvait pas lui faire confiance.

– Elle se dévoue entièrement à son travail. Il y a quelques mois, elle est partie travailler dans une autre Capsule, se sentit-elle obligée de préciser.

– Ta mère n'est pas à Rêverie ? s'étonna Marron.

– Non. Elle a dû rejoindre Euphorie pour poursuivre ses recherches.

Marron reposa si vite son verre de vin qu'il en renversa un peu sur la nappe en lin crème.

– Qu'est-ce qu'il y a ?

Les bagues de Marron lancèrent de petits éclats de lumière rouges et bleus, tandis qu'il agrippait les accoudoirs de sa chaise.

– Les marchands qui sont passés la semaine dernière m'ont rapporté une rumeur… Ce n'est vraiment qu'une *rumeur*. Tu as entendu ce que Roar a dit au sujet du Calme Bleu, Aria. Les gens parlent à tort et à travers…

Tous les regards se fixèrent sur elle.
– Qu'est-ce qu'elle dit, cette rumeur ?
– Qu'une tempête d'Éther aurait frappé Euphorie. La Capsule serait détruite.

25
PEREGRINE

Perry, debout devant la porte d'Aria, respirait intensément, avec attention. Il y avait des tas de choses agréables chez Marron. La nourriture. Les lits. Mais la multitude de portes et de murs appauvrissait l'air, ne lui donnant qu'à peine accès aux humeurs de ceux qui vivaient là. Il repensa à toutes ces fois où il avait eu envie d'une pause, ne serait-ce qu'une heure sans être obligé de sentir la souffrance d'Aria ou celle de Roar. Et voilà qu'il en était réduit à presque renifler sous la porte d'Aria.

Et pourtant, il ne sentait rien du tout. Il colla son oreille contre la porte, sans plus de succès. Jurant dans sa barbe, il descendit au rez-de-chaussée. Il entra dans une pièce entièrement nue, à l'exception d'une grande peinture évoquant une sorte d'éclaboussure accidentelle, et d'une lourde porte métallique d'ascenseur. Il appuya sur les boutons et marcha de long en large jusqu'à ce que la cabine s'ouvre. À l'intérieur, il n'y avait aucun autre bouton. L'ascenseur menait à un seul endroit, que Marron appelait le Noyau.

Au bout de dix secondes dans la cabine, Perry se mit à transpirer. À mesure qu'il descendait, il revoyait toutes les épreuves qu'il avait dû franchir pour escalader la montagne et arriver à Delphi. La cabine ralentit, puis s'arrêta, mais l'estomac de Perry, lui, continua à descendre encore quelques instants.

Perry se souvint de la sensation qu'il avait éprouvée lors de sa première visite. Difficile à oublier. Enfin la porte s'ouvrit.

Une odeur épaisse et humide qui lui donna l'impression de respirer de la terre assaillit ses narines. Il éternua à plusieurs reprises, en s'engageant à grandes enjambées dans un vaste couloir qui menait à une source de lumière. Des caisses étaient empilées le long des murs et des objets hétéroclites étaient entassés au-dessus. Des vases et des sièges poussiéreux. Un bras de mannequin. Un paravent en papier décoré de cerisiers en fleur. Une harpe sans cordes. Il y avait aussi une boîte en bois remplie de poignées de porte, de gonds et de clés.

Perry avait fouillé ces caisses la dernière fois qu'il était venu. Comme tout ce qui se trouvait chez Marron, le fatras d'objets entreposés dans le Noyau l'avait renseigné sur le monde tel qu'il existait avant l'Unification. Un monde que Vale avait découvert des années avant lui, dans les livres.

Arrivé au bout du couloir, Perry pénétra dans une grande salle et salua d'un hochement de tête Roar et Marron. Des ordinateurs s'alignaient le long d'un mur. La plupart étaient anciens, mais Marron possédait aussi du matériel récent de Sédentaire, aussi raffiné que le SmartEye d'Aria. Comme dans la grande salle du rez-de-chaussée, il y avait un écran mural géant, sur lequel Perry vit le plateau qu'ils avaient traversé avant de gravir la dernière pente menant à la résidence de Marron. Les couleurs étaient bizarres et l'image trouble, mais il reconnut les silhouettes vêtues de cape qui se déplaçaient autour de tentes.

– J'ai fait placer une micro-caméra, déclara Marron qui se trouvait derrière un bureau en bois.

Il contrôlait l'affichage des images sur l'écran mural à l'aide d'une fine palette. Le SmartEye reposait sur une tablette noire qui ressemblait à un morceau de granit.

– Elle ne va pas résister longtemps, à cause de l'Éther, mais pour l'instant elle nous permet de voir ce qu'ils font.

– Ils s'installent, voilà ce qu'ils font, grommela Roar.

Il était assis sur l'unique canapé, les pieds posés sur une table basse.

– Ils sont au moins dix de plus depuis la dernière fois que je les ai comptés. Eh bien voilà, tu as finalement réussi à emmener une tribu avec toi !

– Sauf que ce n'est pas celle dont je rêvais, soupira Perry.

Les Freux s'en iraient-ils un jour ? Comment allait-il sortir d'ici ?

Marron devina ses pensées.

– Il existe de vieux tunnels sous la montagne, dit-il. La plupart sont inaccessibles, mais il se pourrait qu'on en trouve un qui ait résisté. Je les ferai inspecter demain matin.

Perry savait que Marron voulait le rassurer, et il se sentait d'autant plus mal à l'aise de lui causer autant de problèmes. Quant aux tunnels, il n'envisageait même pas de s'y aventurer. Le simple fait d'être dans cette pièce le faisait déjà transpirer. À moins que les Freux ne renoncent et s'en aillent, il ne voyait aucun moyen de quitter Delphi.

– Et le SmartEye, au fait ?

Les doigts de Marron glissèrent sur la palette. L'image sur l'écran céda la place à une série de chiffres.

– D'après mon estimation, je l'aurai décodé et remis en état de marche d'ici 18 heures, 12 minutes et 29 secondes.

Perry hocha la tête. Ils pourraient donc en disposer le lendemain, en début de soirée.

– Perry, même si j'arrive à le faire fonctionner, je pense qu'Aria et toi devriez vous préparer à une éventuelle déception. Les Domaines des Sédentaires sont bien mieux protégés que leurs Capsules. Franchir un mur ou un bouclier énergétique est un jeu d'enfant en comparaison. Il se peut que je ne parvienne pas à te mettre en contact avec Talon, ou à aider Aria à joindre sa mère.

– Il faut quand même essayer.

– On essaiera. On fera de notre mieux.

Perry hocha le menton en direction de Roar.

– J'ai besoin de toi, dit-il.

Roar le suivit sans poser de question. Dans l'ascenseur, Perry lui expliqua ce qu'il attendait de lui.

– J'ai cru que tu étais déjà allé la voir, dit Roar.

Perry fixait les portes en métal.

– Je n'ai pas… j'y suis allé, mais je ne l'ai pas vue.

Roar s'esclaffa.

– Et tu veux que *moi* j'y aille ?

– Oui. Toi, Roar.

Devait-il lui rappeler qu'Aria se confiait plus facilement à lui ?

Roar s'adossa contre la paroi de la cabine et croisa les bras.

– Tu te rappelles la dernière fois que j'ai essayé de parler à Liv, et que j'ai dégringolé du toit ?

Dans l'ascenseur exigu, Perry sentit immédiatement le changement dans l'humeur de Roar. Un parfum de nostalgie. Il avait longtemps espéré que Roar et Liv oublieraient leur attirance mutuelle en grandissant, mais ils avaient toujours été fous l'un de l'autre.

– Je lui parlais par cette brèche dans les poutres, tu te souviens, Perry ? Elle était dans le grenier et il venait de pleuvoir. J'ai perdu l'équilibre et j'ai glissé.

– Je me souviens surtout de toi courant pour échapper à mon père, le pantalon sur les chevilles.

– Exact, confirma Roar en souriant. Il s'était accroché à une tuile alors que je tombais. Je n'avais jamais entendu Liv rire autant. Pour un peu je me serais arrêté de courir juste pour la voir rire comme ça. Mais l'entendre c'était déjà bien. C'est le son le plus beau du monde, le rire de Liv.

Le sourire de Roar s'évanouit.

– Il était rapide, ton père.

– Plus musclé que rapide.

Roar ne fit pas de commentaire. Il savait combien l'enfance de Perry avait été difficile. Les portes de l'ascenseur s'ouvrirent.

– Pourquoi tu me racontes cette histoire ? demanda Perry en sortant de la cabine. Bon, tu viens ?

– À ton tour de tomber du toit ! répliqua Roar tandis que les portes se refermaient sur lui en coulissant.

L'ascenseur redescendit dans le Noyau, emportant les éclats de rire de Roar.

Quand Perry entra dans la chambre, Aria était assise au bord de son lit, les bras croisés sur le ventre. Seule la petite lampe de chevet était allumée. Un triangle de lumière s'échappait de l'abat-jour et se découpait sur ses bras. L'odeur d'Aria envahissait la pièce. Des violettes au début du printemps. La première floraison. Il aurait pu se perdre dans ce parfum s'il n'avait pas aussi perçu la froideur humide de l'humeur d'Aria.

Perry ferma la porte derrière lui. Cette pièce était plus petite que celle qu'il partageait avec Roar. À part le lit, il ne vit pas d'endroit où s'asseoir. Pas qu'il ait vraiment envie de s'asseoir, mais il ne tenait pas non plus à rester debout devant la porte.

Aria leva sur lui des yeux bouffis par les larmes.

– C'est encore Marron qui t'envoie ?

– Marron ? Non…

Il n'aurait pas dû venir. Pourquoi avait-il fermé la porte, comme s'il avait l'intention de rester ? S'en aller maintenant paraîtrait bizarre.

Aria s'essuya les joues.

– Ce soir-là, dans Rêverie, tu sais… J'étais venue à AG 6 pour essayer d'avoir de ses nouvelles. La liaison avec Euphorie était coupée, et je me faisais vraiment du souci. Quand j'ai vu son message, j'ai pensé qu'elle allait bien.

Perry n'avait que quatre pas à faire pour s'asseoir à côté d'elle. Quatre pas qui semblaient mesurer un kilomètre. Il se lança en ayant l'impression de sauter du haut d'une falaise. Le lit tangua quand il s'assit. Qu'est-ce qui clochait chez lui ?

Il s'éclaircit la voix.

– Ce ne sont que des rumeurs, Aria. Les Audiles répandent des tas d'histoires.

– Ça pourrait être vrai.

– Mais ça pourrait être faux aussi. Peut-être qu'une partie seulement de la Capsule est détruite. Comme le dôme, ce fameux soir, tu sais ? Il était effondré à l'endroit où je suis entré.

Aria se tourna vers le tableau accroché au mur, et se perdit dans ses pensées.

– Tu as raison. Les Capsules sont conçues comme ça. Elles se démolissent par morceaux. Ça fait partie du système de sécurité.

Elle ramena une mèche de cheveux derrière son oreille.

– Je voudrais juste savoir. Je n'ai pas l'impression qu'elle soit morte… mais si c'était le cas ? Est-ce que je devrais faire mon deuil, là, maintenant ? Et si je pleure sa disparition, et qu'elle n'est pas morte ? J'ai tellement peur de me tromper. Et ça me rend dingue de ne rien pouvoir faire.

Perry laissa passer un silence.

– C'est ce que tu ressens à propos de Talon, pas vrai ?

Il acquiesça.

– Oui. Exactement.

Il avait beau éviter d'y penser, lui aussi avait peur de se battre pour rien, que Talon soit mort. Et si Talon était mort à cause de lui ? Perry savait qu'Aria le comprenait. Cette Sédentaire savait ce qu'on ressentait quand on aimait quelqu'un qu'on avait perdu. Peut-être pour toujours.

– Marron pense pouvoir faire fonctionner le SmartEye d'ici demain.

– Demain, répéta-t-elle.

Le mot sembla planer un instant dans le silence de la pièce. Perry inspira lentement et rassembla tout son courage pour lui dire ce qu'il ressassait depuis des jours. Les choses pouvaient changer très vite lorsqu'ils auraient réparé le SmartEye. C'était peut-être sa dernière chance de lui parler.

– Aria… ce sentiment d'être perdu et déprimé, tout le monde peut y être confronté. Ce qui nous différencie les uns des autres, c'est ce qu'on fait, comment on agit. Ces derniers jours, tu ne t'es jamais arrêtée, alors que tu étais blessée aux pieds. Alors que tu ne savais pas où tu allais… et que tu devais me supporter.

– Je n'arrive pas à savoir si c'est un compliment ou des excuses.

– Les deux. J'aurais pu être plus sympa avec toi.

– Tu aurais au moins pu parler un peu plus.

Il sourit.

– Ça… je n'en suis pas sûr.

Elle éclata de rire, puis son regard redevint sérieux.

– Moi aussi, j'aurais pu être plus sympa.

Elle s'adossa contre les oreillers. Ses cheveux bruns tombaient en cascade sur ses épaules et encadraient son visage délicat. Ses lèvres roses esquissèrent un sourire.

– Je te pardonne à deux conditions.

Perry s'appuya sur son bras valide et lui jeta un coup d'œil. Son corps était fait pour les vêtements ajustés, pas pour les tenues de camouflage. Il se sentit coupable de la regarder comme ça, mais c'était plus fort que lui.

– Ah oui ? Lesquelles ?

– D'abord, dis-moi quelle est ton humeur, là, maintenant.

Il masqua sa surprise en toussotant.

– *Mon* humeur ?

Ce n'était pas une bonne idée. Il chercha un moyen poli de refuser.

– Je pourrais essayer, dit-il au bout de quelques instants.

Puis il se passa une main dans les cheveux, effaré à l'idée de ce qu'il venait d'accepter.

– Bon… fit-il en tripotant l'extrémité de son plâtre. Ce que je sens, ce n'est pas simplement des odeurs. Mais quelque chose qui peut avoir un poids et même une température parfois. Une couleur aussi. Je ne pense pas que ce soit pareil pour tous les Olfiles. Mon père était issu d'une lignée très puissante. Peut-être la plus puissante de toutes.

Il s'interrompit, ne voulant pas donner l'impression de se vanter, et s'aperçut que même les muscles de ses cuisses étaient contractés.

– Alors, pour répondre à ta question : en ce moment, mon humeur est froide. Et lourde. C'est à cela que ressemble le chagrin. Sombre et dense comme la pierre. Comme l'odeur qui se dégage d'un rocher humide.

Il l'observa. Elle n'avait pas l'air de vouloir se moquer, aussi poursuivit-il :

– Il y a d'autres choses. La plupart du temps, une humeur se compose de plusieurs odeurs. La nervosité dégage une senteur acide par exemple. Comme les feuilles de laurier... Quelque chose de vif qui provoque des picotements, tu vois ? C'est difficile de l'ignorer, je crois qu'il y a aussi un peu de ça dans mon humeur.

– Pourquoi tu es nerveux ?

Perry regarda son plâtre en souriant.

– Même cette question me rend nerveux...

Il s'obligea à la regarder dans les yeux. Mais ça ne l'aidait guère, aussi se concentra-t-il sur la lampe de chevet.

– C'est trop difficile, Aria.

– Maintenant t'as une idée de ce que ça me fait, de savoir que tu sais tout. Je me sens mise à nue.

Perry s'esclaffa.

– Bien vu. Tu veux savoir ce qui me rend nerveux maintenant ? Le fait que tu aies une deuxième condition.

– Ce n'est pas vraiment une condition. Plutôt une requête.

Le corps de Perry était comme verrouillé, dans l'attente de ce qu'elle allait lui demander.

Aria se glissa sous la couette qu'elle ramena tout contre elle.

– Tu veux bien rester ? Je pense que je dormirais mieux si tu étais à côté de moi, ce soir.

L'instinct de Perry le poussait à accepter. Aria était magnifique, assise ainsi contre la tête de lit. Sa peau paraissait plus lisse et plus douce que les draps. Mais il hésitait.

Dormir en compagnie d'une autre personne était un acte dangereux pour un Olfile. Les humeurs s'entremêlaient dans le sommeil. Elles s'enchevêtraient, créaient leurs propres liens. C'était ainsi que des Olfiles pouvaient entrer en symbiose, comme cela s'était produit entre Talon et lui.

Perry réalisa tout à coup qu'il n'avait pas à s'inquiéter. Les Olfiles entraient rarement en symbiose avec une personne ne possédant pas leur Sens. Et puis, Aria était une Sédentaire. L'être le plus opposé qui soit d'un Olfile. En outre, il avait passé plus d'une semaine à dormir à quelques pas d'elle. Un soir de plus, qu'est-ce que cela changerait ?

Perry regarda le tapis moelleux, puis Aria.

– Je serai là, tout près, dit-il.

26
ARIA

Marron avait précisément calculé le moment où il pourrait faire fonctionner le SmartEye sans prendre de risque. Et il avait lancé un compte à rebours. Il le montra à Aria le lendemain matin, en la conduisant dans le Noyau.

7 heures, 45 minutes et 12 secondes.

Comparée au reste de Delphi, la pièce était froide et dépouillée. Encombrée de matériel informatique et meublée seulement d'un bureau et d'un canapé. Le tout dégageait une ambiance solennelle et donnait l'impression que personne ne descendait ici, hormis Marron. Aria remarqua un bouquet de roses dans un vase, sur une petite table basse.

– Tu avais aimé la première rose, alors… dit Marron, radieux, avant de se mettre au travail sur le SmartEye.

Aria s'installa sur le divan, un nœud au creux du ventre. Elle ne pouvait détacher son regard des chiffres sur l'écran mural. L'enregistrement effectué dans AG 6 se trouvait-il encore dans le SmartEye ? Et le fichier « Petit-Merle » ? Pourrait-elle retrouver Lumina et Talon ? Une heure à peine s'était écoulée quand Marron l'invita à faire une promenade à l'extérieur. Elle accepta aussitôt. Ses pieds lui faisaient encore mal, mais elle serait devenue folle si elle était restée là toute seule une minute de plus. Le temps ne lui avait jamais semblé passer aussi lentement.

Tandis qu'ils traversaient les couloirs de Delphi, elle chercha Perry du regard. Pendant la nuit, elle avait écouté le rythme régulier de sa respiration. Mais lorsqu'elle s'était réveillée ce matin, il n'était plus là.

Aria remarqua aussitôt un changement dans la cour. Quand elle avait fait irruption avec Cinder, une vive agitation y régnait. À présent, seules quelques personnes y circulaient.

– Où sont les gens ? demanda-t-elle. Elle jeta un coup d'œil vers le ciel. Il était veiné de flux bleutés. Elle avait connu pire.

Le visage de Marron s'était teinté de gravité. Il lui prit le bras tout en continuant à marcher sur l'allée pavée.

– Tôt ce matin, avant le lever du jour, des flèches tirées par les Freux ont franchi le mur d'enceinte. Des tirs surtout destinés à nous effrayer. Mais qui ont clairement atteint leur but. J'espérais que les esprits se seraient apaisés depuis, mais…

Marron s'interrompit en voyant Slate et Rose se précipiter vers eux. La natte de cette dernière se balançait dans son dos.

– Le jeune garçon, Cinder… Il a disparu ! s'exclama Rose avant même de les avoir rejoints.

– Il est passé par le portail est, s'empressa d'ajouter Slate. Il était déjà sorti quand la tour l'a repéré.

Aria sentit la main de Marron se crisper autour de son bras.

– Compte tenu des circonstances, c'est intolérable, dit-il. Ce genre d'incident n'aurait jamais dû se produire. Qui se trouvait à ce poste ?

Il s'éloigna rapidement avec Slate en continuant à pester.

Aria n'en revenait pas. Après tout ce qui s'était passé, après qu'ils l'avaient presque porté jusqu'ici, Cinder était parti ?

– Perry est au courant ? demanda-t-elle à Rose.

– Non, je ne pense pas.

Rose fit une moue désapprobatrice puis elle poussa un soupir et leva les yeux au ciel.

– Tu devrais le trouver sur la terrasse. C'est là qu'il traîne en général.

– Merci, dit Aria, avant de s'élancer vers le corps du bâtiment.

– Tes pieds ont l'air d'aller mieux ! la taquina Rose.

Aria prit l'ascenseur qui menait au toit de la résidence et sortit sur la terrasse, une vaste dalle de béton entourée d'une rambarde en bois. Perry était assis contre la balustrade et contemplait l'Éther, son bras blessé posé sur un genou replié. Il sourit en la voyant et se leva pour venir à sa rencontre.

Son sourire s'évanouit quand il arriva à sa hauteur.

– Qu'est-ce qui s'est passé ?

– Cinder a disparu. Il est parti. Je suis désolée.

Perry se crispa, puis détourna les yeux et haussa les épaules.

– Peu importe. Je ne le connaissais même pas.

Il se tut un instant, puis reprit :

– Tu es sûre qu'il n'est plus là ? Ils l'ont cherché ?

– Oui. Les gardes l'ont vu s'enfuir.

Ils s'approchèrent du bord de la terrasse. Perry posa les bras sur la rambarde et regarda les arbres, perdu dans ses pensées. Aria observa le long mur d'enceinte qui décrivait une large courbe autour de Delphi. Elle vit le portail qu'elle avait franchi en courant, puis les tours, placées à intervalles réguliers sur le périmètre. Une vingtaine de mètres plus bas, les enclos des animaux et les jardins dessinaient des motifs géométriques bien nets dans la cour où elle se trouvait un peu plus tôt.

– Qui t'a dit que j'étais ici ? demanda finalement Perry. Son expression avait changé. La déception ne se lisait plus sur ses traits.

– Rose, répondit Aria en souriant. Elle m'a appris des tas d'autres choses, aussi…

Perry se raidit.

– Vraiment ? Quoi par exemple ? Non… ne me dis rien. Je préfère ne pas savoir.

– En effet, il ne vaut mieux pas.

– Aaaah… c'est dur ce que tu fais. Tu me frappes alors que je suis déjà à terre.

Aria éclata de rire, puis ils se turent à nouveau, laissant un silence confortable s'installer entre eux.

– Aria, reprit Perry au bout d'un moment. J'aimerais attendre la fin du compte à rebours dans le Noyau avec toi, mais je ne peux pas y rester. Pas longtemps, du moins. Ça me donne la bougeotte d'être aussi bas sous la terre.

– La *bougeotte* ?

Il utilisait parfois des mots étonnants pour quelqu'un capable de tuer de sang-froid.

– Oui, je ne tiens pas en place, tu vois ?

Elle sourit.

– Est-ce que je peux attendre ici avec toi ?

– Oui, dit-il en souriant à son tour. C'est un peu ce que j'espérais.

Il s'assit, glissa les jambes sous la balustrade et les laissa pendre dans le vide. Aria s'assit en tailleur à ses côtés.

– C'est mon endroit préféré à Delphi. C'est ici que je peux le mieux lire le vent.

Elle ferma les yeux, laissant la brise caresser son visage, et essaya de comprendre ce qu'il voulait dire. Elle sentit une odeur de fumée et aussi de pins dans le vent frais.

– Comment vont tes pieds ? lui demanda Perry.

– J'ai encore un peu mal, mais ça va beaucoup mieux, dit-elle, touchée par cette question toute simple.

Avec lui, on ne parlait jamais pour ne rien dire. Il se souciait toujours des autres.

– Talon a de la chance d'avoir un oncle comme toi.

Il secoua la tête.

– Non. C'est de ma faute s'il a été enlevé. J'essaie juste de réparer mon erreur. Je n'ai pas le choix.

– Pourquoi ?

– On est en symbiose, lui et moi. Nos humeurs nous lient l'un à l'autre. Je ne fais pas que percevoir ce qu'il ressent, je le ressens aussi. Et c'est pareil pour lui avec mes humeurs.

Aria avait du mal à concevoir un lien aussi fort entre deux êtres. Elle songea alors à ce que Roar et Rose lui avaient dit sur les Olfiles, qu'ils restaient entre eux.

– Quand je suis loin de lui, reprit Perry, c'est comme si une partie de moi était absente.

– On va le retrouver.

– Merci, dit-il en fixant la cour en contrebas.

Le regard d'Aria s'attarda sur son bras. Il avait retroussé ses manches au-dessus du coude, à cause du plâtre. Une grosse veine ondoyait sur le renflement de son biceps. L'une de ses Marques formait comme un bracelet de lignes brisées. L'autre se composait de lignes sinueuses comme des vagues. Aria dut résister à l'envie de les effleurer du doigt. Son regard remonta sur le profil du jeune homme, suivit la petite bosse au-dessus de son nez, avant de se poser sur la fine cicatrice au bord de sa lèvre. Peut-être n'avait-elle pas uniquement envie d'effleurer son bras.

Perry tourna brusquement la tête vers elle, et Aria se rappela brusquement qu'il *savait*. Elle se sentit rougir. Il dut également flairer son embarras…

Elle se rapprocha du bord et laissa ses jambes pendre comme lui, tâchant de s'intéresser à ce qui se passait au-dessous d'eux. La cour s'animait. Des gens allaient et venaient. Un homme fendait du bois de chauffage à grands coups de hache. Un chien aboyait en jouant avec une fillette qui lui tendait un objet en hauteur, hors de sa portée. Aria avait beau se concentrer sur ce spectacle, elle sentait toujours le regard de Perry posé sur elle.

– Qu'est-ce que tu vas faire quand tu auras retrouvé Talon ? lui demanda-t-elle, changeant de tactique.

Il se détendit à nouveau.

– Je vais le ramener chez nous, puis je formerai ma propre tribu.

– Comment ?

– Il suffit de rassembler des hommes. Tu en trouves d'abord un qui est prêt à te suivre, ou bien tu l'y obliges. Puis un autre, et ainsi de suite. Jusqu'à ce que tu aies constitué un groupe assez grand pour prendre possession d'une terre.

– Comment tu peux forcer des hommes à te suivre ?

– Lors d'un combat. Le vainqueur a deux possibilités : soit il épargne la vie du vaincu et obtient ainsi sa fidélité, soit il… tu peux imaginer la suite.

– Oui, je vois, dit Aria.

Les serments de fidélité, les alliances, les duels, tout ça semblait faire partie du quotidien de Perry.

– J'irai sans doute vers le nord, continua-t-il. Pour essayer de retrouver ma sœur, de l'amener chez les Cornans et de régler ce conflit avant qu'il ne soit trop tard. J'aimerais aussi me renseigner sur le Calme Bleu.

Aria se demanda où tout cela les mènerait, Roar et lui. Elle trouvait injuste de séparer deux êtres qui s'aimaient comme Roar et Liv.

– Et toi ? la questionna-t-il. Quand on aura retrouvé ta mère, tu vas retourner dans tes lieux virtuels ? Les Domaines ?

Elle aimait sa façon de prononcer le mot *Domaines*. Lente et vibrante. Elle appréciait encore plus qu'il ait dit *quand* on aura retrouvé ta mère. Comme si cela allait se produire. Comme si c'était une certitude.

– Je pense que je me remettrai à chanter. J'ai toujours chanté pour faire plaisir à ma mère. Je n'ai jamais… jamais vraiment *voulu* chanter. Maintenant j'en ai vraiment envie. Les chansons, c'est comme des histoires, ajouta-t-elle en souriant. Peut-être que j'ai mes propres histoires à raconter désormais.

– J'y ai souvent repensé.

– À quoi ? À mon chant ?

– Oui, dit-il avec un haussement d'épaules qui se voulait à la fois timide et désinvolte. Depuis ce premier soir.

Aria réprima un sourire de fierté ridicule.

– C'était un air de *Tosca*. Un vieil opéra italien.

Le morceau était écrit pour une voix de ténor. Aria le chantait dans une tonalité un peu plus élevée pour l'adapter à son registre, mais il conservait son caractère égaré, mélancolique.

– C'est l'histoire d'un homme, un artiste, qui est condamné à mort. Il parle de la femme qu'il aime. Il ne sait pas s'il la reverra un jour. C'est l'*aria* favorite de ma mère, précisa-t-elle en souriant. Enfin, après moi.

Perry ramena ses jambes sur la terrasse et s'adossa à la balustrade. Un sourire illuminait son visage. Elle comprit à sa mine qu'il attendait qu'elle se mette à chanter.

– Vraiment ? dit-elle en riant. Ici ?

– Vraiment.

– D'accord… Mais il faut que je me lève. C'est mieux si je suis debout.

Perry se releva en même temps qu'elle. Son sourire déconcentrait Aria, alors elle regarda l'Éther quelques instants, tout en respirant l'air frais à pleins poumons. Ce genre d'excitation lui avait manqué.

Les paroles s'échappèrent de ses lèvres, fluides et limpides. Elles jaillissaient de son cœur. Ces paroles tragiques qui évoquaient le drame de l'abandon l'avaient toujours gênée. Comment ce personnage pouvait-il ainsi se laisser envahir par les émotions ?

Elle le comprenait mieux, à présent.

Sa voix s'envola au-dessus de la terrasse et au-delà des arbres. Aria s'abandonna corps et âme, se laissa transporter par la musique. Mais, tout en chantant, elle sentit que l'homme dans la cour avait cessé de couper son bois et que le chien n'aboyait plus. Même le feuillage s'était tu pour l'écouter. Lorsqu'elle eut terminé, les yeux noyés de larmes, elle regretta que sa mère n'ait pas été là pour l'entendre. Elle n'avait jamais aussi bien chanté.

Perry ferma les paupières.

– Ta voix est aussi douce que ton odeur, dit-il calmement. Douce comme un parfum de violettes.

Aria crut que son cœur s'arrêtait de battre. Ainsi il trouvait qu'elle sentait la violette ?

– Perry… tu veux connaître les paroles dans notre langue ?

Il rouvrit les yeux.

– Oui.

Elle réfléchit quelques instants puis, s'armant de courage, elle lui récita le passage dans son intégralité, sans détourner le regard.

– *Les étoiles brillaient, la terre embaumait. La porte du jardin grinça et le gravier de l'allée crissa sous ses pas… Elle entrait, toute de fraîcheur, et se jetait dans mes bras… Ah ! Ses doux baisers, ses caresses infinies. Lentement, je tremblais en contemplant sa beauté. Mon rêve du véritable amour a disparu à jamais. Ma dernière heure s'achève, je meurs désespéré. Et jamais je n'ai tant aimé la vie !*

Aria et Perry se prirent alors la main, comme attirés par une force invisible. Aria regarda leurs doigts s'entrelacer, éprouvant la sensation de toucher. La chaleur de Perry, sa peau calleuse. La douceur et la dureté mêlées. Elle s'enivra de la terreur et de l'émerveillement que Perry et son monde lui inspiraient, que chaque instant vécu ces derniers jours lui avait inspirés. Elle s'en nourrit comme si elle respirait pour la toute première fois.

Elle n'avait jamais autant aimé la vie…

27

ARIA

Lorsqu'elle redescendit dans le Noyau en compagnie de Perry, il ne restait plus que quarante sept minutes avant la fin du compte à rebours. Roar était assis à la table de contrôle avec Marron. Aria avait vaguement conscience qu'ils discutaient pendant que Perry faisait les cent pas derrière le canapé. Elle était incapable de se concentrer sur autre chose que les chiffres qui défilaient à l'écran.

Maman, supplia-t-elle en pensée. *Tâche d'être là. S'il te plaît. J'ai besoin de toi.*

Perry et moi avons besoin de toi.

Lorsque le compte à rebours afficha zéro, elle fut surprise de ne pas entendre une alarme ou un signal quelconque. Rien ne vint troubler le silence ambiant.

– J'ai les deux fichiers, annonça Marron. Stockés dans la mémoire locale du SmartEye.

Il les fit apparaître sur l'écran mural. Sur le premier on pouvait lire la date et la durée de l'enregistrement – vingt et une minutes. Sur le deuxième, le surnom d'Aria : Petit-Merle.

Aria ne remarqua pas tout de suite que Perry l'avait rejointe sur le canapé et lui avait pris la main.

Marron décida de vérifier les fichiers avant d'essayer d'entrer en contact avec Lumina. Aria demanda à voir d'abord l'enregistrement. C'était le document dont Perry et elle avaient besoin. Il leur servirait de monnaie d'échange pour récupérer Talon et permettrait de la disculper. Elle se prépara à revoir l'incendie et Soren. À entendre Paisley à l'agonie.

Une forêt en flammes envahit l'écran mural. La voix affolée de Paisley résonna dans la pièce. Tout ce qu'Aria avait vu de ses propres yeux s'affichait sur l'écran. L'image floue de ses pieds. La main de Paisley dans la sienne. L'incendie, la fumée et les arbres. Quand ils virent Soren agripper la jambe de Paisley, Perry lui murmura :

– Tu n'es pas obligée de tout visionner.

Elle le regarda en battant des paupières, comme si elle sortait d'un état second. Il restait encore six minutes d'enregistrement, mais elle connaissait déjà la fin.

– Ça suffit, déclara-t-elle.

L'écran mural devint noir, et le silence retomba dans la pièce. Ils avaient récupéré la vidéo. Aria aurait dû crier victoire, mais elle avait seulement envie de pleurer. Elle entendait encore la voix de Paisley, tel un écho lointain.

– Il faut que je voie l'autre fichier, dit-elle.

Marron sélectionna « Petit-Merle ». Le visage de Lumina occupa la quasi-totalité de l'écran. Marron essaya d'ajuster l'image à la taille de l'écran, la réduisit de moitié, mais elle n'en demeura pas moins surdimensionnée.

– C'est ma mère.

Lumina souriait à l'objectif. Un sourire furtif, anxieux. Ses cheveux noirs étaient tirés en arrière, comme à son habitude. Derrière elle, on apercevait des étagères couvertes de boîtes étiquetées. Elle était dans une espèce de réserve.

– C'est étrange de parler à une caméra en faisant comme si c'était toi. Mais je sais que c'est toi, Aria. Je sais que tu vas me regarder et m'écouter.

La voix de Lumina vibrait aux quatre coins de la pièce. De la main, elle lissa le col de sa blouse blanche.

– Nous avons des problèmes ici. Euphorie a subi de sérieuses avaries lors d'une tempête d'Éther. Les Consuls estiment que seulement quarante pour cent de la Capsule a été contaminé, mais les générateurs tombent en panne les uns après les autres, et ce chiffre augmente d'heure en heure. Le CAC a promis de nous aider. Nous les attendons. Nous n'avons pas abandonné. Toi non plus, Aria, tu ne dois jamais renoncer. J'aurais aimé te prévenir plus tôt, mais le CAC a coupé notre liaison avec les autres Capsules. Ils veulent éviter que la panique se propage. J'ai quand même trouvé un moyen, je l'espère, de t'envoyer ce message. Je sais que tu dois t'inquiéter.

Aria avait l'impression que son cœur s'était arrêté de battre. Lumina s'adossa à son siège. Ses mains étaient hors champ, mais Aria devina qu'elles étaient jointes sur ses genoux.

– Je dois te parler d'autre chose, Aria. D'une chose que tu voulais savoir depuis très longtemps. Mon travail…

Lumina eut de nouveau un sourire fugace.

– Tu dois être ravie d'entendre ça. Je dois commencer par les Domaines. Le CAC les a créés pour nous donner une illusion d'espace quand nous avons été forcés de rejoindre les Capsules, au moment de l'Unification. Comme tu le sais, les Domaines étaient au départ uniquement destinés à reproduire le monde que nous laissions derrière nous, mais les possibilités qu'ils offraient se sont révélées bien trop séduisantes pour qu'on renonce à les exploiter. Si bien que nous nous sommes offerts la faculté de voler. De voyager par la pensée d'une montagne enneigée à une plage tropicale. De ne pas ressentir la douleur; pourquoi avoir mal quand on peut s'en dispenser? Pourquoi s'infliger le poids de la peur quand il n'y a aucun risque d'être blessé? Nous avons amplifié tout ce qui nous semblait agréable et avons annulé ce qui ne l'était pas. Voilà les Domaines tels que tu les connais. « Mieux que la réalité », comme ils disent.

Lumina fixa l'objectif quelques instants. Puis elle tendit la main pour appuyer sur un bouton placé hors champ. Un scanner en couleur du cerveau humain apparut dans un quart de cercle, au-dessus de son épaule gauche.

– La partie centrale, en bleu, correspond à la plus ancienne portion du cerveau. On l'appelle le système limbique. Il contrôle la majeure partie de nos fonctions essentielles. Notre envie de nous accoupler. Notre façon d'appréhender le stress, la peur, et d'y réagir. Notre capacité à prendre des décisions rapides. On parle souvent de « réaction viscérale », mais en fait ces réflexes proviennent de cette zone. Pour faire court, disons que c'est notre esprit animal. Depuis des générations, l'utilisation de cette partie du cerveau a grandement diminué dans les Domaines. Et que penses-tu qu'il arrive, Aria, à quelque chose qu'on ne sollicite plus depuis aussi longtemps ?

Aria ne put réprimer un sanglot, elle reconnaissait tellement sa mère dans cette phrase. Elle lui avait toujours tout enseigné de cette manière : en lui posant des questions. Et en la laissant trouver ses propres réponses.

– Elle disparaît, répondit Aria.

Sa mère hocha la tête, comme si elle l'avait entendue.

– Elle dégénère, reprit Lumina. Ce qui a des conséquences catastrophiques quand on doit tout à coup se fier à notre instinct. Le plaisir et la douleur se confondent. La peur peut devenir excitante. Plutôt que d'éviter le stress, nous le recherchons, nous allons jusqu'à nous en réjouir. Le désir de donner la vie se transforme en besoin de la prendre. Il en résulte un effondrement de la raison et de la connaissance. Autrement dit, cela aboutit à une rupture psychotique.

Lumina marqua une pause avant de reprendre.

– J'ai consacré ma vie à étudier ce trouble, le Syndrome de Dégénérescence Limbique ou SDL. Quand j'ai commencé mon étude, il y a vingt ans, les cas de SDL étaient rares. Personne ne croyait que cela représentait une réelle menace. Mais, ces trois dernières années, les tempêtes d'Éther se sont intensifiées à un rythme alarmant. Elles endommagent nos

Capsules et coupent notre liaison avec les Domaines. Les Générateurs nous lâchent. Les systèmes de secours aussi… Bref, nous nous retrouvons dans des situations terribles que nous sommes incapables de gérer. Des Capsules entières sont victimes de SDL. Imagine, Aria, le chaos que peuvent déclencher six mille personnes enfermées ensemble et victimes d'un tel syndrome. C'est ce que je vois autour de moi, en ce moment.

Lumina détourna quelques instants son regard de l'objectif et masqua son visage.

– Tu vas me détester à cause de ce que je vais te dire maintenant, mais j'ignore si je te reverrai un jour. Et je ne peux plus te priver de cette information désormais. Mon travail m'a amenée à étudier les Étrangers, afin de trouver des solutions génétiques au SDL. Les Étrangers ne réagissent pas de manière dangereuse comme nous au stress et à la peur. J'ai même pu observer le contraire. C'est pourquoi le CAC nous permet de faire venir des Étrangers dans notre complexe. C'est ainsi que j'ai rencontré ton père. Je travaille maintenant avec des enfants de l'Extérieur. C'est plus facile pour moi, après ce qui s'est passé.

Aria sentit son cœur se serrer de plus en plus. La douleur devenait insupportable.

C'était impossible.

Elle ne pouvait pas être une Étrangère.

Lumina porta les mains à ses lèvres, comme si elle refusait de croire ce qu'elle venait de dire. Puis elle les retira. Lorsqu'elle reprit la parole, sa voix était heurtée, rauque.

– Je ne t'ai jamais considérée comme inférieure, de quelque manière que ce soit. La partie Étrangère en toi est celle que j'aime le plus. C'est celle qui te rend curieuse de mes recherches et des Domaines. Pleine d'énergie. Tu vas te poser un millier de questions, j'en suis sûre. Mais sache que c'est pour te protéger que je ne te dis pas tout.

Lumina s'interrompit, offrant à l'objectif un sourire douloureux.

– Et c'est toujours mieux, n'est-ce pas, quand tu découvres les réponses par toi-même ?

Lumina tendit la main, prête à couper l'enregistrement. Son expression accablée envahissait l'écran. Elle hésita et s'adossa de nouveau à son siège, ses épaules, tout son corps, tremblant nerveusement malgré elle. En voyant sa mère dans cet état, Aria fondit en larmes.

– Accorde-moi une faveur, Petit-Merle… Tu voudras bien chanter une aria pour moi ? Tu sais laquelle. Tu la chantes magnifiquement. Quel que soit l'endroit où je me trouverai, je sais que je l'entendrai. Au revoir, Aria. Je t'aime.

L'écran devint noir.

Aria avait l'impression de n'avoir plus de corps.

Plus de cœur.

Plus de pensée.

Perry surgit devant elle, les yeux flamboyants de rage et de chagrin. Lumina venait-elle vraiment d'annoncer qu'elle étudiait les enfants du Monde Extérieur ?

Des enfants comme *Talon* ?

Perry souleva la table basse, renversant le bouquet de roses puis, avec un cri bestial, il lança le meuble sur l'écran. Le vase se brisa aux pieds d'Aria, tandis que l'écran volait en éclats.

Longtemps après le départ de Perry, il pleuvait encore des débris de verre.

Aria visionna encore trois fois le message de sa mère dans la salle commune du rez-de-chaussée. Marron resta à ses côtés, lui murmurant des paroles de réconfort.

Elle contempla le mouchoir roulé en boule dans sa main. Son cœur était à vif, comme écartelé. Sa douleur ne cessait d'empirer.

– Ça s'est passé aussi dans AG 6, confia-t-elle à Marron. Ce truc. Le SDL.

Aria se remémorait les yeux vitreux, écarquillés de Soren, fasciné par le feu. L'exaltation de Bane et d'Echo. Paisley elle-même, qui craignait que les arbres ne dégringolent sur elle.

– La seule différence avec les gens d'Euphorie, c'est qu'on était déconnectés *volontairement* ce soir-là.

Aria plissa fort les yeux pour chasser l'image d'un chaos comme celui d'AG 6, mais à l'échelle gigantesque de la Capsule de sa mère. Un millier de Soren déclenchant des incendies, arrachant des SmartEyes. Quelle chance Lumina avait-elle d'en réchapper, entre l'Éther et le SDL ?

Le regard de Marron était plein de compassion. Il paraissait épuisé par sa journée. Ses cheveux étaient en désordre, sa chemise froissée et humide à l'endroit où Aria avait posé la tête.

– Ta mère connaissait ce syndrome. Elle t'a envoyé ce message. Elle avait dû se préparer à ce genre d'incident.

– Oui, tu as raison. Surtout qu'elle prévoit toujours tout.

– Aria, si tu es prête, on peut essayer de faire fonctionner le SmartEye dès maintenant et te faire accéder aux Domaines. On parviendra peut-être à la joindre.

Elle acquiesça vivement, tandis que de nouvelles larmes noyaient ses yeux. Elle voulait voir sa mère. La savoir vivante. Mais que lui dirait-elle ? Lumina lui avait caché tellement de choses. Au point qu'elle avait l'impression de ne plus se connaître elle-même.

Elle était à moitié Étrangère.

À moitié.

C'était comme si une moitié d'elle venait de disparaître.

Marron lui apporta le SmartEye. Aria se mit à trembler quand elle l'eut dans la main.

– Et s'il n'y avait rien ? Si je ne parvenais pas à la contacter ?

– Tu peux rester ici aussi longtemps que tu le souhaites.

Marron lui avait répondu sans hésiter, de manière spontanée. Elle regarda son visage rond et bienveillant.

– Merci, dit-elle, sans réussir à formuler la question qui lui était venue à l'esprit.

Et si je découvrais que ma mère a enlevé Talon ?

Aria avait besoin de savoir. Elle posa le SmartEye sur son œil gauche. Elle vit aussitôt les deux fichiers sur son SmartScreen. La vidéo avec Soren. Le message de sa mère.

Elle passa en revue les commandes mentales pour faire apparaître les Domaines, tandis que Marron suivait son cheminement sur la palette posée sur ses genoux.

Le message « BIENVENUE DANS LES DOMAINES ! » s'afficha bientôt, suivi par le slogan : « MIEUX QUE LA RÉALITÉ ! »

Après quelques instants, un autre message apparut.

ACCÈS REFUSÉ.

Aria retira précipitamment le SmartEye, affolée.

– Marron, on a échoué. Je ne vais pas rentrer chez moi. Perry ne va pas récupérer Talon.

– On n'a pas encore épuisé toutes nos cartouches, la rassura-t-il. J'ai une autre idée en tête.

28

PEREGRINE

Les Freux se livraient à des incantations quand Perry sortit sur la terrasse. Il agrippa la rambarde de sa main valide et contempla la forêt de pins en écoutant le tintement lointain des clochettes. L'envie de s'en aller, de fuir le démangeait. Même en ce moment, alors qu'il n'y avait rien entre le ciel et lui, il se sentait pris au piège.

Il s'était cru responsable de l'enlèvement de Talon. Il avait pris le SmartEye, et les Sédentaires l'avaient pourchassé. Maintenant, il n'en était plus sûr : les Sédentaires pouvaient-ils avoir kidnappé Talon pour mener une expérience sur lui ? Son neveu était-il en train de souffrir entre les mains de la mère d'Aria ? Une femme qui enlevait des enfants innocents ?

Il sortit une flèche de son carquois et tira en direction des Freux. Il était trop loin pour les atteindre, il ne les voyait même pas, mais il s'en fichait. Tout en lâchant des jurons, il décocha ses flèches les unes après les autres. Elles filaient par-dessus le mur d'enceinte et la cime des arbres. Puis il alla s'effondrer contre la cabine de l'ascenseur en serrant contre lui sa main douloureuse.

Perry passa le reste de la soirée à fixer l'Éther, à songer à Talon et à Cinder, à Roar et à Liv. Il n'était question que de recherches et de *disparitions*. Les pièces du puzzle ne s'imbriquaient pas comme elles auraient dû. À l'aube, alors que la lumière du jour se mêlait à l'Éther, il ne pensait plus qu'au visage d'Aria au moment où son monde avait brusquement changé. Elle avait été anéantie en apprenant qu'elle était comme lui. Il l'avait senti. L'humeur d'Aria avait assailli ses narines, mélange de feu et de glace, et l'avait retourné.

Perry n'avait guère dormi plus d'une heure quand Roar arriva sur la terrasse. Celui-ci se jucha sur la rambarde avec cet équilibre de félin propre aux Audiles, sans avoir peur le moins du monde du vide derrière lui. Il croisa les bras, le regard glacial.

– Elle ignorait quel travail faisait sa mère, Perry. Tu l'as vue. Elle était aussi abasourdie que toi.

Perry se redressa et frotta ses yeux bouffis. Il avait les muscles endoloris d'avoir dormi sur le béton.

– Qu'est-ce que tu veux, Roar ?

– Je te transmets un message. Aria te demande de descendre si tu souhaites voir Talon.

Aria et Marron se tenaient dans la salle commune lorsque Roar et Perry entrèrent.

Elle se leva du canapé en le voyant. Des ombres violacées cernaient ses yeux. Perry ne put s'empêcher de respirer fort, en quête de l'humeur d'Aria. Il la trouva. La douleur qu'elle éprouvait. Profonde. Vive. Puis la colère et la honte à l'idée d'être une Étrangère. Une Sauvage, comme lui.

– Ça fonctionne, dit-elle en lui tendant son SmartEye. J'ai essayé, mais je n'ai pas réussi à entrer dans les Domaines. Ma signature numérique a été refusée. Ils m'ont bloquée.

Perry sentit ses jambes flageoler. C'était fini. Il avait perdu sa seule chance de retrouver Talon. Alors pourquoi l'avaient-ils fait descendre ? Confus, il se tourna vers Roar, qui réprimait une envie de sourire.

– *Moi* je n'ai pas réussi, reprit Aria, mais toi, tu as une chance d'y arriver, Perry.

– *Moi ?*

– Oui. Ils n'ont bloqué que mon accès. Le SmartEye fonctionne malgré tout.

Marron hocha la tête.

– Le SmartEye lit une double signature : celle de l'empreinte génétique et celle des structures cérébrales. La signature d'Aria a été refusée sur-le-champ. Mais avec toi, je vais créer des parasites au moment de la procédure d'authentification. On a fait des tests toute la nuit. Je crois que ça va nous permettre de gagner du temps avant que le système ne t'identifie comme un utilisateur non autorisé. Ça peut marcher.

Tout cela n'avait aucun sens pour Perry. Il n'écouta vraiment que la dernière phrase. *Ça peut marcher.*

– Le fichier de ma mère contient les codes pour accéder à ses recherches, reprit Aria. Si Talon en fait partie, on découvrira peut-être comment le retrouver.

Perry manqua s'étrangler.

– Je peux retrouver Talon ?

– On peut essayer.

– Quand ?

Marron haussa les sourcils.

– Maintenant.

Perry eut soudain l'impression de flotter. Il se dirigea aussitôt vers l'ascenseur, jusqu'à ce que Marron lève la main.

– Attends, Peregrine. C'est mieux si on fait ça ici.

Perry se figea. Il avait oublié les dégâts qu'il avait causés au sous-sol. Honteux, il fit de gros efforts pour soutenir le regard de Marron.

– Je ne peux pas réparer ce que j'ai cassé, dit-il. Mais je trouverai un moyen de te dédommager.

Marron resta un long moment sans réagir. Puis il inclina la tête.

– Entendu, Peregrine. Je suis sûr qu'un jour je serai ravi que tu me sois redevable.

Perry accepta l'accord d'un hochement de tête, puis il s'approcha d'une des vitrines qui bordaient le mur du fond. Il fit mine d'observer la peinture d'un bateau solitaire échoué sur une plage grise, alors qu'il tentait de retrouver ses esprits. Il avait fait plus d'une promesse ces derniers temps. *Je retrouverai Talon. Je ramènerai Aria chez elle.* À quoi était-il parvenu, sinon à attirer une tribu de cannibales à la porte de Marron, avant de fracasser son précieux matériel ? Comment son ami pouvait-il encore avoir confiance en lui ?

Dans son dos, Aria et Marron se demandaient comment lui apprendre à surfer dans cet univers virtuel qu'il n'était même pas certain de comprendre. Perry se mit à transpirer. La sueur coulait à grosses gouttes le long de son dos et de son torse.

– Ça va, Perry ? lui demanda Roar.

– Ma main me fait mal, dit-il en levant le bras.

Ce n'était pas faux. Ils le dévisagèrent tous, puis reportèrent leur regard sur le plâtre souillé, comme s'ils l'avaient oublié. Perry ne pouvait pas leur en vouloir. S'il n'avait pas eu aussi mal, il l'aurait sans doute oublié, lui aussi.

Quelques minutes plus tard, Rose entra et s'adressa à Aria en aparté. Elle lui tendit ensuite un coffret en métal et s'en alla.

Aria s'installa près de Perry sur l'un des canapés. Il la regarda découper son plâtre, les doigts légèrement tremblants. Il renifla son humeur. Elle était aussi effrayée que lui par ce qu'ils risquaient de découvrir dans les Domaines. Et il comprit que Roar disait vrai. Avant d'avoir vu la vidéo, elle ne savait rien de ses origines et du travail de sa mère.

Perry se rappela ce qu'elle avait dit dans sa chambre :

« Je dormirais mieux si tu étais à côté de moi, ce soir. »

Aria avait raison. Pour lui aussi, cela avait été plus facile avec elle. Perry posa la main droite sur la sienne.

– Tu vas bien ? murmura-t-il.

Ce n'était pas ce qu'il souhaitait savoir. Elle n'allait pas bien, évidemment. Ce qu'il se demandait, c'était si elle avait toujours envie qu'il reste à côté d'elle. Parce que pour lui, même s'il était confus, désolé, en colère, cela comptait toujours.

Aria leva la tête, acquiesça, et il sentit que quoi qu'il arrive désormais, ils l'affronteraient ensemble.

Sous le plâtre, sa main blessée avait repris un aspect un peu plus normal. Elle était moins enflée et les cloques s'étaient résorbées. Les parties qui semblaient ridées et sombres l'inquiétaient particulièrement, mais il pouvait remuer les doigts, c'était déjà beaucoup. Il éternua quand l'odeur forte du gel qu'Aria appliqua sur sa peau calcinée lui parvint, puis transpira de plus belle quand la brûlure glacée s'insinua au plus profond de ses phalanges. C'était une sensation étrange et désagréable d'être assis sur un canapé en soie en suant à grosses gouttes.

Marron s'approcha au moment où Aria lui enveloppait la main dans un pansement doux. Il hésita à poser le SmartEye sur Perry, puis le tendit finalement à Aria.

– Peut-être que tu peux t'en charger.

D'abord Rose. À présent Marron. Perry ne pouvait plus nier l'évidence. Ils étaient tous convaincus qu'il valait mieux passer au préalable par Aria pour arriver jusqu'à lui. Il se demanda ce qu'il avait bien pu faire pour transmettre ce message de manière si manifeste. Et comment, après toute une vie à flairer les sentiments d'autrui, pouvait-il être aussi maladroit pour masquer les siens ?

Aria saisit le SmartEye.

– On va commencer par l'aspect biotechnique… en appliquant simplement l'appareil. Tu vas sentir une pression, comme s'il t'aspirait la peau. Mais la membrane interne va s'assouplir et la pression va se relâcher. Ensuite, tu pourras de nouveau battre des paupières.

Perry hocha la tête avec raideur.

– Entendu. Un peu de pression. Ça ne doit pas être si terrible.

Quand Aria approcha la coque translucide de son œil gauche, il retint son souffle, enfonça les doigts dans l'accoudoir souple du canapé, en luttant pour ne pas battre des paupières.

– Tu peux fermer les yeux. Ça t'aidera, reprit Aria.

Il s'exécuta et vit un nuage d'étoiles scintiller, lui indiquant qu'il était au bord de l'évanouissement. Aria posa la main sur son avant-bras.

– Peregrine. Tout va bien.

Il se concentra sur la main d'Aria. Imagina ses doigts pâles et délicats. Lorsque le phénomène de succion se produisit, il serra les dents et retint à nouveau son souffle. Cette force lui évoquait un courant sous-marin. Au début, il semblait supportable, puis sa puissance s'amplifiait progressivement, jusqu'à ce qu'il vous aspire vers le large. Au moment où cela allait devenir douloureux, la succion s'arrêta, le laissant pantelant.

Perry ouvrit les yeux et battit plusieurs fois des paupières. C'était comme marcher avec une seule chaussure. D'un côté, la sensation et le mouvement. De l'autre, un fort sentiment de protection. Il voyait très bien à travers la coque oculaire, mais nota tout de même des différences. Les couleurs étaient trop vives. Le relief trop marqué. Il secoua la tête et serra les dents. Il avait du mal à s'habituer au poids de cet objet étranger sur son visage.

– Et maintenant ?

– Un instant, un instant, dit Marron en tripotant la palette, tandis que Roar l'observait par-dessus son épaule.

– On va commencer par un Domaine forestier, annonça Aria. Il n'y aura probablement personne, et ça te laissera quelques secondes pour t'adapter. Une fois que tu seras dans les Domaines de recherche du CAC, il ne faudra surtout pas que tu attires l'attention sur toi. Il faudra agir vite. Pendant que tu t'habitueras à te dédoubler, Marron vérifiera si la liaison avec Euphorie est rétablie. Il se chargera de la navigation à ta place. Tout ce que tu verras, on le verra aussi sur l'écran mural.

Une dizaine de questions traversèrent l'esprit de Perry. Il les oublia toutes quand Aria lui dit en souriant :

– Tu es très beau, comme ça.

– Quoi ?

– Prêt, Peregrine ? demanda Marron, sans laisser à Aria le temps de répondre.

– Oui, répondit-il, alors que tout son corps hurlait « non ! ».

Une vive brûlure parcourut sa colonne vertébrale et son cuir chevelu avant d'exploser dans sa paroi nasale. Sur sa droite, il vit une pièce ordinaire. Aria qui le regardait d'un air soucieux. Roar, par-dessus l'épaule d'Aria, arc-bouté au dossier du canapé. Marron qui ne cessait de lui répéter : « Doucement, Peregrine. Doucement. » Sur sa gauche, une forêt de résineux était apparue. L'odeur de pins envahit ses narines. Les images se brouillèrent puis se mirent à clignoter. Perry regardait d'un côté puis de l'autre, mais rien ne semblait se fixer. Le vertige ne tarda pas à le gagner.

Aria lui serra la main.

– Calme-toi, Perry.

– Qu'est-ce qui se passe ? Qu'est-ce que je fais de travers ?

– Rien. Essaie juste de te détendre.

Les images dansaient devant ses yeux. Des arbres. La main d'Aria. Les branches des pins. Roar qui sautait par-dessus le divan pour se planter devant lui. Rien ne se stabilisait. Tout bougeait.

– Enlève-moi ce truc, cria-t-il. Enlève-le !

Il tira sur le SmartEye, en oubliant de se servir de sa main valide. Impossible de l'ôter. Sa main brûlée le fit souffrir, mais ce n'était rien comparé aux coups de poignard qui lui transperçaient le crâne. La bile refluait dans sa bouche. Il se leva d'un bond et fila vers la salle de bains. Du moins c'est ce qu'il croyait, car il esquivait tantôt des arbres, tantôt des murs. Soudain sa tête et ses épaules percutèrent de plein fouet quelque chose de dur. Il bascula en arrière, et Roar le rattrapa de justesse. Ils déboulèrent ensemble dans la salle de bains. Roar l'aida à rester debout, car Perry perdait l'équilibre.

Il sentit quelque chose de froid sous ses mains. De la porcelaine. Les arbres avaient disparu.

– Je peux me tenir. Ça va.

À présent, il se trouvait seul au-dessus de la cuvette des toilettes. Il y resta un long moment.

Quand il eut fini, il retira sa chemise et l'enroula autour de sa tête. Elle était lourde et humide de transpiration. Il avait encore des vertiges et la nausée, comme s'il avait été victime du mal de mer le plus atroce qu'on puisse imaginer. Combien de temps était-il resté dans les Domaines ? Trois, quatre secondes ? Comment retrouverait-il Talon s'il n'était pas capable d'y rester plus longtemps ?

Aria entra dans la salle de bains et vint s'asseoir à ses côtés. Il n'avait pas encore trouvé le courage de se lever. Un verre d'eau apparut sous ses yeux.

– J'ai ressenti la même chose quand j'ai mis les pieds pour la première fois dans ton monde, lui avoua-t-elle.

– Merci, dit-il avant de vider le verre d'un trait.

– Ça va ?

Non, il n'allait pas vraiment bien. Il prit la main d'Aria et y posa la joue. Il respira son odeur de violettes, y puisa de la force et tenta de contrôler le tremblement de ses muscles. Du pouce, Aria lui caressa la mâchoire. Un geste dangereux, d'autant que l'odeur de la jeune fille exerçait un pouvoir étrange sur lui. Mais il chassa cette pensée. Pour l'instant, cette caresse était tout ce dont il avait besoin.

– Ça t'a plu, les Domaines ? lui demanda Roar.

Perry leva les yeux. Son ami se tenait dans l'embrasure de la porte, et Marron, un peu plus loin dans le couloir.

– Pas vraiment. On retente ? proposa-t-il même s'il n'était vraiment pas sûr de pouvoir le supporter.

Lorsqu'il revint dans la salle commune, on avait tamisé les lumières. Quelqu'un avait aussi apporté un ventilateur. Ces attentions mettaient Perry mal à l'aise, même s'il constata qu'elles l'aidaient effectivement à se calmer.

– Il faut que tu oublies ce qui se passe ici, lui conseilla Aria. Focalise-toi sur le SmartEye, et ça devrait aller mieux.

Perry acquiesça comme s'il comprenait, tandis qu'elle et Marron continuaient de le conseiller : « Détends-toi. Essaie de faire comme ci, ou peut-être comme ça. »

Roar intervint :

– Per, imagine que tu vises quelque chose avec une flèche.

C'était dans ses cordes. Quand il tirait à l'arc, il ne pensait pas à sa posture, à son arc ou à ses bras. En tout cas, cela faisait une bonne dizaine d'années qu'il n'y avait pas pensé. Il se concentrait uniquement sur sa cible.

La forêt à nouveau devant ses yeux. Vite remplacée par la pièce où il se trouvait. Comme précédemment, les images apparaissaient alternativement, comme si elles luttaient pour capter son attention. Mais cette fois, Perry s'imagina en train de viser le morceau d'écorce racornie qu'il avait repéré dans un flash. Les bois se stabilisèrent, ce qui le plongea dans une quiétude étonnante, soudaine. Ses compagnons durent s'en apercevoir car il entendit Marron murmurer : « Oui, c'est ça. »

Plus il se concentrait sur les bois, plus il les sentait se matérialiser. Une brise légère le rafraîchit, mais elle ne provenait pas d'un ventilateur. Elle charriait une odeur de pin. De pommes de pin, alors que Perry ne voyait que des épicéas autour de lui. Ces effluves étaient puissants, plus que dans la réalité. Il humait la fraîcheur de la sève, pas seulement la respiration des arbres. Il n'y avait aucune trace d'odeurs humaines ou animales dans l'atmosphère, ni même des champignons qu'il avait repérés au pied d'un tronc.

– C'est pareil mais différent, non ?

Il chercha Aria dans la forêt, sans succès.

– Je t'entends comme si tu étais dans ma tête.

– Je suis tout près de toi. Essaie de marcher, Perry. Reste encore quelques secondes.

Il découvrit qu'il lui suffisait de penser à marcher pour que cela se produise. Un peu comme s'il était sorti de son propre corps. La tête lui tournait encore et il était hésitant, mais il se déplaçait, un pas après l'autre. Il se trouvait au milieu des bois, à présent. Il aurait dû se sentir comme chez lui en pleine nature, pourtant l'oppression qu'il ressentait depuis son arrivée chez Marron, celle qui le poussait à grimper sur la terrasse à la moindre occasion, était toujours là.

Il se rappela soudain quelque chose et s'agenouilla. De sa main valide, il écarta les aiguilles de pin sèches et prit une poignée de terre. Elle était sombre, meuble, toute fine. Rien à voir avec le terreau compact qu'il avait coutume de voir dans les pinèdes. Perry secoua la tête et laissa la terre glisser entre ses doigts, jusqu'à ce qu'il ne reste que quelques cailloux au creux de sa paume.

– Tu vois ? demanda Aria d'une voix douce.

Il voyait en effet.

– Nos cailloux sont mieux, déclara-t-il.

29

ARIA

Sur l'écran mural, Aria regardait la scène à travers les yeux de Perry. Elle le vit s'épousseter les mains comme dans la réalité. Comme si la terre allait rester collée à sa paume.

Elle croisa le regard de Marron, qui secoua la tête pour lui signaler qu'il n'avait capté aucune liaison avec Euphorie. Elle ne retrouverait pas Lumina aujourd'hui. Elle s'y était préparée, mais la déception n'en fut pas moins vive. Il y avait urgence. Ils devaient retrouver Talon.

– On va te faire accéder aux Domaines de recherches, Perry. Tu vas voir, c'est un peu bizarre de sauter d'un Domaine à un autre… Essaie juste de rester calme.

« SDL 16 » apparut en lettres rouges sur une sorte d'icône qui flottait devant les arbres. Marron et Aria avaient passé la nuit à pirater les fichiers de Lumina pour tout organiser. Aria avait compris que Perry ne savait pas lire, aussi Marron contrôlait-il sa position grâce à la palette. Perry tourna la tête ; l'icône suivit son mouvement.

– On y va, Peregrine, dit Marron.

Perry lâcha un juron alors que l'image sur l'écran mural devenait celle d'un décor de bureau bien rangé. Un petit canapé rouge garni de coussins carrés était placé en face du plan de travail. Une grosse fougère trônait sur une table basse. D'un côté de la pièce, une porte en verre donnait sur une cour entourée de haies de buis, avec une fontaine centrale. De l'autre côté, on découvrait quatre portes placées à intervalles réguliers : Labo, Conférence, Recherches, Sujets.

Aria fut prise de vertige. C'était la première fois qu'elle découvrait le bureau de sa mère. Son regard s'attarda sur le fauteuil vide derrière la table de travail. Combien d'heures Lumina y avait-elle passées ?

– Perry, franchis la porte Sujets, lui dit-elle.

Il obéit et se retrouva à l'extrémité d'un long couloir. D'autres portes s'alignaient de chaque côté. Il courut vers la plus proche.

– Amber, lut Aria sur le petit écran.

Il avança vers la suivante.

– Brin.

Puis la troisième.

– Clara.

Perry se figea devant la porte marquée CLARA. Aria ne comprenait pas ce qui se passait. Elle regardait à travers ses yeux. Elle ne pouvait pas voir son visage dans les Domaines. À ses côtés, dans la réalité, il paraissait calme, mais elle savait que ce n'était qu'une apparence.

– Qu'est-ce qui se passe ? demanda-t-elle.

Roar étouffa un juron.

– C'est sûrement l'une des nôtres. Une petite fille de la tribu des Littorans, elle a disparu l'an dernier.

Marron décocha un regard insistant à Aria.

– Il doit continuer, dit-il. On a peu de temps.

Perry se mit alors à courir. Il passa devant une porte sur laquelle il y avait écrit Jasper. Puis Rain. Enfin, il parvint devant une porte marquée Talon. Il l'ouvrit à toute volée et s'engouffra dans une pièce aux murs tapissés d'images animées représentant des faucons, des ciels bleus tourbillonnants et des bateaux de pêche voguant sur la mer. Deux fauteuils confortables trônaient au centre. Vides.

– Il est où ? demanda Perry d'une voix désespérée. Aria, qu'est-ce que j'ai fait de travers ?

– Je ne sais pas trop.

Elle avait cru qu'il suffirait d'ouvrir la porte pour que les enfants rejoignent le Domaine, mais apparemment non. Elle resta silencieuse. Tout ceci était nouveau pour elle.

Finalement, elle avait raison. Talon se matérialisa soudain dans l'un des fauteuils. Il ouvrit les yeux et traversa la pièce en courant, pour s'éloigner de Perry.

– T'es qui, toi ?

Pour un garçon aussi jeune, il avait une voix impérieuse. Une voix pleine de fougue et d'audace. Il était élancé. Avec des yeux verts, d'une nuance plus sombre que ceux de Perry, et une tignasse de cheveux bruns aux mèches torsadées comme son oncle. C'était un enfant d'une beauté saisissante.

– Talon, c'est moi.

Le gosse s'approcha pour l'examiner d'un œil méfiant.

– Qu'est-ce qui me le prouve ?

– Talon… Aria, pourquoi ne me reconnaît-il pas ?

Aria réfléchit à toute vitesse. Ils étaient dans les Domaines. Des lieux où l'on ne pouvait se fier à rien, où il était très facile de se transformer. De devenir quelqu'un d'autre. Apparemment, Talon le savait déjà.

– Dis-lui quelque chose, lui conseilla-t-elle.

Trop tard. Perry, excédé, lâcha une bordée de jurons et se tourna vers la porte.

– Comment est-ce que je peux le faire sortir d'ici ?

– Tu ne peux pas. Tu es avec lui uniquement dans les Domaines. En réalité, il se trouve ailleurs. Demande-lui où il est. Demande-lui tout ce que tu veux. Mais fais vite.

Perry mit un genou à terre. Il regarda sa main brûlée.

– Il devrait me reconnaître, marmonna-t-il.

Talon s'approcha encore, l'air hésitant.

– Qu'est-ce qui t'est arrivé à la main ?

Perry agita ses doigts enflés.

– Je me suis… bagarré.

– J'ai l'impression que tu en as bavé… Tu as gagné au moins ?

– Si tu étais le vrai Talon, tu ne me poserais pas la question.

Aria devina que Perry avait souri à son neveu. Elle imagina son petit sourire en coin, à la fois timide et féroce.

Une lueur dans le regard du petit indiqua qu'il l'avait reconnu, mais Talon ne bougea pas.

– Talon, j'ai l'impression que c'est toi, mais je n'arrive pas à flairer ton humeur.

– Il n'y a pas d'humeurs, ici, répliqua l'enfant avec aplomb. On ne sent pas les odeurs.

– Hé, Couic, c'est moi…

Le petit garçon oublia aussitôt sa méfiance et se précipita dans les bras de son oncle.

Sur l'écran mural, Aria regarda la main de Perry caresser la nuque de Talon.

– Je me faisais tellement de souci pour toi, Tal.

Aux côtés d'Aria, sur le canapé, Perry changea de position et se prit la tête dans les mains. Il commençait à s'habituer au fait de se retrouver à deux endroits en même temps. Aria posa une main sur son épaule.

Talon se détacha de son oncle.

– J'avais envie que tu viennes.

– Je suis venu dès que j'ai pu.

– Je sais, dit Talon.

Son sourire révéla qu'il avait perdu plusieurs dents de lait.

Il attrapa une mèche folle dans la tignasse de Perry et frotta les cheveux aux reflets d'or entre ses petits doigts. Aria n'avait jamais vu de geste aussi tendre.

Perry le prit par les épaules.

– Tu es où au juste ?

– Dans la Capsule des Sédentaires.

– Laquelle, Talon ?

– Rêve, c'est comme ça que les autres l'appellent.

Perry tapota les bras de son neveu, le prit par le menton, effleura son cou.

– Ils ne te font pas...

La voix de Perry se brisa

– ... du mal ?

– Du mal ? On me donne des fruits trois fois par jour. Je peux courir partout ici. Et *vite* en plus. Je peux même voler. On ne fait rien que se promener dans ces Domaines. Ils en ont même pour la chasse, mais c'est beaucoup trop facile. Tu dois juste...

– Talon, je vais te sortir de là. Je trouverai un moyen.

– Je ne veux pas partir.

Aria sentit Perry se crisper.

– Tu n'es pas chez toi, dit Perry.

– Mais je me sens bien ici. Le docteur dit que j'ai besoin de médicaments tous les jours. Ça me pique un peu les yeux, mais je n'ai plus mal aux jambes.

Aria échangea un regard inquiet avec Roar et Marron.

– Tu veux *rester* ? demanda Perry.

– Ben oui, maintenant que tu es là.

– Je suis toujours à l'extérieur. Je suis seulement de passage.

– Ah... fit Talon avec une moue déçue. C'est mieux pour la tribu, j'imagine.

– Je ne vis plus avec les Littorans.

Talon fronça les sourcils.

– Alors qui c'est, le Seigneur de sang ?

– Ton père, Talon.

– Non, ce n'est pas lui. Il est ici avec moi.

À côté d'Aria, sur le canapé, Perry eut un soubresaut. Non loin d'eux, Roar siffla doucement.

– Vale est là ? s'enquit Perry. Ils l'ont capturé ?

– Tu ne le savais pas ? Il est venu ici pour me sauver et ils l'ont pris. Je l'ai vu deux ou trois fois. On est même allés chasser ensemble. Clara est là aussi.

– Ils ont attrapé ton père ? insista Perry.

Marron se redressa brusquement et cria :

– Ils l'ont retrouvé ! On doit couper.

Perry attira Talon contre lui.

– Je t'aime, Talon. Je t'aime.

La scène se brouilla devant les yeux de Perry, qui ne vit plus que le dessin d'un faucon qui volait dans le ciel d'Éther.

Puis l'écran devint noir.

L'espace d'une seconde, plus personne ne bougea. Puis Perry s'affala contre le dossier du canapé en jurant :

– Enlève-moi ce truc !

– C'est à toi de le faire, répliqua Marron. Calme-toi…

Perry se leva et traversa la pièce en quelques enjambées. Il s'arrêta devant l'écran mural et tomba à genoux. Sans même réfléchir, Aria le rejoignit et l'entoura de ses bras. Perry la prit à son tour par la taille et lui murmura une phrase entrecoupée de sanglots, tandis qu'il enfouissait la tête au creux de son cou. Il la serra fort, et ses larmes glissèrent sur la peau d'Aria comme des plumes glacées.

30
PEREGRINE

Aria l'entraîna au premier et le conduisit dans sa chambre. Perry se dit vaguement que ce n'était pas une bonne idée, mais il se laissa faire. Il s'assit lourdement sur le lit. Aria alluma la lampe de chevet. Puis elle s'installa auprès de lui et glissa ses doigts entre les siens.

Perry remua sa main blessée. La douleur le rassura.

Elle était toujours présente.

Il la sentait.

– Talon n'avait pas l'air de souffrir, dit-il au bout d'un petit moment. Il semblait en forme.

– En effet.

Elle se mordit la lèvre et fronça les sourcils.

– Je savais qu'ils ne lui feraient pas de mal. Que ma mère n'en était pas capable. On n'est pas cruels.

– Enlever des enfants innocents, ce n'est pas cruel, selon toi ? Ces gens ont enlevé Talon, Aria ! Et mon frère. Ils n'ont rien à faire là-bas. Ce ne sont pas des Taupes.

Sitôt sa phrase prononcée, Perry comprit sa maladresse. Aria avait été chassée de chez elle. Coupée des siens, même de sa mère. À quel monde appartenait-elle ? Un frisson le parcourut. Perry tressaillit. Venait-il de flairer l'humeur d'Aria ou ses propres regrets, son propre chagrin ?

– Aria, je n'aurais pas dû dire ça.

Elle hocha la tête mais resta muette, se contentant de regarder leurs mains jointes. Perry huma l'atmosphère. L'odeur suave de violettes envahissait tout l'espace. Il promena son regard sur la peau douce du cou d'Aria. Il voulait la respirer à cet endroit précis, juste sous l'oreille.

– Talon te ressemble beaucoup, Perry. Dans sa manière de bouger. De se comporter. Il t'adore, c'est évident.

– Merci, dit-il, la gorge serrée.

Il lui lâcha la main et s'allongea sur le lit. Se couvrit le visage de son bras. Il n'avait pas envie qu'elle le voie dans cet état, bouleversé. Pourtant, quelques instants plus tôt, ils étaient enlacés devant l'écran mural. Le bandage sur sa main était encore humide de larmes. Mais c'était différent maintenant.

Elle le surprit en s'allongeant à ses côtés, en posant la tête sur le même oreiller. Le cœur de Perry se mit à battre la chamade. Il tourna les yeux vers elle.

– Je ne t'ai même pas demandé comment tu te sentais.

Elle eut un sourire triste.

– C'est une drôle de question pour toi.

– Non, je veux dire… à quoi tu pensais.

Aria fixa le plafond en plissant les yeux.

– Je comprends mieux ce qui m'arrive maintenant. Quand on m'a lâchée ici, dans le Monde Extérieur, j'ai pensé que j'allais mourir. Tout me semblait anormal. Avoir mal. Me sentir seule et perdue…

Perry ferma les yeux et tenta d'imaginer ce qu'elle avait dû ressentir. Il l'avait rencontrée à ce moment-là. Il avait humé sa peur et son chagrin.

– À présent j'éprouve surtout une espèce de… soulagement. Je sais pourquoi je suis en vie. Et mon corps a commencé à changer. Je sais que je peux de nouveau penser au lendemain. Que l'air que je respire ne va pas me tuer. Mais il y a encore tellement de trucs que je dois tirer au clair. Je n'aurais jamais cru que ma mère puisse me mentir.

Aria se tourna vers lui.

– Comment peut-on faire autant de mal à quelqu'un qu'on aime ?

– Les gens sont parfois plus cruels avec ceux qu'ils aiment.

Il vit une question passer dans son regard. Mais il ne voulait pas y répondre. Pas en ce moment, alors qu'il était aussi vulnérable. Jamais, en fait. Mais la curiosité d'Aria s'évanouit et il laissa échapper un soupir de soulagement.

– Ça ne te fait pas horreur, alors ? reprit-il après quelques instants. De savoir que tu es à moitié… Sauvage ?

– Comment est-ce que je pourrais détester ce qui m'a permis de rester en vie ?

Elle faisait allusion à lui en disant ça, Perry le sentit clairement. Sans réfléchir, il lui prit la main et la plaqua contre sa poitrine, sentant que c'était là qu'elle devait être. Aria promena les yeux de leurs mains à ses Marques. Perry sentit son cœur cogner de plus belle. Elle devait le sentir.

– Tu vas devenir le Seigneur de sang des Littorans ? demanda-t-elle.

– Oui.

Ses paroles le stupéfièrent. Cela faisait longtemps qu'il désirait devenir Seigneur de sang, même s'il n'aurait jamais imaginé que les choses se passeraient ainsi. Mais il sentait monter en lui le besoin de rentrer chez lui et de prendre cette fonction. Les Littorans ne pouvaient passer l'hiver affamés, en proie à des luttes intestines et des rivalités pour conquérir ce titre. Ils avaient besoin de lui. Perry se rappela ensuite que les Freux campaient sur le plateau. Et l'attendaient. Comment pourrait-il sortir de chez Marron avant la venue de l'hiver ?

Il contempla la petite main appuyée contre sa peau. Il savait où il devait aller, mais elle ?

– Aria, qu'est-ce que tu vas faire ?

Bizarrement, en lui posant la question, il avait déjà le sentiment de l'abandonner.

– Je vais rejoindre Euphorie. J'ai besoin de savoir si ma mère est vivante. J'en ai discuté avec Marron la nuit dernière. Quand les Freux seront partis, il demandera à certains de ses hommes de m'accompagner. Je ne peux pas me contenter d'attendre des nouvelles qui risquent de ne jamais venir.

– Aria, je vais t'y conduire. Je dois rentrer chez moi. Je peux t'emmener d'abord à Euphorie.

Perry se tut soudain. Que venait-il de dire ? De lui proposer ?

– Non, Perry. Merci, mais non.

– On avait passé un marché. On est alliés, tu te souviens ? s'entendit-il insister.

– Notre accord, c'était de venir ici et de réparer le Smart-Eye.

– C'était de retrouver Talon et ta mère. On n'a pas encore fini.

– Euphorie, c'est au sud, Perry.

– Ce n'est pas loin. Une semaine de marche. Je te trouverai de meilleures chaussures, cette fois. Et je porterai les cailloux que tu ramasses. Je répondrai même à tes questions.

Perry ne savait pas bien ce qui lui avait pris. Comment pouvait-il envisager de s'éloigner pendant une semaine encore alors que sa tribu avait besoin de lui ? Ça n'avait pas de sens. À cette idée, il sentit son sang se glacer dans ses veines.

– Tu veux bien répondre à une question maintenant ? lui demanda Aria.

– Oui.

Mais, tout à coup, il se sentait pressé de bouger, de partir. Il avait besoin de réfléchir.

– Pourquoi tu m'as proposé de m'emmener à Euphorie ?

– Parce que j'en ai envie.

Sauf qu'il n'était pas certain de dire la vérité. Ce n'était pas réellement une *envie*. Plutôt un besoin.

Aria sourit et se tourna de nouveau vers lui. Son regard se posa sur ses lèvres. La pièce s'emplit du parfum sucré des violettes, qui l'attirait, qui prenait toute la place, puis il sentit quelque chose : un changement au fond de lui. Un lien venait de se former. Un lien comme il n'en avait pas connu jusque-là. Perry comprit alors pourquoi il venait de faire cette promesse.

Il déposa un baiser hâtif sur la main d'Aria.

– J'ai besoin d'un peu de temps, dit-il avant de quitter précipitamment la pièce.

Il ferma la porte et s'adossa contre le mur en étouffant un juron.

Ce qu'il avait craint venait de se produire.

Il était entré en symbiose avec Aria.

31
PEREGRINE

– On pourrait peut-être s'en sortir contre une dizaine, dit Roar, mais contre cinquante ?

Perry faisait les cent pas devant les vitrines de la salle commune, tout en étudiant le camp des Freux sur l'écran mural. Dans la lumière du matin, l'image était assez nette. Des hommes en cape noire se déplaçaient entre les tentes plantées sur le plateau. Des tentes rouges. Une couleur qui convenait à la situation. Perry avait envie de prendre son arc et de leur décocher des flèches à travers l'écran.

– Ils sont plus de cinquante, Roar, répliqua-t-il.

La caméra n'en montrait qu'une partie. Tôt ce matin, Roar et lui étaient montés sur le mur d'enceinte. Ils étaient passés d'une tour à l'autre, leurs Sens aux aguets. Cela leur avait permis de détecter une dizaine de Freux disséminés en dehors de leur camp. Des sentinelles, prêtes à donner l'alerte s'ils tentaient de s'échapper.

Roar croisa les bras.

– Une soixantaine, alors.

Marron joua avec une de ses bagues.

– Il faudrait que vous empruntiez une des anciennes galeries de mine, mais il faudra des semaines pour déblayer celle à laquelle je pense.

– Ce qui nous mène au cœur de l'hiver, observa Perry.

À ce moment-là, les orages d'Éther agiteraient le ciel en permanence. Voyager deviendrait trop dangereux.

– Je ne peux pas attendre aussi longtemps, dit Aria.

Elle était tranquillement assise sur le canapé, les jambes repliées sous elle. Perry se dit qu'elle devait le prendre pour un imbécile de s'être enfui de sa chambre, presque sans lui dire un mot. Elle ne pouvait pas savoir ce qui s'était passé juste avant. Perry prit son front dans une main, se rappelant combien le fait d'être en symbiose avec Talon l'avait affaibli. Il avait perdu son libre-arbitre, n'avait songé qu'après coup à ses propres besoins. Il ne pouvait laisser ce charme prendre le pouvoir sur lui en ce moment. Il ferait ce qu'il avait promis. Il emmènerait Aria à Euphorie, puis il irait retrouver les Littorans, comme son devoir le lui commandait. Ils se sépareraient bientôt. D'ici là, il garderait ses distances. Et il éviterait de flairer son humeur quand il se trouverait en sa présence.

– Tu peux prendre quelques-uns de mes hommes avec toi, proposa Marron.

Perry releva la tête.

– Non. Pas question qu'ils meurent à cause de moi.

Il avait déjà suffisamment sollicité Marron comme ça.

– De toute façon, on va éviter le face-à-face.

Sur l'écran, Perry regardait le plateau, vaste, à ciel ouvert, qui se déployait autour du camp des Freux. Il avait envie d'être là-bas. À l'extérieur. De marcher librement sous l'Éther. Ce fut alors que l'idée lui traversa l'esprit.

– On pourrait s'en aller pendant un orage.

– Tu veux partir sous une tempête d'Éther ? s'étonna Marron.

– Les Freux seront obligés de se mettre à l'abri. Ils baisseront la garde. Et je peux nous tenir à l'écart des plus grosses attaques d'Éther.

Roar s'éloigna du mur où il était adossé, un sourire enthousiaste lui barrait le visage.

– On pourrait se débarrasser des sentinelles et partir vers l'est. Les Freux ne nous suivront pas.

Aria plissa les yeux.

– Pourquoi ne nous suivront-ils pas ?

– À cause des loups, expliqua Roar.

– Donc la solution c'est de sortir sous une tempête d'Éther et de courir droit dans la gueule des loups ? ironisa Aria.

Roar sourit de toutes ses dents.

– C'est ça, ou la gueule d'une soixantaine de Freux.

– D'accord, dit-elle la tête haute. Tout sauf les Freux.

Cet après-midi-là, Perry arpenta la terrasse avec Roar. Ils avaient passé la moitié de la journée à mettre au point leur itinéraire et à préparer leurs sacs. Ils n'auraient plus qu'à attendre qu'une tempête éclate. Dans le ciel, l'Éther cheminait en flots réguliers. Ce n'était pas pour tout de suite… Peut-être le lendemain ?

Perry se demanda comment occuper son temps d'ici là ? Attendre signifiait s'arrêter. Et *réfléchir*. Or, il ne souhaitait pas penser à ce que vivaient Talon et Vale, coincés dans la Capsule des Sédentaires. Comment Talon pouvait-il vouloir y rester ? Comment Vale s'était-il fait capturer ? Pourquoi Liv s'était-elle enfuie, alors qu'elle savait ce qu'il en coûterait aux Littorans ?

Soudain, Roar le saisit violemment par les épaules et le plaqua au sol. Perry heurta le béton dans un bruit mat, avant de comprendre ce qui lui arrivait.

– Un à zéro, dit Roar.

– Espèce de…

Il repoussa Roar. La partie était lancée.

D'ordinaire, Perry avait le dessus quand il luttait avec son ami, mais il se ménagea à cause de sa main blessée, ce qui les mettait au même niveau.

– Talon se défend mieux que toi à la lutte, railla Perry en aidant Roar à se relever, après avoir marqué un point.

Il commençait à retrouver le moral. Il était resté trop longtemps inactif.

– Liv est drôlement douée aussi, observa Roar.

– C'est ma sœur, répliqua Perry en fonçant sur lui.

Il s'arrêta net en voyant Aria sortir de l'ascenseur. Il remarqua qu'elle avait enfilé des vêtements noirs ajustés et tiré ses cheveux en arrière. Roar regarda Aria et Perry à tour de rôle, avec un sourire entendu. Perry s'en voulut d'avoir laissé Roar deviner ce qu'il ressentait en présence d'Aria.

– Je vous dérange ? demanda-t-elle, gênée.

– Non. On avait fini, déclara Perry avant de récupérer son arc et de s'éloigner.

Un peu plus tôt, il avait posé une caisse en bois sur la terrasse pour l'utiliser comme cible. Alors qu'il bandait son arc, une douleur sourde lui traversa la main.

– Tu tombes à pic, Aria, dit Roar. Regarde bien. Perry est réputé pour son adresse au tir.

Perry décocha la flèche. Elle se planta dans la caisse en pin et la fissura.

Roar émit un sifflement.

– Impressionnant, pas vrai ? Un vrai tireur d'élite !

Perry fit volte-face, hésitant entre l'envie de sourire et celle de tuer Roar sur place.

– Je peux essayer ? demanda Aria. Il faudra que je sache me défendre, une fois qu'on sera sortis d'ici.

– En effet, approuva Perry.

Tout ce qu'elle apprendrait les aiderait lorsqu'ils se retrouveraient dehors.

Perry lui montra comment tenir l'arc et placer ses pieds, mais il prit garde de rester dos au vent pour éviter son odeur. Lorsque vint le moment d'encocher la flèche, il ne put se contenter d'une explication. Bander un arc exigeait de la force et du calme. Du rythme et de la pratique. Aux yeux de Perry, ce n'était guère plus difficile que de respirer, mais il comprit sur-le-champ que pour l'enseigner à Aria, il devrait la guider pas à pas.

Il se plaça derrière elle. L'humeur d'Aria l'assaillit, sa nervosité vint s'ajouter à la sienne. Puis l'odeur de violettes capta toute son attention. Aria se trouvait juste devant lui. Il hésita, ne sachant pas comment s'y prendre pour tenir l'arc. La main d'Aria se trouvait là où était habituellement la sienne, et il ne voulait pas que la corde se relâche brusquement sur elle.

Roar ne l'aidait pas.

– Tu devrais te rapprocher d'elle, Peregrine, lui conseilla-t-il. Et sa position n'est pas correcte. Déplace-lui le bassin.

– Comme ça ? demanda Aria.

– Non, répondit Roar. Perry, montre-lui.

Perry était en nage quand ils trouvèrent enfin la bonne position. Leur première flèche dégringola sur le béton, quelques pas devant eux. La deuxième atterrit juste devant la caisse, mais la corde érafla l'avant-bras d'Aria, lui laissant une marque rouge sur la peau. À la troisième tentative, Perry ne savait plus qui de lui ou d'Aria faisait le plus trembler l'arc.

Roar se redressa d'un bond.

– Cet arc n'est pas fait pour toi Mini-Portion, dit-il en s'approchant. Regarde les épaules de Perry.

Perry s'écarta, mal à l'aise.

– Un arc de cette taille a une puissance d'une quarantaine de kilos, reprit Roar. Il est fait pour des petits géants comme lui. En plus, c'est un Vigile. Tous les meilleurs archers le sont.

Aria hocha la tête.

– Tirer à l'arc est une seconde nature chez toi, pas vrai ? demanda-t-elle à Perry.

– Première même. Mais tu peux apprendre. Je te fabriquerai un arc, si tu veux. À ta taille, précisa-t-il tout en sentant qu'elle était déçue.

Roar sortit son couteau de son étui.

– Tu peux aussi apprendre à manier ça.

Perry eut un coup au cœur.

– Roar…

Son ami devait pourtant savoir à quoi il pensait.

– Les couteaux sont dangereux, dit-il à Aria. Ils peuvent facilement te desservir, si tu ne sais pas les utiliser. Mais je vais t'apprendre deux ou trois choses. Tu te déplaces avec agilité et tu as un bon équilibre. Si un problème survient, tu sauras quoi faire.

Aria rendit son arc à Perry.

– D'accord, dit-elle. Montre-moi.

Perry chercha ce qu'il pourrait faire en les regardant s'entraîner. Après avoir déniché une branche d'arbre dans la cour, il remonta sur la terrasse. Puis il s'assit contre la caisse et commença à tailler des lames d'entraînement dans la branche, pendant que Roar montrait les différentes manières de tenir un couteau à Aria. Il lui donnait une foule d'informations, détaillant les avantages de chaque prise, et Aria l'écoutait avec attention ; elle semblait tout enregistrer. Au bout d'une heure, ils décidèrent d'un commun accord que la prise marteau était celle qui convenait le mieux à Aria. Ce que Perry savait depuis le début.

Ils travaillèrent ensuite les postures et le jeu de jambes. Aria apprenait vite, elle avait effectivement un bon équilibre. Perry l'observait, son regard passant d'Aria à l'Éther. De la danse d'Aria, à celle de l'Éther dans le ciel.

Lorsque Roar lui demanda les couteaux d'entraînement en bois, l'après-midi était bien avancé. Roar indiqua à Aria les meilleurs endroits où frapper, les angles d'attaque à privilégier, les os à éviter, et papillonna des paupières en lui annonçant que le cœur était une cible tout aussi valable que les autres.

Puis il déclara qu'Aria était prête.

Perry se leva quand ils se lancèrent dans un premier combat, leurs couteaux factices en main. Pour calmer son inquiétude, il se dit que c'était Roar. Qu'il avait lui-même émoussé le tranchant des lames en bois. Mais son cœur battait plus fort que n'aurait dû le faire celui d'un simple spectateur assistant à une séance d'entraînement.

Aria et Roar se tournèrent autour pendant quelque temps, puis Aria attaqua la première. Roar esquiva le coup et la frappa dans le dos. Aria se cabra avant de faire volte-face en laissant échapper son couteau.

Perry se précipita sur Roar, mais s'arrêta net à quelques pas de lui. Son ami le regarda d'un air soupçonneux.

Aria pantelait ; son humeur rouge vif exprimait la colère à l'état brut. Perry sentit ses muscles trembler puis se tétaniser de surprise et de rage.

– Première règle : un couteau, ça coupe, déclara Roar d'un ton glacial. Tu dois t'y attendre. Ne te fige pas quand ça se produit. Deuxième règle : Ne lâche *jamais* ton arme.

– OK, dit Aria avec humilité.

Elle ramassa la lame.

– Tu restes, Olfile ? lança Roar à Perry en arquant un sourcil.

Il savait que Perry était entré en symbiose avec Aria.

– Pourquoi il partirait ? répliqua-t-elle. Tu restes, hein, Perry ?

– Oui. Je reste.

Il traversa la terrasse et alla se jucher sur le toit de la cage d'ascenseur, le point le plus élevé de Delphi, pour regarder Aria s'entraîner. Il secoua la tête d'un air dépité. Comment avait-il pu entrer en symbiose avec une Sédentaire ?

Aria était une bonne élève, audacieuse et confiante, comme si elle attendait depuis toujours cette occasion de se révéler au grand jour. Perry songea qu'il avait été idiot de lui apprendre à reconnaître les baies comestibles alors qu'elle avait avant tout besoin d'apprendre à se défendre.

L'obscurité les obligea à arrêter l'entraînement. Au loin, les clochettes des Freux tintaient. Perry lança un dernier coup d'œil vers le ciel, déçu de n'y déceler aucun changement.

Il descendit de son perchoir en prenant soin de se tenir dans le vent et en retrait, quand Roar et Aria le rejoignirent.

Arrivé devant l'ascenseur, Roar croisa les bras.

– Bon travail, Mini-Portion. Mais tu ne peux pas quitter mon cours comme ça, sans me payer.

– Te payer ? Avec quoi ?

– Une chanson.

Aria éclata d'un rire plein de gaieté.

– D'accord.

Roar lui prit la lame en bois des mains. Aria ferma les yeux et se tourna vers l'Éther tout en inspirant plusieurs fois, lentement. Puis elle se mit à chanter.

Cet air était plus doux, plus paisible que le précédent. Perry n'en comprenait pas plus les paroles, mais il aimait ce qu'il en percevait. C'était une chanson idéale pour une soirée fraîche sur une terrasse entourée de pins.

Roar la regarda chanter sans bouger un pouce. Puis lorsqu'elle se tut, il secoua la tête et balbutia :

– Aria… c'était… je ne trouve même pas… Perry, tu n'as pas idée…

Perry se força à sourire.

– Elle est douée, admit-il tout en se demandant comment la voix d'Aria sonnait aux oreilles de Roar, qui percevait infiniment plus de tonalités que lui.

Lorsqu'ils entrèrent dans l'espace étroit de la cabine d'ascenseur, le parfum d'Aria envahit à nouveau les narines de Perry : mélange de violettes, de sueur, de fierté et de force. Il inspira encore et, transporté, il ne put s'empêcher de poser la main au creux du dos d'Aria en se promettant de ne faire ce geste qu'une fois. Ensuite il se tiendrait à l'écart.

Aria le regarda. Elle avait le visage enflammé. Des mèches de cheveux bruns étaient collées sur son cou moite. Heureusement que Roar était présent. Perry n'avait jamais éprouvé une telle attirance pour elle.

– Tu t'es bien débrouillée aujourd'hui.
Elle lui sourit, les yeux pétillants.
– Je sais, dit-elle. Merci.

32

ARIA

Aria passa deux jours à s'entraîner avec Roar. Ils attendaient toujours le moment propice pour partir. Des ondulations d'Éther menaçaient au loin, mais les flux au-dessus de Delphi s'écoulaient régulièrement. Le ciel n'agissait décidément jamais comme on l'espérait.

Au fil des heures, son espoir de retrouver Lumina vivante s'estompait, mais elle ne voulait pas renoncer pour autant. Ni accepter l'idée qu'elle était seule au monde. Elle ne cesserait jamais d'espérer ; autrement dit, elle ne cesserait jamais d'être inquiète. Au moins tant qu'elle ne serait pas allée à Euphorie pour découvrir la vérité. Apprendre à manier le couteau était devenu sa seule source d'apaisement. Lorsqu'elle s'entraînait avec Roar, elle oubliait son inquiétude, son chagrin et ses interrogations. Aussi s'entraînait-elle avec lui du matin au soir, et concluait la séance en le rétribuant par une chanson. Les Freux étaient probablement toujours à l'affût, dehors, mais personne n'entendait plus tinter leurs clochettes au crépuscule.

On entendait de l'opéra.

Au matin du troisième jour, en sortant de l'ascenseur, elle découvrit un ciel nouveau, parcouru de remous de lumière bleue. Les tourbillons s'enroulaient doucement au-dessus d'elle, mais ils étaient plus vifs et plus rapides à l'horizon. Elle avait l'impression de contempler *La Nuit étoilée* de Van Gogh.

Le moment de partir approchait.

Aria ramassa le couteau en bois. La veille, elle avait frappé Roar à deux reprises. Ce n'était pas grand-chose, comparé aux centaines de fois où il l'avait touchée, mais dans un combat, un seul coup pouvait se révéler fatal. Roar le lui avait appris.

Aria ne se berçait pas d'illusions ; elle n'espérait pas devenir championne de la lutte au couteau. Elle n'était pas dans les Domaines, où une simple pensée produisait un résultat. Mais, pour elle, c'était tout de même une chance de plus de s'en sortir. Et c'était déjà beaucoup. Et dans la vie, au moins dans sa nouvelle vie, une occasion de ce genre était comme ses cailloux imparfaits, surprenants, et peut-être plus beaux que ceux auxquels elle se serait attendue. Les hasards, pensa-t-elle, c'était la vie.

À l'horizon, la masse de l'Éther se mit à darder des rayons bleus, des tourbillons. Aria contempla ce spectacle, fascinée, quand elle sentit une chaleur se diffuser dans tous ses membres et lui prodiguer une étrange puissance.

Comme il était tôt, elle décida de s'entraîner seule. Des rafales de vent balayaient la terrasse par intermittence et le bruit la berçait, totalement absorbée dans ses exercices.

Elle n'aurait su dire depuis combien de temps elle s'exerçait quand elle aperçut Perry. Il était appuyé contre la rambarde en bois, les bras croisés, les yeux rivés sur le ciel. Aria s'étonna de sa présence. Perry avait assisté aux séances d'entraînement avec Roar, tout en gardant ses distances et, ces derniers temps, elle l'avait à peine croisé dans la résidence. Elle commençait à penser qu'il avait changé d'avis et ne souhaitait plus l'emmener à Euphorie.

– C'est le moment ? lui demanda-t-elle.

– Non. Mais ça s'annonce bien. Ce soir, je dirais.

Il ramassa le deuxième couteau factice.

– Roar dort encore, mais je vais te faire travailler jusqu'à ce qu'il nous rejoigne.

– Oh… fit-elle, surprise.

Elle s'était retenue in extremis de s'exclamer « Toi ? ».

– D'accord.

Aria inspira lentement, l'estomac soudain noué.

Dès les premières secondes, elle comprit que cet entraînement ne ressemblerait pas aux autres. Perry était plus grand et plus carré que Roar. Intrépide et direct. Il n'avait pas l'agilité gracieuse de Roar. Et puis, c'était *Perry*.

– C'est la main dont tu te sers habituellement pour lutter ? lui demanda-t-elle.

Perry tenait le couteau dans sa main valide ; l'autre, toujours bandée, restait en arrière pour l'aider à garder l'équilibre.

– Oui, dit-il en souriant, mais je risque de changer d'avis si tu me bats.

Aria sentit ses joues s'empourprer. Elle avait du mal à le regarder en face, pourtant elle *devait* le faire. *Tiens-toi prête. Garde le pied léger. Guette les signes d'attaque.* Les leçons de Roar lui revinrent aussitôt à l'esprit. Plantant finalement son regard dans les yeux verts de Perry, elle ne put s'empêcher de les trouver magnifiques. *Perry* était magnifique. Puis, agacée de se laisser aller à ces pensées frivoles, elle passa à l'attaque. Perry esquiva le coup.

Lorsqu'ils se retrouvèrent face à face, Perry sourit.

– Quoi ? fit-elle.

Il s'essuya le front d'un revers de manche.

– Rien, dit-il.

– Ça te fait rire ?

– Oui. C'est de ta faute, mais excuse-moi quand même.

– C'est de *ma faute* si tu ris ?

La prenait-il pour une adversaire facile à battre ? D'instinct, elle fit un mouvement brusque en avant et sa lame décrivit un léger arc de cercle. Perry s'écarta d'un bond, mais Aria lui érafla le bras.

– Joli coup, commenta-t-il, hilare.

Aria frotta sa main moite sur son pantalon. Perry se remit en garde, mais se redressa presque aussitôt et lâcha le couteau.

– Qu'est-ce que tu fais ? demanda-t-elle.

– Je n'arrive pas à me concentrer. Je pensais pouvoir, dit-il en levant les mains en signe de défaite. Mais je n'y arrive pas.

Il s'approcha. Aria ne pensait pas que son cœur pouvait battre plus fort ; pourtant son pouls ne cessait d'accélérer à mesure que Perry s'avançait vers elle. Finalement, elle sentit le souffle lui manquer quand Perry se planta juste devant elle. La lame en bois de son couteau toucha le torse du jeune homme. La gorge serrée, Aria la regardait fixement, comme hypnotisée.

– Je vous ai observés, Roar et toi, dit-il. J'aurais préféré t'entraîner moi-même.

Il redressa les épaules.

– Je n'en ai plus envie maintenant.

– Pourquoi ? réussit-elle à articuler.

Il se pencha vers elle avec un sourire à la fois éblouissant et timide.

– Je préférerais faire d'autres choses quand je suis seul avec toi.

– Alors fais-les, murmura-t-elle.

Obéissant, Perry lui prit le menton dans ses mains. Peau rêche d'un côté, douceur de la gaze de l'autre. Il baissa la tête et posa légèrement ses lèvres sur celles d'Aria. Elles étaient tièdes et plus douces qu'elle ne l'aurait imaginé, mais Aria eut à peine le temps de s'en apercevoir que déjà Perry s'écartait.

– Il y a un problème ? souffla-t-il. Je sais que le toucher n'est pas… je dois respecter ton choix, ton rythme…

Aria se dressa sur la pointe des pieds. Elle passa les bras autour du cou de Perry et l'embrassa. La douceur de ses lèvres provoqua en elle une vague de chaleur. Perry se figea l'espace d'une seconde, avant de l'enlacer et de lui rendre son baiser avec fougue. Leurs deux corps s'épousaient parfaitement. Aria n'avait jamais rien éprouvé de semblable. Elle avait l'impression de découvrir toute la saveur de Perry. Elle sentait l'étreinte de ses bras autour d'elle, respirait la sueur, le cuir, l'odeur de feu de bois. Ses odeurs à lui. Elle eut tout à coup la sensation d'une évidence, de toucher l'éternité.

Lorsqu'ils finirent par se séparer, la première chose qui la frappa fut le sourire épanoui de Perry qu'elle adorait plus que tout.

– Je crois que tu n'as plus de problème avec le toucher, dit-il.

Il s'exprimait d'un ton léger, mais ses bras frissonnaient encore. Il lui caressa le dos. Une onde de chaleur la parcourut.

– C'était mon premier baiser, murmura-t-elle. Mon premier véritable baiser.

Perry inclina la tête et posa son front sur celui d'Aria. Ses cheveux blonds lui effleurèrent doucement les joues. Il prit une profonde inspiration.

– J'ai l'impression que c'est mon premier vrai baiser, à moi aussi.

– J'ai cru que tu m'évitais. Que tu avais changé d'avis, que tu ne voulais plus aller à Euphorie.

– Non. Je n'ai pas changé d'avis.

Aria glissa les mains dans les cheveux de Perry. Elle n'en revenait pas de le toucher ainsi. Il sourit encore et leurs lèvres se retrouvèrent. Aria songea qu'elle ne se lasserait jamais de cette étreinte. De lui.

– Eh bien, je mentirais si je disais que je suis surpris, déclara Roar en débarquant tranquillement sur la terrasse.

Perry étouffa un juron et s'écarta d'Aria.

– Joli corps-à-corps, Aria. Ce n'est pas moi qui te l'ai appris, mais tu t'es débrouillée comme un chef. Je crois que tu as gagné.

Aria lui décocha un regard assassin, mais ne put s'empêcher de sourire. Perry se pencha de nouveau vers elle et lui ramena les cheveux en arrière.

– Sa parade est plus faible sur le côté gauche, lui souffla-t-il à l'oreille.

Roar leva les yeux au ciel.

– C'est pas vrai ! Espèce de traître.

Aria se montra lamentable lorsqu'elle reprit l'entraînement avec Roar. Pire que le premier jour. Elle s'efforçait de ne pas se laisser distraire par Perry, mais elle mourait d'envie de le regarder. Quand il s'allongea sur la terrasse, le bras devant les yeux, elle l'observa à la dérobée. C'était absurde d'être attirée à ce point par la moindre parcelle de son corps, par tout ce qu'elle percevait de lui.

Les mouvements qu'elle exécutait n'étaient pas assez contrôlés. Ses pas trop allongés. Roar la poussa dans ses derniers retranchements. Il ne fit aucune remarque, mais Aria l'entendait pratiquement lui faire la leçon. *En situation de combat réel, tu seras distraite par des tas de choses. Apprends à les ignorer.*

Finalement, elle retrouva sa concentration et se lança à corps perdu dans les attaques franches et les parades. Dans la simplicité de l'action et de la réaction. Elle n'était plus qu'un corps en mouvement, jusqu'à ce que Perry se relève et réapparaisse dans son champ de vision. Derrière lui, elle aperçut alors le ciel agité et sentit le vent violent sur sa peau.

– Arrêtez-vous, dit-il. Il est temps de partir.

33

PEREGRINE

– Les journées vont être bien moroses sans vous, dit Marron. Derrière lui, les écrans muraux de la salle commune étaient noirs. Sa caméra avait fini par tomber en panne.

Aria lui prit la main.

– Je t'envie. Je donnerais cher pour une journée morose.

Ils étaient prêts. Perry avait vérifié et revérifié leur équipement. Il avait confié à Aria le couteau de Talon. Puis il avait revu leur plan avec Gage et Mark, deux hommes de Marron, qui devaient les accompagner. Ils avaient pour consigne de ramener Aria à Delphi s'ils découvraient que les rumeurs sur Euphorie étaient fondées.

Marron étreignit Aria.

– Tu seras toujours la bienvenue ici, Aria. Quoi qu'il arrive, quoi que tu découvres à Euphorie, tu auras toujours ta place à Delphi.

Perry contempla le tableau du bateau solitaire sur une plage grise, la mer en arrière-plan. Quand il regardait cette peinture, il pouvait presque respirer l'atmosphère de chez lui. Et si Aria était forcée de revenir ici ? Le refuge de Marron n'était situé qu'à une semaine de marche de la région des Littorans… Perdu dans ses pensées, Perry secoua la tête. Les Littorans n'accepteraient jamais une Sédentaire parmi eux lorsqu'ils apprendraient ce qui était arrivé à Vale, Talon et Clara.

Et même sans cela, ils n'accepteraient jamais. Lui-même ne voulait pas commettre la même erreur que son père et son frère. Mêler les sangs était source d'ennuis. Perry le savait mieux que quiconque.

Roar s'avança vers lui.

– En qualité de Seigneur de sang, tu pourrais passer un nouvel accord avec Sable. Et faire revenir Liv.

La réflexion cueillit Perry par surprise. Roar disait vrai. S'il devenait Seigneur de sang, cette décision lui appartiendrait. Mais il n'agirait pas forcément dans ce sens.

– Ne me demande pas ça maintenant.

– Si, je te le demande maintenant. Je croyais que tu verrais les choses différemment, à présent, dit Roar en désignant Aria d'un hochement de tête.

Perry observa Aria qui discutait toujours avec Marron. Le souvenir de leur baiser le submergea.

– Ce n'est pas pareil, Roar.

– Vraiment ?

Perry mit sa besace en bandoulière, puis s'empara de son arc et de son carquois.

– On y va.

Il avait hâte de voir le sol défiler sous ses pieds et se brouiller sous ses yeux. De respirer la nuit à pleins poumons. De sentir le poids de son arc dans son dos.

Ils quittèrent Delphi par un petit portail dans la façade nord. Perry huma les odeurs qui l'assaillaient, laissant la terre et le vent lui indiquer ce qui les entouraient. Son nez vibrait au rythme de l'Éther. Il leva la tête. De vastes entrelacs chargeaient le ciel.

Une fois dans les bois, ils se séparèrent en deux groupes pour se déplacer sans bruit. Perry gravit la colline en compagnie d'Aria. Il avançait avec prudence, sans cesser de surveiller la voûte feuillue. Les guetteurs des Freux étaient probablement des Marqués, sans doute des Audiles. Ils dormaient à la cime des arbres, l'endroit le plus sûr pendant la nuit.

Perry jeta un coup d'œil par-dessus son épaule. Aria avait dissimulé ses cheveux sous une casquette noire et noirci son visage au charbon, tout comme lui. Elle avait les yeux écarquillés, aux aguets. Elle portait sa propre sacoche désormais. Un couteau. Une tenue ajustée. Il se rendit compte à quel point elle avait changé et se demanda alors comment se déroulerait ce nouveau voyage avec elle. Aria risquait de le déconcentrer. Il la sentait effrayée. Mais différemment que lors de leur premier périple ensemble, celui qui les avait amenés chez Marron. Aria réprimait maintenant sa nervosité pour l'utiliser à bon escient.

Les murs de Delphi s'estompaient à mesure qu'ils grimpaient dans la montagne. À en croire l'aspect de l'Éther et l'odeur de brûlé qui s'insinuait dans les narines de Perry, il leur restait encore du temps, peut-être une heure avant que les vortex ne se mettent à pleuvoir.

Aria posa une main sur le dos de Perry et l'arrêta. Elle montra du doigt un arbre imposant, à une quarantaine de pas. Des ramures encore fraîches jonchaient le sol autour du tronc. En levant la tête, Perry aperçut une silhouette nichée au creux d'une branche. L'homme portait une corne d'ivoire. Une vigie. Plus haut, Perry repéra un autre individu. Un duo ayant pour tâche de donner l'alarme.

Perry ignorait comment Aria avait pu les repérer avant lui. Les hommes bavardaient tranquillement… on ne percevait que des bribes étouffées de leur conversation. Perry croisa le regard d'Aria, puis se redressa lentement et encocha une flèche. Il savait qu'il ne manquerait pas le premier homme. Son défi consistait à le tuer en silence. S'il pouvait éviter que l'individu dégringole, ce serait encore mieux.

Il visa, calma sa respiration. Sa cible était proche ; il devrait facilement réussir son tir. Mais un seul cri, un seul sifflement de corne… et tous les Freux fondraient sur eux.

Au loin, un loup poussa un hurlement ; le son idéal pour le couvrir. Perry raidit les deux doigts qui tendaient la corde et décocha la flèche. Elle se planta dans la gorge de l'homme et le cloua au tronc. La corne glissa de ses genoux mais resta accrochée à son bras par une lanière. Tel un croissant blafard dans l'obscurité.

Perry encocha une deuxième flèche, mais l'autre homme, sans aucun doute un Audile, avait perçu un bruit et appela son ami d'une voix affolée. N'obtenant pas de réponse, il descendit de l'arbre à la vitesse d'un écureuil. Perry décocha la flèche. Il l'entendit s'enfoncer dans l'écorce. L'homme se cacha d'un bond derrière le tronc. Perry lâcha aussitôt son arc, sortit son couteau et s'élança.

L'Audile se précipita vers un enchevêtrement de buissons. Il était mince, d'un gabarit plus proche de celui d'Aria que de Perry, et se faufilait avec agilité dans l'épais taillis. Perry fendait les branchages sur son passage. L'entendant se rapprocher, l'homme changea brusquement de direction, mais c'était trop tard, Perry fondit sur lui, le plaquant au sol.

Perry se redressa vite et trancha la gorge de l'homme d'un coup de lame. Le corps de sa victime s'affaissa, inerte, tandis qu'une forte odeur de sang emplissait ses narines. Il essuya sa lame sur la chemise du mort et se redressa, haletant. Tuer un homme aurait dû lui paraître plus difficile que tuer du gibier. Mais ce n'était pas le cas. Il contempla le couteau dans sa main tremblante. Seule l'impression qui suivait était différente.

Un picotement dans les narines obligea Perry à lever la tête. L'Éther commençait à prendre la forme d'un tourbillon gigantesque. La tempête éclaterait bientôt et frapperait fort.

Il glissa le couteau dans son étui et ses muscles se crispèrent lorsqu'il perçut un cri étouffé.

Aria.

34

ARIA

Aria s'accroupit en voyant un troisième homme sauter d'un arbre voisin. Elle serra le couteau de Talon dans sa main, prête à se battre, mais au lieu de courir vers elle, l'homme fonça vers l'arbre où le mort était suspendu. Aria comprit avec effroi qu'il voulait la corne. S'il alertait le reste des Freux, ils n'en réchapperaient pas. Ni elle, ni les hommes de Marron, ni Roar et Perry.

Aria attendit que l'homme s'approche du tronc pour s'élancer vers lui. Elle le rejoignit en quelques bonds. Elle avait choisi le meilleur moment : il était agrippé à l'arbre et lui tournait le dos. Elle comptait sur la vitesse et l'effet de surprise pour terrasser son adversaire comme Roar le lui avait appris.

Tout aurait dû se dérouler sans encombre. Mais soudain, Aria réalisa qu'elle savait seulement où frapper un adversaire qui se trouvait face à elle, pas de dos. Elle songea à sectionner sa jugulaire par-derrière, mais il était déjà trop haut dans l'arbre.

Alors qu'elle envisageait de rebrousser chemin, l'homme l'entendit et tourna brusquement la tête. L'espace d'une seconde, leurs regards se croisèrent. La voix de Roar résonna dans la tête d'Aria. *Frappe la première et vite*. Mais où ? À la jambe ? Dans le dos ? Où ça ?

L'homme se laissa glisser au sol. Alors qu'elle bondissait enfin, Aria vit une masse confuse fondre sur elle.

Elle tomba à la renverse le souffle coupé, et poussa un gémissement étouffé. L'homme était sur elle. Elle se prépara à recevoir un coup de couteau dans le flanc, ou un coup de poing dans la figure, mais son agresseur eut un soubresaut et s'affaissa.

Elle l'avait tué.

Une vague de panique l'envahit au contact des cheveux de l'homme éparpillés sur ses yeux, du corps qui l'écrasait de tout son poids. Trois fois, elle essaya de reprendre son souffle, en vain. Lorsqu'elle y parvint enfin, l'odeur de l'individu se révéla si fétide qu'elle suffoqua et réprima une violente envie de vomir. Une nappe tiède s'écoula sur son ventre. Mais elle ne pouvait pas bouger.

Puis un visage apparut au-dessus d'elle. Une fille aux yeux exorbités, l'air farouche, mais jolie. Elle grimpa dans l'arbre, passa la corne autour de son cou, sauta à terre et partit en courant.

Réunissant toutes ses forces, Aria parvint à libérer son bras. Une autre poussée lui permit de se débarrasser de l'homme en le faisant rouler.

Un autre Freux surgit au même moment à côté d'elle, une silhouette plus imposante. Aria chercha à tâtons son couteau, tandis que la voix de Roar résonnait encore dans sa tête. *Ne lâche jamais ta lame.*

– Du calme, Aria. C'est moi.

Perry. Elle se rappela alors qu'il portait une casquette pour dissimuler sa tignasse dorée.

– Où es-tu blessée ? lui demanda-t-il en lui passant les mains sur le ventre.

– Ce n'est pas moi. Ce n'est pas mon sang.

Perry laissa échapper un soupir et l'attira dans ses bras.

– J'ai cru que ça s'était reproduit, marmonna-t-il.

Aria ignorait de quoi il parlait. Elle ne savait qu'une chose : elle voulait rester contre lui. Elle venait de tuer un homme. Elle était couverte de son sang. Pourtant elle s'écarta.

– Perry. On doit retrouver Roar.

Ils se remettaient en route, quand le hurlement d'une corne déchira le silence.

Ils s'élancèrent côte à côte, couteau en main, et tombèrent soudain sur un corps étendu, face contre terre. Aria sentit ses jambes flageoler. Elle connaissait bien la silhouette de Roar pour avoir passé ces derniers jours à l'observer, à le jauger pour esquiver ses coups.

– Ce n'est pas lui, dit Perry. C'est Gage.

Roar siffla doucement un peu plus loin.

– Par ici, Perry !

Ils le trouvèrent assis contre un arbre, une jambe tendue, l'autre repliée, un bras appuyé dessus. Aria tomba à genoux à côté de lui.

– Ils étaient cinq. Ils ont tout de suite abattu Mark. Gage et moi avons réussi à en tuer quatre. Il a poursuivi celui qui s'est enfui.

– Gage est mort, lui annonça Perry.

Une flaque de sang miroitait sous la jambe de Roar. Aria remarqua une déchirure dans son pantalon noir, au niveau de la cuisse. Sa peau était largement entaillée. Le sang s'écoulait de la blessure.

– Ta jambe, Roar, dit Aria.

Elle appuya les mains dessus pour endiguer l'hémorragie.

La douleur déforma le visage de Roar. Perry sortit de son sac une bande de cuir qu'il utilisa pour comprimer la plaie.

– Je vais te porter.

– Non, Peregrine, dit Roar. Je les entends. Les Freux arrivent.

Aria les entendait aussi. Les clochettes tintaient. Les Freux les pourchassaient, indifférents à la menace de l'Éther.

– On te ramène d'abord chez Marron, suggéra Perry.

– Ils sont trop près. On n'y arrivera jamais à temps.

Aria sentit un souffle glacé sur sa nuque. Elle scruta les

arbres, imagina soixante cannibales qui surgissaient à leurs côtés dans leurs capes sombres.

Perry lâcha un juron. Il tendit à Aria sa gibecière, son arc et son carquois.

– Ne marche pas à plus de trois pas derrière moi.

Il passa un bras sous l'épaule de Roar, comme il l'avait fait avec Cinder. Puis il se mit à courir, en soutenant Roar, tandis que les clochettes tintaient à ses oreilles. Aria lui emboîta le pas mais trébucha dans la côte ; le carillonnement devenait entêtant.

Perry balaya les arbres du regard, les yeux écarquillés, étincelants.

– Là ! cria-t-il en se tournant vers un affleurement rocheux. Il posa Roar à terre et prit son arc et son carquois des mains d'Aria.

À bout de souffle, Aria s'accroupit derrière les rochers, près de Roar. De l'autre côté, Perry décochait ses flèches l'une après l'autre. Des cris d'alerte fusèrent dans la nuit.

Aria ne pouvait détacher son regard de Perry. Elle l'avait déjà vu dans cet état, presque serein face à la mort. C'était un Étranger la dernière fois. Maintenant c'était *Perry*. Comment pouvait-il supporter de commettre de tels actes ?

Son arc se posa bientôt aux pieds d'Aria, dans un bruit qu'elle trouva étonnamment sourd.

– C'est fini, dit-il. Je n'ai plus de flèches.

35
PEREGRINE

L'odeur pestilentielle des Freux agressait la gorge de Perry. Les clochettes à leur ceinture miroitaient sous la lumière de l'Éther. Elles n'émettaient plus qu'un tintement étouffé à présent. La chasse à l'homme s'achevait. Aria, Perry et Roar étaient cernés.

Sur un signal, les assaillants enfilèrent leur masque et baissèrent la capuche de leur longue cape. Perry ne vit plus dans la pénombre que des dizaines de masques à bec. Aria était debout à côté de lui, le couteau à la main. Roar se leva et s'adossa contre les rochers.

Les Freux avaient leurs propres archers : six hommes qui les visaient, à moins d'une dizaine de mètres. Allait-il mourir ainsi ? Était-ce la fin qu'il méritait ? Combien d'hommes avait-il lui-même abattus froidement d'une simple flèche ?

Un individu fortement charpenté s'avança vers eux. Son masque n'était pas confectionné d'os et de peau, mais d'argent. Il luisait sous l'Éther quand il leva la tête au vent, d'une manière que Perry connaissait bien.

– Rends les armes, Seigneur de sang.

Sa voix était profonde et vibrante. Solennelle. En d'autres circonstances, Perry aurait apprécié qu'on le prenne pour un chef de clan. Mais aujourd'hui, seule la triste vérité lui apparaissait :

c'était la première et la dernière fois qu'on s'adressait à lui en ces termes.

– Je n'en ferai rien, déclara-t-il.

Masque-d'Argent resta muet pendant un long moment. Puis il interpella l'un des archers.

– Frappe à la jambe. Uniquement le muscle. Ne transperce pas les artères.

Perry avait frôlé maintes fois la mort. Mais en entendant ces paroles, il pensa que son heure était venue. Plus que de la peur, il ressentit la déception cuisante de n'avoir pas accompli tout ce qu'il souhaitait. Tout ce dont il se savait capable.

L'archer leva son arc, le regard fixe, et visa à travers son masque de Freux.

– Non ! cria Aria en se mettant devant Perry.

– Recule, Aria, ordonna-t-il.

Mais quand elle lui prit la main, Perry ne la repoussa pas. Elle se posta à ses côtés, sentant sûrement qu'il avait besoin d'elle. Besoin de Roar aussi. Grâce à eux, il pouvait attendre qu'une flèche le tue.

L'archer hésita en voyant leurs mains jointes.

– Perry… murmura soudain Roar. Derrière eux. Baissez-vous !

L'odeur de l'Éther brûla la cloison nasale de Perry et se répandit en grésillant sur sa peau. Un murmure parcourut le groupe des Freux. Ils levèrent leurs masques et hurlèrent de terreur en voyant Cinder.

L'adolescent s'avança parmi eux, torse nu ; ses veines zébraient sa peau de lignes incandescentes. Ses yeux étincelaient du bleu de l'Éther. Les Freux déguerpirent dans le vacarme assourdissant de leurs clochettes.

– Cinder, souffla Perry.

Il croisa les yeux du garçon et soutint un instant son regard. Puis Cinder lui tourna le dos et leva les paumes vers le ciel. Perry sentit un appel d'air, comme une inspiration avant un cri. Il saisit Aria par la taille et bondit par-dessus les rochers, atterrissant sur Roar, tandis que Cinder illuminait la nuit d'un feu liquide.

Des fulgurances surgirent ici et là, et l'horrible cri strident de l'Éther étouffa les hurlements des Freux. Perry ferma les yeux pour ne pas voir les éclairs. Il protégea de son mieux Roar et Aria de son corps, agrippant la terre, comme s'ils risquaient d'être aspirés vers le ciel.

Le silence revint brusquement, tout aussi assourdissant. Puis un courant d'air frais caressa les bras de Perry. De longues secondes s'écoulèrent avant qu'il ose relever la tête. Une forte odeur de poils, de cheveux et de chair brûlés se mêlait à celle du bois calciné. Perry tenta de se mettre à genoux, mais il roula sur le côté.

Il vit les étoiles scintiller à travers une vaste brèche dans la nappe d'Éther. Tout autour, des cercles concentriques se mouvaient comme les ondes produites par un caillou lancé dans l'eau, sauf que les vagues se resserraient au lieu de s'étendre. Les vaguelettes couvraient lentement les étoiles, l'une après l'autre, de leur lumière bleutée.

Aria apparut au-dessus de Perry.

– Ça va ?

Il ne pouvait pas parler. Un goût de cendre et de sang avait envahi sa bouche.

– Roar ! Viens voir ! s'affola-t-elle en l'obligeant à poser la main sur le front de Perry.

– Où est-ce que tu as mal, Perry ? lui demanda Roar.

« Partout, songea Perry, qui savait que Roar pouvait l'entendre. Mais surtout dans la gorge. Et toi ? »

– Ça peut aller, répondit Roar avant de se tourner vers Aria. Il va bien.

Avec l'aide d'Aria, Perry se redressa en position assise. À perte de vue les arbres étaient calcinés, réduits à l'état de charbon. La terre était jonchée de braises, mais il ne distingua aucune flamme. Pas l'ombre d'un cadavre. Tout avait été brûlé. Il ne restait plus un souffle de vie dans ce paysage. Cinder avait tout anéanti, à l'exception d'un masque en argent qui traînait parmi les cendres, déformé, fondu comme de la cire.

Non loin de là, il y avait aussi une silhouette cadavérique au crâne lisse qui gisait au cœur d'un cercle de fine poussière grise. Perry se leva. Cinder était recroquevillé sur lui-même. Nu. Ses vêtements complètement calcinés. La tête dépourvue du moindre cheveu. La lumière de ses veines avait faibli, mais elle continuait à briller sous sa peau.

Ses yeux s'entrouvrirent, telles deux fentes sombres.

– T'as vu ce que j'ai fait ?

– J'ai vu, répondit Perry d'une voix brisée.

Cinder regarda alors la main de Perry. Il contempla la chair altérée.

– J'ai pas pu l'éviter.

– Je sais, dit Perry qui voyait son reflet dans les yeux à nouveau noirs du garçon.

Il comprenait la terreur que ressentait Cinder à l'idée d'avoir pu causer un tel massacre.

Cinder gémit et s'agrippa le ventre. Il fut pris de soudaines convulsions. Perry sortit une couverture de sa sacoche et la déposa sur le corps du garçon. Puis il camoufla le reste de leurs affaires derrière les rochers. Aria aida Roar à se relever, puis à marcher, en soutenant son flanc blessé, tandis que Perry prenait Cinder dans ses bras. Le garçon avait la peau glacée.

– J'ai fait ce qu'il fallait faire, bégaya Cinder.

Ils aperçurent alors deux Freux blottis contre un arbre. À la vue de Cinder, ces derniers s'enfuirent en courant. Perry déglutit avec peine, la gorge en feu.

Ils s'engouffrèrent bientôt dans la cour de Delphi. Perry déposa Cinder près de Roar, à même les pavés. Autour d'eux, les gens se rassemblaient, brandissant des armes, prêts à toute éventualité, la guerre ou une invasion quelconque. Dans le ciel, la brèche entrouverte par Cinder dans le flot de l'Éther s'effaçait peu à peu.

Marron fendit la foule.

– Où sont Mark et Gage ?

Perry secoua la tête, puis lui tourna le dos et s'éloigna en titubant, accablé. Il entendit Aria raconter à Marron ce qui s'était passé. Les gens se mirent à hurler, maudissant Perry. Ils avaient raison. C'était lui qui avait attiré les Freux. Mark et Gage étaient morts à cause de lui.

Marron vint vers lui.

– Tu ne peux pas rester ici, Peregrine. Les Freux risquent de revenir. Rentre chez toi. Ramène Aria auprès de sa mère.

Ces quelques paroles suffirent à clarifier ses idées. Il n'avait pas de temps à perdre. Il rejoignit Roar.

– Tu viendras au printemps ? lui demanda-t-il.

Roar serra fermement la main que Perry lui tendait.

– Dès que je pourrai.

Perry s'approcha ensuite de Cinder. Il savait qu'il ne pouvait rien imposer à l'adolescent, qui possédait un pouvoir nettement supérieur au sien. Mais il savait aussi que Cinder avait besoin de lui. De quelqu'un pour l'aider à comprendre ce qu'il avait fait, ce qu'il pouvait encore faire. Peut-être lui-même en avait-il besoin.

– Tu viendras avec Roar ?

Cette question était bien plus grave qu'elle n'y paraissait. Il s'agissait de savoir si Cinder s'engageait auprès de lui.

Le jeune garçon répondit sans hésiter.

– Oui.

36
PEREGRINE

Après avoir quitté Delphi, Perry et Aria récupérèrent leurs affaires dans le creux des rochers et se mirent à courir. L'Éther s'était remis à hurler et à faire pleuvoir des vortex qui faisaient trembler la terre sous leurs pas. La fumée densifiait l'air frais et les bois prenaient feu. Perry esquivait les flammes, agrippé à la main d'Aria.

Ils cheminèrent sous la tempête pendant quelques heures puis, dès qu'elle fut derrière eux, ils ralentirent l'allure. Ils passèrent le reste de la nuit à marcher en silence. Ils se prenaient parfois par le bras, par la main. Se passaient régulièrement la gourde pour se désaltérer. Ces contacts n'avaient d'autre but que de se dire « Je suis là » et « On est toujours ensemble ».

À l'aube, Perry ne put continuer à ignorer les effluves de sang et de cendre qui leur collaient aux vêtements et à la peau. La fumée de l'orage d'Éther s'estompait. Il ne fallait plus compter sur elle pour masquer leurs odeurs et tenir les loups à l'écart. Ils s'arrêtèrent donc au bord d'une rivière qui déferlait en cascade sur des rochers gris et se lavèrent à la hâte en frissonnant dans l'eau glacée. Puis ils se remirent en route. Perry espérait que cela suffirait.

Quelques heures plus tard, Aria lui agrippa le bras.

– J'entends aboyer, Perry. Il faut qu'on se mette à l'abri.

Perry tendit l'oreille. Il ne perçut que l'accalmie qui succédait à la tempête ; cependant, l'air était chargé d'une forte odeur musquée et animale, annonçant la proximité d'une meute. Il scruta la forêt, en quête d'un arbre robuste où trouver refuge, mais ne vit que des pins aux branches élancées et graciles. Il commanda à Aria de presser le pas ; il se reprochait de ne pas avoir pris de nouvelles flèches chez Marron. Ils n'avaient que leur couteau pour se protéger. Une arme qui ne ferait guère le poids face aux loups.

Aria se retourna brusquement, les yeux exorbités.

– Perry, ils sont derrière nous !

Quelques instants plus tard, il entendit les loups. Leurs aboiements aigus paraissaient tout proches. Désespéré, il entraîna Aria vers un arbre voisin. Un piètre choix : ses branches étaient frêles et beaucoup trop basses. Puis il vit un chemin de terre battue qui serpentait vers un arbre plus imposant. Mieux : une cabane en bois était érigée dans ses branches. Il entraîna Aria en courant tandis que les aboiements s'amplifiaient. Des griffures laceraient l'écorce à la base du tronc. Une échelle de corde pendait d'une branche maîtresse.

Perry souleva Aria pour l'aider à grimper.

– Ils arrivent ! hurla-t-elle. Viens, Perry !

Perry hésita. Il craignait que la corde ne supporte pas leur poids à tous les deux. Il sortit son couteau.

– Vas-y ! Je te suis.

Sept loups surgirent, visiblement en quête d'une proie. Des bêtes énormes aux yeux bleus étincelants et à la robe argentée. Leur odeur musquée déferla dans les narines de Perry, telle une vague écarlate. Les fauves dressèrent leurs museaux luisants et flairèrent les odeurs, tout comme lui, puis baissèrent les oreilles et montrèrent les dents, le poil hérissé.

Parvenue au sommet de l'échelle, Aria appela Perry. Il fit volte-face et agrippa le barreau le plus haut. Il leva aussitôt les jambes pour éviter les mâchoires des bêtes qui s'étaient déjà regroupées autour du tronc. D'un coup de pied, il frappa un loup à l'oreille. Celui-ci fila dans un jappement, laissant le temps à Perry de poser le pied sur un barreau et de commencer l'ascension.

Quelques instants plus tard, Aria l'aidait à se hisser à côté d'elle, sur une grosse branche qu'ils longèrent ensuite jusqu'à la cabane. Deux des murs étaient pleins, mais les deux autres avaient perdu des planches, ce qui donnait à l'ensemble une allure de cage.

Aria se glissa aussitôt par une ouverture. Perry ne passait pas, alors il brisa une des planches d'un coup de pied. Quand il pénétra à l'intérieur, le bois gémit sous son poids et Perry s'aperçut qu'il ne tenait pas debout, mais le plancher semblait résistant. L'espace de quelques secondes, Aria et lui se dévisagèrent, à bout de souffle. Les loups aboyaient en contrebas et griffaient le tronc d'arbre. Perry écarta quelques brindilles du pied et posa sa besace.

– On sera en sécurité ici, dit-il.

Aria regarda à travers les interstices, les épaules crispées par la tension. En bas, les jappements enragés continuaient.

– Ils vont rester longtemps ? demanda-t-elle.

Perry ne voyait pas l'intérêt de lui mentir. Les loups attendraient, comme les Freux.

– Le temps qu'il faudra.

Il se passa une main dans les cheveux tout en réfléchissant aux choix qui s'offraient à lui. Il pouvait confectionner de nouvelles flèches, mais cela prendrait du temps et il avait laissé son arc en bas. Désœuvré, il s'agenouilla et sortit les couvertures de sa besace.

Ils se blottirent l'un contre l'autre dans l'obscurité naissante. Dans le noir, les craquements semblaient plus sonores. Perry sortit de l'eau, mais Aria ne voulut pas boire. Elle avait les paupières closes et elle se bouchait les oreilles. Son humeur transpirait l'angoisse et Perry savait – sentait – que les bruits lui causaient une douleur physique. Hélas, il ignorait comment l'aider.

Une heure s'écoula. Aria n'avait toujours pas bougé. Perry songeait que les aboiements allaient le rendre fou, quand ils cessèrent brusquement. Il se redressa.

Aria ôta les mains de ses oreilles, une lueur d'espoir dans les yeux.

– Ils sont toujours là, murmura-t-elle.

Perry s'adossa contre une paroi de planches, absorbant la quiétude ambiante. Le hurlement qui suivit fit courir un frisson le long de son dos. Il se tendit, prêtant l'oreille à une plainte qu'il n'avait encore jamais entendue. Comme lorsqu'il entrait en symbiose, la plainte provoqua une émotion profonde et pesante en lui qui lui coupa le souffle. D'autres loups se joignirent bientôt au premier hurlement. Perry sentit tous les poils de ses bras se dresser.

Après quelques minutes, les cris cessèrent. Perry attendit, plein d'espoir, mais les aboiements et les grattements reprirent. Les planches remuèrent. Aria se leva et s'approcha du bord, la couverture sur les épaules. Elle observa les loups, mit les mains en porte-voix et ferma les yeux.

Perry crut entendre un nouveau hurlement de loup. Il avait eu beau la voir faire, il n'arrivait pas à croire que c'était elle, cette fois, qui avait émis ce cri. En bas, les aboiements se calmèrent. À ce moment, Perry croisa furtivement le regard d'Aria. Puis elle émit une nouvelle plainte plus forte et plus mélancolique encore que la précédente. Sa voix de chanteuse avait davantage de puissance et de portée que celle de n'importe quel loup.

Puis Aria se tut et le silence retomba. Le cœur de Perry cognait dans sa poitrine.

Il perçut un léger gémissement, un reniflement humide. Puis, au bout d'un moment, il entendit la meute s'éloigner en trottinant dans la nuit.

Les loups étant partis, Perry sentit la tension laisser la place à l'épuisement et aux interrogations.

– Qu'est-ce que tu leur as dit ? demanda-t-il à Aria.

– Aucune idée. J'ai juste essayé de copier leurs hurlements.

Il but une gorgée d'eau.

– C'est un don que tu possèdes.

– Un don ? fit-elle, perdue dans ses pensées. Je n'avais jamais vu ça sous cet angle. Mais peut-être, oui, ajouta-t-elle en souriant. On a un point commun, Perry. J'ai une voix de soprano Falcon, autrement dit de soprano « faucon ».

Il sourit.

– Qui se ressemble s'assemble…

Comme leur angoisse s'apaisait, ils firent un bref repas composé de fromage et de fruits secs qu'ils avaient apportés de chez Marron. Puis ils s'enveloppèrent dans les couvertures, s'assirent sur les planches et écoutèrent le vent agiter les branches alentour.

– Tu as une copine dans ta tribu ? l'interrogea soudain Aria.

Perry la dévisagea et sentit son pouls s'accélérer. C'était la dernière des questions à laquelle il souhaitait répondre.

– Ce n'est pas quelqu'un d'important, dit-il avec prudence.

Ça semblait maladroit dit comme ça, mais c'était la vérité.

– Pourquoi n'est-elle pas importante ?

– Tu sais déjà ce que je vais te répondre, non ?

– Rose me l'a dit. Mais je préfère l'entendre de ta bouche.

– Mon Sens est le plus rare qui soit. Le plus puissant. Il est donc encore plus capital pour moi de préserver la pureté de ma lignée, que ça ne l'est pour les autres Marqués.

Il se frotta les paupières en soupirant.

– Mélanger les Sens apporte la malédiction. Le malheur.

– La malédiction ? Ça semble archaïque. On dirait un truc sorti tout droit du Moyen Âge.

– Ça ne l'est pas, dit-il en s'efforçant de garder son calme.

Aria prit le temps de réfléchir, puis revint à la charge.

– Et toi ? Tu as deux Sens. Ta mère était une Olfile ?

– Non. Aria, je n'ai pas envie d'en parler.

– Moi non plus, en fait.

Ils se turent. Perry avait envie de s'approcher d'elle. De retrouver les mêmes sensations que la veille, sa main dans la sienne. Mais l'humeur d'Aria s'était appesantie ; elle était devenue glaciale comme la nuit.

Elle reprit enfin la parole.

– Perry, qu'est-ce que je sentirais maintenant, si j'étais une Olfile ?

Il ferma les yeux. Décrire leurs différences ne risquait pas de les rapprocher. Mais s'y refuser non plus. Il prit une inspiration, puis lui raconta ce que son odorat lui indiquait.

– Il reste la trace des loups. Les odeurs de l'arbre ont une tonalité hivernale.

– Les arbres ont une odeur d'hiver ?

– Oui. Ce sont les premiers à indiquer les changements de saison.

Perry regrettait déjà d'avoir parlé. Aria se mordit la lèvre.

– Quoi d'autre ? demanda-t-elle.

Il percevait dans son humeur qu'il l'avait ébranlée, à cause de toutes ces choses qu'il savait et qu'elle ignorait.

– Il y a de la résine et de la rouille sur les clous en fer. Je sens les vestiges d'un incendie, sans doute vieux de plusieurs mois, mais les cendres sont différentes de celles d'hier, avec Cinder. Celles-ci sont sèches ; elles ont une saveur de sel fin.

– Et hier ? demanda-t-elle doucement. Ces cendres-là sentaient quoi ?

Il la dévisagea.

– Elles étaient bleues. Insipides.

Elle hocha la tête comme si elle saisissait, mais il savait que c'était impossible.

– Aria, ce n'est pas une bonne idée.

– S'il te plaît, Perry. Je veux savoir comment tu ressens les choses, comment c'est pour toi.

Il s'éclaircit la voix.

– Cette cabane appartenait à une famille. Je sens les traces d'un homme et d'une femme. Un jouvenceau…

– C'est quoi, un jouvenceau ?

– Un jeune garçon sur le point de devenir un homme. Comme Cinder. Les hormones en ébullition dégagent une odeur facilement reconnaissable, si tu vois ce que je veux dire.

Elle sourit.

– Un peu comme la tienne, alors ?

Il porta sa main à son cœur, faisant mine d'être blessé.

– Touché, dit-il. Oui, un autre Olfile sentirait sûrement mon ébullition à des kilomètres à la ronde.

Elle éclata de rire en inclinant la tête. Ses cheveux noirs effleurèrent son épaule. Et, pour Perry, cela suffit à réchauffer l'air de la nuit.

– Je saurais tout ça si j'étais une Olfile ? reprit-elle.

– Et même bien plus, souffla Perry. Tu saurais exactement ce dont j'ai envie maintenant.

– Comme ?

– Que tu te rapproches de moi.

– À quel point ?

Il souleva le bord de sa couverture.

Elle le surprit en passant les bras autour de sa taille pour l'étreindre. Perry contempla la chevelure sombre d'Aria lorsqu'elle se lova contre son torse. Quelque chose s'allégea en lui. Ce n'était pas le genre d'étreinte qu'il avait eu en tête, mais cela valait peut-être mieux. Ce n'était pas la première fois qu'elle comprenait avant lui ce dont il avait besoin.

Aria s'écarta, les yeux baignés de larmes. Elle était si proche que son odeur s'insinuait en Perry et l'enivrait. Malgré lui, il avait aussi les larmes aux yeux.

– Je sais bien que nous n'aurons pas d'autres moments comme celui-là, Perry. Je sais que ça va s'arrêter.

Il l'embrassa. Elle avait une saveur divine. Comme de l'eau de pluie. Il l'attira contre lui avec fougue. Mais elle le repoussa et sourit. Sans un mot, elle déposa un baiser sur l'arête de son nez, puis à la commissure de ses lèvres et enfin sur son menton. Perry sentit son cœur s'arrêter quand elle lui releva la chemise. Il l'aida, la passant par-dessus sa tête. Aria promena le regard sur sa poitrine, puis suivit ses Marques du doigt.

– Tourne-toi, je veux voir ton dos, dit-elle.

Perry ne s'était pas attendu à ça non plus, mais il acquiesça et se tourna. Il pencha la tête en avant et en profita pour tenter de retrouver ses esprits. Il sursauta et poussa un grognement quand elle dessina la forme des ailes sur sa peau ; puis il se maudit en silence. Il aurait voulu passer pour un Sauvage qu'il n'y serait pas mieux parvenu.

– Désolée, murmura-t-elle.

Il toussota.

– Tous les Marqués se font tatouer après leur quinzième anniversaire. Une bande pour leur Sens et un autre tatouage pour leur nom.

– Ce tatouage est magnifique, dit-elle d'une voix douce. Comme toi.

C'en était trop. Il pivota sur lui-même et la fit basculer sur le dos, tout en la prenant dans ses bras.

Aria eut un petit rire nerveux.

– Ça ne te plaît pas ?

– Oh si. Beaucoup trop !

D'un mouvement leste, il glissa une couverture au-dessous d'eux, et les recouvrit d'une autre. Ensuite il embrassa Aria et se noya dans la soie de sa peau, dans ses effluves de violettes.

– Perry, si on… est-ce que je risque de… ?

– Non, répondit-il. Pas aujourd'hui. Tu aurais une odeur différente.

– Vraiment ? Comment ça ?

Perry sourit intérieurement. Toujours des questions. C'était plus fort qu'elle.

– Elle serait plus sucrée.

Elle l'attira davantage vers elle en le prenant par le cou.

– Aria, chuchota-t-il, on n'est pas obligés de le faire si tu as un doute.

– Je te fais confiance et je n'ai aucun doute.

Et il sut qu'elle disait la vérité.

Il l'embrassa lentement. Ralentit le moindre de ses gestes, afin de pouvoir suivre son humeur et la dévorer des yeux. Lorsqu'ils ne firent plus qu'un, le parfum d'Aria exhalait le courage, la force et la certitude. Perry laissa ses sensations à elle l'envahir, respira son souffle, tout ce qu'elle éprouvait. Il n'avait jamais rien connu d'aussi juste.

37
ARIA

Le lendemain matin, Perry annonça à Aria que l'odeur des loups s'était estompée. Il pensait que la meute n'était plus dans les parages ; ils cheminèrent toutefois avec prudence, décidés à se reposer uniquement quand ils auraient quitté ce territoire.

Perry avait changé d'attitude envers elle. Il lui parlait tranquillement en marchant. Il répondait à toutes ses questions, et anticipait celles qu'elle ne posait pas, sachant qu'elle voudrait s'informer sur telle ou telle chose. Il lui parla des plantes qui jalonnaient leur route. Celles qui étaient comestibles ou présentaient un intérêt médicinal. Il lui montra les pistes d'animaux qu'ils croisèrent et lui expliqua comment se repérer à la forme des collines.

Aria retint chacun des mots qu'il prononça et savoura le moindre de ses sourires. Elle trouva des prétextes pour s'approcher de lui, faisant mine de s'intéresser ici à une feuille, là à un rocher. En réalité, rien d'autre que Perry ne l'intéressait. Quand il annonça qu'ils mettraient six jours pour atteindre Euphorie, elle arrêta de chercher des prétextes. Six jours, c'était trop court pour ne pas profiter de chaque instant avec lui.

Dans l'après-midi, ils s'arrêtèrent et mangèrent sur un affleurement rocheux. Perry lui déposa un baiser sur la joue alors qu'elle mastiquait, et elle découvrit qu'il était délicieux d'être embrassée sans raison. Ce geste illuminait les bois, le ciel d'Éther, tout.

Aria adopta aussitôt cette tactique, qu'elle appela le « Baiser Spontané », mais comprit vite que les Olfiles étaient très difficiles à surprendre. Chaque fois qu'elle voulait lui faire un Baiser Spontané, Perry souriait, le regard enjôleur, et l'accueillait à bras ouverts. Elle l'embrassait quand même. Mais elle ne pouvait s'empêcher de penser qu'un jour il choisirait une fille semblable à lui. Une Olfile qui ne se laisserait pas voler un Baiser Spontané. Aria se demanda si Perry et cette fille connaîtraient vraiment l'un l'autre toutes les émotions qui les traversaient. Et elle trouva ça à la fois étrange et effrayant de détester autant une inconnue. Ça ne lui ressemblait pas.

Cette nuit-là, Perry confectionna un hamac avec leurs couvertures et une corde. Pelotonnée contre lui dans un cocon de laine polaire bien douillet, son cœur à lui battant régulièrement sous son oreille à elle, Aria pensa à Rêverie et à sa vie d'avant, la possibilité d'exister dans deux mondes à la fois lui manqua.

Le lendemain, Aria passa des heures plongée dans ses réflexions. Elle se sentait changer, et aimait ce qu'elle était en train de devenir, de découvrir. Elle aimait savoir qu'on plumait plus facilement un oiseau encore chaud, elle avait plaisir à allumer un feu avec un couteau et un morceau de quartz, ou encore à chanter, blottie dans les bras d'un garçon aux cheveux blonds.

Elle ignorait ce qu'elle ferait de tout ça à Rêverie. Réussirait-elle à retourner dans une Capsule ? Après cette aventure qui l'avait tour à tour bouleversée, terrifiée et exaltée, comment pourrait-elle se contenter de sensations simulées ? Le simple fait d'y penser l'inquiétait. Finalement, elle décida qu'il valait mieux qu'elle arrête d'y réfléchir. Elle aviserait le moment venu.

– Perry ? murmura-t-elle en plein cœur de la nuit.

Il resserra aussitôt les bras autour de sa taille. Aria comprit qu'elle l'avait réveillé.

– Hmm… ?

– À quel moment est-ce que tes Sens se sont développés ?

Dans le silence, elle l'entendait presque faire défiler ses souvenirs.

– Ma vue s'est développée la première. Vers l'âge de quatre ans. Au début, personne n'a remarqué qu'elle était différente… pas même moi. Le don des Vigiles s'exprime habituellement de jour. Quand on s'est aperçu que moi, je voyais surtout mieux la nuit, personne n'en a fait grand cas. Pas dans mon entourage, du moins. J'avais huit ans quand j'ai commencé à flairer les humeurs. Huit ans tout rond. Je m'en souviens très bien.

– Pourquoi ? s'enquit Aria, même si Perry avait prononcé la phrase d'un ton si singulier qu'elle n'était pas certaine de vouloir une réponse.

– Ce don a tout changé pour moi… Je me suis rendu compte que, souvent, les gens disaient une chose et pensaient le contraire. Et qu'ils voulaient fréquemment ce qu'ils ne pouvaient pas avoir. Je ne pouvais pas m'empêcher de sentir ce que les gens cachaient.

Le pouls d'Aria s'accéléra. Elle saisit la main blessée de Perry. Il avait cessé de porter le bandage la nuit où ils avaient quitté Delphi. Sa peau était marbrée, rugueuse à certains endroits, trop lisse à d'autres. Aria porta la main à ses lèvres et y déposa un baiser. Elle n'aurait jamais cru qu'elle aurait un jour envie d'embrasser une cicatrice. Pourtant, elle aimait celles de Perry, elle les avait déjà toutes embrassées, une par une, à mesure qu'il lui en racontait l'histoire, ce qui les avait imprimées sur sa peau.

– Et qu'est-ce que tu as appris ? demanda-t-elle.

– Que mon père buvait pour supporter ma présence. Qu'il se sentait encore mieux quand il me cognait. Pendant quelques instants, du moins. Cela ne marchait jamais longtemps.

Les yeux d'Aria s'embuèrent, et elle serra davantage Perry contre elle. Elle avait deviné cette facette de son histoire. Bizarrement, elle avait su.

– Perry… qu'est-ce que tu avais bien pu faire pour mériter ça ?

– Ma… je n'en ai encore jamais parlé auparavant.

Aria sentit sa propre gorge se serrer.

– Tu peux tout me raconter.

– Je sais… J'essaie… Ma mère est morte en me mettant au monde. Elle est morte à cause de moi.

Aria s'écarta pour le regarder en face. Il ferma les yeux.

– Ce n'était pas de ta faute. Tu ne peux pas t'en vouloir pour ça. Perry…

– Mon père m'en voulait. Pourquoi est-ce que je ne m'en voudrais pas ?

Aria se souvint qu'il lui avait dit avoir déjà tué une femme. Elle comprit soudain qu'il lui parlait alors de sa mère.

– Perry, c'est horrible ce qui s'est passé. Mais c'est encore plus horrible que ton père t'ait donné l'impression que tu étais coupable.

– C'est ce qu'il ressentait, Aria. On ne peut pas camoufler une humeur.

– Il avait tort ! Est-ce que ton frère et ta sœur t'en ont voulu aussi ?

– Liv, jamais. Et Vale… Je ne crois pas, mais je n'en suis pas certain. Je ne peux pas flairer ses humeurs, tout comme je ne peux pas capter les miennes. Mais peut-être que si, au fond, il m'en veut aussi. Je suis le seul à avoir hérité du Sens de ma mère. Mon père a tout abandonné pour être auprès d'elle. Il a fondé une tribu. Vale et Liv sont nés. Et puis je suis venu au monde et je lui ai volé celle qu'il aimait le plus au monde. Les gens ont dit que c'était la malédiction du sang mêlé. Qu'elle s'était finalement abattue sur lui.

– Tu ne lui as rien volé. C'est terrible, mais ce sont des choses qui arrivent.

– Non, c'est une malédiction. La même chose est arrivée à mon frère. Mila était une Vigile aussi, et elle… elle est morte. Et Talon est malade… ajouta-t-il d'une voix brisée.

Il soupira.

– Je ne sais plus ce que je dis… Je ne devrais pas discuter de ça avec toi. J'ai trop parlé ces derniers temps. Peut-être que j'ai oublié comment m'arrêter.

– Tu n'as pas à t'arrêter.

– Tu sais ce que je pense des mots.

– Les mots sont le meilleur moyen dont je dispose pour te connaître.

Perry glissa une main sous la joue d'Aria, puis ses doigts se faufilèrent dans ses cheveux.

– Le meilleur moyen ?

Du pouce, il lui caressa le menton. Ce geste détourna l'attention d'Aria, qui savait que c'était le but recherché. Peut-être qu'en essayant de sauver le plus de gens possible Perry cherchait à réparer une erreur qu'il n'avait pas commise ?

– Perry… reprit-elle. Peregrine… tu es quelqu'un de bien. Tu as mis ta vie en danger pour Talon et Cinder. Pour moi. Tu l'as fait même quand tu ne m'aimais pas. Tu t'inquiètes pour ta tribu. Tu as de la peine pour Roar et pour ta sœur. Je le sais. Je l'ai vu sur ton visage, chaque fois que Roar parlait de Liv.

Aria avait la voix qui tremblait.

– Tu es vraiment quelqu'un de *bien*, Peregrine.

Il secoua la tête.

– Tu m'as vu à l'œuvre.

– En effet. Et je sais que ton cœur est bon.

Elle posa la main sur la sienne et sentit toute la vie qui palpitait en lui. Une vibration forte et puissante, comme si elle avait posé l'oreille sur sa poitrine.

Il cessa de lui caresser le visage et déplaça la main vers sa nuque. Puis il l'attira vers lui jusqu'à ce que leurs fronts se touchent.

– J'ai aimé ces paroles, dit-il.

Dans ses yeux étincelants, Aria vit briller des larmes de gratitude et de confiance. Et l'ombre de ce qu'ils n'osaient pas se dire l'un l'autre, vu le peu de jours qu'il leur restait. Pour l'instant, pour cette nuit, du moins, ils avaient eu leur compte de paroles.

38
PEREGRINE

Aria occupait tant ses pensées que Perry en oubliait de manger. Le signe infaillible qu'il allait s'attirer des ennuis. Ils avaient épuisé les quelques provisions emportées de chez Marron. Aujourd'hui il devrait chasser. Au matin, il tailla rapidement quelques flèches dans des branches qu'il avait ramassées et décida de traquer le gibier en chemin. Cela ralentirait leur allure, mais il ne pouvait plus ignorer ses crampes d'estomac.

Ils cheminaient sur les contreforts d'une colline lorsque Perry flaira un blaireau dans une vaste clairière, à proximité d'une rivière. « Ce sera notre dîner », décida Perry.

Il repéra vite l'entrée du terrier, puis un autre trou un peu plus loin. Il fit du feu à une extrémité du tunnel et y posta Aria, munie d'une branche feuillue.

– Évente la fumée pour qu'elle s'infiltre dans la galerie. Il va venir vers moi. Les animaux ne courent pas vers le feu.

Le blaireau vit Perry en surgissant de son trou. Et, contre toute attente, il rebroussa chemin. Perry se précipita vers Aria.

– Ton couteau ! Il vient vers toi !

Elle se tenait prête et guettait l'ouverture, quand Perry la rejoignit. Mais le blaireau ne se montra pas. Aria se redressa et se mit à arpenter le terrain. Elle s'arrêtait tous les deux ou trois mètres et changeait de direction en inspectant le sol humide à proximité de la rivière. Cela confirmait les doutes de Perry.

Il avait commencé à s'interroger le jour où ils avaient vu les loups. Finalement, Aria s'immobilisa et croisa son regard.

– Il est juste sous mes pieds, dit-elle avec un grand sourire épanoui.

Perry fit glisser l'arc de son épaule. Elle arrêta son geste.

– Je m'en charge, déclara-t-elle. Mais j'ai besoin de ton couteau.

Perry le lui confia et recula en silence.

Aria s'accroupit et attendit quelques instants, cramponnant la longue lame à deux mains. Puis elle leva le couteau au-dessus de sa tête, avant de l'enfoncer violemment dans la terre boueuse.

Perry ne perçut qu'un cri étouffé, mais il savait qu'Aria, elle, avait dû l'entendre distinctement.

Plus tard, dans la même clairière, il s'assit contre une souche et Aria s'adossa contre sa poitrine. La fumée du feu s'élevait en fines volutes dans les arbres. La nuit ne devait pas tomber avant quelques heures. L'estomac plein, et grisé par l'humeur d'Aria qui exhalait le bien-être, Perry laissa sa tête retomber mollement en arrière. Il observa l'éclat de l'Éther qui ondoyait dans le ciel, tandis qu'Aria lui décrivait ce qu'elle entendait.

– Je ne perçois pas les sons plus fort... Je ne sais pas trop comment l'expliquer. Ils sont plus riches. Les bruits qui étaient simples autrefois deviennent compliqués. La rivière, par exemple. J'entends des centaines de sons plus ou moins discrets en provenance du cours d'eau. Et le vent, Perry. Il est constant, il se faufile dans les arbres, fait gémir l'écorce et frémir les feuillages. Je peux dire exactement d'où il vient. C'est presque comme si je le *voyais*, tellement c'est net.

Perry tenta en vain d'entendre ce qu'elle entendait. Cette nouvelle capacité qu'Aria s'était découverte lui procurait un étrange sentiment de fierté.

– Tu crois que c'est parce que je suis dehors en permanence

– sous l'Éther – que c'est arrivé ? Comme si ma part Étrangère se réveillait ?

Perry entendit vaguement la question, il était si bien qu'il commençait à somnoler. Aria lui pinça le bras ; il sursauta.

– Désolé, dit-il. L'Étranger en moi s'endormait.

Elle lui jeta un regard en coin, les yeux brillants de malice.

– Tu penses que je suis une parente de Roar ?

– Ça remonterait à plusieurs générations. Vos humeurs sont trop différentes. Pourquoi ?

– J'aime bien Roar. Je me disais que, s'il ne retrouvait pas Liv, tu sais... on est tous les deux des Audiles. Mais non, Roar n'oubliera jamais Liv.

– *Quoi ?* s'écria Perry en se redressant.

Aria éclata de rire.

– Ah, voilà ! Tu es réveillé maintenant ! Tu as cru que j'étais sérieuse ?

– Oui... Non. En fait, il y a du vrai dans ce que tu dis. Roar et toi seriez mieux assortis, soupira-t-il en se passant la main dans les cheveux.

Il la dévisagea. Après tout, il pouvait bien lui dire ce qu'il avait en tête, maintenant qu'il devenait bon dans l'art de ne rien lui cacher.

– Liv dit que... qu'il est un régal pour les yeux.

Perry s'était efforcé de ne pas laisser la jalousie transparaître dans sa voix, mais sans grand succès. Il était certain qu'Aria avait perçu son trouble.

Elle sourit, prit sa main blessée et passa le pouce sur ses phalanges.

– Roar est très beau. À Rêverie, la plupart des gens lui ressemblent. Plus ou moins.

Perry se maudit d'avoir lancé ce sujet.

– Et te voilà en train de tenir la main d'un Sauvage au nez cassé, qui s'est fait battre, brûler... Combien de cicatrices as-tu dénombrées déjà ?

– Je n'ai jamais vu quelqu'un d'aussi beau que toi.

Perry contempla leurs mains. Comment Aria s'y prenait-elle pour qu'il se sente à la fois fragile et fort ? Heureux et terrifié ? Il ne trouvait aucun moyen de lui rendre la pareille. Il ne possédait pas le don qu'elle avait pour les mots. Il lui embrassa la main, la porta à son cœur et regretta qu'elle ne puisse flairer son humeur. Il aurait aimé que tout soit simple entre eux. À présent, au moins, elle commençait à comprendre. Elle mesurait le pouvoir d'un Sens.

Il la serra dans ses bras, tout contre sa poitrine.

– Je peux t'assurer d'une chose au sujet de ton père, dit-il sachant qu'elle s'interrogeait. Pour que tu sois aussi douée, il est sans doute issu d'une grande lignée d'Audiles.

– Merci, murmura-t-elle en lui pressant la main.

– Je le pense vraiment. Ce n'était pas facile de percevoir le blaireau comme tu l'as fait.

Perry lui déposa un baiser sur les cheveux et ils se turent. Il savait qu'elle tendait l'oreille. Qu'elle écoutait un monde nouveau. Mais la joie de vivre d'Aria ne suffisait plus à alléger son humeur.

Depuis plusieurs jours, Perry éprouvait au fond de lui un sentiment sournois, angoissant. Comme celui qu'on ressent juste après s'être coupé, avant que la douleur se manifeste. Il savait à quel moment la souffrance le frapperait. Dans trois jours, ils atteindraient Euphorie. Aria retournerait auprès de sa mère. Mais s'ils ne retrouvaient pas Lumina, que ferait-il ? L'amènerait-il dans la tribu des Littorans ? La reconduirait-il chez Marron ? Aucune option ne lui semblait envisageable. Il la serra plus fort. S'enivra de son odeur, la respira profondément. Aria était auprès de lui pour l'instant.

– Perry ? Parle-moi. J'ai envie d'entendre ta voix.

Il ne savait pas quoi dire, mais ne voulait pas la décevoir. Il toussota et se lança :

– Depuis qu'on est devenus amants, là-haut dans les arbres,

je fais un rêve étrange… Je suis dans une prairie. Le ciel bleu s'étire au-dessus de moi. L'Éther a disparu. L'herbe ondule sous la brise et agite les insectes. Alors que je marche, mon arc caresse les hautes herbes dans mon sillage. Je ne me soucie de rien. C'est un beau rêve.

Aria se blottit davantage contre lui.

– Ta voix ressemble à un feu au cœur de la nuit, dit-elle. Bien chaud. Épanoui. Doré. Je pourrais t'écouter parler pendant des heures.

– J'en serais bien incapable !

Elle s'esclaffa. Il approcha les lèvres de son oreille.

– Ton odeur évoque les violettes au début du printemps.

Puis il gloussa car, même s'il disait vrai, sa phrase lui parut niaise.

– Vale était-il un bon Seigneur de sang ?

Aria était trop curieuse d'expérimenter son Sens pour dormir, aussi se remirent-ils en marche.

– Très bon. Vale est calme. Il considère tous les aspects d'un problème. Il est patient avec les gens. Je pense… je pense que, dans d'autres temps, il serait le mieux qualifié pour diriger la tribu.

C'était peut-être ce qui l'avait empêché de défier son frère, autant que sa crainte de blesser Talon. Perry n'arrivait toujours pas à croire que son frère se soit fait capturer.

– Il refusait de se lancer à la recherche de Talon, reprit-il, repensant à la dernière fois qu'il avait vu son aîné. Il craignait de mettre la tribu en danger. C'est pour cette raison que je suis parti.

– Pourquoi a-t-il changé d'avis, d'après toi ?

– Je n'en sais rien. Vale a toujours fait passer le bien-être de la tribu en premier, mais Talon est son fils.

– Ils sont ensemble, maintenant, murmura Aria. Tu vas quand même tenter de les ramener dans le Monde Extérieur ?

Perry la regarda, interdit.

– Talon est soigné, précisa-t-elle. Tu l'as vu. Il a une chance de survivre, là-bas.

– Je ne renoncerai pas.

Aria lui prit la main.

– Même si c'était mieux pour lui ?

– Tu voudrais que je le laisse tomber ? Comment est-ce que je pourrais faire une chose pareille ?

– Je n'en sais rien. Je me pose la même question de mon côté.

Perry s'arrêta de marcher.

– Aria…

Il s'apprêtait à lui dire qu'il était en symbiose avec elle. Que désormais, rien n'était plus pareil à cause d'elle. Mais qu'est-ce que cela changerait ? Ils n'avaient plus que trois jours à passer ensemble. Et Perry savait qu'Aria devait rentrer chez elle. Il savait parfaitement combien sa mère lui manquait.

Elle lui prit l'autre main.

– Oui, Peregrine ?

Au bout d'un moment, elle sourit.

Il ne put s'empêcher de l'imiter.

– Aria, je ne comprends pas comment tu peux être aussi gaie, là, maintenant.

– Je réfléchissais. Bientôt tu seras Peregrine, Seigneur de sang des Littorans. J'adore, ça sonne tellement bien !

Perry éclata de rire.

– Ça, c'est une vraie parole d'Audile.

39
ARIA

Aria entendait partout le chant de la nature.

Dans le bruissement des arbres. Le grondement de la terre. Le souffle du vent. Elle foulait le même sol qu'avant, mais elle le voyait différemment. Lorsqu'elle regardait au loin, là où elle ne discernait rien autrefois, elle imaginait désormais un père. Un homme qui percevrait le monde comme elle, vibrant de mille et une tonalités. C'était un Audile. Elle ne savait rien d'autre. Bizarrement, ça lui semblait déjà beaucoup.

Le lendemain de la découverte de son don, elle nota qu'elle marchait en faisant moins de bruit. Sans y réfléchir, elle s'était mise à se déplacer avec prudence. Lorsqu'elle en parla à Perry, il eut un large sourire.

– Je l'ai remarqué aussi. C'est plus facile pour chasser, ajouta-t-il en tapotant le lièvre qu'il tenait au bout d'une ficelle sur son épaule. La plupart des Audiles sont discrets comme des ombres. Les meilleurs d'entre eux finissent espions ou éclaireurs pour les grandes tribus.

– Vraiment ? Des espions ?

– Vraiment.

Aria s'entraîna à surprendre Perry, bien décidée à réussir là où elle avait échoué auparavant. Le matin du dernier jour, avant de rejoindre Euphorie, elle bondit sur lui et l'enlaça pour planter un baiser sur le duvet blond de son menton. Elle avait enfin réussi son Baiser Spontané ! Aria s'attendait à voir Perry éclater de rire et l'embrasser en retour. Il n'en fit rien. Il la prit simplement dans ses bras et posa la tête contre la sienne.

– On se repose ? suggéra-t-elle, le sentant épuisé.

À l'horizon, elle discernait déjà les collines où se nichait Euphorie.

– Non, répondit-il en se redressant.

Il plissa ses yeux verts, comme si la clarté était trop vive.

– On doit continuer à marcher, Aria.

Ils atteignirent les collines en fin d'après-midi et les gravirent une à une… jusqu'à ce qu'Euphorie surgisse de nulle part, telle une montagne artificielle parmi les collines de terre. Aria n'avait jamais vu de Capsule de l'extérieur, mais elle savait que le dôme le plus grand, au centre, était le Panop. Les autres étaient des dômes techniques, comme AG 6. Elle avait passé dix-sept ans dans le Panop de Rêverie, sans jamais le quitter. Cela lui paraissait incroyable à présent. Dans la lumière déclinante, la silhouette gris anthracite de la Capsule se fondait peu à peu dans la nuit.

À côté d'Aria, Perry contempla la scène qui s'offrait à lui, visiblement inquiet.

– On dirait une équipe de secours. Il y a des Aéroflotteurs… Une trentaine environ et un vaisseau plus gros. Une cinquantaine de personnes sont à l'extérieur.

Aux yeux d'Aria, ce qu'il décrivait se limitait à quelques points disséminés à proximité d'Euphorie, baignant dans un cercle lumineux. Mais le bourdonnement étouffé des moteurs parvenait jusqu'à ses oreilles.

– Qu'est-ce que tu comptes faire ? lui demanda-t-il.

– Approchons.

Ils avancèrent en silence dans l'herbe sèche et s'arrêtèrent au sommet d'une corniche. À présent Aria distinguait une vaste ouverture carrée qui se découpait dans les murs lisses de la

Capsule. Les Gardiens qui y entraient et en sortaient portaient des combinaisons stériles. Elle comprit ce que cela signifiait. L'herméticité de la Capsule n'était plus garantie. Elle s'y attendait, pourtant elle sentit ses membres s'engourdir.

Perry étouffa un juron.

– Qu'est-ce que tu as ? s'enquit-elle.

– Une benne noire là-bas, dit-il, le visage tendu. Une espèce de camion, près de la Capsule.

Aria plissa les yeux. Elle apercevait le véhicule. En miniature, certes, mais elle le voyait.

– Il y a des gens… des cadavres à bord, continua Perry.

Aria sentit les battements de son cœur s'accélérer.

– Tu vois leurs visages ?

– Non.

Perry la prit par les épaules.

– Viens, murmura-t-il. Ta mère peut être n'importe où. N'abandonne pas maintenant.

Ils s'installèrent côte à côte sur les rochers, et Aria se mit à réfléchir. Elle ne pouvait pas se contenter de surgir dans la nuit et d'annoncer qu'elle était une Sédentaire. Il lui fallait un meilleur plan. Elle sortit le SmartEye de sa sacoche. Il ne lui avait pas permis de contacter Lumina, mais il allait lui être utile maintenant.

Aria fixa le petit point noir au loin. Elle avait suffisamment attendu. Elle savait ce qui lui restait à faire.

– Il faut que j'y aille.

– Je viens avec toi.

– Non. Tu ne peux pas. Ils te tueront s'ils te voient.

Perry poussa un gémissement comme si ces paroles l'avaient blessé physiquement.

– Les Littorans ont besoin de toi. Tu dois devenir leur Seigneur de sang, Perry. Je dois y aller seule. Mais tu peux m'aider d'ici.

Elle lui expliqua son idée, décrivant le déguisement qu'elle espérait trouver et ce qu'elle comptait faire pour pénétrer dans la Capsule. Il l'écouta, la mâchoire crispée, puis accepta de remplir son rôle. Aria se leva et lui tendit le poignard de Talon.

– Non, dit-il. Il peut te servir.

Aria contempla l'arme, la gorge serrée par l'émotion. Ni roses ni bagues avec lui, mais un couteau au manche sculpté. Un couteau qui était comme une partie de lui-même. Elle ne pouvait pas l'accepter.

– Là-bas, je n'en aurai pas l'utilité, reprit-elle.

Aria ne voulait blesser personne. Simplement entrer dans la Capsule.

Perry glissa le couteau dans sa botte et se redressa sans regarder Aria. Il croisa et décroisa les bras, puis se frotta vivement les yeux du revers de la main.

– Perry… commença-t-elle.

Que pouvait-elle lui dire ? Comment lui décrire ce qu'elle éprouvait pour lui ? Il le savait. Forcément. Elle le serra très fort contre elle et écouta les battements réguliers de son cœur. Alors qu'elle se détachait, il la retint.

– C'est le moment, Perry.

Il la lâcha. Aria fit un pas en arrière, le dévisageant une dernière fois. Ses yeux verts. La courbe de son nez et les cicatrices sur sa joue. Toutes les minuscules imperfections qui le rendaient magnifique. Sans un mot, elle tourna les talons et s'élança dans la pente.

Aria avait l'impression de flotter en traversant les broussailles pour gagner Euphorie. « Ne t'arrête pas, se disait-elle. Continue. » Elle arriva très vite dans la vallée et alla se cacher derrière une rangée de grosses caisses étiquetées CAC - SAUVETAGE & RAPATRIEMENT en lettres réfléchissantes. Les moteurs vrombissaient dans ses oreilles. Elle haletait. « Ne te retourne pas. » Elle se concentra sur la scène qui s'offrait à sa vue.

Fixés sur des grues, des projecteurs inondaient les alentours d'une lumière blafarde. À sa droite, Aria distingua le centre de secours, l'imposante structure mobile qui semblait être au cœur de l'opération : un vaisseau anguleux et un peu rustique, comparé aux Aéroflotteurs bleu nacré qui stationnaient autour. À sa gauche, Euphorie s'élevait vers le ciel en une courbe bien lisse, uniquement brisée par l'ouverture béante qu'Aria avait aperçue d'en haut. Une dizaine de Gardiens s'affairaient dans l'espace en terre battue qui séparait la Capsule du centre de secours. Aria repéra alors sa cible. Le camion noir était garé dans la pénombre, entouré de plusieurs Aéroflotteurs.

Lumina ne pouvait pas se trouver dedans.

Impossible.

Mais Aria devait en avoir le cœur net.

40
PEREGRINE

Perry regardait Aria, tapie derrière un alignement de caisses dans la pénombre, en contrebas. Il respirait avec difficulté. Ne pouvait la quitter des yeux. Qu'avait-il fait ? Comment avait-il pu la laisser partir seule ? Il savait qu'elle attendait le bon moment pour agir, mais, à chaque seconde qui s'écoulait, Perry avait un peu plus envie de courir la rejoindre.

La nuit était maintenant complètement tombée, les Gardiens commençaient à rentrer dans le centre de secours. Les projecteurs périphériques s'éteignirent, mais le chemin qui menait au centre resta éclairé. C'était une bonne surprise, cela pourrait les aider. Finalement, lorsque le calme revint, Perry vit Aria se redresser et foncer en direction du camion noir.

Il sentit son estomac se nouer quand elle grimpa dans la benne, où il distinguait une dizaine de corps entassés. Il la regarda chercher sa mère parmi les cadavres. Il avait les jambes tremblantes et une boule dure comme la pierre dans la gorge. Était-ce la fin ? Aria allait-elle retrouver Lumina ainsi ? Un cadavre abandonné dans la nuit ?

Perry s'en voulut de le souhaiter secrètement. Parce que c'était sa seule chance de repartir avec Aria. En même temps, n'était-ce pas ce qu'il désirait au début ? Qu'elle rentre chez elle, afin qu'il puisse retourner parmi les Littorans ?

Perry n'en pouvait plus d'attendre sans rien faire. Que se

passait-il au juste ? Qu'éprouvait-elle ? Pendant des jours, il avait flairé le moindre changement d'humeur qui s'opérait en elle. Et voilà qu'il ne savait plus rien.

Aria fit tomber quelque chose de la benne. Une épaisse combinaison semblable à celle que portaient les Gardiens. Des bottes. Un casque. Puis elle sauta à terre et se faufila sous le camion noir. Perry ne la voyait plus, mais il devina qu'elle se cachait sous le camion pour enfiler la tenue des Sédentaires. Elle n'avait donc pas retrouvé sa mère.

Aria surgit bientôt en rampant de sous le véhicule. C'était de nouveau une Sédentaire. Elle se coiffa du casque, puis s'approcha au maximum du centre de secours. Perry se déplaça pour la garder dans son champ de vision. Il ne restait que deux hommes dehors, debout près de la rampe d'accès.

Aria s'avança encore… Elle n'était plus qu'à quelques pas de la rampe, quand elle se tourna vers la colline et fit signe à Perry qu'elle était prête. À lui d'intervenir.

Perry encocha une flèche, les bras bien tendus, le geste sûr et précis et visa le projecteur qui éclairait l'entrée. Il ne raterait pas sa cible. Pas cette fois.

Il décocha la flèche.

41
ARIA

Le projecteur éclata dans un bruit de détonation qui se répercuta dans les haut-parleurs intégrés au casque d'Aria. Les deux Gardiens postés à l'entrée sursautèrent. Et, quelques secondes plus tard, une dizaine d'hommes déferlèrent sur la rampe d'accès pour voir ce qui se passait. Aria profita de l'agitation pour s'introduire dans le centre de secours, frôlant au passage les Gardiens qui se précipitaient au-dehors.

Elle longea un long couloir métallique où elle croisa deux Gardiens. Ils la regardèrent à peine. Elle portait leur tenue. Avec un casque et un SmartEye. Tout portait à croire qu'elle était l'une des leurs.

Aria marchait d'un pas décidé, même si elle ignorait où elle allait. En passant devant des portes ouvertes, elle vit des lits et du matériel médical. Le calme qui régnait dans ces pièces l'étonna. Où étaient passés les survivants ?

Y en avait-il ?

Comment allait-elle faire pour retrouver sa mère ?

Aria ralentit en s'approchant de la pièce suivante, l'oreille aux aguets. Ne percevant aucun bruit, elle entra dans la salle pour s'assurer qu'elle était seule.

Elle ne l'était pas.

Des gens étaient allongés sur des couchettes empilées le long des murs. Sans casque. Inertes. Aria s'avança encore et remarqua leurs plaies béantes. Des taches de sang sombres maculaient leurs tenues grises. Ils étaient morts. Tous.

Aria ressentit soudain le besoin impérieux d'échapper à la pestilence des cadavres. L'odeur imprégnait déjà ses cheveux. Chaque fois qu'elle reprenait son souffle, elle respirait la mort. Affolée, elle chercha en vain le visage de Lumina, passant en revue les couchettes. Les corps inertes. Tous portaient des traces de brutalité. Des ecchymoses marbrées de jaune. Des balafres, des écorchures. Des morsures.

Aria s'imagina malgré elle les scènes d'horreur. Tous ces gens devenus enragés, qui s'étaient entretués. Enragés comme l'avait été Soren dans AG 6. Sa mère s'était retrouvée prise au piège de cette folie.

Où était-elle ?

Aria entendit une voix et fit volte-face. Quelqu'un approchait. Elle se raidit, prête à se cacher, puis reconnut la voix et se figea sur place. C'était le docteur Ward. Le collègue de sa mère. Il entra dans la pièce, regarda dans sa direction puis s'arrêta. Aria sentit une bouffée d'espoir l'envahir. Ward savait sûrement où se trouvait Lumina.

– Docteur Ward ?

– Aria ?

Ils se dévisagèrent l'espace d'un instant.

– Que fais-tu là ? demanda-t-il avant de répondre à sa propre question : tu es venue voir ta mère.

– Vous devez m'aider, docteur Ward. Il faut que je la retrouve.

Il s'approcha d'elle sans la quitter du regard.

– Elle est ici.

C'étaient les paroles qu'Aria souhaitait entendre ; pourtant elles sonnaient faux.

– Viens avec moi.

Aria le suivit dans une succession de couloirs métalliques. Elle savait ce que Ward allait lui annoncer. Lumina était morte. Elle l'avait deviné au son de sa voix.

Elle continua à le suivre. Ses jambes étaient lourdes, sa démarche lente. C'était irréel. Impossible. Elle ne pouvait pas perdre aussi sa mère.

Ward l'entraîna dans une petite pièce nue, pourvue d'un sas de décompression qui se referma derrière elle dans un bruissement.

– Les tempêtes nous ont empêchés de rejoindre Euphorie, dit le docteur. Un muscle tressauta près de son SmartEye.

– Nous sommes arrivés trop tard.

– Je... je peux la voir ? J'ai besoin de la voir.

Le Dr Ward hésita.

– Oui. Attends-moi ici.

Après son départ, Aria fut prise de vertige. Son casque cogna le mur. Elle glissa par terre, tremblante. Ses yeux s'embuèrent. Elle tenta d'y porter les mains, mais celles-ci heurtèrent la visière de son casque. Ses oreilles se mirent à bourdonner.

Le sas se rouvrit. Ward poussa une civière dans le petit espace. Un long sac noir en plastique épais était posé dessus.

– Je serai dans le couloir, dit-il avant de ressortir.

Aria se releva. Le sac, glacé, exhalait de fines volutes de fumée. Elle retira ses gants. Son casque, qu'elle laissa tomber avec fracas. Elle devait savoir. Elle saisit la fermeture à glissière avec des doigts tremblants. Elle se préparait à découvrir une blessure ouverte. Des bleus. La fermeture coulissa et le visage de sa mère apparut.

Aria ne vit aucune plaie, mais la peau de Lumina était d'une pâleur terrible. Presque blanche, avec des cernes violacés sous les yeux. Ses cheveux retombaient en désordre sur ses paupières closes. Aria les écarta – Lumina n'aurait jamais toléré une telle coiffure – et réprima un sanglot au contact de la peau glacée.

– Oh, maman...

Les larmes glissèrent sous son SmartEye et coulèrent le long de ses joues.

Elle laissa la main sur le front de Lumina jusqu'à ce que le froid lui brûle la paume. Tant de questions se bousculaient dans sa tête. Pourquoi Lumina lui avait-elle menti au sujet de son père ? Qui était-il ? Comment sa mère avait-elle pu l'abandonner et partir à Euphorie, alors qu'elle connaissait les dangers du SDL ? Mais une question la tourmentait plus que les autres.

– Où suis-je censée aller, maman ? Je ne sais pas où aller…

Elle savait ce que Lumina aurait dit.

« C'est à toi de trouver la réponse, Petit-Merle. »

Aria ferma les yeux.

Elle était capable de trouver une réponse. Elle savait mettre un pied devant l'autre, même quand chaque pas était une souffrance. Et elle savait que le chemin était douloureux, mais aussi incroyablement beau. Elle avait compris tout ça en grimpant sur une terrasse, en regardant dans des yeux verts, et grâce aux plus petits et aux plus laids des cailloux. Oui, elle trouverait la réponse.

Aria se pencha sur le visage de sa mère et entonna l'aria de *Tosca*, d'une voix à peine audible qui se brisait par moments, mais ça n'avait aucune importance. Elle avait promis à Lumina cette aria… leur *aria*.

La porte s'ouvrit quand elle eut terminé. Trois Gardiens entrèrent à grandes enjambées.

– Attendez, dit-elle.

Elle n'était pas prête à dire adieu à sa mère. Mais le serait-elle jamais ?

Un homme referma le sac mortuaire en tirant d'un coup sur la glissière, puis il fit rouler le chariot dans le couloir. Les deux autres restèrent dans la pièce.

– Donne-moi ton SmartEye, lui ordonna l'individu le plus proche.

Derrière lui, l'autre Gardien brandit une matraque blanche qui produisait un grésillement électrique.

D'instinct, Aria se rua vers la porte.

Le Gardien à la matraque l'intercepta.

Une lumière aveuglante jaillit, puis tout devint noir pour Aria.

42
PEREGRINE

Perry ne pouvait se résoudre à partir. Il resta sur la corniche et guetta le retour d'Aria. Que se passait-il ? Avait-elle retrouvé Lumina ? Est-ce qu'elle allait bien ? Il vit les Gardiens réparer le projecteur puis regagner le centre de secours, tandis que tout redevenait silencieux.

Aria ne ressortit pas, et Perry comprit qu'elle n'en ressortirait jamais.

Il fit volte-face et s'élança dans l'obscurité. Il aurait dû mettre le cap à l'ouest, vers sa tribu. Mais il avait senti de la fumée, charriée par le vent, et ses jambes suivirent instinctivement cette piste. Il aperçut bientôt la lumière d'un feu, qui dansait à travers un bouquet d'arbres. Il entendit des voix masculines et le doux pincement des cordes d'une guitare. Il s'approcha et dénombra six hommes assis autour du feu.

Le son de la guitare cessa dès qu'ils le virent. Perry sortit le couteau de Talon et le leur montra. Quelques hommes se levèrent, sur leur garde.

– En échange. Contre de la boisson, dit-il en désignant d'un signe de tête les bouteilles, près du feu.

– C'est une fine lame, observa un homme.

Il se tourna vers un camarade resté assis. Ce dernier avait les cheveux tressés et une longue cicatrice du bas du nez jusqu'à l'oreille. Il contempla Perry un long moment.

– J'accepte le troc, dit-il.

Perry leur remit le couteau. Il voulait se débarrasser de l'arme et de tous les souvenirs qui s'y rattachaient. On lui donna deux bouteilles de Luisant en échange. Plus que ne pouvait en boire un homme en une soirée.

Il les prit et s'éloigna un peu du feu de camp. La guitare recommença à jouer. Perry s'assit et posa les bouteilles à ses pieds. Ce soir, il se comporterait comme son père.

Une heure plus tard, le cadavre de la première bouteille roulait par terre, oscillant doucement dans la poussière comme s'il était bercé par des vagues invisibles. Perry entama la deuxième bouteille. Il aurait dû se douter que ça ne suffirait pas. Son corps était engourdi, mais la douleur qui le tenaillait ne voulait pas disparaître. Aria était partie et toutes les bouteilles de Luisant n'y changeraient rien.

Près du feu, l'Homme-aux-Tresses ne cessait de l'observer. « Allez, implora Perry en silence, les poings serrés. Lève-toi. Qu'on en finisse. » L'Homme-aux-Tresses mit encore quelques minutes avant de se redresser pour venir s'accroupir à côté de lui.

– J'ai entendu parler de toi, dit-il.

Il était robuste, un peu lourd, mais Perry le devinait vif comme l'éclair. Sa cicatrice traçait un profond sillon dans la chair de sa joue.

– Tant mieux, répliqua Perry d'une voix pâteuse. J'ignore qui tu es mais tu as de beaux cheveux. Ma sœur se coiffe comme toi.

L'Homme-aux-Tresses fixa la main brûlée de Perry.

– La vie d'exclu ne te convient pas, le Littoran ? Tu n'as pas un grand frère pour veiller sur toi ? Pour t'éviter d'avoir des ennuis ?

Il posa une main à terre et se pencha en avant.

– Tu *empestes* le désespoir.

C'était un Olfile, et il avait flairé sur-le-champ l'humeur de son visiteur. Sa souffrance. Perry aurait dû s'en inquiéter et éviter l'affrontement avec un homme doté des mêmes pouvoirs que lui. Il s'esclaffa pourtant.

– Tu empestes aussi, mon vieux, riposta-t-il. La rancune.

L'Homme-aux-Tresses se leva. Il flanqua un coup de pied dans la seconde bouteille pleine de Luisant qui s'envola en tournoyant dans les airs. Les autres hommes se précipitèrent vers eux ; leur excitation picotait les narines de Perry, telle une gerbe d'étincelles. Il s'était dit qu'il finirait par se bagarrer ce soir. Les gens réagissaient souvent de cette façon en le voyant. Quel homme ne se sentirait pas plus fort, après avoir mis une raclée à quelqu'un comme lui ?

Perry saisit son couteau et bondit sur ses pieds.

– Allons-y. Voyons un peu ce que tu as dans le ventre.

L'Homme-aux-Tresses se mit en garde et brandit un redoutable morceau de fer dentelé, qui ressemblait plus à une scie qu'à un couteau. Il semblait sûr de lui et se déplaçait avec agilité, mais son humeur trahissait sa peur.

Perry sourit.

– Tu préfères abandonner ?

L'Homme-aux-Tresses fondit sur lui comme la foudre. Perry sentit la lame entailler son bras, mais pas la douleur provoquée par la plaie béante. Une vilaine plaie. Le sang qui en jaillit était sombre sous la lumière de l'Éther. L'espace d'une seconde, il regarda, fasciné, le liquide s'écouler le long de son bras.

Peut-être avait-il eu tort. Il n'avait encore jamais combattu ivre. Ce soir, il se déplaçait trop lentement. Ses jambes étaient trop lourdes. Peut-être que cela fonctionnait pour son père, parce que Perry était un gamin. Ce n'était pas difficile de frapper un gosse qui pensait le mériter, prêt à tout pour racheter sa faute…

Perry sentit une vague de nausée le traverser et comprit quel choix il lui resterait si son adversaire parvenait à lui toucher la gorge de la pointe de sa lame : se soumettre ou mourir.

– Tu n'es pas à la hauteur de ta réputation, reprit l'homme. Peregrine des Littorans. Deux fois Marqué ! gloussa-t-il. Tu ne vaux même pas l'air que tu respires.

Il était grand temps de lui clouer le bec. Perry fit tournoyer la lame dans sa main et manqua la lâcher. Il passa à l'attaque, mais pas aussi vite qu'il aurait dû. Il se retint d'éclater de rire. Le couteau n'avait jamais été son fort. Ce mouvement brusque lui causa un nouvel accès de nausée, cette fois si puissant qu'il se plia en deux.

Alors que Perry réprimait son envie de vomir, son adversaire se rua sur lui et lui lança un genou dans la figure. Perry se détourna in extremis et reçut le coup sur la tempe. Il avait épargné son nez, mais la violence de l'impact le fit basculer violemment. Il vit aussitôt les ténèbres ramper vers lui, menaçant de l'engloutir.

Les coups de pied se mirent à pleuvoir, dans son dos, sur ses bras et sa tête. Ils venaient de tous côtés, mais Perry les sentait à peine. Il ne fit rien pour les arrêter. Rester à terre, immobile, lui semblait plus simple. Sa tête dodelina lorsqu'il reçut un énième coup de pied à l'arrière du crâne, et les ténèbres ressurgirent. Elles assombrirent les contours de son champ visuel. Il le souhaitait. Ce serait peut-être plus logique s'il voyait les choses comme il les ressentait au fond de lui.

– Tu es faible.

Son adversaire se trompait. Perry n'était pas faible. Il ne l'avait jamais été. Son problème, c'est qu'il ne pouvait pas aider tout le monde. Quoi qu'il fasse, les gens qu'il aimait souffraient, mouraient ou s'en allaient. Et là, il n'allait pas rester à terre. Il était incapable d'abandonner un combat.

Il se releva d'un bond. L'Homme-aux-Tresses voulut s'écarter, surpris, mais Perry le saisit par le col et lui asséna un coup de coude dans le nez. Le sang gicla de ses narines. Perry lui arracha le couteau des mains, esquiva un coup de poing et lui flanqua un direct dans l'estomac. L'homme chancela et tomba à genoux. Perry lui passa un bras autour du cou et le plaqua au sol. Puis il récupéra la lame dentelée pour la poser sur la gorge de son adversaire. L'individu le fixa, le nez en sang. Perry savait que c'était le moment d'exiger de lui un serment d'allégeance : tu te soumets ou tu meurs.

Il inspira profondément. Son adversaire exhalait une rage cramoisie, entièrement dirigée contre lui. Il ne se soumettrait jamais. Il choisirait la mort, comme Perry l'aurait fait à sa place.

– Tu me dois une bouteille de Luisant, dit Perry.

Puis il s'éloigna en titubant. Les autres hommes s'étaient rassemblés autour d'eux. Il flaira leurs humeurs, à la fois bonnes et mauvaises. Il chercha dans le groupe le prochain qui viendrait le défier. Personne ne s'avança.

Son estomac se souleva soudain et il vomit sous leurs yeux. Il continua à brandir son couteau, au cas où l'un d'eux aurait voulu en profiter, comme l'avait fait l'Homme-aux-Tresses. Mais personne ne réagit.

– Je n'ai peut-être plus besoin de Luisant, déclara-t-il en se redressant.

Après quoi il laissa tomber son couteau par terre et s'éloigna en vacillant dans l'obscurité. Il ignorait où il allait. Ça n'avait pas d'importance.

Perry voulait entendre la voix d'Aria. L'entendre dire qu'il était quelqu'un de bien. Mais il ne percevait que le bruit de ses propres pas dans la nuit.

Le jour se leva. Perry avait un mal de crâne épouvantable, comme si quelqu'un claquait une porte dans sa tête, encore et encore. Son corps était encore plus douloureux. Il retira le pansement de fortune qu'il avait noué autour de son bras. L'entaille était irrégulière et profonde. Perry la nettoya et fut pris de vertige lorsqu'il se remit à saigner.

Il déchira un morceau de sa chemise et tenta de bander à nouveau son bras, mais ses doigts tremblaient trop. Il était encore sous les effets du Luisant. Il s'allongea et ferma les yeux, ébloui par la luminosité. Il préférait de loin l'obscurité.

Il se réveilla en sentant qu'on lui tirait le bras et se redressa d'un bond. L'Homme-aux-Tresses était accroupi près de lui. Il avait le nez tuméfié, les yeux rougis par les ecchymoses. Ses compagnons se tenaient debout derrière lui.

Perry regarda son bras blessé. Le pansement était fait correctement et noué avec soin.

– Tu ne m'as pas demandé de me soumettre, déclara l'Homme-aux-Tresses.

– Tu aurais refusé.

L'homme hocha la tête.

– En effet.

Il ôta de sa ceinture le couteau de Talon et le lui tendit.

– J'ai pensé que tu voudrais le récupérer.

43
ARIA

Aria ramena ses genoux contre sa poitrine. Elle s'était réveillée quelques heures plus tôt dans une pièce exiguë, un goût âcre dans la bouche. Un gant traînait, abandonné, dans un coin. Aria avait remarqué que, sur le tissu, les taches de sang étaient passées du rouge au rouille.

Son orbite la faisait souffrir. Les Gardiens lui avaient pris son SmartEye pendant qu'elle était inconsciente.

Mais elle s'en moquait.

Le mur face à elle était équipé d'un panneau noir épais presque aussi large que la pièce. Aria s'attendait à le voir s'ouvrir. Elle avait aussi une idée de ceux qu'elle découvrirait derrière, mais elle n'avait pas peur.

Elle avait survécu au Monde Extérieur. À l'Éther, aux cannibales et aux loups. Elle savait comment aimer, à présent, et comment dire adieu. Quoi qu'il lui arrive, elle y survivrait.

Un léger grésillement troubla le silence de la pièce. De petites enceintes intégrées à l'écran noir se mirent à bourdonner. Aria se leva d'un bond, et regretta de ne plus avoir le couteau de Talon. Le panneau coulissa comme elle l'avait prévu, révélant une vitre épaisse derrière laquelle deux hommes la regardaient.

– Bonjour Aria, dit le consul Hess, en plissant ses petits yeux d'un air amusé. Tu n'imagines pas comme je suis étonné de te voir.

Il était imposant, tellement que la chaise sur laquelle il était assis semblait minuscule.

– Je te présente mes condoléances, ajouta le Consul.

Il n'y avait pas une once de compassion dans ses paroles. Aria ne lui faisait pas confiance, de toute manière. Cet homme l'avait envoyée dans le Monde Extérieur pour qu'elle y meure.

– Nous avons visionné le message libellé « Petit-Merle » de ta mère, poursuivit-il, en indiquant le SmartEye d'Aria dans sa paume. Figure-toi que j'ignorais l'existence de ton singulier métissage génétique quand je t'ai mise dehors. Lumina nous l'avait soigneusement caché.

Le regard d'Aria se posa sur la vitre. Elle comprenait maintenant. Ils la considéraient comme une Sauvage infectée et ne souhaitaient pas respirer le même air qu'elle.

– Vous avez le SmartEye, dit-elle. Qu'est-ce que vous voulez de plus ?

Hess sourit.

– Je vais y venir. Tu sais ce qui s'est passé ici, n'est-ce pas ? Ta mère te l'a expliqué dans sa petite vidéo.

Il marqua une pause.

– Tu en as d'ailleurs toi-même eu un aperçu dans AG 6.

Aria ne voyait pas l'intérêt de mentir.

– Oui, l'Éther a causé des dégâts et le SDL a pris le relais.

– Exact. Une double attaque. D'abord extérieure, puis intérieure. Ta mère a été un des premiers scientifiques à étudier le SDL. Elle tentait de mettre au point un remède, en collaboration avec de nombreux autres chercheurs. Toutefois, comme tu peux le constater, nous n'avons pas encore trouvé de solution au problème. Et nous risquons de ne pas avoir le temps d'en trouver une.

Hess lança un regard à Ward, lui signalant que c'était à lui de parler. Le médecin enchaîna aussitôt, d'une voix plus passionnée que celle du Consul.

– Les tempêtes d'Éther frappent avec une violence que

nous n'avions pas connue depuis l'Unification. Euphorie n'est pas la seule Capsule à s'être effondrée. Si les orages continuent, elles vont toutes s'écrouler. Rêverie aussi. Notre seul espoir serait de fuir l'Éther.

Aria faillit éclater de rire.

– Dans ce cas, il n'y a plus d'espoir. Vous ne pouvez échapper à l'Éther. Il est partout.

– Les Étrangers parlent d'un endroit où il n'existerait pas.

Aria se raidit. Ainsi, Ward avait entendu parler du Calme Bleu ? Comment était-ce possible ? Mais oui ! Il étudiait les Étrangers, lui aussi.

– Ce ne sont que des rumeurs, affirma-t-elle.

Au fond, elle ne pouvait s'empêcher de croire qu'elles étaient fondées. La rumeur au sujet de la catastrophe qui touchait Euphorie ne venait-elle pas d'être confirmée ?

Hess l'observait avec attention.

– Tu en as donc entendu parler.

– Oui.

– Alors, tu es déjà en route.

Aria sentit une boule se former dans son ventre.

– Vous voulez que *moi* je trouve cette région ?

Elle secoua la tête.

– Pas question que je fasse *quoi que ce soit* pour vous.

– Six mille personnes sont mortes ici, insista Ward. *Six mille*. Parmi lesquelles ta propre mère. Tu dois comprendre. C'est notre unique chance de survie.

Aria sentit une immense tristesse s'emparer d'elle et peser sur ses épaules comme un lourd fardeau. Elle songea aux cadavres dans le camion noir et à tous ceux qui reposaient sur les lits de camp. Bane et Echo étaient morts à cause du SDL. Paisley aussi. Caleb et le reste de ses amis seraient-ils les suivants ?

Son cœur se mit à battre plus vite à l'idée de repartir dans le Monde Extérieur. Était-ce la perspective de revoir Perry qui la faisait vibrer ainsi ? Ou de poursuivre la quête de Lumina ?

Une chose était certaine : elle ne pouvait pas laisser les Capsules s'effondrer une à une.

– Il n'est pas question que tu retournes à Rêverie, déclara Hess. Tu en as trop vu.

Aria lui décocha un regard noir.

– Alors quoi ? Vous allez me tuer si je refuse de coopérer ? Vous avez déjà essayé ça. Il va falloir trouver une meilleure idée, cette fois.

Hess la considéra quelques instants.

– Je m'attendais à ce genre de réaction. Et oui, je crois avoir un autre moyen de te persuader.

Une image apparut sur la vitre, comme suspendue entre les deux pièces. Elle montrait Perry et, derrière lui, la pièce avec les dessins de bateaux et de faucons où il avait retrouvé Talon.

« Aria… qu'est-ce qui se passe ? disait-il, affolé. Aria, pourquoi ne me reconnaît-il pas ? »

La courte vidéo fit bientôt place à une autre, où l'on voyait Perry étreindre son neveu. « Je t'aime, Talon », murmurait-il. « Je t'aime. » Puis l'image se figea.

Un bref instant, la voix de Perry résonna dans la pièce minuscule. Puis Aria se jeta sur la vitre, la frappa de ses mains.

– Vous n'avez pas intérêt à leur faire du mal !

Hess se raidit, effrayé par son accès de colère. Puis ses lèvres s'étirèrent en un petit sourire satisfait.

– Si tu m'apportes des informations sur le Calme Bleu, ce sera inutile.

Aria posa la main sur l'image figée de Perry. Il lui manquait. Sa version en chair et en os. Puis le regard d'Aria s'attarda sur Talon. Elle ne l'avait jamais rencontré, mais ça n'avait pas d'importance. Perry tenait à lui. Elle ferait tout son possible pour le protéger.

Aria se tourna vers Hess.

– Touchez à un de leurs cheveux, et je ne vous donnerai jamais aucune info.

Le Consul sourit de plus belle.

– Parfait, dit-il avant de se lever. Je pense que nous nous sommes compris.

Une porte s'ouvrit derrière lui et il sortit. Le Dr Ward lui emboîta le pas, mais marqua un arrêt dans l'embrasure.

– Aria, ta mère avait en fait trouvé une solution : toi.

Il faisait nuit quand Aria monta dans un Dragonwing en compagnie de six Gardiens. Elle portait ses vêtements – récupérés sous le camion noir – et un nouveau SmartEye se trouvait dans sa besace.

Dans la lumière tamisée de la cabine, elle s'attacha à son siège. Les Gardiens l'observaient à travers leurs viseurs, avec un mélange de crainte et de répulsion.

Aria croisa leur regard et leur indiqua l'endroit précis où ils devaient la déposer dans l'Usine de la Mort.

44
PEREGRINE

L'Homme-aux-Tresses s'appelait Reef.

Ce soir-là, Perry s'assit avec lui et ses hommes autour d'un feu. Un pichet d'eau avait remplacé une bouteille de Luisant entre ses mains. Il leur raconta son histoire. Comment il s'était introduit dans la forteresse des Sédentaires. Comment Talon et Vale s'étaient fait enlever. Il leur parla très brièvement d'Aria – le chagrin de l'avoir perdue était encore trop présent – et leur expliqua qu'il rentrait chez lui pour réclamer le titre de Seigneur de sang des Littorans.

Perry parla à s'en briser la voix… et parla encore quand vinrent les questions. Le jour était sur le point de se lever quand le dernier homme s'endormit. Perry s'allongea, les bras croisés sous la nuque.

Il les avait tous conquis. Pas seulement Reef : tous les hommes du petit groupe. Il avait flairé l'odeur de leur loyauté. Il avait peut-être capté leur attention avec ses poings, mais il les avait conquis avec sa voix.

Perry observa le ciel d'Éther en pensant à une fille qui aurait été fière de lui.

Les tempêtes arrivèrent en masse dans les jours qui suivirent et ralentirent la progression de Perry et de ses nouveaux compagnons vers la côte. Les vortex déferlaient sans cesse.

L'éclat du ciel illuminait les nuits et privait la lumière du jour de sa chaleur. L'hiver avait commencé.

Ils voyageaient quand ils le pouvaient, contournant les champs en flammes. La nuit, ils se trouvaient un abri et se rassemblaient autour d'un feu de camp. Les hommes ne cessaient de raconter l'histoire du combat entre Reef et Perry. Ils l'embellissaient, la rejouaient. Perry était gêné de les entendre déformer ses propos. Lorsque venait le passage où il avait vomi en tenant son couteau devant lui, ils partaient dans de grands éclats de rire. Reef gagnait chaque fois le respect de Perry en acceptant sa défaite avec bonne humeur à la fin de l'histoire. Il affirmait que son nez devrait encore être brisé une demi-douzaine de fois, avant de pouvoir ressembler à celui de Perry.

Ce dernier n'avait jusque-là connu des Olfiles qu'au sein de sa famille. Liv, Vale, Talon. Reef changea sa manière d'appréhender son Sens. Les deux hommes se parlaient peu, mais se comprenaient à merveille. Perry se défendit de penser à quoi ressemblerait un lien semblable avec une fille. Chaque fois que son esprit s'égarait sur cette route, il avait l'impression de trahir Aria.

Une nuit, Reef se tourna vers lui, alors qu'ils se tenaient sous des feuillages en attendant que cesse une pluie battante.

– La vie serait différente sans l'Éther.

Son humeur était calme et paisible. Pensive.

Les autres hommes se taisaient. Ils observaient Perry, dans l'attente de sa réaction.

Il leur parla alors du Calme Bleu. Lorsqu'il eut fini, Reef et lui regardèrent longtemps la pluie déferler sur un champ calciné et noyer les braises dans un léger grésillement. Perry était convaincu que Roar et lui étaient capables de trouver le Calme Bleu. Et que Reef et ses hommes leur seraient d'une aide précieuse. Marron et Cinder aussi. Ensemble, ils découvriraient cette région préservée, puis Perry y conduirait les Littorans.

– On va trouver le Calme Bleu, dit-il. S'il existe, je nous y emmènerai.

La phrase lui avait échappé telle quelle. Comme s'il avait prêté serment devant ses hommes.

Après avoir esquivé les orages pendant une semaine, Perry et ses compagnons parvinrent à la périphérie du village des Littorans sous un ciel nocturne illuminé par l'Éther. Perry traversa un champ qui crissait sous ses pas comme de l'amadou et respira les odeurs familières du sel et de la terre. C'était bon de revenir enfin chez lui, parmi les siens.

Il ne se faisait guère d'illusion sur l'accueil qu'on allait lui réserver. Les Littorans lui en voudraient pour l'enlèvement de Talon et la capture de Vale. Cela ne l'empêchait pas d'espérer les convaincre qu'il pouvait les aider. Que la tribu avait désormais besoin de lui.

Une torche s'alluma aux abords du village, puis il entendit des cris d'alarme, signe que le veilleur de nuit les avait repérés. Presque aussitôt, d'autres torches s'allumèrent, points flamboyants dans la nuit bleutée. Les Littorans devaient croire à une attaque. Perry avait vécu cette situation des dizaines de fois dans le passé. Il jouait alors le rôle de l'archer sur le toit des cuisines, où il apercevait Brooke aujourd'hui.

Il attendit qu'une flèche lui transperce le cœur, mais Brooke fit taire tout le monde, et il entendit bientôt son nom répété de voix en voix. « Peregrine ! Peregrine est de retour ! » Peu après, les Littorans sortirent de leurs maisons et se rassemblèrent à la lisière du village. Les humeurs s'entremêlaient dans la brise. La peur et l'excitation encombraient l'air de leurs effluves.

– Continue d'avancer, Perry, lui conseilla Reef avec calme.

Perry espéra qu'il trouverait les mots justes, il en avait plus que jamais besoin. Quand il y avait tant de choses à expliquer et à régler.

Les murmures frénétiques de la foule se turent quand il

arriva enfin devant les siens. Il scruta les visages. Tous étaient présents. Même les enfants, un peu endormis et désorientés. Puis Perry vit Vale s'avancer, les maillons argentés de sa chaîne de Seigneur de sang miroitant sur sa chemise sombre.

Un bref instant, le soulagement l'envahit. Vale était libre. Il n'était plus prisonnier de la Capsule des Sédentaires. Puis Perry se rappela les dernières paroles de Vale à son égard. Il lui avait dit qu'il était maudit. Qu'il devait mourir.

Perry sentit ses jambes se dérober sous lui. Il ne savait pas quoi faire. Il n'avait pas prévu ça. Il voyait bien que Vale était aussi surpris que lui. Son frère, toujours froid et déterminé, avait l'air ébranlé. Sa bouche était crispée en une grimace lugubre.

Finalement Vale prit la parole :

– Tu es de retour, petit frère ? Tu sais ce que ça signifie, pas vrai ?

– Tu ne devrais pas être là, répliqua Perry.

– *Je* ne devrais pas être là ? Tu es sûr que ce n'est pas plutôt le contraire ?

Vale eut un petit rire sec, puis désigna Reef d'un hochement de menton.

– Ne me dis pas que tu es venu jouer les Seigneurs de sang avec ton petit groupe ? Tu n'as pas l'impression qu'on est légèrement plus nombreux que vous ?

Perry essayait désespérément de comprendre la situation.

– J'ai vu Talon, reprit-il. Dans les Domaines des Sédentaires. Il m'a dit que tu y étais aussi. Il t'y avait vu.

Un ombre passa sur le visage de Vale.

– Je ne vois pas de quoi tu parles.

Perry secoua la tête. Talon avait été très suspicieux, il l'avait forcé à prouver son identité. Il n'avait pas pu se tromper au sujet de son père. Et il n'avait aucune raison de mentir. C'était donc Vale qui mentait. Perry se sentit gagné par la nausée.

– Qu'est-ce que tu as fait ?

Vale porta la main à sa ceinture et sortit son couteau.

– Je te conseille de rebrousser chemin tout de suite.

Perry sentit Reef et ses hommes se mettre en garde derrière lui, mais il se borna à fixer le couteau dans la main de son frère, l'esprit en ébullition. Ce jour-là, sur la plage, les Sédentaires ne cherchaient pas seulement le SmartEye, pensa-t-il. Ils guettaient Talon.

– C'est toi qui as organisé son enlèvement, dit-il. Tu m'as piégé… Mais pourquoi ?

Il se rappela soudain le dôme des Sédentaires, avec tous les fruits et les légumes qui pourrissaient. Tous ces aliments. Ce gâchis.

– Tu l'as échangé contre de la nourriture, Vale ? Tu étais vraiment prêt à tout ?

Bear s'avança vers lui.

– Nos réserves sont pleines, Peregrine. La deuxième cargaison de Sable est arrivée la semaine dernière.

– C'est faux ! protesta Perry. Liv s'est enfuie. Sable n'a pas fait acheminer les vivres. Liv n'a jamais rejoint les Cornans.

Pendant un moment, plus personne ne bougea. Puis Bear s'anima ; ses épais sourcils se froncèrent.

– Comment le sais-tu ?

– J'ai vu Roar. Il est à la recherche de Liv. Il viendra ici au printemps. Il l'aura peut-être retrouvée d'ici là.

La rage déformait le visage de Vale. Il était démasqué.

– Talon est beaucoup mieux là-bas ! aboya-t-il. Si tu l'as vu, tu as pu t'en rendre compte !

Des cris de surprise fusèrent de tous côtés. Perry secoua la tête, incrédule.

– Tu l'as vraiment vendu aux Sédentaires ?

Il se demanda pourquoi il ne l'avait pas compris plus tôt. Vale avait agi de la même manière avec Liv. Il l'avait troquée contre des vivres. Sauf que dans ce cas l'échange était justifié par une coutume. « Une coutume archaïque », aurait précisé Aria. Perry la comprenait à présent.

Combien de fois Vale lui avait-il menti ? Et à quel propos ?

Il aperçut Brooke dans la foule.

– Clara… dit-il en se rappelant la sœur de son amie Brooke. Vale a fait la même chose avec Clara, Brooke. Il l'a vendue aux Sédentaires.

La jeune femme se tourna vers Vale et se jeta sur lui en hurlant, mais Wylan s'interposa et la retint.

– Vale, est-ce que c'est vrai ? tonna la voix de Bear.

Vale leva une main vers le ciel.

– Vous ne savez donc pas ce qu'il advient des cultures et de l'élevage à cause de ça !

Sur ces mots, il scruta la foule, l'air ahuri, comme s'il réalisait qu'il avait perdu la confiance des Littorans. Il se tourna vers Perry et planta son couteau dans la terre, à ses pieds.

Perry lâcha le sien. Ils étaient frères. Ce différend ne se réglerait pas avec une arme aussi froide qu'un couteau.

Sans attendre, Vale se rua sur Perry. Au moment où leurs corps entrèrent en collision, Perry comprit que Vale serait le plus coriace de tous ses adversaires. L'impact le propulsa en arrière, ses mâchoires s'entrechoquèrent.

Dès qu'il toucha le sol, Perry reçut un coup au visage qui l'étourdit. Il battit fébrilement des paupières, aveuglé, puis leva les bras pour parer les coups qui déferlaient sur lui. Il ne trouvait plus ses repères. Pour la première fois, il comprenait que se battre était autant une seconde nature pour Vale que pour lui.

Sentant sa vision revenir, Perry réunit toutes ses forces et bondit sur ses pieds. Il agrippa la chaîne autour du cou de Vale, obligeant son frère à se baisser, puis il tira dessus en lui donnant un coup de tête. Perry avait visé le nez, mais frappa la bouche. Il entendit le bruit sec des dents qui se brisaient.

Vale roula sur le côté avant de se redresser sur les genoux. Le sang giclait de sa bouche.

– Espèce de salaud ! vociféra-t-il. Talon m'appartient ! Il est tout ce qu'il me reste. Et il ne parlait que de toi !

Perry se releva. Son œil droit était tuméfié, déjà presque clos. Vale était *jaloux* ? Perry se sentit défaillir. Il se souvint du Sédentaire aux gants noirs qui le poursuivait dans l'océan. À ce moment-là, ses comparses avaient déjà pris le SmartEye et enlevé Talon ; pourtant ils étaient encore après lui. Ils voulaient le tuer…

– Tu as demandé aux Sédentaires de me tuer. C'est ça, Vale ? Ça aussi, ça faisait partie de ton marché ?

– Je devais te régler ton compte, répliqua Vale en crachant du sang. J'ai fait ce qu'il fallait. Ils te voulaient, de toute manière.

Perry essuya le sang qui occultait sa vue. Il n'en croyait pas ses oreilles. Son frère avait agi depuis le début dans son dos. Il avait menti aux Littorans.

Vale s'élança sur lui, mais Perry était prêt. Il esquiva l'attaque et ceignit d'un bras le cou de son frère, puis le fit basculer à terre. Vale mordit la poussière et se débattit, mais Perry le clouait au sol.

Lorsqu'il leva la tête, Perry ne vit que des visages effarés. Puis il aperçut le couteau qui miroitait par terre. Il le ramassa et retourna Vale sur le dos avant de poser la lame d'acier sur sa gorge. Ils n'étaient plus frères désormais. Vale avait perdu ce privilège.

– Talon ne te le pardonnera jamais, dit Vale.

– Talon n'est pas là, rétorqua Perry.

Ses bras tremblaient et sa vue se brouillait.

– Jure-moi fidélité, Vale. Jure-le-moi.

Vale se détendit, mais il haletait toujours. Finalement il hocha la tête.

– Je le jure sur la tombe de notre mère, Perry. Je te servirai.

Perry sonda le regard de son frère, essayant d'y lire ce qu'il ne pouvait flairer. Il se tourna vers Reef, qui se tenait à quelques pas, flanqué de ses camarades. Reef savait exactement ce que voulait Perry. Il s'avança un peu et leva la tête. Ses narines palpitèrent tandis qu'il inhalait profondément l'humeur de Vale et passait au crible la pestilence de sa colère, en quête de la vérité ou du mensonge.

Il secoua légèrement la tête, confirmant ainsi ce que Perry savait, mais refusait de croire. Vale ne le servirait jamais. Perry ne pourrait jamais lui faire confiance.

Vale regarda Reef. Il se crispa en comprenant ce qui se passait et tenta de s'emparer du couteau, mais Perry réagit plus vite et trancha la gorge de son aîné. Puis il se releva, Seigneur de sang des Littorans.

45
ARIA

– Qu'est-ce que je dois lui dire, quand je serai là-bas ? s'enquit Roar.

Aria et lui étaient dans la cour de Delphi. Le printemps chantait sa mélodie aux oreilles de la jeune fille. Les fleurs s'épanouissaient le long des murs, leurs couleurs vives contrastant avec la grisaille de la pierre. L'hiver avait laissé de vastes zones à nu sur la montagne, et une odeur de fumée flottait dans l'air. Le moment était venu. Après plusieurs mois passés chez Marron, Roar et Cinder s'en allaient rejoindre les Littorans.

Et Perry.

– Rien, répondit Aria. Ne lui dis rien.

Roar eut un sourire narquois. Il savait combien Perry lui manquait. Ils avaient passé des heures à discuter de lui et de Liv. Mais Aria n'avait pas parlé à Roar du marché qu'elle avait passé avec Hess. Perry aurait déjà suffisamment de pain sur la planche en qualité de nouveau Seigneur de sang. Ce fardeau-là était le sien.

– Tu n'as vraiment aucun message à lui faire passer ? insista Roar. Puis, à l'attention du médecin, il ajouta :

– Tu devrais l'examiner, Rose. Je crois qu'elle est malade.

Rose s'esclaffa. Elle se tenait aux côtés de Marron, à l'entrée de Delphi, une main posée sur son ventre rond. Elle allait accoucher d'un jour à l'autre. Aria espérait qu'elle serait encore là pour la naissance.

Roar croisa les bras.

– Tu sais, il va sûrement finir par apprendre que tu es là…

– Eh bien, tu n'as pas besoin de le lui dire.

– S'il m'interroge, je ne lui mentirai pas. Ça ne servirait à rien.

Aria soupira. Elle pensait à cet instant depuis des semaines, et n'avait toujours pas pris de décision. Elle connaissait les craintes de Perry. Elle n'était pas une Olfile. Elle n'était guère différente de Rose, ou de la fille de sa tribu. Perry était sans doute déjà avec elle, d'ailleurs. Cette seule pensée lui nouait l'estomac.

– Roar ! grogna Cinder, qui attendait près du portail.

Roar sourit.

– Je ferais mieux d'y aller avant qu'il se mette en colère.

Aria le serra dans ses bras. Alors qu'ils s'étreignaient, elle en profita pour lui transmettre un message en pensée. « Tu vas me manquer, Roar. »

– À moi aussi, Mini-Portion, murmura-t-il suffisamment bas pour qu'elle soit la seule à l'entendre.

Puis il lui adressa un clin d'œil et rejoignit le portail d'un pas nonchalant.

Les fleurs sauvages qui bordaient le mur d'enceinte captèrent soudain l'attention d'Aria.

– Roar, attends !

Il fit volte-face.

– Oui ? répliqua-t-il, le sourcil levé.

Aria courut vers le mur puis promena son regard sur les fleurs. Elle trouva celle qu'elle recherchait et la cueillit. Elle respira son parfum et imagina Perry marchant à ses côtés, son arc dans le dos, qui lui décochait son petit sourire en coin.

Elle tendit la fleur à Roar.

– J'ai changé d'avis, dit-elle. Donne-lui ça.

Roar plissa les yeux, l'air interdit.
– Je croyais que tu aimais les roses. Qu'est-ce que c'est ?
– Une violette.

Deux semaines plus tard, Aria, accroupie devant un feu, faisait cuire un lapin sur un tournebroche en bois. Elle ne pouvait voir au-delà de la lueur des flammes, mais ses oreilles lui disaient qu'elle n'avait rien à craindre dans ces bois ; seuls de petits animaux trottaient alentour.

Elle avait quitté Marron un peu plus tôt que prévu. Roar lui avait manqué bien plus qu'elle ne l'aurait cru. Même la présence un peu bougonne de Cinder lui avait manqué. Elle n'avait pas supporté de se retrouver à Delphi sans eux, aussi avait-elle préparé son baluchon et, après des adieux larmoyants, elle s'était mise en route.

Tout en écoutant grésiller la viande, elle se remémora le soir où elle avait vu pour la première fois de vraies flammes. Elle avait trouvé le feu effrayant et fascinant dans AG 6. Elle le voyait toujours ainsi. Elle avait vu l'Éther enflammer des régions entières, transformer la peau d'une main en une surface noueuse, parsemée de cicatrices. Mais elle aimait aussi le feu désormais et finissait chaque journée, en se frottant les mains devant les flammes, bercée par le doux supplice des souvenirs.

Parmi les murmures de la nuit, Aria perçut des bruits de pas, faibles et lointains, qu'elle reconnut aussitôt.

Elle se mit à courir dans le noir, laissant ses oreilles la guider. Elle suivait le crissement des cailloux et des brindilles sous les pieds de celui qu'elle rejoignait, de plus en plus vif, de plus en plus sonore, à mesure que ses propres foulées s'allongeaient, passant de la marche à la course. Elle suivit les bruits de pas jusqu'à ce qu'elle n'entende plus que les battements de son cœur à lui, puis sa respiration et sa voix… qui lui disait à l'oreille, avec la même chaleur que le feu, les mots qu'elle souhaitait entendre.

REMERCIEMENTS

De nombreuses personnes m'ont aidée à écrire cet ouvrage. Je ne remercierai jamais assez Barbara Lalicki pour sa perspicacité éditoriale, son soutien sans faille et son enthousiasme sans limites. Maria Gomez m'a apporté aussi moult conseils d'éditeur. Andrew Harwell s'est également montré formidable et a accompli une kyrielle de tâches en coulisses avec une grande efficacité. Melinda Weigel a posé son œil averti sur les détails subtils qui parsèment ces pages.

À Jack Adams, qui mérite la ceinture noire des compétences en affaires, je dis un grand merci pour avoir mené tout cela de main de maître. Je crois que vous êtes un champion.

Tous mes remerciements les plus sincères aux découvreurs de talents et aux éditeurs du monde entier qui ont placé leur confiance dans *Never Sky*. C'est pour moi un privilège incroyable de voir mon histoire s'aventurer aux quatre coins du globe. J'apprécie également le soutien que m'ont apporté Stephen Moore et Chris Gary.

Deux personnes m'ont aidée à faire passer ce roman du stade de la création à celui de la réalisation. À Eric Elfman et Lorin Oberweger, mes brillants mentors et non moins amis, je tiens à témoigner ma plus profonde gratitude. Merci également à Lynn Hightower dont j'ai fait miens les mantras *Il s'agit avant tout de raconter une histoire* et *Mets du cœur dans chaque scène*.

Talia Vance, Katy Longshore et Donna Cooner ont transformé le travail solitaire d'écriture en un véritable sport d'équipe. J'ai tellement de chance de vous connaître. Bret Ballou, Jackie Garlick et Lia Keyes ont passé un nombre d'heures incalculable avec moi sous le ciel d'Éther. Merci à vous.

À mes amis et à ma famille, merci de m'avoir encouragée au fil des années à poursuivre mon rêve. Je n'aurais pas pu le réaliser sans vous. Je tiens à remercier tout particulièrement mes parents qui furent pour moi les meilleurs exemples qu'on puisse espérer. Merci à mes garçons : je dégoupille une grenade remplie d'amour et je vous la lance.

Enfin, merci à mon mari… Qu'il est doux d'être en symbiose avec toi.

VERONICA ROSSI

Veronica Rossi est née à Rio de Janeiro, au Brésil. Enfant et adolescente, elle a vécu dans différents pays du monde. Elle s'est finalement installée en Californie, où elle vit aujourd'hui avec son mari et ses deux fils. Elle a étudié les beaux-arts à San Francisco, mais se consacre désormais entièrement à l'écriture. *Never Sky* est son premier roman.

TOME 2

À PARAITRE
À L'AUTOMNE 2013

Cet ouvrage a été imprimé en France par

CPI
BUSSIÈRE

à Saint-Amand-Montrond (Cher)
en août 2012

N° d'édition : 10180576 – N° d'impression : 121089/1
Dépôt légal : septembre 2012